큰곰자리 노래들

에마 브로디 지음
김재성 옮김

Songs in Ursa Major

musintree
뮤진트리

▪ 일러두기

- 이 책은 Emma Brodie의 《Songs in URSA Major》(Alfred A. Knopf, 2021)를 우리말로 옮긴 것이다.
- 본문에 나오는 도서·영화·노래의 제목은 원제목을 번역 표기하는 것을 원칙으로 하되, 국내에 번역 출간 및 소개된 작품은 그 제목을 따랐다.
- 앨범은《 》로, 노래는 〈 〉로 표기했다.

우리 가문의 경이로운 여성들,
그중에서도 앤 마리와 에스더 두 분 할머니,
그리고 로즈메리 이모께 바침

1

아일랜드 포크 페스트

1969년, 7월 26일, 토요일

무대 담당이 플라워 문의 해체된 드럼 세트를 치울 때 마지막 남은 한 줌의 햇빛이 심벌즈 둘레에 금빛 만곡선을 그려냈다. 그것이 청중을 향해 눈을 찡긋하나 싶더니 붉은 해는 바다 속으로 미끄러져 들어갔다. 어스름 속 무대는 청중의 기대를 반향하며 에나멜을 입힌 조개껍질처럼 반짝거렸다.

이제 곧 제시 리드가 무대에 오를 것이었다.

커티스 윌크스는 다른 기자들에 섞여 무대에서 30피트쯤 떨어져 서 있었다. 〈빌보드〉의 지키 펠튼은 구슬 달린 카프탄 차림의 플라워 문 그루피 하나와 대마초를 나눠 피우고 있었고, 〈NME〉의 테드 먼츠는 무대 근처의 투광조명 밑에서 수첩의 메모를 점검 중이었으며, 〈크림〉의 리 하먼은 〈타임〉의 짐 포스트와 취재거리를 교환하고 있었다.

입에 대마초를 문 플라워 문 그루피가 커티스의 목에 걸린 통행증을 바라보며 그에게 다가갔다. 키스 문Keith Moon이 '노숙자의 패딩턴 베어'라 부르기도 한 커티스의 얼굴이 그의 이름과 '롤링 스톤'이라는 글자 위에 박혀 있었다. 그루피가 커티스에게 대마초를 건네주자 그가 받았다.

그가 뿜는 연기는 인상파 화가의 붓질이 되었다. 짭조름한 공기를 가로지르는 연기 무늬들, 햇볕에 탄 팔다리들과 젊은 얼굴들이 풀밭 위 데이지 꽃들처럼 서로 얽혀들었다. 그는 그루피에게 대마초를 돌려주고는 깡충거리며 한 무리의 히피 틈으로 돌아가는 그녀를 지켜보았다. 누군가 콩가를 치자 뭇 처녀들이 님프라도 된 듯이 엇갈리는 박자에 맞춰 춤을 추기 시작했다.

커티스는 페스티벌 취재에서 잔뼈가 굵은 기자였다. 버클리, 필라델피아, 빅서, 뉴포트…. 하지만 분위기로 따지면 베일린 아일랜드만 한 곳이 없었다. 붉은 해안절벽들 끝까지 올라가는 길, 들꽃 무성한 초원, 탁 트인 대서양의 전경. 공연을 보려면 연락선을 타고 가야 하는 것에서부터 어쩐지 마법 같은 데가 있었다.

춤을 추는 여자들을 바라보며 커티스는 때 이른 향수가 밀려드는 것을 느꼈다. 포크가 사양길이라는 인식이 업계에 돌던 참이었다. 베트남전쟁을 너무 오래 질질 끄는 바람에 지금의 밥 딜런과 존 바에즈를 만들어놓은 저항가요들마저 공허하고 진부하게 느껴지고 있었다.

커티스도 다른 사람들과 마찬가지로 제시 리드가 죽어가는 장르의 새 시대를 알리는 모습을 보러 왔다. 누가 신호라도 준 것처럼 춤추던 여자들이 리드의 히트 싱글을 부르기 시작했다. 그들의 목소리가 흥분으로 떨렸다.

'나의 그녀는 빨강, 노랑 구슬들을 갖고 있어요; 그녀의 눈동자는 별처럼 반짝여요.'

흥에 겨워 깔깔대는 여자들의 소리에 커티스는 1955년 텍사스 주 글레이드워터가 떠올랐다. 그가 다닌 고등학교에서 젊은 엘비스 프레슬리가 공연을 한 그날, 버디 홀리에 빠져있던 열여덟 살의 커티스는 유치원 다닐 때부터 알아온 여자애들이 엘비스의 선택을 받을지 모른다는 환상에 빠져 주체하지 못하고 엉엉 우는 모습을 지켜보았다. 그야말로 〈바이 바이 버디Bye Bye Birdie〉 상황이었고, 진짜 록스타의 힘이었다.

말씨부터 온유한 제시 리드는 엘비스와는 페르소나가 달라도 너무 달랐지만 팬들의 열성만은 같아 보였다. 리드는 크리스 크리스토퍼슨의, 하지만 힘이 덜 들어간, 카우보이 바리톤

음색과 폴 사이먼의 서정적 기타 주법을 갖추었을 뿐만 아니라 그들보다 키가 컸으며 커티스가 몰래 즐겨보는 〈스니치 매거진〉에 따르면 '미디엄 스톤워시 리바이스 빛깔'의 푸른 눈을 갖고 있었다.

'그녀는 내게 너무나도 감미롭고 부드러운 느낌을 줘요; 아주 괜찮은 느낌을 줘요.'

그의 〈감미롭고 부드러운Sweet and Mellow〉은 달콤한 초콜릿바 같았다. 들을수록 더 듣고 싶게 만드는 노래로 〈빌보드〉 차트 10위권에 18주간 머물며 그해 여름을 휩쓸었다. 커티스야 지난해 웸블리 스타디움에서 리드가 페어 플레이의 오프닝을 맡았을 때부터 그를 주시해왔지만, 자기 이름을 제목으로 한 앨범에 포함된 이 싱글 덕에 그는 언더그라운드에서 일약 메인스트림 스타로 떠올랐다. 그리고 오늘밤 바야흐로 포크록의 후계자로 등극할 참이었다.

박수 소리에 고개를 돌려보니 수염이 희끗한 대머리 남자가 무대 위로 오르고 있었다. 페스티벌 위원회 회장인 조 메이나드였다. 갈채가 이어질수록 메이나드의 얼굴은 고통으로 일그러졌다. 커티스의 기자 촉이 빳빳이 올라왔다.

"에, 우리 아름다운 친구들, 안녕하세요?" 메이나드가 말하고는 손짓으로 환호성을 잠재웠다.

"저기, 죄송하게 되었지만 솔직히 말씀드릴게요." 그가 말을 이었다. "안타깝게도 오늘밤 제시 리드 공연은 취소되었습니다."

머릿속에 미리 담아둔 기사 제목들이 쓸모가 없어지자 커티스는 날카로운 실망감을 느꼈다. 객석에 감도는 충격파도 손에 잡힐 듯했다. 황홀경의 낯들이 하나둘 시드나 싶더니 분노에 싸늘해지다 급기야 폭발하고 있었다.

격노의 아우성이 종소리처럼 황혼을 강타했다. 방금 전만 해도 노래하고 춤추던 여자들이 흐느껴 울기 시작했다. 메이나드가 마이크 뒤에서 오그라들었다.

"하지만 다른 멋진 순서가 준비되어 있거든요, 이제 조금만 기다리시면…." 메이나드는 진땀을 흘려가며 상황을 수습하려 했지만 다시 터진 야유에 꼬리를 내리고 물러났다.

커티스는 군중을 헤치고 무대로 다가갔다. 분명히 무슨 일이 일어났을 것이다. 플라워 문 인터뷰를 마친 뒤에 분장실에서 리드의 A&R 매니저를 봤었다. 혹시 술이 채 안 깬 건가? 아니면 정신적 문제일까? 오늘밤 페스티벌 무대가 총 60회짜리 투어의 36회차 공연이었다. 음악인들도 그냥 무너질 때가 있었다. 전에도 본 적 있는 일이었다.

무대 뒤에서 나와 객석 쪽으로 향하는 마크 에디슨을 훔쳐보다 눈이 마주쳤다. 에디슨은 그 지역 독립 일간지 〈아일랜드 가제트〉의 기자였다. 페스티벌 기자단 대부분이 그의 야비

한 행태들을 못 견뎌했지만, 커티스에게는 그가 항상 도움이 되었다.

낙담에 빠져있던 청중이 차츰 움직이기 시작했다. 리드의 최고 열성 팬들이 울부짖는 가운데 출구들 쪽으로 줄이 지어졌다.

에디슨이 커티스에게 다가와 미지근한 진이 담긴 병을 건네주었다. 둘은 한 모금씩 길게 들이마셨다.

"대체 뭔 일이래요?" 커티스가 말했다. "리드는 어디 있고요?"

에디슨이 고개를 저었다. 그들은 군기처럼 들고 다니던 '평화 사랑 제시' 푯말을 찢어발기고서 쿵쾅쿵쾅 발을 구르며 지나가는 두 여자에게 길을 내주었다. 커티스는 이들 앞에서 대신 공연해야 할 운명의 밴드가 가여웠다.

"누가 올라온대요?" 커티스가 물었다. "내일 순서에 있는 누가 대신?" 마크가 또 고개를 저었다.

"이 지방 밴드예요, 브레이커스라고." 마크가 말했다.

"누군지 모르겠는데요." 커티스가 말했다. "어느 레이블 소속이죠?"

"레이블은 무슨." 마크가 말했다. "그런 거 없어요. 그냥 애들이에요. 저기 시내 아마추어 무대에서 공연할 예정이었던 아이들을 위원회가 뽑아온 거예요. 여태 최다 청중이 마흔, 잘

해야 쉰 명이고."

"저런!" 커티스가 말했다. 엉망진창일 게 뻔했다.

세 명의 청년이 무대 준비를 시작했다. 모두 스물이 안 돼 보였다. 또렷한 이목구비에 어깨까지 내려오는 검은 머리, 황갈색 피부의 드러머가 그중 가장 노숙해 보였다. 턱쯤에서 머리를 쳐내고 이마에 붉은 반다나를 두른 베이스 주자는 그보다 어려 보였는데 드러머와 꼭 닮은 것이 가족임에 틀림없었다. 기타리스트는 낯이 창백하고 소년 같은 얼굴에 거동이 침울했다. 튜닝을 하는 그의 얼굴에 모랫빛 머리칼이 자꾸 흘러내렸다.

"우리는 제시를 원한다!" 커티스의 어깨 뒤에서 한 여자가 꽥 괴성을 질렀다.

커티스는 그냥 시내로 돌아가는 게 낫지 않을까 싶었다. 엘렉트라 소속 프로듀서들이 요트를 빌려 업계 사람들을 위한 뒤풀이를 연다고 했다. 베일린 아일랜드는 공해에서 단 5분 거리였기에 질 좋은 마약이 넉넉했다. 불과 한 시간 안에 기분 좋게 취할 수도 있었다.

"제시 리드! 제시 리드!" 열성 팬들 사이에서 연호가 터져 나왔다.

무대 위 청년들이 장비를 점검하는 동안 드럼 세트 뒤에서 앰프를 전원에 연결하는 사람의 모습이 눈에 들어왔다. 그녀가 일어나서 자세를 가다듬자 한 다발의 황금빛 명주실처럼 허리까지 내려온 노란 머리에 조명이 쏟아졌다. 복장은 수수했다. 컷오프 청바지와 흰 페전트 셔츠를 입고 등 뒤로 통기타를 메고 있었다. 무대 중앙을 서성이는 그녀의 그을린 다리는 소녀 같았으나 도톰한 입술과 움푹 꺼진 볼 등 얼굴의 생김새는 성숙한 여자였다.

그녀는 빛이 났다.

"저 여자는 누구죠?" 커티스가 물었다.

"제인 퀸." 마크가 말했다. "리드보컬과 기타 담당이에요."

위치를 잡는 그녀를 중심으로 세 청년이 가까이 다가섰다. 그들은 출발문 앞에 선 경주마들처럼 발로 바닥을 비벼댔다.

"우리는 제시를 원한다!" 객석에서 흥분한 여자 하나가 외쳤다.

제인 퀸이 마이크 앞에 섰다. 이제 보니 맨발이었다.

"우와." 기대감에 상기된 얼굴로 그녀가 말했다. "여기서 보니까 정말 멋지네요."

사람들은 그녀를 본 척도 안 했다. 출구를 향해 걸어가던 이들은 그녀의 존재 자체를 무시한 채 계속 걸었고 아직 자리에 남은 일부 열성 팬들은 소음 너머로 리드의 이름을 연호했다.

"제시 리드! 제시 리드!"

제인 퀸은 굴하지 않았다.

"여러분, 안녕하세요?" 제인이 말했다. "저희는 브레이커스예요."

아무 소용이 없었다. 사람들은 콘서트가 아니라 무슨 주차장에나 있는 듯 떠들어댔다. 무대 위 청년들이 쭈뼛거렸다. 제인이 기타리스트와 눈길을 교환했다.

"무대에서 내려와!" 날카로운 고함이 혼란을 가르고 울려 퍼졌다.

카운트에 들어가려는 듯 제인이 드러머를 바라보았다. 그러다 움찔했다. 커티스는 그녀가 가여워졌다. 이 가냘픈 처녀가 어떻게 세계 최고 스타와 겨룰 수 있겠는가.

"제시 리드! 제시 리드!"

제인 퀸이 객석을 향해 몸을 돌리고 어깨를 폈다. 동작이 느리고 신중했다. 심호흡을 하고는 마이크 거치대에 한 손을 갖다 댄 뒤 눈을 감았다. 꼼짝도 하지 않고 선 채 그렇게 듣고만 있었다. 객석 소음이 한풀 꺾였다.

그녀가 눈을 떴다. 그 눈길에 단단한 무엇인가가 있었다. 그녀가 마이크를 향해 몸을 굽혔다.

'나의 그녀는 빨강, 노랑 구슬들을 갖고 있어요.'

〈감미롭고 부드러운〉의 후렴구가 은빛 혜성처럼 풀밭 위에 내려앉을 때 커티스는 한순간 숨이 멎는 줄 알았다. 제인의 밴드 멤버들이 어리둥절한 눈길을 나누었다. 청중도 헉, 충격에 빠졌다.

지금 내가 들은 게 맞나?

'그녀의 눈동자는 별처럼 반짝여요.'

객석을 훑어보는 제인의 눈은 자신감으로 가득했다. '제시 리드를 원한다는 건 알아, 하지만 그보다 훨씬 나은 것을 이제 보여 주겠어'라고 말하는 것 같았다. 장맛비 속에 라이터를 켜 들고 있는 사람을 보는 느낌이었다. 이 여자, 담대하기 짝이 없었다.

'그녀는 내게 너무나도 감미롭고 부드러운 느낌을 줘요.'

음역이 굉장했다. 존 바에즈와 주디 콜린스 과의 소프라노였지만 콜린스처럼 귀족적이지도 바에즈처럼 투쟁적이지도 않았다. 어딘가 다듬어지지 않은 날이, 애팔래치아 산맥의 거친 결이 있었다. 좌우간 매혹적이었다.

'아주 괜찮은 느낌을 줘요.'

제인이 기타리스트를 흘긋 바라보자 그가 고개를 끄덕였다. 그녀도 멤버들도 출발준비가 완료되었다. 훈련된 그룹이라면 쉽게 해낼 수 있는 단순한 A장조 진행이 기저 코드인 곡이었다. 드러머의 카운트에 맞춰 브레이커스가 연주에 들어갔다.

시간의 속도가 느려졌다.

'나의 그녀는 매일 매일을 유쾌하게 만들어줘요.'

〈감미롭고 부드러운〉을 부를 때 제시 리드의 목소리는 선율을 돋보이게 했다. 아무런 장식 없이 순전한 바리톤과 기타, 그것이 전부였다. 제인 퀸의 노래는 리드의 원곡과는 전혀 딴판이었다. 빠른 악구와 장식음을 삽입하는 품이 마치 실시간으로 노래를 만들어가는 것만 같았다.

'그녀의 눈동자는 밤을 밝혀줘요.'

청중도 어쩔 수 없이 따라 부르기 시작했다. 전설의 탄생을 목격하러 왔던 그들이 지금 또 다른 전설의 탄생을 목격하고 있었다. 다만 그 주인공이 제시 리드가 아니었을 뿐이다.

'그녀는 내게 너무나도 감미롭고 부드러운 느낌을 줘요.'

펜더 스트라토캐스터 일렉트릭 기타를 멘 밥 딜런이 뉴포트 무대에 오르던 날, 커티스는 현장에 있었다. 2년 후 지미 헨드릭스가 몬테레이에서 기타에 불을 붙여가며 〈와일드 씽Wild Thing〉을 부를 때도 그랬다. 그런데 지금 한낱 무명가수가, 어린 처녀가 대형 무대를 접수하고 있었다. 이제 사람들은 1969년 아일랜드 포크 페스트를 두고두고 이야기할 것이었다.

'아주 괜찮은 느낌을 줘요.'

나가던 사람들이 되돌아왔다. 아우성치던 사람들이 미소를 지었다. 탄성과 환호성을 지르며 입을 맞추고 끌어안았다. 노래가 끝났을 때는 다들 정신이 나가 있었다.

"제이니 Q!" 에디슨이 커티스 옆에서 박수를 치며 소리쳤다.

제이니 Q.

"정말이지 아름다운 밤이에요." 이전 대화를 계속하듯 제인이 말했다.

그리고 다음 곡으로 브레이커스를 이끌었다. 〈하얀 토끼 White Rabbit〉를 연상시키는 빠른 박자의 자체 원곡 〈인디고 Indigo〉였다. 가사는 귀에 잘 안 들어왔지만 음악은 멋졌다. 브레이커스의 사운드는 비틀린 음절, 요란한 화음 등이 아트 록과 사이키델릭 록을 혼합한 듯 근사했다.

그러나 단연 최고는 제인의 목소리였다. 그녀의 사랑스러움은 개인적으로 다가왔다. 그녀를 보고도 내면의 일부가 비상하지 않기란 불가능했다. 그녀의 노래를 들으며 커티스는 이른바 진짜 록스타의 느낌을 받았고, 그녀가 자기를 바라봐 주기를 원했다. 그녀가 어깨를 살짝 흔들었고 비단 같은 머리에 빛이 굴절되었다. 그때 그 일이 일어났다. 제인 퀸이 바로 그를 보며 씽긋 웃었다. 분명 그랬다.

그로부터 몇 시간 후, 커티스가 플라워 문 그루피들의 아랫배에 뿌려진 코카인을 흡입하며 엘렉트라 요트 파티를 떠돌고 있을 때, 마크 에디슨은 아일랜드 병원 취재원에게서 전갈을 받았다. 그리고 30분 후에 〈아일랜드 가제트〉는 윤전기를 돌렸다. 1면 머리기사 제목은 '포크 페스트의 샛별 제시 리드가 오토바이 충돌 사고로 간신히 사망을 면했고, 남은 투어 일정은 취소되었다'였다.

2

제인은 풍경風磬이 현관 포치에 부딪히는 소리를 들으며 침대에 누워 있었다. 햇빛 때문에 눈꺼풀이 뜨듯해졌지만 눈을 뜨지 않았다. 어젯밤을 아직 놓아주고 싶지 않았다.

몇 가지 영상들이 머릿속에서 반복 재생되었다. 아마추어 무대 뒤에서 베이스를 튜닝 중이던 카일에게 벗어 던졌던 샌들, 낡은 지프 뒤칸에 스네어 드럼을 실으며 기막혀하던 그레그, 메인 무대 뒤편에 그들을 내려준 페스티벌 직원, 무대 위를 걷다가 신발을 놓고 온 걸 깨닫고 느꼈던 뺨 위 조명의 열기, 잦아들지 않는 객석의 야유에 프렛을 쥔 손이 새하얘지던 리치.

3년째 페스티벌 공연에 참여했지만 메인 무대에 서게 되리라고는 꿈도 꾸지 못했다. 리전츠 코브에 닻을 내린 초호화 3층 요트만큼이나 먼 이야기였다. 물론 상상이야 할 수 있었지만, 그것은 부와 권력의 세계였다. 실감이 나지 않았기에 무대에 오를 때 떨리지도 않았다.

그런데 겁에 질려 얼어붙는 리치를 보자 본능이 치고 올라왔다. 〈감미롭고 부드러운〉을 원한다? 그렇다면 〈감미롭고 부드러운〉을 들려주겠다, 그런 거였다. 치직거리는 잡음과 함께 스피커에서 흘러나오던 자신의 목소리가 아직도 귀에 어른거렸다.

재미있게도 제인은 제시 리드의 앨범을 들어보지 않았다. 할머니의 미용실에서 여름 내내 끝없이 틀어댄 바람에 〈감미롭고 부드러운〉은 알았지만 이를테면 카일을 비롯한 사람들의 과장선전에 반감이 들어 앨범까지는 듣고 싶지 않았다. 가사를 되는대로 주워섬겨야 했지만 상관없었다. 노래를 마치자 터져 나온 우레 같은 갈채가 아직도 들리는 것 같았다.

누가 연달아 노크를 했다. 제인은 계속 눈을 감고 있었다.

"제이니." 이모인 그레이스가 들어왔다. "기다릴 만큼 기다렸다만, 열한 시까지 북섬에 가야 하잖니." 커튼을 열자 잡동사니가 널린 바닥이 드러났다.

"교대근무 시간은 열두 시예요." 제인이 돌아누우며 말했다.

"그건 아는데, 내가 열한 시 반에 외래환자와 약속이 있어." 그레이스가 옷장을 열더니 풀 먹인 파란색 유니폼을 꺼내 제인의 머리 위로 던졌다. 제인이 끄응 신음을 냈다.

"자, 어서. 굉장히 '바쁜 날'이 될 거다." 그레이스가 말했다. 일어나 앉는 무릎 위로 유니폼이 스륵 떨어질 때 제인은 찌릿한 염증을 느꼈다.

아래층으로 내려가자 임신한 사촌 매기가 부푼 배 때문에 의자를 뒤로 한껏 빼놓고 식탁 앞에 앉아 있었다. 가스레인지 앞에 서 있던 할머니 엘시가 고개를 돌렸다.

"잘 잤니?" 엘시가 말했다. 레몬과 탄 버터 냄새가 주방에 가득했다.

"잘 주무셨어요?" 빗으로 머리를 둥그렇게 말아 올리며 제인이 말했다. 매기가 그녀를 살짝 노려보고 〈아일랜드 가제트〉 1면으로 돌아갔다.

"언니도 잘 잤어?" 제인이 말했다. 매기는 대답이 없었다. 그녀는 스물, 제인은 열아홉이었으며, 둘 다 금발에 긴 팔다리, 볕에 그을린 피부를 갖고 있어 누구의 눈에도 자매지간으로 보였다. 하지만 둘의 공통점은 거기까지였다.

엘시가 제인에게 눈을 찡긋하더니 프라이팬 위의 해시브라운을 뒤집었다. 50대 초반으로 보이는 그녀는 손녀 제인처럼 각진 얼굴에 회색 눈동자를 갖고 있었다. 신비로운 눈빛은 제인의 어머니가 집에 돌아오지 않은 그날 밤 이래 10년째 한결같은 은발 때문인 것도 같았다.

제인은 가스레인지로 다가가 프라이팬에 손가락을 뻗었다.

"아무렴, 맘껏 드셔." 고개도 안 들고 매기가 말했다. 제인은 해시브라운 한 점을 입에 넣고 혀 위에서 맴도는 기름기를 느끼며 식탁으로 걸어가 매기의 등 뒤에서 신문 기사를 읽었다.

"우와, 제시 리드가 사고를 당했다고?"

"에이, 야, 입 냄새 나!" 매기가 팔꿈치로 제인을 밀어 의자에 앉혔다. 엘시가 해시브라운과 베이컨, 계란이 담긴 접시 하나씩을 두 손녀 앞에 내려놓았다. 그녀가 신문을 펼쳐 들 때 그레이스가 마당에서 들어왔다.

"드디어 일어났구나, 제인." 그레이스가 물뿌리개를 싱크대 밑에 집어넣고는 가스레인지 앞으로 가 제인이 그런 것처럼 해시브라운 한 점을 집었다.

"제인이 그걸 따라하는 거예요." 매기가 말했다.

"진정하세요, 순경양반. 마지막 한 점이야." 그레이스가 응수했다. 그녀는 매기와 모녀지간답게 꼭 닮았지만 갈색 눈 주위에는 주름이 지고 오랜 실내생활로 인해 머리 빛도 탁했다.

엘시가 흠, 하더니 〈아일랜드 가제트〉를 접어들고 소리 내어 읽었다.

"제시 리드가 일생 최악의 밤을 보내고 있었다면 반대로 베일린 아일랜드가 자랑하는 브레이커스는 최고의 시간을 보냈다. 리드의 공백 덕에 브레이커스가 메인 공연을 꿰찬 것이긴 해도, 밴드의 리드 싱어 제인 퀸은 중앙 무대를 차지할 준비가 이미 되어있었다."

"마크 에디슨이 그렇게 썼어요?" 제인이 물었다. 지난 6년간 단 한 번도 호의적인 리뷰를 써준 일 없는 인간이었다.

"기사 뒷부분에 브레이커스는 '천천히 진화하는, 그러나 펵 쓸 만한 아마추어 4인조 밴드'라고 썼더라." 매기가 말했다.
"그러면 그렇지." 제인이 말했다. 엘시가 신문을 식탁 위에 내려놓았다.
"거기 올라가 보니 어땠어?" 그녀가 물었다.
발뒤꿈치에서 가슴팍까지 타고 올라오던 음악의 박동 소리가, 물결처럼 그녀를 휘감던 객석의 에너지가 아직도 생생했다.
"바다 같았어요." 제인이 말했다. 같은 기억을 나누기라도 하듯 엘시의 눈이 반짝였다. 그레이스가 지친 미소로 제인을 바라보았다.
"바로 나가야 해." 그녀가 말했다.
매기의 방에서 내려오는 브레이커스의 드러머 그레그의 요란한 발걸음에 계단이 흔들렸다. 제인은 늘 이곳 그레이 게이블스가 멋진 고택이라고 생각했지만 빅토리아풍 문간에 남자가 섰다 하면 그냥 오두막일 뿐이었다.
"좋은 아침입니다!" 그레그가 말했다. 전날 밤에 입었던 옷에는 땀이 말라붙어 있었고 머리는 떡이 져서 봉두난발이었다. 공연 후 술집이 문을 닫을 때까지 함께 퍼마셨었다.
"제이니 Q!" 그가 제인에게 하이파이브를 건네며 말했다. "어젯밤 굉장했어. 브레이커스여 영원하라!"
"브레이커스는 독창성이 없고 진부해." 매기가 말했다.
"맥스, 나의 아가 새." 그레그가 말했다. "몸이 불편한 건 알지만, 그래도….”

“내가 말했잖아, 아기가 나오기 전까지는 여기서 자고 갈 수 없다고. 그런데 뭐야, 밤중에 불쑥 나타나서 그대로 곯아떨어지고. 무려 다섯 시간 동안 코를 골았어, 그레그.”

“좀 밀어내지 그랬어.”

“해봤지. 그런데 술에 취한 뚱보 고래를 어떻게 당해.” 매기가 말하고는 제인에게 고개를 돌렸다. “그리고 데려온 건 너지.”

“제인 잘못 아니야. 미안해, 내 생각이 짧았어.” 그레그가 매기의 접시에서 해시브라운을 집으며 말했다. 매기가 무시무시한 눈빛으로 노려보았다.

“나가야 해, 이제.” 제인이 말했다.

“센터로 가는 거야?” 그레그가 물었다. “레즈rez(인디언보호구역Indian Reservation을 줄여 쓴 말—옮긴이)에 좀 내려줄래?”

“있으면 안 돼?” 매기가 물었다.

“안 되겠어.” 그레그가 대답했다. “샤워도 해야 하고, 옷도 갈아입어야 해서. 발도 부었어. 쉬어야 해.”

“내 참 기가 막….” 매기가 말하다 말고 움찔, 숨을 멎었다. 단박에 모두가 긴장했다. 예정일이 2주밖에 남지 않아서였다.

“진정들 해.” 자세를 좀 바꿔 앉으며 매기가 말했다. “그냥 발길질이야.”

그레그가 한숨을 쉬었다. “결혼해서 함께 사는 게 편하지 않겠어?" 그가 말했다.

"난 아닌데." 매기가 말했다.

퀸 가 여자들이 미소를 지었다. 그 집안에서 마지막으로 결혼이란 걸 한 사람은 1846년 열다섯의 나이로 포르투갈 포경선에 신부로 팔려갔던 샬럿 퀸이었다. 그녀는 배가 짐을 부리러 베일린 아일랜드에 상륙하자 등유 상자에 몸을 숨겨 빠져나왔다. 그로부터 아일랜드에서 살아온 일곱 세대의 퀸 일가는 매춘부, 마녀, 할머니 등 여러 이름을 얻었지만 아내만은 없었다.

그들은 10시 45분에 나무 패널이 붙은 낡은 가족용 스테이션 왜건에 올라 길을 나섰다. 제인이 라디오의 다이얼을 돌려 〈노란 잠수함Yellow Submarine〉이 흘러나오는 FM 채널에 고정하고는 창을 내렸다. 리전츠 코브의 흰 오두막들을 뒤로 하고 몬치크의 숲길로 달리는 차 안으로 짭짤한 공기가 흘러들어왔다. 그녀는 아직 아린 성대로 라디오의 노래에 맞추어 콧노래를 불렀다.

매사추세츠 주 해안에서 엎어지면 코 닿을 거리인 베일린 아일랜드는 백사장, 야생화가 흐드러진 초원, 농지, 그리고 숲으로 이어진 마을로 구성되어 있었다. 연중무휴의 휴양지인 페리스 랜딩과 라이트십 베이와 리전츠 코브, 길게 뻗은 '북섬' 케이버스웰과 몬치크, 그리고 그 경계에 자리 잡은 왐파노아그 원주민 보호구역, 이렇게 여섯 개의 마을이었다.

인구 구성은 왐파노아그, 포르투갈, 영국, 그리고 바베이도스 혈통이 마치 어망처럼 복잡하게 뒤엉켰다. 이처럼 섬의 다양한 공동체는 진흙 낭떠러지와 해변 자두만큼이나 그들 정체성에 내재하여 휴가지로서의 광범한 매력에 기여하고 있었다.

관광은 아일랜드의 주요 산업이었다. 해마다 여름이면 인구가 열 배로 늘었다. 휴가객들은 경제 수준에 맞춰 자신들이 머물 곳을 선택했다. 여름휴가를 보내려고 온 가족들은 대형 공용해변을 갖춘 리전츠 코브와 라이트십 베이를 찾았고, 리조트를 즐기려는 부자들은 페리스 랜딩의 요트 클럽에 모여들었다. 그런가 하면 전 대통령 가족들, 석유부자들, 동부의 명문가들을 비롯한 최상층 부자들은 몬치크와 케이버스웰의 수천 에이커 규모 사유지에 머물렀다. 지역민들과 휴가객들은 주로 고객서비스 상황에서 서로를 만났다.

레즈 입구에 다다르자 그레이스가 속도를 늦춰 그레그를 내려주었다.

"태워주셔서 고맙습니다." 그레그가 말했다. 그레이스가 웃으며 후진 기어를 넣었다.

"제이니 Q." 그레그가 소리쳤다. "이따 캐러셀에서 일해?"

"그래." 제인도 소리쳤다. 다시 차도로 들어가는 스테이션 왜건을 향해 그레그가 손을 흔들었다.

"일 끝나고 차 가져가라." 그레이스가 말했다. "나 오늘 연속 근무거든. 버스 타고 갈게."

"정말로요?" 제인이 물었다. 그레이스가 고개를 끄덕였다.

5분 후, 그들은 기다란 포장 진입로로 접어들었다. 제인에게는 너무나 낯익은 곳이었다. 휴식용 잔디밭에서 푸른 옷의 간호사가 환자를 돌보는 모습이 눈에 들어오자 온몸의 감각이 마비되는 느낌이었다. 그레이스가 차창을 내려 정문 경비원에게 손을 흔들었다.

"막강 퀸 일가시로군요." 문을 열어 차를 들여보내며 루이스가 말했다.

19세기 고래잡이 갑부의 대궐 같은 집에 자리한 시더 크레센트 병원 재활 센터는 최고 수준의 간호는 물론 철저한 비밀 보장으로 부자들 사이에 잘 알려진 고급 사립 시설이었다.

그레이스는 이곳에서 10년 넘게 일했고, 고등학교를 마치자마자 공인 간호보조사 자격을 취득한 제인도 이곳에서 풀타임으로 근무할 작정이었지만, 제인은 그 메마른 환경을 매일같이 대하는 게 끔찍하게 느껴졌다. 바텐더 일로도 그만한 돈은 벌 수 있었다. 하지만 매기의 출산을 앞두고 식구들 모두가 한 푼이라도 더 벌어야 하는 형편이어서, 제인도 근무시간을 조금 늘렸다.

그레이스가 주차장에 차를 대고 시동을 끄고도 나가지 않고 앉아 있었다.

제인이 이모를 바라봤다. 이모의 옆모습은 엄마와 거의 판박이였다.

"왜요?" 제인이 물었다.

그레이스가 어깨를 으쓱했다. "글쎄, 서른아홉에 할머니가 될 줄은 생각을 못 해서." 그녀가 말했다.

"할머니도 그 정도쯤에 할머니가 되셨을 것 같은데."

그레이스가 고개를 흔들었다. "매기는 제 생각만 하니까."

"그래도 매기가 아기 기저귀 가는 꼴을 꼭 보고 싶지 뭐예요." 제인이 말했다.

그레이스가 웃음을 터뜨렸다. "걘 몰라. 하루도 쉬지 못할 거야. 우리도 앞으로 두 달은 병원비다 뭐다 죽어 나갈 테고."

"집에서 낳고 싶다던데요." 제인이 말했지만 그레이스는 듣고 있지 않았다. 병원비뿐이 아니었다. 제인도 알았다. 겨울철에는 지역 상권이 꽁꽁 얼어붙기 때문에 아일랜드 주민들은 관광 성수기 동안 악착같이 벌어 모아야 했다. 그런데 성수기의 절정기에 매기가 일을 못 한다면 한 해 집안 살림살이에 꽤 타격이 될 터였다.

"이번 장기간호를 확실히 맡을 수 있다면 한결 안심될 것 같은데." 그레이스가 자세를 가다듬으며 말했다. 간혹 센터는 장기간호나 물리치료가 필요한 환자에게 소속 간호사를 연결해주는 역할을 했다. 그런 일자리를 얻으면 한동안 수입이 두 배가 될 것이었다.

"그렇게 될 거예요." 제인이 말했다. "설령 아니더라도, 할머니하고 내가 미용실에서 매기의 손님들을 맡을 거예요. 게다가 여기서 매주 며칠 일하고 캐러셀 팁도 있으니. 뭐 괜찮을 거예요, 아니 괜찮고도 남지."

그레이스가 고개만 끄덕일 뿐 내리지는 않았다.

"뭐 다른 일 있어요?" 제인이 물었다. 그레이스가 백미러를 들여다보았다.

"왠지 불안해서." 그녀가 말했다.

"아기 때문에요?"

그레이스가 고개를 흔들었다. "아니… 그보다 페스티벌 때문인 것 같아." 그녀가 말했다.

이 낯익은 환경 속에서 어느새 희미해지기 시작한 어젯밤 기억이 돌아오며 기분이 살아났다. "별일 아니에요." 제인이 말했다. "그냥 굉장한 하룻밤이었을 뿐이지."

"시작은 다 그런 거니까." 그레이스가 말했다. "굉장한 하룻밤에 이어서 스멀스멀 사기꾼들이 나타나 거짓 약속을 하고."

제인이 포장도로로 발걸음을 옮기며 웃음을 터뜨렸다. "그럴 일 없어요." 그녀가 말했다. "매기 언니 말 못 들었어요? 우리가 독창성이 없고 진부하다잖아요."

"그렇지 않다는 건 너도 알고 나도 알아." 그레이스가 말했다.

두 사람은 주차장을 지나 휴식용 잔디밭에 올라서서는 환자와 크로케를 하는 푸른 제복 차림의 키가 큰 잡역부에게 손을 흔들었다.

"안녕하세요, 찰리." 제인이 말했다. "이따 봐요."

지나가는 그들을 향해 잡역부도 손을 흔들었다.

"어쨌든 조심해라, 무슨 일이든." 판석 보도를 따라 직원용 출입구로 가며 그레이스가 말했다.

"아무 일도 일어나지 않아요." 제인이 말했다.

무슨 일이 일어날지 모른다는 가능성은 무섭기도 하고 짜릿하기도 했다. 음악은 현실이 아니었다. 그냥 재미로, 답답한 가슴을 달래려고 하는 거였다. 만일 그 이상이 된다면, 상심 또는 그보다 더한 위험을 감수해야 할 것이었다. 그레이스의 조심스러운 태도가 옳았다. 꿈의 좌절이 비극으로 치달을 수 있다는 건 가족 모두가 너무나 잘 알았다.

그런데도 어젯밤 무대에서 제인은 비로소 자신과 만난 것 같은 느낌을 지울 수가 없었다. 그 많은 사람 앞에서 노래한다는 것이 그녀에겐, 마치 그러려고 태어난 것처럼, 너무나 자연스러웠다. 어떤 일이든 그런 느낌을 맛보고 나면, 예전의 길을 계속 가는 게 과연 가능할까?

"아무 일도 일어나지 않아요." 이모보다는 자신에게 다짐하

듯 제인이 같은 말을 되풀이했다.

함께 병원으로 들어서며 그레이스가 엷은 미소를 지었지만 입가에 남아 있는 근심의 흔적을 제인은 놓치지 않았다.

3

리전츠 코브 호텔 지하에 동그마니 파묻힌 술집 캐러셀은 포크 페스티벌 기간 중 전국지 기자들이 애용하는 아지트로 잘 알려져 있었지만, 평상시에는 주민들이 라이브 음악을 들으며 옛 추억에 잠기고 술에 취하는 그저 그런 소박한 주점이었다.

제인은 바 뒤에서 실내를 돌아봤다. 열 시가 좀 넘었으니 손님이 들기 시작할 시간이었다. 이제 한 시간이면 수많은 팔꿈치가 등지느러미처럼 그녀를 둘러쌀 것이었다. 지금은 단골들이 종횡으로 움직이는 색색의 불빛 아래에서 목재 칸막이 자리들을 선점하고 조용히 술을 마시는 중이었다.

골목 쪽으로 난 문이 열리면서 매니저 앨이 얼음 양동이를 들고 들어왔다. 제인은 무릎으로 냉장고 문을 홱 열고 그를 도와 냉동실에 얼음을 쏟아부었다.

"고마워, 제인." 앨이 말했다. 제인의 몸 뒤에서 층층이 쌓인 술병들 틈을 뚫고 입맞춤 같은 찬 공기가 자욱이 올라왔다.

"저것들은 어때?" 고갯짓으로 생맥주 탭을 가리키며 앨이 물었다.

"나라간셋이 좀 부족해요." 제인이 말했다. 앨이 고개를 끄덕이며 지하 저장고 쪽으로 발걸음을 옮길 때, 마크 에디슨이 들어와 늘 앉는 구석자리에 앉았다.

"사랑스러운 모습이군." 마크가 말했다.

제인이 눈동자를 굴리고는 등 뒤의 선반에서 진 한 병을 집었다. 머리부터 발끝까지 검은색 차림에다 어깨에는 행주를 걸치고 아침때 그대로 머리를 말아 묶고 있었다.

"어젯밤 공연 훌륭했다고 말해주고 싶었어." 그가 말했다. 제인이 잔 받침을 깔고 진토닉을 위에 놓아주었다.

"뭐 '쓸 만한 아마추어 4인조' 치고는 그렇다는 얘기겠죠." 자기 것도 한 잔 따르며 제인이 말했다.

"〈아일랜드 가제트〉 기사에 신경 쓰다니 재밌네." 마크가 말했다.

"우리를 머리기사로 냈어야죠." 제인이 말했다.

"*제이니 Q, 세계를 정복하다.*" 마크가 말했다.

"*마을의 영웅, 전설이 되다.*" 제인이 응수했다.

마크의 눈썹이 올라갔다. "저기 말이야, 제시도 마을사람이더라." 그가 말했다. "말이 났으니 하는 말인데 여기서 회복 중이라는 정보를 방금 확보했어. 케이버스웰에 가족 별장이 있다더군. 어려서부터 거기서 여름을 보냈다지."

"그건 같지 않죠." 제인이 말했다. 육지인들이 여름 별장의 주인들이었다면, 마을사람들은 그걸 청소하는 사람들이었다.

마크가 잔을 들었다. "자기를 위하여." 그가 말했다.

"브레이커스를 위하여." 제인이 말하고는 술을 마셨다.

숨을 헐떡거리며 앨이 다시 나타났다. "한번 따라봐." 그가 말했다.

제인이 커다란 맥주잔이 거품으로 가득 찰 때까지 따랐다.

문이 열리고 여자 대학생들이 들어왔다. 수를 놓은 옷이며 간소한 장신구로 보건대 페리스 랜딩 부류였다.

"버번은 뭐가 있죠?" 페니 동전 빛깔의 깃털 같은 머리칼을 가진 키 큰 여자가 물었다.

제인은 다량의 팅크제를 지키는 약사 같은 기분이 들 때가 있었다. 그녀는 몸을 돌려 술병에 붙은 상표들의 이름을 읽어준 다음 잔당 8달러짜리 버번을 얼음을 곁들여 여자와 그 친구들에게 따라주었다.

"이걸로 나중에 일괄 계산할게요." 빅터 비달이라는 이름이 찍힌 신용카드를 건네며 여자가 말했다. 아버지겠지, 하며 제인이 금전등록기 옆 상자에 카드를 집어넣었다. 여대생들은 뒤편 테이블 쪽으로 걸어갔다.

"큰손이 있네요."

제인이 고개를 들었다. 마크 에디슨 자리에서 몇 자리 떨어진 곳에 처음 보는 남자가 앉아 있었다. 요란한 격자무늬 폴로셔츠에 잠자리 선글라스를 낀, 나이는 30대 초반으로 보였다. 도시 출신이 틀림없었다. 숱 많은 갈색 머리만 봐도 고급 이발소에서 자른 표가 났다.

제인은 녹색 불빛 아래에서 주문을 받는 거울 속 두 개의 제 모습을 바라보았다. "뭘 드릴까요?"

"뭐가 좋아요?" 그가 물었다.

비싼 사립학교 학생 분위기의 20대 초반 청년들 몇이 들어오는 바람에 대화가 끊겼다. 좀 전에 들어온 여대생들의 데이트 상대들이었다. 햇볕에 그을린 팔뚝들이 카운터 위에 올라왔고 굳은살 하나 없는 주먹 안에는 빳빳한 지폐들이 쥐여 있었다.

"밀러 피처 두 개요." 가장 키가 작은 청년이 말했다. "내가 살게."

"딕시!" 친구 하나가 외쳤다. 뒤따라 '딕시!'를 연호하는 가운데 제인은 피처에 맥주를 채웠다.

"9달러예요." 그녀가 말했다.

"잔돈은 괜찮아요." 지폐 더미를 카운터에 내려놓으며 딕시가 말했다. 제인은 블랙잭 딜러 같은 손놀림으로 재빨리 지폐들을 집어 들고는 팁을 챙겨 브라에 끼워 넣었다.

"그래서," 그리고 아까 그 남자에게 몸을 돌렸다. "뭘 드려요?" 그가 잠시 생각하더니 선글라스를 벗었다. 빈틈없는 갈색 눈이 드러났다.

"제인 퀸 씨와 이야기를 하고 싶은데요." 그가 말했다. 제인의 눈썹이 올라갔다.

"누구시죠?" 제인이 물었다.

"윌리 램버트입니다." 그가 말했다. "페가수스 레코드사의 A&R 담당이고요. 어젯밤 공연을 보고 오늘 온종일 당신을 찾아다녔어요." 제인이 마크 에디슨 쪽을 흘긋 봤다. 이쪽 대화를 듣고 있는지 아닌지 감이 오지 않았다.

"그러니까…" 하이볼 잔을 들고 발로 냉장고를 열며 제인이 말했다. "공연을 봤고, 내가 오늘밤 일 마치고 '내 미래를 상의'하기 위한 시간을 내줄 수 있을지 궁금하다, 이런 건가요?"

"뭐 그런 거죠." 거북한 얼굴로 윌리가 말했다. 제인은 테킬라 병과 오렌지주스 병을 함께 들고 잔에 따랐다.

"놀라지는 마시고, 그런데 내가 이런 수작을 받는 게 처음이 아니라서요." 제인이 말하고 그레나딘 병을 들더니 스푼을 뒤집어 댄 잔에 붓기 시작했다.

"네?" 윌리가 말했다. "아니, 그런 말이 아니에요. 나는 기혼자에요." 그가 금반지를 낀 왼손을 들어 보여주었다. "자요."

그가 주머니에서 이름과 직함이 찍힌 명함이랑 마크 에디슨의 제시 리드 기사를 오린 구겨진 종잇장을 꺼냈다.

"마크, 여기 좀 봐요. 당신 기사를 읽고 당장 내버리지 않은 독자분이 계세요." 오렌지 조각과 마라스키노 체리로 잔 테두리를 장식하며 제인이 말했다.

"건배!" 술잔을 들어 올리며 마크가 말했다. 제인이 윌리 램버트 앞에 칵테일을 내려놓았다.

"이게 뭔가요?" 그가 물었다.

"테킬라 선라이즈." 제인이 대답했다. "선글라스랑 잘 맞잖아요." 윌리는 소리 없이 미소만 지었다. 돌아서면 가고 없겠지, 하며 제인은 마크의 잔에 술을 더 채워줬다. 그런데 돌아서 보니 아직 거기 있었다.

"내가 그랬죠?" 그가 말했다. "오늘 온종일 수소문했다고요. 고작 2분 만에 포기하진 않아요."

"근데 어떻게 찾았어요?" 제인이 말했다.

"비치 트랙스 주인분이 내가 제시 리드 매니저라고 했더니 불쌍했는지 위도우스 피크로 가라더군요. 위도우스 피크 주인분은 여기 가면 만날 거라고 알려줬고요."

"우리 할머니예요." 제인이 상황을 살피며 말했다.

"정말로요?" 윌리가 말했다. "아, 그러고 보니 닮은 거 같네요. 흠, 할머니께서 보내셨으면 믿을 만하지 않겠어요?"

"두고 보면 알겠죠." 속으로 동의하며 제인이 말했다. "저기요, 제시 리드가 〈감미롭고 부드러운〉 일로 화가 난 거라면요…."

윌리가 고개를 저었다. "제시는 지금 한 치 앞도 내다볼 수 없는 상태예요. 나도 사실 곧 가봐야 하고." 그가 말했다. "그러면… 본론으로 들어갈게요. 지금 어디와 계약이 있어요?"

실내의 온갖 소음이 물러가고 귓속 고동만이 느껴졌다.

"아니요." 제인이 말했다. "혹시 제의하는 건가요?"

윌리가 미소를 지었다. "그러고 싶어요." 그가 말했다. "어젯밤 그런 공연은 정말 처음이었어요. 완전히 독창적인 분위기였고, 스타일과 목소리도…. 그 음들을 어떻게 내는지 아직도 모르겠어요. 자작곡이에요?"

제인이 고개를 끄덕였다.

윌리의 눈이 번쩍였다. "구성만 잘 맞추면 정말 뜰 수 있겠어요." 그가 말했다.

"구성을 어떻게요?" 제인이 물었다.

"우선은 키보드가 있어야 하고, 리듬부도 강화해야죠."

"우리 밴드에 추가로요?" 제인이 말했다. 윌리가 어깨를 으쓱했다.

"혹은 대체할 수도." 그가 말했다. "솔로로 가는 건 생각해봤어요?"

제인의 눈이 휘둥그레졌다. 중학생 시절부터 함께해온 밴드였다. 그들 없이 공연한 적도 없었다.

"밴드가 나쁘다는 게 아니고요." 윌리가 재빨리 덧붙였다. "서로 수준이 다르달까…. 당신은 전국민이 아는 가수로 성장할 재목이거든요. 싱어송라이터가 빛을 볼 추세인데, 내가 보기에 당신은 그 대표주자가 될 수 있어요. 어떻게 생각해요?"

제인은 텅 빈 커다란 무대 위에 조명을 받고 서 있는 자신을 떠올렸다. 검은 드레스에 은빛 사슬목걸이를 목에 걸고 기타를 든 모습. 객석의 눈길들이, 그 광활한 바다 같은 감각이 느껴진다. 기타를 치고, 노래를 한다. 은빛 달님이 밀물을 끌어온다….

그때 문이 열리며 그레그가 들어왔다. 리치의 말에 웃고 있었다. 바에서 윌리와 이야기를 하는 제인을 보자 그레그의 눈에 호기심이 찼다. 리치가 그의 팔을 잡아 주크박스 쪽으로 데리고 갔다. 제인의 귀에 다시 소음이 밀려들었다.

"나는 싱어송라이터가 아니에요." 그녀가 말했다. "가사는 쓰지 않거든요."

정확한 말은 아니었다. 브레이커스 곡들 중 〈불꽃Spark〉은 제인이 노랫말을 쓴 것이었는데 이후 다시는 쓰지 않겠노라고 선언한 바 있었다. 멤버들이 왜냐고 묻자 이유는 대지 않고 브레이커스에는 이미 작사가가 있지 않냐며 리치를 지목했었다.

이 말을 듣고 윌리의 표정이 살짝 밝아졌다.

"대필 작사가를 붙여줄 수 있어요." 윌리가 말했다. "아주 개인적인 영역의 노래가 끝내줄 것 같아요. 〈감미롭고 부드러운〉 같은."

"리치의 가사는 훌륭해요." 제인이 말했다. 리치 본인은 자신 없어 했지만 그가 쓴 가사들은 항상 제인이 음악에 집중하는 데 필요한 틀을 만들어주었다. 달리 만들어진 노래란 상상조차 안 되었다.

"알겠어요." 윌리가 말했다. "하지만 내 말도 들어봐요. 당신은 썩 괜찮은 정도가 아니라 아주 뛰어난 것을 누릴 자격이 있어요."

제인이 눈을 들어 리치와 그레그가 그 말을 듣지 않았음을 확인한 다음 윌리에게 몸을 기울였다.

"좋은 분 같긴 한데 말이에요." 그녀가 낮은 목소리로 말했다. "나는 음악 업계를 믿지 않아요. 사람들을 어떻게 취급하는지 봤으니까요. 뭔가를 원하면 그냥 빼앗아가죠. 우리가 함께 일을 시작하지도 않았는데 당신은 벌써 나를 당신 레이블의 이미지로 바꿔 만들고 있잖아요. 내가 왜 그걸 원하겠어요?"

윌리가 그녀를 빤히 바라보았다. "먼저, 어젯밤 그런 공연들을 더 할 수 있고." 그가 말했다. "거기다 음반 발매, 팬들, 명성, 돈…. 록스타가 누릴 수 있는 혜택을 일일이 늘어놓지 않아도 될 것 같은데요."

록스타, 라는 단어가 이슬방울처럼 허공에서 반짝거렸다.

윌리가 생각에 잠겨 그녀를 살펴보았다. "어떻게들 만난 사인가요?" 그가 물었다.

"그레그와 카일은 형제예요." 제인이 말했다. "리치는 그레그와, 나는 카일과 각각 같은 학년이었고요."

"그러게, 근데 누가 누군지 좀 알려줄래요?"

"리치가 기타예요." 제인이 말했다.

윌리는 고개를 끄덕였다. "전형적인 미국인의 인상이군요. 잘생겼어요. 여자들이 좋아하죠. 또요?"

제인이 살짝 미소 지었다. 리치는 지독하게 수줍은 성격이었고 여자들 앞에선 특히 그랬다. "카일은 베이스예요." 윌리가 조금 편안하게 자세를 고쳐 앉으며 말했다. "프렛리스로 치죠? 잘하던데요."

제인이 고개를 끄덕였다. "그레그가 드럼이고요."

제인의 말에 윌리 램버트가 턱을 문지르며 말했다. "지금 찾고 있는 건 밴드가 아니에요."

"왜죠?" 제인이 말했다.

"밴드는 골치 아픈 일이 많아요." 윌리가 말했다. 주문을 하려고 늘어선 손님들이 제인의 눈에 들어왔다.

"잠깐만요." 그렇게 말한 다음 그녀는 최대한 천천히 주문을 처리했다. 돌아와 보니 윌리는 아직도 칵테일에 손도 안 댄 채였다.

“혹시 정말 원하는 술이 따로 있나요?” 손대지 않은 테킬라 선라이즈에 고갯짓을 하며 제인이 말했다. 그가 고개를 가로저었다.

“운전해야 해서요.” 그가 말하며 명함을 카운터에 대고 톡톡 두드렸다. “이런 말 미안하지만 이렇게 젊은 분이 음반 업계에 관한 생각은 꽤 고루하네요.”

제인의 반응은 본인도 예상치 못한 것이었다. 할머니 엘시가 보낸 사람이어서였을 수도, 아니면 다시 보지 못할 것 같아서였을 수도 있다. “엄마가 작곡가였어요.” 그녀가 말했다.

윌리의 눈썹이 올라갔다. “누군데요?” 그가 물었다.

제인이 헛기침을 했다. “샬럿 퀸요.” 그녀가 말했다. “못 들어봤을 거예요.”

“네, 못 들어봤어요.” 윌리가 말했다.

“레이시 도먼 노래를 몇 곡 만들었어요.” 제인이 말했다. “〈나는 일어서리라I Will Rise〉와 〈당신은 몰라You Don't Know〉 같은.”

잘 안다는 듯 윌리의 눈이 환해졌다. “엘에이의 레이시, 알다마다요.” 그가 말했다. “바로 그 곡들로 출세했죠.”

제인이 한숨을 내쉬었다. “〈라일락 왈츠Lilac Waltz〉도 알아요?”

윌리의 눈썹이 더욱 올라갔다. "토미 패튼 노래 말이에요? 크게 히트했었잖아요."

제인이 고개를 끄덕였다. "그것도 엄마 곡이에요. 엄마가 썼는데 그자가 훔쳤죠."

윌리가 어두운 얼굴로 고개를 저었다. "리메이크한 가수들만 열이 넘을 테고 영화랑 텔레비전, 광고에서도 쓰였는데…." 그의 말이 끊겼다.

"엄마에겐 한 푼도 돌아오지 않았어요."

"정말 안됐네요. 안타깝게도 흔히 일어나는 일이에요."

제인이 역겹다는 듯 고개를 흔들었다.

윌리는 제 얼굴을 쓰다듬었다. "굉장한 곡이에요. 그걸 작곡한 분을 만나보고 싶네요."

"못 만나요." 제인이 말했다. "그쪽만이 아니라, 누구도."

"아." 윌리가 말했다. "저런, 그랬었군요. 이제… 당신의 그 반감이 이해가 되는군요. 가족사, 그런 것들도 그렇고요. 우리 아버지와 형 둘 다 이 업계에서 일해요. 모두 빅밴드로 성공한 다음 로큰롤로 옮겼죠. 다음 차례는 소프트 록이라고 했더니 나를 미친놈 취급해요. 그러다 제시의 노래를 들었고 내 직감을 더 확신하게 됐어요, 그리고 이제는… 세계 최고의 스타가 되기 직전이에요. 훌륭한 것을 알아보는 내 눈과 귀를 나는 믿어요."

그가 헛기침을 했다. "음반 업계에 대해 아까 했던 말, 원하는 것은 빼앗아간다, 그거 사실일 수 있어요…. 하지만 나는 그렇게 일 안 해요. 나는 내 가수들을 위해 이 일을 하니까요. 내가 했던 제안들… 그것들도 다 당신이 도약할 수 있도록 도우려는 것뿐이고요. 하지만 주제넘게 들릴 수도 있겠다 싶네요."

제인은 뭐라고 해야 할지 몰라 그를 빤히 바라보았다.

윌리가 말을 계속했다. "부상 때문에 제시의 다음 앨범은 내년 초로 연기될 거고, 그래서 가을 공백을 메꿔야만 해요."

"올가을요?" 제인이 말했다. 윌리가 고개를 끄덕였다.

"10월까지는 녹음 준비를 마쳐야 해요. 브레이커스가 10월까지 준비가 끝날까요?" 그의 입에서 밴드 이름이 나오자 제인의 얼굴에 절로 미소가 퍼졌다. "뭐, 노래야 있죠." 제인이 말했다.

그가 자리에서 일어섰다. "들어보고 싶어요. 당신은 진짜배기 같아요…. 그래서 당신 밴드까지 함께 고려해볼 생각이에요." 그가 카운터 위에 명함을 내려놓았다. 제인은 카운터의 끈끈한 니스 광택 위에서 희게 가물거리는 그것을 물끄러미 바라보았다.

"만약 이걸 한다면 예술적 결정권은 우리에게 줘야 해요." 제인이 말했다. "리듬부, 대필 작사가, 그런 말은 다시는 듣고 싶지 않아요."

"*만약* 내가 당신과 일을 한다면 그렇게 하겠어요." 윌리가 말하고 제인의 연락처를 받아 적은 뒤 아침에 전화하겠다고 약속했다.

"그럼 내일 이야기하죠." 잠자리 선글라스를 다시 끼며 그가 말했다.

그가 떠나자마자 리치와 그레그가 다가왔다.

"누구야?" 페스티벌을 구경하러 마을에 온 히피들을 밀치며 그레그가 말했다. 제인은 카운터 위의 흰 명함과 밴드 멤버들을 차례로 바라보고는 씩 웃었다.

새벽 2시가 영업종료 시간이었지만 2시 30분경에 문을 닫았다. 그레이 게이블스로 이어지는 언덕을 터벅터벅 걸어 오르는데 눈앞이 가물가물했다. 브라 안에 가득한 지폐보다도 주머니에 넣어둔 흰 명함에 생각이 쏠렸다. 집에 도착해보니 뜻밖에도 그레이스가 포치에 나와 앉아 있었다. 엘시가 담근 라일락 와인 한 잔을 들고 있었다.

"아직 안 주무셨네요." 제인이 옆에 털썩 주저앉으며 말했다. 그레이스가 건네주는 잔을 받아 달콤하고 알싸한 술을 한 모금 마셨다.

"잠이 안 와서. 오늘 내게 무슨 일이 있었는지 넌 짐작도 못 할거다."

"이모야말로 오늘밤 내게 무슨 일이 있었는지 짐작도 못 할 걸요."

"너부터 해봐." 그레이스가 와인을 도로 가져가며 말했다.

"이모 말대로… 음반사 레이블에서 사람이 붙었어요. 그것도 제시 리드 A&R 담당이요."

"정말로?" 그레이스의 눈썹이 올라갔다.

"정말로요. 이모가 지금 무슨 생각을 하는지 알지만, 이야기를 오래 나눴는데 지금까지는 괜찮은 사람으로 보여요."

"지금 내 생각은 그게 아니야. 적어도 아직은."

"그럼 뭔데요?" 제인이 물었다.

그레이스가 보조개가 지는 얄궂은 미소로 제인을 바라보다 입을 뗐다. "아침에 말한 장기간호 건 있지? 그거 내가 맡게 됐는데, 환자가 제시 리드더라고."

4

윌리는 위도우스 피크에 있는 엘시의 미용실 뒷방 로레알 염색약 상자 위에 앉아 팔짱을 꼈다. 〈더러운 자식Dirty Bastard〉의 마지막 코드가 시멘트벽을 흠씬 적셨다. 카일이 옆에서 깡충깡충 뛰고 있었다. 아침에 전화를 걸어온 윌리는 브레이커스가 할 수 있는 모든 걸 들어보고 싶다고 했고, 그래서 그들의 레퍼토리 전체가 방금 윌리 앞에서 선보여진 것이다.

"좋아요." 윌리가 말하고 잠시 생각했다. "그러니까 총 여덟 곡이군요."

제인과 리치가 무슨 소리냐는 얼굴로 서로를 보았다. "열 곡을 연주했는데요." 리치가 말했다.

"그래요, 그래." 윌리가 말하고는 손목시계를 흘긋 봤다. "방금 한 그 송가는…."

"〈더러운 자식〉 말이에요?" 그레그가 말했다.

윌리가 고개를 끄덕였다. "다른 곡, 〈반항아의 길Rebel Road〉과 너무 유사해요. 그중 하나는 발라드로 대체해야 해요. 그리고 진정한 팝 싱글이 하나는 필요하고."

리치의 얼굴이 붉어졌다.

"〈인디고〉는 어때요?" 제인이 물었다.

윌리가 고개를 저었다. "주류가 받아들이기에는 너무 사이키델릭해요."

"〈불꽃〉은요?" 리치가 말했다. 자신의 곡에 대한 판결을 기다리는 제인의 입이 말라 들었다.

"〈불꽃〉은 아주 좋아요. 중독성이 있어요. 다만 그 곡도 4분이에요. 라디오에 뜨려면 짧고 귀에 착 감기는, 저절로 자꾸 흥얼거리게 만드는 그런 곡이 있어야 해요. 〈불꽃〉은 두 번째 싱글로 쓸 수도 있어요."

"그러니까 두 곡만 있으면 돼요?" 누가 뭐라 할 새도 없이 카일이 말했다. "그럼 되는 거예요?"

"물론이죠." 윌리가 말했다.

"어떻게 생각해?" 리치가 말했다.

제인은 망설였다. 카일이 바닥에서 컬핀을 집어 들어 베이스의 목 부분에 대고 문질렀다. 스펀지가 스트링에 눌리면서 진분홍빛 금들을 남겼다.

"페튤라 클라크의 아류로 남고 싶지는 않아." 그녀의 말에 윌리가 웃음을 터뜨리며 말했다.

"그럴 리가요. 다들 시작은 이렇게 해요…. 라디오에 뜨고 일단 팬층이 형성되면, 어떤 음악을 하건 받아들여져요."

제인이 눈살을 찌푸렸다.

"어떻게 잘 되겠지." 리치가 말했다.

"자, 제이니." 카일이 컬핀을 제인에게 던지며 말했다. 컬핀은 그녀의 기타에 부딪힌 다음 바닥으로 떨어졌다. "라디오에 나오고 싶지 않아?"

제인이 미소를 지으며 말했다.

"응. 라디오에 나오고 싶어."

"그럼, 하는 거죠?" 윌리가 환한 표정으로 물었다.

"네." 제인이 말했다.

윌리가 손뼉을 치며 마무리를 했다. "좋아요. 엘에이 도착 즉시 계약서를 보낼게요."

모두 작별인사를 나눴고, 제인은 미용실 밖까지 윌리를 배웅했다. 그의 마른 체구가 메인 스트리트를 따라 사라질 즈음 엘시가 나와 제인 옆에 서서 폴몰 담배를 꺼내들고 제인에게도 한 대 권했다.

"어떤 것 같으세요?" 제인이 담배를 받아들며 물었다. 사람을 읽는 능력이라면 어떤 누구보다도 할머니가 단연 최고라고 그녀는 생각했다.

"진정한 행동가야." 엘시가 말했다. "마음에 들어."

매기의 예정일이 다가오면서 그녀의 손님들까지 제인과 엘시가 담당해야 했기에 밴드 연습은 파마와 염색 사이 15분씩을 이용해야만 했다. 매기에게 산통이 찾아온 그날, 브레이커스는 티오글리콜산 암모늄으로 가득 찬 실내에서 단순한 코러스를 한숨에 불러 젖힐 수 있는 〈애태우지 마Don't Fret〉 연습에 한창이었다.

'애태우지 마; 인생과 싸울 수는 없잖아; 속 끓이지 마; 비관하지도 다투지도 마.'

카일이 자유자재의 긴 베이스 솔로로 접어들 때, 엘시가 문을 살짝 열었다. 브레이커스의 연주가 중단되었다.

"시간이 다 돼서." 엘시의 말에 시계를 보자 오후 세 시가 다 되어가고 있었다. 그레이스의 근무가 끝나기 네 시간 전이었다.

그레그가 엉금엉금 일어섰다.

"제가 데려다드릴…." 그의 목소리가 끊겼다. 리치도 긴장했다.

"집까지 좀 태워주겠니?" 엘시가 말했다. "제인, 클레멘스 부인은 10분쯤 더 놔두고, 오후 약속들은 취소하고, 가서 이모 자리를 대신 채워줘."

"잠깐만." 카일이 말했다. "그렇다면 제시 리드 간호잖아?"

"그런 모양이네." 제인이 어정쩡하게 대답하자, 엘시가 안됐다는 듯 웃었다.

"그거 좀… 어색하지 않겠어?" 카일이 말했다.

"왜?" 리치가 비꼬듯 말했다. "그의 사고로 제인이 무슨 득을 보는 것도 아닌데 뭐."

제인은 윌리의 말을 떠올렸다. *제시는 지금 한 치 앞도 내다볼 수 없는 상태예요.*

"옆에 누가 있는지도 모를 거야." 제인이 말했다. "어서들 할머니 모시고 매기한테 가봐."

꼭 함께 가고 싶었지만 어쩔 수 없었다. 센터는 간호의 연속성을 엄격하게 지켰다. 공인된 다른 간호사의 투입 없이는 근무 중 이탈을 불허했다. 이렇게 갑작스러운 상황에서는 제인 외에 다른 방도가 없었다. 매기 곁에는 엄마가 필요했고 온 가족에게는 그레이스의 월급이 필요했다. 제인은 클레멘스 부인의 머리를 손질해주고 문을 걸어 잠근 뒤 케이버스웰로 차를 몰았다.

그레이스를 내려준 일이 있어 리드의 집 위치를 알긴 했지만 정문 안으로 들어가 본 적은 없었다. 정문에 다가가 보니 경비원이 로스 시거였다. 캐러셀의 단골로 몇 해 전 여름에 한 번 같이 잔 남자였다.

"아, 안녕, 로스." 그녀가 당황하여 말했다. "좋아… 보이네." 그가 지난해 중독치료에 들어간 후로 처음 보는 거였다. 마지막으로 술집에 들렀을 때 피골이 상접했던 모습이 떠올랐다.

"고마워, 제이니." 로스가 말했다. "잘 알 테지만 센터도 장난 아니더라고. 손 뗀 지 이제 여덟 달째야. 마약쟁이치고는 나쁘지 않지."

"그러네." 제인이 말했다. 제인은 대부분의 마약을 마다하지 않았고 로스와 함께해본 마약도 여러 종류였지만 헤로인에는 선을 그었다. 잘못했다간 죽을 수도 있었다.

"참, 페스티벌 공연 정말 좋더라." 그가 말했다.

"고마워." 제인이 말했다. "매기가 애를 낳아. 지금 들어갈 수 있을까?"

"잘됐네." 로스가 말했다. "걘 아직도 섹시하겠지?"

철문이 활짝 열렸다. 제인은 자갈이 깔린 진입로를 따라 들어갔다. 널따란 별장 건물이 시야에 들어올 때 그레이스가 달려 나왔다. 둘은 차의 앞 좌석에서 서로 옷을 바꿔 입었다. 제인은 그레이스의 유니폼으로, 그레이스는 제인의 A라인 면 원피스로.

"모건이라는 친구와 지금 위층에 있어." 차에서 내리는 제인에게 그레이스가 말했다. "그냥 거실에서 잡지나 읽으며 대기하면 돼. 뭐가 필요하면 부를 거야. 다른 간호사가 온다고 말은 해놨거든. 전화랑 일지는 주방에 있어. 고맙다, 제인."

"조심하세요." 제인이 말하자 그레이스는 고개를 끄덕이고 정문 쪽으로 급히 차를 몰았다.

제인은 저택을 향해 걸어가며 공중에 붕 뜬 기분이었다. 각이 진 목조부는 짭짤한 공기 속에 은빛으로 변하고 있었고 뒤편 건물 끝에선 바다가 반짝였다. 제시 가족 사이에서는 이 집이 이른바 '오두막'으로 불린다는 사실을 그레이스에게서 들어 알았다. 규모를 눈으로 보고 나자 한결 불쾌하게 느껴졌다. 그녀는 현관문을 열고 안으로 들어갔다.

집안에서는 전문적으로 정돈하고 아무도 건드리지 않는 박물관 같은 냄새가 났다. 입구 주위는 묘지처럼 장중하고 우아했다. 제인은 침입자 같은 느낌으로 살펴보다가 그레이스가 일하러 갈 때 늘 하는 대로 머리를 틀어 올려 동그랗게 말았다.

주방에서 그레이스가 알려준 전화기를 발견하고 센터에 전화를 걸어 도착 사실을 보고한 다음 그레이스의 근무일지를 들춰보았다. 오른쪽으로 낙상한 탓에 늑골 세 대가 부러졌으며 척골, 요골, 중족골까지 골절되었다고, 경미한 찰과상도 입었고 환부 한 군데에 감염이 있으며 겐타마이신 주사를 맞아야 한다고 적혀 있었다. 그것 말고는 조용한 밤이 될 터였다.

이층으로 이어진 기하학적 형태의 계단을 지나 거대한 원형 거실로 들어갔다. 천장까지 올린 서가와 흰색의 모던한 가구들에 천공광이 내리비쳤다. 한 번도 신지 않은 에나멜가죽 구두처럼 검게 반짝이는 그랜드피아노가 이 방의 중심점이었다. 그것을 보는 순간, 제인은 숨이 턱 막혔다.

공들여 닦은 케이스 안에 건반들이 담겨 있었고 열어둔 뚜껑 아래로 좌우로 줄지어선 금속 현들이 보였다. 제인은 고등학생 시절 음악실에서 새까만 업라이트 피아노를 갖고 놀아보긴 했어도 이렇게 피아노 내부를 들여다보긴 처음이었다.

동물들과 잘 맞는 사람들이 있듯이 제인은 현악기들과 잘 맞았다. 뭐가 됐든 결국 익혀냈고, 딱 꼬집어 설명할 수는 없지만, 그것들은 그냥 보기만 해도 어디서 음이 나오는지 들리는 것 같았다. 거기 그렇게 서서 피아노도 현이 여든여덟 개 달린 기타일 뿐이라는 생각을 했다.

그 현들을 보고 있자니 밤하늘을 볼 때 그러듯 속 깊은 데서 어떤 강력한 존재가 꿈틀대는 느낌이 들었다. 그 앞에 앉아서 에나멜 속으로 손가락을 가라앉히고 싶은 욕구가 솟구쳤다.

물론 그럴 수는 없었다. 여기 있는 것 자체가 이상한 일이었다. 그녀는 소리가 어디까지 퍼져나갈지 궁금해하며 실내를 둘러봤다. 흰 석재 선반에 사진은 없었고 여자와 남자, 그리고 어린 사내아이의 유화 한 점만이 놓여 있었다.

제인의 눈이 다시 피아노로 향했다. 만져보고 싶다는 물리치기 어려운 강박이 다시 솟았다. 손을 뻗는 순간, 제시 리드가 들어왔다.

골절 부위를 보호하기 위하여 어깨를 앞쪽으로 구부린 채 서 있었음에도 존재감이 실로 대단했다. 제인의 눈대중으로 6피트 3인치는 될 장신이었다. 그와 시선이 마주치자 제인은 가슴이 철렁했다. 푸른 불꽃이 타오르는 것 같은 눈동자였다.

누가 입을 열기도 전에 한 여자가 따라 들어왔다. 캐러셀에 왔었던 적갈색 머리 여대생이었다. 자연스런 갈색 피부에 눈을 금빛으로 보이게 해주는 길고 짙은 속눈썹을 갖고 있었다. 이 여자가 모건인 모양이었다. 모건 비달. 계산할 때 쓴 아버지의 신용카드에서 본 성까지 기억났다. 이런 데서 마주치고 보니 돈 있는 집 출신일 거라는 추측이 옳았구나 싶었다. 제인은 외계인이 된 기분인데 그녀는 이곳이 더할 나위 없이 편한 듯 보였다.

"아, 안녕하세요?" 그녀의 인사에 제인의 가슴이 울렁거리기 시작했다. 그들은 이국적인 서식지에서 어슬렁거리는 한 쌍의 아름다운 살쾡이들 같았다. 자신이 유니폼을 입고 있다는, 그래서 투명인간처럼 보일 거라는 생각이 번쩍 들었다.

"그레이스 씨 대신 왔어요." 그녀가 말했다. "제인이라고 해요."

"제인 퀸." 말하는 제시의 눈에 알아보는 빛이 어렸다. 제인이 자세를 고쳐 섰다. 그러니까 전혀 모르지는 않았던 것이었다.

"만나서 반가워요." 모건은 건성으로 말하고 다음 화제로 넘어갔다. "저녁을 지을까 하던 중이었어. 간단한 걸로…. 작년에 프랑스에 갔을 때 근사한 라구 레시피를 하나 배웠거든."

"좋긴 한데," 제시가 말했다. "냉동식품 말고는 집에 아무것도 없을걸."

"나가서 장을 보자…. 부모님 집에서 여기 오는 길에 농작물 가판대를 최소한 두 개는 봤어."

제시가 고개를 끄덕였다. 제인의 몸이 뻣뻣하게 굳었다. 매기의 출산을 못 보고 그레이스 대신 근무하는 거야 그렇다 쳐도 환자가 라구 식재료를 사러 나간 낯선 집에서 혼자 앉아 있는 건 예상 못 했던 일이었다.

"저기 그런데," 제시가 제인을 바라보며 말했다. "주사 맞아야 하는 거죠?" 환자가 주사를 자청하는 일은 드물었기에 모건이 예고 없이 찾아왔다는 추측이 들었다.

"놓을 수 있어요?" 모건이 물었다.

"네." 제인이 말했다.

"좋아요, 여기서 기다릴 테니 끝나면 알려줘요." 모건이 말하더니 피아노 앞에 앉아 아무 거리낌 없이 연주를 시작했다. 클래식 음악이 거실에 퍼지자 제인은 찌르르한 부러움을 느꼈다.

"그레이스가 물건을 여기 두는 것 같던데요." 제시가 말하고 주방 쪽으로 걸어갔다. 제인이 뒤따랐다.

"참, 그리고 나는 제시예요." 그가 말하며 그녀를 흘긋 쳐다보았다.

"만나서 반가워요." 팔걸이를 푸는 그를 도와주며 제인이 말했다. 무슨 말을 더 해야 하나? 미안하다고? 고맙다고?

그녀는 그의 셔츠 단추를 풀기 시작했다. 버티컬 블라인드 틈으로 햇살이 들어오듯 몸통 전체에 감긴 붕대 사이로 타박상 자국들이 비쳤다.

"상처가 잘 아물고 있어요." 이윽고 제인이 말했다.

"좋은 소식이군요." 제시가 미심쩍은 투로 말했다.

"내 잘못이었어요." 카운터에 앉으며 그가 말했다. "미들 로드에서 미끄러졌어요. 오토바이는 엉망이 됐고, 골절만 열두 군데. 페스티벌 공연도 놓쳤죠. 하지만, 다 알고 있잖아요."

겐타마이신을 찾아 그레이스의 비품 가방을 뒤지던 제인의 뺨이 붉게 달아올랐다.

"〈가제트〉에 따르면 내가 정신 바짝 차려야 할 만큼 잘했다던데요?" 제시가 말했다.

그와 제인의 눈길이 마주쳤다. "그런 걱정은 안 하셔도 될 것 같은데요." 그녀가 말했다.

제시의 두 눈이 휘둥그레졌다. "내 말은 그냥 훌륭한 공연이었던 것 같다는 거였어요." 그가 부드럽게 덧붙였다.

제인이 위생장갑을 꺼내 꼈다. 뭔가 시선을 둘 데가 생겨 다행이었다.

"그레이스는 온통 당신과 매기 이야기뿐이에요." 제시가 말했다. "매기는 잘 있나요?"

"세 시쯤 산통이 왔어요." 그의 상박에서 혈관을 찾으며 제인이 말했다. "지금쯤 그레이스 이모가 도착했을 거예요."

"그레이 게이블스에요?" 그가 물었다.

제인은 위생 포장에서 주사기를 꺼내 겐타마이신 병에 넣어 채웠다. "맞아요." 제인이 말했다. 그런 말을 하자니 자기가 얼마나 불안해하고 있는지 실감이 났다.

제시도 눈치 챈 것 같았다. "그런데, 그냥 가지 그래요. 지금이 일을 하고 있을 마음이 아닐 텐데요."

제인은 그냥 갈 수 있는 처지가 아님을, 근무 종료 전화가 환자의 집에서 걸려오는지 아닌지 센터가 배전반을 통해 모니터한다는 사실을, 위험을 무릅쓰기에는 센터에서 나오는 수입이 가족에게 너무 중요하다는 사정을 설명할 용기가 없었다.

"고개 돌릴래요?" 그녀가 물었다.

제시가 고개를 저으며 대답했다. "괜찮아요."

둘이 거실에 돌아오자 모건이 벌떡 일어났다. 치고 있던 피아노 음률이 들쭉날쭉한 고드름처럼 허공에 매달렸다.

"준비됐지?" 그녀가 말했다. 제시는 현관으로 이끌릴 태세였고 제인은 한발 물러섰다.

"기분전환에 좋을 거야." 모건이 제시의 겨드랑이 아래 제 팔을 넣어 부축하며 어깨 너머로 제인을 바라봤다. "제인이라고 했죠?"

"네."

"일곱 시까지는 돌아오겠지만 만일 늦더라도 조금만 기다렸다가 제시를 봐주고 가줄래요?"

"모건…" 제시가 말했다.

"상관없으실 거야." 모건이 눈부신 미소를 지으며 대꾸했다. "그렇죠?" 고등학교 때 따라다니는 남자아이들에게 매기가 수백 번은 써먹은 수법이었다.

"그전까지 돌아오겠죠." 제인이 제시에게 말하자, 모건의 얼굴이 굳어졌다.

"그럼요." 제시가 대답했다. 제인이 고개를 끄덕였고, 둘은 나갔다. 헤드라이트 불빛이 건물 입구를 휘감았다 지나갈 때까지 기다린 뒤 피아노로 다가가 덮개를 열자 뼈처럼 흰 건반들이 드러났다. 마치 처음으로 야생동물과 접촉하듯 조심스러운 손길로 만져보았다. 그리고 연주를 시작했다.

다시 한번 밤하늘을 보는 느낌이었다. 단 이번에는 밤하늘이 그녀를 에워싸고 있었다.

5

1969년 8월 1일 자정 직후에 그레이 게이블스의 이층 욕실에서 바버라 '비' 퀸이 태어났다. 그레이스가 욕조 물에서 아기를 조심스럽게 들어 올려 매기의 가슴에 눕히는 모습을 제인과 엘시는 문간에 서서 지켜보았다.

"세상에 태어난 것도 모르고 있을 거야." 엘시가 말했다. 비가 코를 킁킁거리다 귀를 찢는 소리로 울음을 터뜨리자 매기는 믿을 수 없다는 듯 웃음을 터뜨렸다.

"제인, 네 목청을 타고났어." 매기가 말했다. 제인은 감격으로 말이 안 나와 어려서부터 둘 사이에 해왔듯 손으로 코요테 모양을 만들어 보여줬다. 매기도 미소 지으며 같은 동작을 했다.

아군은 묻지 않아도 안다.

엘시가 탯줄을 자른 다음 비의 몸을 닦고 포대기로 쌌다.

그리고 제인의 팔에 자는 아기를 안겨 내보냈다. 그레이스와 함께 매기를 돌봐야 했기 때문이다.

제인은 마치 책보에 물을 담아 옮기듯 조심조심 삐걱대는 층계를 내려왔다. 아기가 흔들리지 않게 하려고 안간힘을 쓰느라 진땀이 났다. 이렇게 작은 생명 때문에 남의 집에 온 것처럼 긴장하고 있는 게 신기했다. 그녀가 나타나자 그레그와 리치와 카일이 한꺼번에 일어나 아기를 보겠다고 법석을 떨었다.

"자고 있어." 제인이 말했다. "여기."

제인이 아기를 보여주자 총각들의 눈이 휘둥그레졌다.

"소중한 아가, 비." 그녀가 말했다.

"야, 정말 완벽하다." 눈물 그렁그렁한 눈으로 그레그가 말했다. "매기는 어때? 비명 소리가… 끔찍하더라."

"난생처음 보는 거였어." 제인이 말했다.

카일이 까꿍, 아이 어르는 소리를 했다. "내가 삼촌이 됐어!" 그가 말했다.

"내가 좀…." 팔을 뻗으며 그레그가 말했다. 제인이 머리를 받쳐주는 법을 보여주면서 조심스럽게 아기를 안겨줬다. 제인은 따뜻한 표정으로 그레그를 보고 있는 리치의 팔을 꼭 잡았다.

"리치, 삼촌 됐네?" 그녀가 말했다. 리치가 눈길을 돌렸다.

"야아!" 그레그가 탄성을 질렀다. "야아!"

이층에서 부르는 소리에 다들 올라가 보니, 머리를 감은 매기가 깨끗한 홑이불과 직물 침대보를 덮고 기둥 침대 위에 기대앉아 있었다. 제인이 들어갈 수 있게 남자들이 벽에 착 붙어 섰다. 여전히 자는 비를 엄마의 품에 안겨줬다.

그레그가 다가섰다. "몸은 좀 어때, 맥스?" 그가 물었다. 매기가 미소를 지었다.

그레그가 왐파노아그 자장가를 부르기 시작하자 제인은 사랑 가득한 정경에서 물러나 침침한 문밖으로 나왔다. 어린 딸을 안은 매기의 모습에 문득 우리 엄마도 잠든 나를 저렇게 꼭 안아줬겠지, 싶었다.

샬럿에 대한 기억은 물에 젖어 훼손된 사진들처럼 행복한 추억들과 끔찍한 순간들이 뒤섞여 있었다. 좋았던 것만 보존하기보다는 전부 차단해버리는 편이 제인으로서는 쉬웠는데, 그럼에도 샬럿은 꿈길을 타고 그녀에게 다가오곤 했다.

반복하여 꾸는 악몽들은 모두 똑같이 데이트 준비를 하는 샬럿의 모습으로 시작했다. 그날 밤, 제인은 꿈속에서 라일락빛 드레스를 입은 엄마를 봤다. 복도 거울 앞에 선 엄마. 새로 빳빳이 바른 꽃무늬 벽지. 붉은 립스틱으로 마무리.

립스틱이 입술에 가 닿는 순간, 샬럿은 등을 오그리고 벌에 쏘인 것처럼 작은 비명을 토했다. "내려놔!" 제인이 외치는데도 엄마는 듣지 않았다. 샬럿은 계속 립스틱을 바르며 그것이 부지깽이라도 되는 듯 진저리를 쳐댔다.

제인은 땀에 흠뻑 젖어 잠에서 깼다. 마음을 가라앉히려 해봤지만 눈을 감으면 현관에 선 엄마의 이미지가 눈꺼풀 뒤에 들러붙은 듯 되살아났다. 대신 달빛 내린 해변을 걷는 샬럿을 안간힘을 써 떠올려보자, 모래밭 위에 둥근 발자국들이 하나 둘 찍힐 때마다 호흡이 차츰 진정되었다.

이튿날 아침. 제인은 비의 탄생이라는 경사에도 불구하고 머릿속은 온통 제시 리드의 저택에 놓인 피아노뿐인 자신에게 깜짝 놀랐다. 무시하려고 했다. 팝송을 한 곡 써야만 했다. 하지만 기분이 전혀 '팝'스럽지 않았다. 쓰리 잡을 뛰었고 돈 걱정에 음악은 뒷전이었다.

아기가 태어난 상황이라 생각할 공간을 찾기도 어려웠다. 언제나 누군가가 그녀의 도움을 필요로 했다. 윌리의 엘에이 비서 트루디가 계약서 발송 소식을 알려온 그 주 후반까지도 곡은 한 줄도 못 쓴 형편이었다.

그날 오후 그녀는 리치와 위도우스 피크의 뒷방에 앉아 머리를 맞대고 고민했다. 제인은 기타 위에 팔을 걸치고는 노트에 뭔가를 끼적이는 리치를 바라보았다. 그들은 이렇게 작업했다. 아이디어를 나눈 다음 리치가 노랫말을 쓰고 제인이 나머지를 하는 거였다.

리치가 맨 윗줄에 '봄날의 연애'라고 휘갈겨 썼다.

“이거 한 번 해보자.” 노트를 두드리며 그가 말했다.

‘강력하게; 그래; 당신은 나를 이끌어가; 모든 게 엉망인 것 같을 때; 이 노래를 불러봐.’

제인은 기타 목을 잡고 손가락 끝으로 낮은 E현을 쓰다듬었다. 노랫말은 팝답게 단조로우면서도 활력 넘치는, 이를테면 성인용 자장가풍이었다. 하지만 제인의 천성은 그보다는 복잡한 걸 좋아했다. 원하는 대로 할 수 있다면 절대 선택하지 않을 가사였다.

“알아, 이런 거 싫어하는 거.” 리치가 말했다.

제인이 소리 없이 웃었다. 함께 일한 지 오래된 사이였다. “좋은 팝송이야.” 말하는 그녀 귀에 윌리의 말이 울려 퍼졌다.

당신은 썩 괜찮은 정도가 아니라 아주 뛰어난 것을 누릴 자격이 있어요.

리치의 가사에 곡을 붙여보려 했으나 재료가 맘에 안 드니까 어떤 코드도 영 들러붙지 않았다. 제인의 음악은 기분의 연장선에 있었다. 느낌이 안 오면 아무리 용을 써도 곡이 떠오르지 않았다. 그런 와중에도 책임감 때문에 마음은 자꾸만 일정을 되뇌었다. 저녁에는 그레이스를 픽업하고 저녁을 먹고 캐러셀에서 일해야 했다. 한 시간 후 리치는 노랫말을 모두 완성했으나 제인은 아직 아무 결과물이 없었다.

“가사가 문젠가 봐.” 그가 말했다. “네가 손 좀 보든지.”

"아니야, 가사는 완벽해." 제인이 말했다. "문제는 나야. 정신이 딴 데 팔려서 그래. 아, 이런! 벌써 시간이 이렇게 됐어?"

제인은 차 키를 집어 들고 그레이스가 기다리는 오두막으로 달려갔다. 10분이나 늦었기에 도착할 즈음이면 그레이스가 정문 밖에서 기다리고 있을 줄 알았는데 보이지 않았다. 제인은 야간 경비원에게 손짓을 한 뒤 정문 안으로 들어갔다.

"실례합니다." 집 현관문을 밀며 그녀가 말했다. 낮게 깔린 햇살에 보랏빛 직사각형 입구가 삭막하게 보였다. 아무 대답이 없자 그녀는 주방으로, 이어서 거실로 가보았다. 피아노가 번쩍 빛을 냈다.

"안 계세요?" 그녀가 다시 불렀다. 이번에도 대답이 없었다. 귀를 기울여보았으나 긴장한 귓속의 진동음 외에는 아무것도 들리지 않았다. 그레이스를 찾으러 가야 한다는 건 알았지만 피아노의 유혹이 너무 강했다. 그녀는 의자를 끌어내 앉았다.

무게가 있는 건반이라 탄주감도 기막히게 좋았고 음색이며 릴리스가 이루 말할 수 없이 부드러웠다. 강둑을 뚫고 터져 나오는 음표의 분출처럼 리치가 쓴 〈봄날의 연애Spring Fling〉 악상이 밀려왔다. 초조하고, 착잡하고, 광포하게. 피아노를 치는 그녀의 눈 위로 내려온 한 줌 머리카락이 석양 속에서 금빛으로 빛났다. 이게 뭔지는 모르지만 팝은 확실히 아니었다.

삐걱 소리와 함께 뒷마루 쪽 문이 열리면서 그레이스가 거실로 들어왔다. 화들짝 피아노에서 손을 떼며 제인이 일어섰다. 뒤따라 들어오는 제시의 푸른 눈이 제인에게 박혀 있었다.

"어디 있는지 몰랐어요." 제인이 말했다.

"뒷마당 잔디밭에서 재활치료를 좀 하고 있었어." 그레이스가 말했다. 두고두고 샬럿을 떠올리게 만드는 조카딸의 음악적 재능에 대해 이모가 늘 보이는 낯익은 긍지와 슬픔이 새삼 느껴졌다. 제시는 아직도 그녀를 응시하고 있었다.

"센터에 전화 넣을게." 그레이스가 말하고 주방으로 걸어갔다. 제인은 침을 꾹 삼키고 발끝만 내려다보았다.

제시가 헛기침을 했다. "완전히 빠져있던데요." 그가 말했다.

한창 입맞춤하다 멈춘 듯 제인은 숨이 찼다. 자세를 가다듬고 정신을 차렸다. "몸은 좀 어때요?" 그녀가 물었다.

"약하죠." 성한 팔의 손을 구부리며 제시가 대답했다. "그레이스 덕분에 견뎌내고 있어요."

어두해진 창문에 비친 둘의 모습이 제인의 눈에 들어왔다. 이런 집에서는 밤에 혼자 있고 싶지 않을 것 같았다.

"다 됐어." 그레이스가 돌아오며 말했다. "오늘 치료 좋았어요." 그녀가 제시에게 말했다.

"내일 뵐게요." 그가 말했다. 서로 손을 흔들며 작별인사를 나누고 서재를 나서면서 그레이스가 제인의 어깨에 팔을 둘렀다.

"저녁 메뉴는 뭐야? 배고파 죽을 지경이다." 현관문을 향해 걸어가며 그레이스가 말했다.

"카일식 라자냐요." 제인이 말했다.

"연간 적정 마늘 섭취량을 한 끼에 먹게 생겼구나." 그레이스가 말했다. 제인의 웃음소리가 울려 퍼졌다. 지독하게 조용한 곳이라 제시 귀에도 들렸을 터였다. 그녀는 걸음을 멈추었다. 무슨 일이냐는 표정의 그레이스가 미처 뭐라 말하기도 전에 제인은 거실로 돌아갔다. 제시는 피아노 앞에 서 있었다.

"우리 집에 와서 저녁 먹을래요?" 제인이 물었다. "우리 밴드도 있을 거예요. 친절한 경고 하나, 먹고 나면 무지하게 목이 마를 거예요."

잠시, 못 들었나 싶었다. 그러나 고개를 드는 그의 눈에는 감사의 빛이 그득했다.

6

스테이션 왜건이 그레이 게이블스에 들어올 즈음, 해는 이미 졌고 빅토리아풍 오두막은 등불처럼 빛나고 있었다. 주방에서 서성거리는 카일과 리치의 모습이 보였고, 그레그와 매기는 비를 데리고 포치에 나와 앉아 있었다. 그레이스가 차에서 내리는 제시를 부축했다.

"전망 좋은 길로 돌아왔나 보네?" 계단을 오르는 그들에게 매기가 말했다. 그녀의 눈길이 제시에게 향했다. "누구야?"

"제시야." 그레이스가 말했다. "저녁 함께할 거고." 매기는 그레이스를 뚫어지게 바라보았고 그 옆의 그레그도 얼이 나간 얼굴이었다.

"만나서 반가워요." 제시가 말했다. "그리고 축하드려야죠." 비에게 고갯짓을 하며 그가 덧붙였다.

"제시 리드! 우와!" 그레그가 싱긋 웃으며 매기 앞에 나서서 제시의 성한 팔을 잡고 힘차게 흔들었다. 제시가 수줍게 웃었다.

"야, 만나서 정말 반가워요. 나는 그레그. 제이니하고 드럼을 쳐요. 여긴, 내 사랑 매기예요."

그가 매기의 팔에서 비를 받아 제시에게로 향했다. "이 아이가 우리 딸 비랍니다." 그가 말했다.

"정말 예쁘네요." 제시가 말했다.

망사문이 열리며 꽃무늬 앞치마를 두른 카일이 나왔다. "저녁밥 다 됐어요." 그가 말한 뒤 제시를 보고 탄성을 내질렀다.

"우와, 제시 리드네? 미리 알려줬어야지. 그러면 리치한테 저녁밥 시켰을 텐데." 카일은 고개를 흔들더니 제시의 어깨에 팔을 두르고서 안으로 안내했다. "저녁밥에 대해서는 미리 사과하고요, 맥주 갖다 줄게요. 아 참, 그리고 난 카일이에요."

그레그가 비를 데리고 따라 들어갔다. 매기가 천천히 일어났다.

“이게 뭔 일이래?” 그녀가 말했다.

“제인이 초대했어.” 그레이스가 말했다.

“오!” 매기가 말했다. “그런 거였군.”

“들어갈게.” 제인이 말했다.

“내숭 떨지 마.” 매기가 말했다. “이해해. 늘씬하고 유명하잖아.”

“안 들려.” 제인이 망사문을 삐걱 열면서 말했다.

카일은 제시를 상석에 앉히고 자리를 하나 더 만들었다. 그레그는 비를 요람에 눕혔고 리치는 초록색 주전자를 들어 컵에 물을 따랐다. 제인 뒤에서 다가온 엘시가 제시를 보더니 제인에게 눈을 찡긋하고는 자리에 앉았다.

돌아가며 소개를 마치고 다들 앉아 카일식 라자냐를 먹었다. 짠 음식에 초면의 낯가림도 사그라진 듯 금세 농담이 오가고 웃음꽃이 피었다. 하지만 매기만은 제시를 아예 없는 사람 취급했다. 그를 특별하게 여기지 않는다는 것을 알려주고 싶은 거였다.

“오늘 롭슨 부인은 어떻게 되었어요?” 그녀가 엘시에게 물었다. “깃털 머리 그대로 갔나요, 아니면 다시 넘김 머리로 돌아갔나요?”

“넘김 머리로 돌아갔어.” 엘시가 말했다.

매기가 눈동자를 굴리며 말했다. "내가 그럴 줄 알았어요. 젊었을 적 헤어스타일을 유지하는 게 사실 더 늙어 보인다는 걸 사람들은 왜 모를까?"

"맥스, 제시는 로빈슨 부인인가의 머리에 관해서는 관심 없을 것 같은데." 그레그가 말했다.

"흠, 그럼 오지 말았어야지. 기분 나빴다면 미안해요." 매기가 말했다.

"넘김 머리는 유행이 지나지 않았나요?" 제시가 한 마디 거들자, 모두 웃음을 터뜨렸다. 다시 대화가 이어졌고, 제인은 슬쩍 제시 쪽을 보다가 이미 자신을 보고 있는 그와 눈길이 마주쳤다.

저녁을 다 먹고 나자 엘시와 그레이스가 설거지를 하겠다고 고집했고 매기는 비를 데리고 이층으로 올라갔다. 거실에 제시와 브레이커스 멤버들만 남았다. 술은 맥주에서 엘시의 라일락 와인으로, 화제는 음악으로 옮겨갔다.

"혹시 조언 줄 거 있어요?" 리치가 연갈색의 긴 앞머리 사이로 제시를 바라보고 멈칫거리며 물었다. "우리 첫 번째 앨범에 대해서요."

제시가 이마를 찡그렸다. "내가 뭐라고 조언씩이나." 그가 말한 뒤 대신 런던에서의 녹음 경험을 이야기해주었다. 브리티시 인베이전 밴드 중 하나인 페어 플레이와 같은 층에서 작업한 덕에 이따금 그들의 최신 앨범《하이 스트렁High Strung》 녹음 세션을 구경했다고 했다.

"해니벌 팽과 한 스튜디오에서 녹음을 했다니 믿어지지 않네요." 눈이 초롱초롱해져서 카일이 말했다. "살아있는 전설이잖아요."

"솔직히 잘 기억이 안 나요." 제시가 말했다. "얼이 좀 나가 있었거든요. 하지만, 물론이죠…. 정말이지 굉장한 베이스 주자니까요."

"그렇고말고요." 카일이 말하고 비쩍 마른 엉덩이로 해니벌 팽의 악명 높은 골반 흔들기 동작을 흉내내보였다. 모두 깔깔대고 웃었다.

"그래서, 제인을 도와줄 건가요?" 카일이 묻자, 제인이 그를 쏘아보았다. 멤버들 중 가장 외향적인 카일은 모두가 자신처럼 터놓고 솔직할 순 없다는 걸 몰랐다.

"어떻게요?" 제시가 말했다.

"팝송을 하나 써야 해요." 카일이 말했다. "앨범에 넣고 싱글로 발매할 곡으로."

"아까 피아노로 친 그 곡 어때요?" 제시가 말했다.

"제인 피아노 못 치는데." 리치가 말했다.

제시가 웃으며 말했다. "네? 잘만 치던데요."

카일과 리치와 그레그가 일제히 앓는 소리를 했다.

"너 못 다루는 악기가 있긴 하냐?" 그레그가 말했다.

"무슨 뜻이에요?" 제시가 말했다.

"제인은 천재걸랑요." 카일이 말했다. "어떤 악기건 스스로 터득해요. 기타에 바이올린, 그리고…."

"만돌린." 리치가 말했다.

"덜시머." 그레그가 말했다.

"우쿨렐레." 카일이 말했다. "이제는 피아노까지 길들였군."

"피아노 조련사!" 리치와 그레그가 합창을 했다.

"놀랍네요." 제시가 말했다.

제인이 그의 눈을 피하며 말했다. "카일 말대로예요. 라디오에서 틀어줄 대충 그럴싸한 곡이 필요해요. 리치가 가사는 완벽하게 썼고… 집중을 좀 해야죠."

"작업 절차가 어떻게 돼요?" 그레그가 제시를 향해 물었다. "지금까지 들어본 가장 외기 쉬운 곡들을 쓰던데요."

"모르겠어요." 제시가 자기 손을 내려다보며 말했다. "그냥 내가 곡을 만든다기보다 곡이 나를 찾아오는 것 같다고 할까…?"

"제시 리드!" 카일이 말했다. "겸손이 지나치시군요."

대화가 이어지는 동안 제시가 제인에게 낮은 목소리로 말했다. "다 아닌 것 같으면 장7도 코드로 밀고 가요."

제인이 놀라 쳐다보았다. "고마워요." 그게 뭔지 확인해봐야겠다고 마음에 새기면서 제인이 말했다.

그는 고개를 끄덕여 보인 다음 다시 대화에 끼었다.

밤 열한 시쯤, 그레그가 의자에 앉아 요란하게 코를 골기 시작하자 그만 파할 시간이라는 데 모두가 동의했다.

"집까지 태워다줄게요." 카일이 제시의 멀쩡한 어깨를 토닥거리며 말했다. "정말 반가웠어요, 오늘."

"나도 아주 즐거웠어요." 제시가 말하곤 제인을 보았다. "정말로요."

"한번 보러 오세요." 늘어지게 하품을 하며 그레그가 말했다. "주말에 보통 캐러셀에서 공연을 하거든요."

제시가 고개를 끄덕인 뒤 제인을 향해 말했다. "그리고 언제든 와서 맘껏 피아노를 쳐도 돼요."

"그럼 고맙죠." 자기 얼굴에 머무는 그의 눈빛에 가슴이 콩닥거리는 걸 느끼며 제인이 말했다.

제시는 카일과 함께 문밖으로 나갔다. 리치는 눈을 깜박대며 입 모양으로 '그럼 고맙죠'를 흉내 내며 지나가다 제인한테 팔을 한 방 맞고 카일을 뒤따라갔다. 그레그는 이층으로 올라갔다.

제인은 정신이 말짱했다. 방에 들어와 〈봄날의 연애〉 가사가 적힌 종잇장을 집어 들었다. 갑자기 노랫말 한줄 한줄이 이해가 되었다. 젊음에 취해 어떤 문제도 일어날 리 만무한, 근심걱정 하나 없는, 바로 오늘밤 같은 그런 밤을 말하고 있었다.

'강력하게; 그래; 당신은 나를 이끌어가; 모든 게 엉망인 것 같을 때; 이 노래를 불러봐.'

제인은 기타를 들고 아기가 깨지 않게 조용히 뜯어가며 고등학교 졸업반 해에 카일이 크리스마스 선물로 주었던 너덜너덜한 오선지 노트에 코드를 그리기 시작했다. 제시 말대로 장7도 코드를 추가하자 비로소 착착 맞아떨어지는 느낌이었다. 다 마치고 보니 이제 그녀의 작업 흔적이 리치의 것보다 많아져 있었다.

노크 소리가 났다. 들어오기도 전에 이모임을 제인은 알았다.

"이모, 안녕?" 제인이 말했다.

"안녕!" 그레이스가 말했다. "방해했다면 미안… 잠깐이면 돼."

제인이 노트를 덮었고 그레이스는 침대 발치에 앉았다.

"오늘 밤 재미있었어." 그녀가 양손을 비비며 말했다. 만족감 사이에 두려움이 스며드는 것이 느껴졌다. 제인은 잠자코 이모의 반응을 기다렸다.

"네가 제시랑 사귀고 싶어 하는 줄은 몰랐다."

그녀의 말에 제인이 침을 꿀꺽 삼켰다. "그런 거 아니에요. 그냥 혼자 두고 오기가 측은해서 그랬던 거지."

그레이스가 고개를 끄덕였다. "제시는 착한 아이야." 그녀가 말했다. "그리고 또한 환자이기도 하지."

제인이 거북하게 몸을 틀었다. "그리고요?" 그녀가 물었다.

"그리고… 그런 내력을 가진 사람은 그다지 신뢰할 만하다고 보기 어려워." 그레이스가 하던 말을 멈췄다. 환자의 기밀 의료정보는 후배 직원과도 거론할 수 없게 되어 있었다.

제인은 내면에서 두려움의 웅덩이가 차오르는 것을 느꼈다. "그게… 무슨 말씀인데요?" 두 사람의 눈길이 만났다.

"내 말은, 너무 마음 주지 말라고." 그레이스가 말했다. "그리고 제시에게는 말도 조심해서 하고."

열 살배기 제인에게, 허리케인 도나가 닥쳤을 당시 가출하려다 거의 죽을 뻔했던 그 제인에게 곧장 와닿는 말이었다. 사춘기 시절의 매기는 마치 그래도 될 엄마가 있다는 사실을 과시라도 하듯 그레이스를 괴롭혔다. 제인은 아니었다. 폭풍우 속에 길을 잃고 겁에 질린 자신을 찾아준 그레이스를 실망시키느니 차라리 죽음을 선택했을 것이다.

"걱정 마세요." 제인이 방긋 웃으며 말했다. "저도 다 아니까요. 그리고 정말 그런 쪽으로 좋아하는 거 아니에요. 그냥, 밴드를 위해 알아두면 좋겠다, 정도."

그레이스가 고개를 끄덕이며 말했다. "알았다."

포옹을 나눈 후 그레이스가 자리 가자, 제인은 〈봄날의 연애〉 노랫말에 눈길을 떨궜다. 그것들은 오후에 그랬듯이 뜻모를 상형문자로 되돌아가 있었다.

그녀는 기타를 케이스에 넣고 '캐러셀, 1967년 여름'이라고 쓰인 특대 사이즈 티셔츠로 갈아입은 뒤 물을 마시러 아래층 주방에 내려갔다. 엘시가 식탁에 앉아《자메이카 인Jamaica Inn》을 다시 읽고 있었다. 저녁에 썼던 초록색 주전자는 아직 반이나 차 있었다. 엘시는 새 잔을 꺼내 물을 따르는 제인을 지켜보다 바로 나가지 않자 책을 내려놓았다. "내 딸을 물론 사랑한다만," 엘시가 말했다. "때론 조심이 지나칠 때가 있어."

제인이 할머니의 얼굴을 살폈다. "제시는 어떤 것 같으세요?" 그녀가 물었따.

엘시가 어깨를 으쓱했다. "록스타잖니." 그녀가 말했다. "명성과 함께 고통도 맛보겠지. 그런 게 처음 일도 아니고. 진짜 질문을 하자. 넌 제시가 어떤 것 같니?"

"그 사람, 맘에 들어요." 제인이 시인했다. "하지만 지금 우선순위는 음반이에요. 그 사람이 아는 걸 배울 수만 있어도 좋을 것 같아요."

엘시가 짓궂은 미소를 지었다. "당분간은." 그녀가 말했다.

제인이 눈동자를 굴리고 할머니의 이마에 입을 맞추며 편히 주무시라는 인사를 했다.

7

8월 중순이 되자 매기는 이제 미용실에서 조금씩 손님을 받겠다고 선언했다. 복귀가 조금이라도 수월할 수 있도록 그레그는 위도우스 피크 뒷방에 비를 위한 자그만 아기방을 만들어줬다. 페리스 랜딩의 굿윌 매장에서 발견한 아기 침대를 박박 닦아 옮겨놓고 천장에는 달 모양의 양철 모빌을 달았다. 매기가 보고 코웃음을 쳤다. 한껏 미소를 짓던 그레그가 머쓱해졌다. 제인도 가슴이 아팠다.

“설마 내가 저기다 비를 뉠 거라고 생각하는 거야?” 매기가 말했다. 그녀는 비를 안아 올려 미용실 홀로 돌아갔다. 독사에라도 물린 듯이 어깨를 축 늘어뜨리는 그레그에게 리치가 다가섰고, 제인은 매기를 뒤따라 나갔다.

“네가 뭔데 이렇게까지 해?” 계산대 안쪽의 매기에게 제인이 퍼부었다.

“난 아이 엄마야.” 매기가 말했다. 가게 문이 열렸다. “제인, 비켜. 손님 오셨잖아.”

그날 오후 제인은 아직도 분이 안 풀린 채로 오두막으로 차를 몰았다. 그레이스와 제시가 진입로에서 보체놀이를 하고 있었다. 차에서 내려 걸어오는 제인을 제시가 지켜보았다.

“제인, 이제 겨우 여섯 시야.” 그레이스가 놀란 목소리로 말했다. 제인이 왜 벌써 왔는지 모르겠다는 뜻이었다.

제인은 상관하지 않았다. "알아요." 그녀가 말했다. "제시, 피아노 좀 써도 돼요?"

제시가 고개를 끄덕였다. 안으로 들어가며 그녀는 제시가 찾아오라고 말하긴 했어도 정말 그럴 줄은 몰랐을 거라는 생각을 잠시 했지만 피아노를 보는 순간 언뜻 들었던 후회를 금세 잊어버렸다.

건반 덮개를 여는 손끝이 설렘으로 따끔거렸다. 그녀는 악기에게 경배라도 올리듯 머리를 숙이고서 손가락으로 스르륵 건반을 어루만졌다. *도와주세요,* 그녀는 소리 없이 말했다. 매기가 지긋지긋했다. 모두가 그녀 대신 일을 더 해야 했고 착해빠진 그레그는 그녀의 비위를 맞추느라 정신이 없었건만, 매기는 그 모든 걸 당연하게 여길 뿐 감사 인사는커녕 친절하지도 않았다. 매기가 아기 침대를 보고 코웃음을 쳤을 때 그레그의 얼굴에 떠오른 표정이 잊히지 않았다.

손가락들이 건반 위에 내려앉자 잡다한 음절들이 실내에 소용돌이쳤다. 그게 무엇인지 제인은 알았다. 잘 풀어내면 악절도 되고 후렴도 브리지도 될 요소들이었다. 그녀는 노래를 부르면서 작업을 했다.

'당신의 둥지에 똬리를 튼 독사; 살갗 대신 지갑을 입고; 원죄처럼 시푸르다; 겉보기엔 평범한 여자야; 청바지 차림에 느

긋하지; 하지만 독을 바른 말들로 사랑을 죽여.'

제인의 머릿속에서 노랫말이 메트로놈처럼 윙윙거렸다. 그녀에게 가사란 선율과 화음의 늪지로 진입하기 전의 이정표일 따름이었다. 그레이스의 근무시간이 끝날 때까지 브레이커스의 앨범을 완성시키는 데 꼭 필요하다던 둘째 곡 발라드의 후렴과 곡조까지 손댈 수 있었다.

"다시 와서 끝내면 되겠네요." 제시가 고맙다는 인사와 함께 나가는 제인에게 말했다. 제인이 미소를 지었다.

"내일요." 제시가 말했다.

그레이스가 차에 시동 거는 소리가 들렸다. "내일요." 제인이 말했다.

이튿날 그녀는 리치에게 지금까지 작업한 것을 들려주었다.

곡이 마음에 들면 리치는 고개를 오른쪽으로 살짝 기울이는 버릇이 있었다. 임시 가사로 후렴을 부르는데 리치의 머리통이 비스듬히 젖혀지자 제인은 자부심으로 가슴이 떨려왔다.

"너무 좋다, 제이니." 그가 말했다. '*청바지 차림에 느긋하지, 독을 바른 말들로*…' 이거 매기 맞지?"

제인이 눈살을 찌푸렸다. "폴 매카트니의 〈스크램블드 에그〉 같은 거야." 그녀가 〈예스터데이〉의 임시 가사를 들먹이며 말했다.

"왜?" 리치가 말했다. "나는 정말 좋은데."

제인은 단호하게 노트를 건네주었다. "음, 난 아니야. 어서 써봐." 도입부 코드를 쳐주며 그녀가 다그쳤다. 둘 사이에 이런 대화가 처음도 아니었거니와 지금 제인에게는 가사를 고쳐 쓸 기력이 없었다.

한숨을 쉬며 리치가 노트의 새 페이지를 열어 맨 위에 한마디 써넣었다. '*달아나.*'

오두막에 돌아가 브리지 작업을 하고 싶었는데 막상 시계를 보니 그레이스의 근무시간이 한 시간밖에 남아 있지 않았다. 서둘러 미용실을 나가는 제인에게 그레이스가 전화했었다고 엘시가 큰소리로 알려주었다.

"지금 거기 가는 거예요. 가서 물어볼게요." 피아노와 함께할 시간을 일 분이라도 낭비하고 싶지 않은 마음에 제인도 덩달아 외쳤다.

오두막에 도착하자마자 뭔가 이상한 느낌이 왔다. 요란한 빅밴드 음악이 단순하고 모던한 공간을 대리석 반향실로 바꿔놓으며 일층 전체를 휘감았다. 돌아가야 하나 싶었지만 곡을 완성하고픈 욕망이 너무 강렬했다.

거실에서 숨는 아이처럼 잔뜩 웅크린 제시를 발견했다. 방 한가운데 서 있는 남자는 한눈에 봐도 제시의 아버지였다. 키는 제시와 비슷했지만 부드러움은 전혀 없고 눈이 얼음장처럼 차가워 위압적인 인상이었다.

"네 엄마가 이 꼴을 본다면 기겁할 게다." 가구라도 되듯 피아노에 팔을 올려놓은 채로 그가 말했다. 그레이스는 안 보였다. 제인은 거실에서 나가려고 발을 옮겼다.

"음, 이분은 누구신가?" 강한 사우스캐롤라이나 억양으로 제시의 아버지가 말했다. 제인은 입고 있는 남루한 시프트 드레스가 신경 쓰였다.

"제인이에요." 간신히 몸을 일으키며 제시가 말했다. 그녀가 나타나서 힘을 얻은 듯 보였다. "페가수스 소속 아티스트고요. 제인 여기는, 우리 아버지, 앨든 리드 박사예요."

"만나 뵈어 반갑습니다, 리드 박사님." 제인이 말했다. 그리고 제시에게 물었다. "그레이스는요?"

"선창에서 다과를 좀 사오라고 내가 보냈소." 리드 박사가 말했다.

"그런 일 하는 분이 아니라고 그렇게 말했는데…." 난감한 얼굴로 제시가 말했다.

"싫은 기색 없었다." 리드 박사가 말했다. "똑똑한 여자이니 누가 월급을 주는지 아는 거야. 그런 게 중요한 사람들도 있는 법이다, 아들아."

"혹시 도움이 필요한지 가봐야겠네요." 한발 물러서며 제인이 말했다.

"잠깐, 아가씨." 허락 없이 물러나는 사람들이 익숙하지 않은 듯 리드 박사가 말했다. 음악이 〈라일락 왈츠〉로 바뀌어 스테레오로 울려 퍼졌다. 제인은 입이 말랐다.

"앉아요. 제시 말대로 '아티스트'라면 이 곡은 다 듣고 자릴 떠야지요. 토미 패튼, 진정한 공연예술인이지. 제시, 소리 좀 키워봐라."

리드 박사 본인이 오디오 시스템에 더 가까이 서 있었지만 제시는 시키는 대로 했다. 어떠한 뉘앙스의 여지도 없이 한껏 불어 젖히는 마흔 개의 트럼펫과 토미 패튼의 들큼한 목소리에 실려 〈라일락 왈츠〉의 아름답고 구슬픈 선율이 실내를 꽉 채웠다.

'라일락 나무들 사이에서 우리 함께 춤추던 밤들을 때로 기억해요. 여름의 미풍이 달콤한 향기와 약속으로 공기를 가득 채웠지요.'

제인은 2절의 한 부분에 귀를 기울이며 꼼짝 않고 앉아 있었다.

'진주처럼 흰 달이 낮게 내리고, 나는 당신의 품에 안긴 남자요.'

엄마의 한바탕 불평이 들리는 것 같았다. "운율부터가 안 맞아!" 엄마는 말했었다. 꿈속에 나타나는 우아한 여인이 아닌, 소중한 창작물을 빼앗기고 절망한 망령이었다. "당신의 품에 안긴 여자예요, 이게 맞는 거지. 여자girl랑 진주pearl가 운율이 맞고."

그때는 완전히 이해하기가 어려웠다. *그냥 다시 써!* 그렇게 말해주고 싶었다. 자신만의 기회가 찾아온 지금에야 희미하게나마 짐작이 되기 시작했다. 라디오에서 이 노래를 주구장창 틀어대는데도 아무런 방도도 없이 섬에 갇혀 지내는 심정이 어땠을지.

"물론 기타 음악도 괜찮지." 리드 박사가 말을 이었다. "색다른, 맛보기 같다고나 할까? 하지만 대가로 길이길이 기억되려면 말이다, 이 사람을 교훈으로 삼아."

"아니면 그 사람이 교훈으로 삼은 누구든가요." 알고 보니 제시의 입에서 나온 대답이었다.

"지금 뭐라고 했냐?" 컵을 들어 한 모금 마시며 리드 박사가 말했다.

"토미 패튼을 따라 할 생각은 없어놔서요." 제시가 말했다. 평소처럼 예의 바른 어조였지만 제인은 그 속에 담긴 분노를 알아챘다. 리드 박사도 마찬가지였다.

"너희 세대는 그게 문제야. 도대체 선대에서 뭘 배우려고 들질 않지." 리드 박사가 말하더니 제인에게 향했다. "참한 아가씨 같은데, 아버지 말씀 잘 듣나?"

"아버지가 누군지 모르는데요." 제인이 말했다. 리드 박사가 평가하는 눈으로 제인을 냉랭하게 뜯어보았다. 제인은 평가당

하며 잠자코 앉아 있었다.

"네 말이 맞았구나, 제시." 잠시 후 리드 박사가 입을 열었다. "그야말로 음악을 통해 가장 흥미로운 사람들을 만나고 다니고 있어."

리드 박사는 위스키를 마저 마셨고, 제시는 제인에게 건너와 팔에 손을 댔다.

"자요." 그가 말했다. "그레이스를 따라잡을 수 있을 거예요."

"조심해라." 위스키를 더 따르며 리드 박사가 말했다. "관리 간호 비용을 한 달 더 내고 싶지는 않으니까."

뒤뜰로 통하는 문으로 제인이 먼저, 그리고 제시가 뒤따라 나갔다. 나무들이 늘어선 마당을 둘이 함께 걸었다. 멀리서 반짝이는 바닷물이 보였다.

"미안해요." 제시가 말했다. "미리 전화하려고 했었어요. 어젯밤 예고도 없이 갑자기 들이닥쳐서는…. 하긴, 자기 소유니까요."

"내 잘못이에요." 제인이 말했다. "들어가는 게 아니었는데." 그녀가 걸음을 멈추고 그를 올려다봤다. "아까 왜 그렇게 말했어요? 토미 패튼 말예요."

제시가 머리카락을 쓸어 넘겼다. "어머니에게 일어난 일을 윌리가 알려주었어요." 그가 말했다.

"어떻게 그런 이야기가 나왔죠?" 제인이 당황한 얼굴로 물었다.

제시의 얼굴이 붉어졌다. "그러니까 어머니가 그 곡을 쓰신 거죠?" 제시가 질문을 회피하며 물었다.

제인이 고개를 끄덕였다.

"어떻게 그런 짓을 하고도 아무 일이 없었는지 이해가 잘 안 돼요." 제시가 말했다. "어머니가 부르는 걸 들은 사람들이 있었을 거잖아요? 무슨… 목격자들도 있지 않았을까요?"

"공연을 많이 하지 않았어요." 제인이 말했다. "페스티벌의 아마추어 무대에서 한번 부른 게 전부였어요. 거기서 토미 패튼이 주워들은 거예요. 라디오에서 그 곡이 나오는 걸 처음 들었을 때 지역 언론에 도움을 청해보려 했지만 아무도 실어주지 않았어요. 아일랜드로서는 거대 레이블들이 떨어져 나가는 위험을 감수하기에는 페스티벌이 절실했던 거겠죠. 엄마를 잃고 할머니는 그냥 모든 걸 덮기로 하셨어요."

제시가 고개를 흔들었다. "어머니는 어떻게 되신 건지… 물어봐도 돼요?"

제시에게는 말도 조심해서 하고.

제인이 그의 눈을 들여다보았다. 뜻밖에도 말해주고 싶었지만 이모의 경고를 무시할 수 없었다. 신중해야 했다.

"내가 어렸을 때 엄마는… 달랐어요." 잠시 후 그녀가 말했다. "굉장히 밝은 분이셨죠. 도서관에서 멋진 일자리를 갖고 계셨고요. 엄마랑 두꺼운 그리스신화 선집들을 읽으며 몇 시간씩 보내다 다른 사서들에게 한소리씩 듣곤 했어요. 내가 자라면 미노타우로스의 본고장 크레타에 함께 가자고도 하셨죠."

제인은 나무들 너머에서 흰 거품으로 반짝거리는 바다를 바라보았다.

"정말이지 엄마는 그 이야기에 빠져 있었어요. 실 한 줄기를 갖고 괴물의 동굴에서 탈출한 테세우스도 무척 좋아하셨죠. 엄마에게 음악은 그런 것이었어요. 자신을 빛에 매어주는 한 줄기의 실 말이에요."

'여자랑 진주가 운율이 맞고.'

제인이 말을 멎고 숨을 가다듬었다. "토미 패튼이 〈라일락 왈츠〉를 발표하자 엄마의 성격이 변하더라고요. 마치 누가 엄마에게서 빛을 훔쳐 간 것 같았어요. 직장도 그만두고 집에 틀어박혀 프로그램 재방송만 봤어요. 우리 누구와도 대화를 하지 않고 며칠씩 보내기 일쑤였고. 그레이스 이모는 그러는 것에 대해 엄마를 몇 시간씩 다그치곤 했죠."

제시의 눈이 호기심에 빛났다. 계속 듣고 싶은 거였다.

제인이 심호흡을 했다. "마지막에 가서는 정말 이상한 행동들을 했어요. 합법적이지… 않은 일들도 했고요. 그러다 어느 날 밤 나가더니 돌아오지 않았어요."

가만히 서 있던 제시가 물었다. "어딜 가신 거예요?"

"나도 몰라요." 제인이 대답했다. 한기가 느껴졌다. "그 후로 엄마 소식은 완전히 끊겼어요."

제시는 믿을 수 없어했다. "당연히 찾아봤을 테고요."

"당연하죠." 대답을 하면서 제인은 의도했던 것보다 이미 너무 많은 말을 했다는 생각을 했다.

"그런데요?" 제시가 물었다. 그의 눈은 홍채 둘레에 아무런 테도 없이 그저 흰자위에 푸른 구슬이 바로 놓여 있는 것처럼 보였다.

"그런데… 허사였어요." 제인이 말했다. "어딘가 있을 수도, 죽었을 수도 있겠죠."

제시의 눈이 휘둥그레졌다. 제인은 자신의 언성이 높아졌음을 깨달았다. "미안해요, 제인." 그가 말했다.

"우리 엄마는 크레타에 있을 거예요." 달빛 내린 바닷가의 발자국들을 떠올리며 제인이 나지막이 말했다.

"그게 몇 살 때였죠?"

"아홉 살."

"있어서는 안 될 일이에요." 그가 말했다. 진심으로 안타까워하는 모습이었다.

"슬픈 일이죠." 제인이 말했다. "그래도 나는 운이 좋았어요. 그레이스 이모는 내게 엄마나 다름없고, 엘시 할머니와 매기도 있고, 그렇잖아요."

제시의 눈이 저 먼 곳을 향했다. "그렇죠. 우리 엄마도 3년 전에 갑자기 돌아가셨어요. 췌장암으로. 우리는 엄마가 아픈 것도 몰랐거든요. 아무렇지 않던 분이 3주 후 저세상 분이 되셨어요."

"제시, 정말 슬픈 일이네요."

제시가 고개를 끄덕였다. "아버지가 많이 힘들어했어요. 자책했던 것도 같아요, 의사라 늘 바쁘고 뭐 그런 것들. 거칠어 보이는 것 알아요, 그런데 사실 나도… 수월한 아들은 아니었거든요. 남은 건 이제 나뿐인데 올여름 일들에다… 그 전 일들도. 나까지 잃을까 두려워하는 것 같아요."

"전의 일은 뭔데요?" 제인이 물었다.

제시가 그녀를 찬찬히 바라보았다. "시설에 좀 들어가 있었어요."

제인은 꼼짝 않고 서 있었다. 그레이스 이모가 경고했던 게 이것이었나?

"센터에요?" 그녀가 물었다. 흰 환자복을 입고 간호사에 이끌려 격리 수용되는 제시를 상상하자 마음이 서늘했다.

제시가 고개를 저었다. "차라리 그랬으면 낫죠. 보스턴 외곽의 매클린이란 곳에요. 앨든 리드의 아들에게는 최고만 어울리니까요."

"어땠어요?" 그녀가 물었다.

"동물원 같던데요." 제인은 그가 고개를 뒤로 젖힐 때 후골이 올라갔다 내려오는 걸 바라보았다. "깨끗하고, 잘 정돈돼 있고, 마치 서류함 속에 사는 느낌이었어요. 모든 게 판에 박힌 대로고 시간도 술술 가요. 6월에 들어갔는데 눈 깜짝할 사이에 12월이더라고요. 하지만 음식만큼은 최고였죠."

제인이 코웃음을 쳤다. "그런데 왜 동물원이에요?"

"창마다 쇠창살을 쳐놨거든요." 제시가 말했다.

제인이 그의 눈을 들여다보았다. "나는 그런 데서는 도저히 일을 못 하겠더라고요." 제인이 말했다. "바깥세상이 어떻게 돌아가는지 아무런 느낌도 없이 허구한 날 그렇게 사는 환자들을 보는 게 끔찍했어요."

"그게 꼭 나쁜 것만은 아니에요." 제시가 나지막이 말했다. "엄마가 돌아가시고 굉장히 깊은 우울증에 시달렸어요. 녹아웃 상태라고 할까, 제대로 대처하질 못했죠. 그저 하루하루를 살아내는 것이 할 수 있는 전부였어요. 도움이 필요했어요, 받아들이게 되기까지…."

"현실은 현실이었을 테니까요." 제인이 말했다.

제시가 고개를 끄덕였다. "당신에 비하면 난 그래도 엄마와 함께한 시간이 두 배인데, 인정하기가 부끄럽네요."

"아홉 살배기에게 잘 대처하기를 기대하는 사람도 없잖아요."

제시가 발끝을 내려다보았다.

"지금은 어떻게 대처하고 있나요?" 제인이 물었다.

제시가 상체를 약간 흔들었다. "3년이 지났어요." 그가 말하고 그녀를 바라보았다. "이제 상황이… 달라졌죠."

두 사람은 잠시 함께 서 있었다. 제인이 선창 쪽으로 걷기 시작했다. 나란히 발걸음을 옮기는 제시를 보며 제인은 가슴이 조금 뻐근했다.

8

수요일. 제인과 엘시는 오일, 팅크제, 비누, 양초 등속을 스테이션 왜건에 싣고 몬치크 벼룩시장으로 달렸다. 보통 양초 몇 자루씩을 팔기도 했지만 엘시의 진짜 목적은 항상 트렁크 한가득 골동품과 더불어 페리스 랜딩의 자기 가게에서 주워들은 갖가지 소문을 갖고 오는 친구 시드와 수다를 떠는 데 있었다.

"퀸 가의 여인들은 여전히 찬란하군." 연초록색 '소장판' 트랜지스터라디오로 신호를 잡으려 애를 쓰던 그가 고개를 들고 말했다. 7년밖에 안 된 라디오였지만 혹시 몰라서 가격 스티커를 붙이는 모습이 시드다웠다.

"라일라 샬럿, 이번에 세 번째 이혼소송을 건 게 과연 누구일까요?" 빅토리아풍 고리버들 손수레 안에 감추어놓은 보온병에 손을 뻗으며 그가 신이 나서 말했다.

"설마!" 엘시가 말했다. "그럼 CC가 돌아왔단 말이야?"

"아주 말도 마." 제인과 엘시에게 분홍 액체가 담긴 잔을 하나씩 건네주며 시드가 말했다. 냄새를 맡아보는 제인의 눈썹이 올라갔다.

"대부분 자몽이야, 제인." 시드가 말했다. "그건 그렇고 우리 우울한 가수 도런님과는 어떻게 되고 있나?"

"제인에게 퍽 반한 것 같아." 음료를 홀짝홀짝 마시며 엘시가 대신 대답했다.

"그런 거 아니에요." 제인이 말했다. 리드 박사와 만났던 날 이후로 일주일째 못 봤고 그저 지나가며 인사나 한 게 고작이었다. 제인은 그만한 거리가 적절하다고 생각했다. 그에게 그렇게 속내를 털어놓을 의도가 아니었는데 대체 왜 그랬는지 이해가 되지 않았다.

"당연히 아니겠지." 시드가 가엾다는 듯이 말했다. "늘 죽 쑤는 사람들 이야기가 나온 차에, 며칠 전 글쎄 우리 가게에 떡하니 들어와서 나더러 주차 잘못했다고 훈계한 사람은 또 누구일까요?"

엘시가 미간을 찌푸렸다. "메이휴." 그녀가 말했다.

엘시의 숙적 드렉셀 메이휴를 먹잇감 삼아 둘이서 매서운 입방아를 찧고 있는데 트랜지스터라디오에서 낯익은 곡이 흘러나왔다. 제인이 볼륨을 올렸다. 후렴이 나오고 있었다.

'실비가 미소 지으면 모든 게 완벽해요; 그래요, 실비가 미소 지으면 만사형통이지요.'

제시의 목소리가 은제 탄환처럼 반주를 꿰뚫고 나왔다. 하도 순수하고 달콤하여 제인은… 기뻤다. 이 곡을 제대로 들어본 적이 없다는 데 생각이 미치자 가슴이 뛰기 시작했다. 좋아한다는 것을 알아보는 것으로 잘못 알고 있었다. 그녀는 음악에 취해 여유를 잡고 앉아 있었다.

밴드 연습에 들어가서도 제인은 여전히 제시의 노래에 정신이 팔려 있었다.

"혹시 〈실비의 미소Sylvie Smiles〉라는 노래 들어봤어?" 그녀가 카일에게 물었다.

'야릇한 방식으로 그녀는 보여주죠….' 카일이 노래했다. "제이니, 시대에 뒤처지네? 그 노래 나온 지 한 달이 넘었어."

"되게 좋더라고." 제인이 말했다.

카일이 맹렬하게 고개를 끄덕였다. "그러면 〈나의 여인My Lady〉도 꼭 들어봐."

연습 후 그들은 길 건너 비치 트랙스로 향했다. 베일린 아일랜드를 대표하는 음반점이었다. 주인 대나가 방 하나를 내주며《제시 리드Jesse Reid》앨범을 듣게 해주었다. 제인은 이 음반이 별로 맘에 들지 않았다. 런던 록의 영향이 과했다. 결국에는 기타 반주뿐인 곡들에 하프시코드 서주가 붙어 있는가 하면 관악사중주가 삽입된 곡들은 가죽에 라인석을 박은 듯 겉돌았다.

전부 다 불필요해 보였다. 제시의 기타가 아주 근사했기 때문에 더더욱 그랬다. 너저분한 장식에도 불구하고 그의 목소리는 기막히게 좋았다. 청명하고 풍성한 음색에 성조도 완벽하여 과도한 반주부를 레이저처럼 뚫고 나왔다. 앉아서 한 곡 한 곡 들으며 제인은 인정하지 않을 수가 없었다. 그녀는 제시 리드의 팬이었다.

그날 밤, 윌리가 방금 베일린 아일랜드에 도착했노라 알려왔다.

"내일 가서 새 곡들을 들어보고 싶은데… 될 수 있으면 곡 순서도 확정 짓고요."

"그래요." 제인이 말했다.

"좋아요, 제시한테도 내가 말해둘게요. 어쩌면 기술적인 의견을 줄 수 있을지도 모르니까."

제시의 재능을 인정하게 되자 어쩐지 그 앞에서 음악적으로 수줍음을 느꼈다. 대답하는 데 시간이 좀 걸렸다.

"뭐, 싫으면 굳이…." 윌리가 말을 하는데, 제인이 대답했다.

"괜찮아요. 오고 싶다고 하면 데려오세요."

이튿날 윌리가 제시를 데리고 미용실로 왔다. 의자에 앉아 지나가는 그들을 거울 속으로 지켜보는 손님들의 눈이 미술관 그림들을 연상시켰다. 딱정벌레 같은 안경 너머로 그들의 눈길을 되받아치는 윌리 뒤에서 제시는 왜가리처럼 웅크리고 있었다.

"윌리!" 카일이 힘껏 끌어안으며 말했다. "와주셔서 기뻐요, 게다가 제시까지! 이건 뭐 더할 나위 없군요."

그는 빈 상자들을 두엇 끌어와 뒤집어 놓고 손님들을 앉혔다. 높은 창을 통해 빛이 들어오며 윌리와 제시 뒤편의 재고보관 선반이 환하게 드러났다. 갑자기 카펫의 누런 색깔에다 귀퉁이에 놓인 비의 기저귀 갈이용 탁자가 얼마나 이상해보일까도 신경쓰였다. 매기 말대로 아기에게 적합한 장소는 아닌 것 같았다.

"레베카도 잘 지내시죠?" 카일이 윌리에게 물었다.

놀란 빛으로 윌리가 고개를 들었다. "잘 있어요." 그가 결혼반지를 쓰다듬으며 말했다. "해독주스에 열심이죠." 윌리의 아내 안부를 묻는 일은 물론 카일의 몫이었다. 제인은 윌리에게 아내 이름을 들은 것조차 기억나지 않았다.

리치와 튜닝 중인 제인에게 제시가 고갯짓을 했다. 얼굴에 혈색이 좀 돌고 눈도 빛이 났다. 사정을 몰랐다면 신이 난 사람으로 생각했을지 몰랐다. 제인은 속이 울렁거렸다. 이곳에 그와 함께 있다니, 현실 같지 않았다.

윌리는 제시를 도와 상자 위에 앉게 한 뒤 옆에 앉았다. "좋아요, 제이니 Q." 그가 말했다. "그래, 어떻게 시작할까요?"

제인이 헛기침을 했다. 중학생 시절 처음 공연을 시작한 이래로 이렇게 떨리기는 처음이었다.

"앨범에 실을 곡들을 하나하나 짚어볼까 싶어요." 그녀가 말했다. "순서에 대한 의견이 필요하고, 뭐 다른 조언도 주시면 받을게요."

"흥미롭군." 카일이 제시를 바라보며 다 들리는 독백을 했다. "제인은 조언 되게 싫어하는데."

"우리가 아는 제인이라면 조언이랄 게 뭐 있겠어요?" 윌리가 말했다.

〈더러운 자식〉으로 연주가 시작됐다. 1년에 한 번 나타나서 가장 대접을 받으려 드는 카일과 그레그의 아버지에 바치는 송가였기에, 다행히 거침없는 활력으로밖에는 부를 수 없는 노래였다.

그 곡이 끝나자 제시와 윌리도 완전히 한데 섞여들었다. 이제는 제인과 리치와 카일과 그레그, 그리고 음악뿐이었고, 그들은 몰입했다. 〈더이상의 요구는 없어No More Demands〉부터 〈애태우지 마〉와 〈나만의 사랑스런 처녀Sweet Maiden Mine〉까지 척척 진행되었다.

이제 〈봄날의 연애〉 차례가 왔다. 전주를 듣고 윌리가 기대에 찬 빛을 보이자 제인이 눈동자를 굴렸다. 하지만 막상 노래가 시작되고부터는 노래에 밴 애교스러움을 맛깔나게 살리고 튀기는 듯한 특유의 목소리를 제대로 발휘했다. 조가 바뀌며 후렴에 들어가자 제시가 고갯짓을 했다.

'헤이! 우리는 영화 같아; 드라마 같아; 예, 헤이! 기분이 너무 좋아; 불을 붙여줘, 예; 불을 붙여줘.'

곡이 끝나자마자 윌리가 일어나서 박수를 쳤다.

"됐어요, 됐어." 제인이 말하고는 제시를 흘긋 봤다. 그가 눈을 찡긋해 보였다.

이제 제인은 제시를 바라보지 않을 수 없었다. 공연에 열이 올라 온몸의 감각이 활활 타올랐고 자제력은 떨어졌다.

앨범 B면은 〈인디고〉로 시작하여 〈사로잡히다Caught〉와 〈사라져Be Gone〉, 그리고 〈달아나Run〉로 이어졌다. 마지막 곡인 〈불꽃〉을 마친 순간, 제인의 눈은 제시에게 붙박여 있었다.

'끝나면 조용하게 꺼지지; 질풍 같은 바람과 맹렬히 타는 태양; 백 도에서 출발하여 제로로 돌아오지; 엄지만 갖다 대도 번개가 번쩍; 밀려오는 쇼크, 어둠 속의 파동; 이거라면 괜찮아, 이 작은 불꽃.'

연주가 끝났다. 모두 숨이 찼다.

"좋아요!" 윌리가 말했다.

카일과 그레그가 하이파이브를 했다. 리치와 제인은 서로를 보며 씩 웃었다.

"〈봄날의 연애〉는 *완벽*해요." 윌리가 말했다. "이번 주 내내 머릿속에서 떠나지 않을 것 같은데요. 〈달아나〉는 어떻고. 제기랄, 영락없이 대학교 때 여자친구 얘기던데 뭐. 아주 제대로 해냈어요. 제시, 자기 생각은 어때?"

제시의 눈이 반짝였다. "엄청난 앨범이 될 것 같은데요." 그가 낮고 진지한 목소리로 말한 다음 카일을 보았다. "베이스를 이렇게 치는 사람은 처음이에요." 제시가 말했다. "프렛도 없이… 놀라워요. 무슨 체조선수 같아요."

"고마워요." 얼굴이 온통 벌건 채 카일이 말했다.

"그레그, 전체를 안정적으로 잘 잡아줬어요…. 정말이지, 대단하네요." 제시의 눈이 제인과 리치에게 향했다.

"두 사람의 기타는 가끔 하나가 아닌가 싶을 정도였어요. 강렬한 표현력이 장난이 아니에요. 그리고 제이니 Q." 그가 제인을 애칭으로 부른 건 처음이었다. 제인이 미소를 지었다. 그는 고개만 가로저을 뿐 더이상의 말을 하지 않았다. 윌리의 시선을 느끼고 제인은 눈길을 돌렸다.

제시가 한 곡 한 곡 짚어주기 시작했다.

"그게 피아노라면 어떻게 전달될지 궁금해지더라고요." 〈달아나〉를 말하는 거였다. "카일, 할 수 있겠죠?"

제시가 낸 가장 중대한 제안은 〈나만의 사랑스런 처녀〉와 〈봄날의 연애〉 순서를 맞바꾸자는 것이었다.

"양면 사이 휴지부 자체를 작곡상의 도구로 사용할 수 있어요." 그가 말했다. "음반을 바꿔 거는 시간을 감안해서 A면은 좀 무거운 곡으로 끝내는 게 좋아요."

반론을 예상하며 남자 멤버들이 제인을 바라봤으나 그녀는 그냥 고개를 끄덕였다. "그런 생각은 못 했네요." 그녀가 말했다.

제시가 팔걸이 안의 팔을 문질렀다. "아주 멋질 거예요." 그가 말했다. "녹음은 언제 들어가요?"

"10월 초." 윌리가 말했다. "배터리 스튜디오스에 3주를 예약했어."

"프로듀싱은 누가 해요?" 제시가 물었다.

"빈센트 레이." 윌리가 대답했다.

제시가 낮게 휘파람을 불었다.

"빈센트 레이가 누구예요?" 리치가 물었다.

"비전이 있는 프로듀서죠." 제시가 말했다. "셰인스 리벨리언, 더 딜스, 불러틴, 선라이즈 에클립스…."

윌리의 얼굴이 흡족해 보였다.

"그럼 이름이 빈센트 레이예요? 아니면 레이가 성인가요?" 카일이 말했다.

윌리가 대답하려는 순간, 매기가 들어왔다.

"엄마가 점심을 갖고 와서 지금 이중주차 중이야." 그녀가 말했다. "내리는 것 좀 도와줄래?" 그레그가 거의 드럼 세트 너머로 뛰다시피 나와 앞장섰고 리치와 카일, 윌리까지 뒤를 따랐다. 제시와 제인만 남았다. 일어나려는 제시에게 제인이 다가가 도와주었다. 그의 손가락들이 팔을 스칠 때 그녀는 몸 전체에 전기가 도는 느낌이 들었다. 제시가 헛기침을 했다.

"다리가 저리네요." 그가 말하며 그녀의 팔을 놓고 비의 아기 침대 옆 벽에 기댔다.

"제인, 음악이… 정말이지 굉장한 재능이에요."

제인은 할 말을 찾지 못해 발끝만 바라보았다.

그가 팔을 올려 달 모양의 양철 모빌을 톡 건드렸다. "〈불꽃〉." 그가 무심한 말투로 말했다. "그건… 다른 것 같더군요."

제인이 고개를 들었다. "내가 가사를 쓴 곡이에요." 그녀가 말했다.

제시가 알겠다는 눈빛을 했다. "어떻게 쓰게 된 건가요?"

제인이 주춤했다. 사실 〈불꽃〉은 센터에서 힘든 하루를 보낸 후 불현듯 영감이 와서 쓴 것이었다. 방에 앉아 있다가 단숨에 쓰고 보니 곡이 되어있었다. 어디서 나온 것인지도 모르게 가사에 음악까지 완성된 곡이. 그런 경험은 처음이었던 제인은 통제력을 상실한 것 같은 느낌에 불안할 정도였다. 엄마

같은 사람에게나 일어날 일 같았다. 아무에게도 이 경험을 털어놓지 않았고 다시는 재발하지 않을 일이라고 다짐한 후 한동안 곡을 쓰지 않았다.

그런데 이제 제시가 호수처럼 고요하게 곁에 서서 궁금해하고 있었다.

제인은 본능에 따라 대답했다. "섹스요."

깜짝 놀란 제시의 불타듯 푸른 눈이 그녀에게 날아왔다. 그가 웃음을 터뜨렸다.

"나는 쇼크요법이라고 말할 줄 알았잖아요."

제인의 눈썹이 올라갔다. "경험에서 하는 말이에요?" 그녀가 물었다.

그의 얼굴이 붉어졌다. "당신은요?" 그가 응수했다. 그녀를 바라보는 그의 눈길에 둘 사이의 거리는 의미가 없는 듯 느껴졌다. 그는 너무 가까이, 너무 좋은 냄새를 풍기며 서 있었다. 그에게 다가가는 건 일도 아닐 터였다.

방문이 활짝 열렸다. 윌리였다.

"안 나오고 뭐해?" 잠자리 선글라스를 도로 낀 그가 말했다. 나란히 선 둘의 모습을 본 그의 얼굴에 희색이 가득했다.

9

위도우스 피크에서의 세션 후, 제인은 센터 일을 하루 더 했고 캐러셀에서도 연속근무를 했다. 3주간 떠나 있을 일정을 감안하여 돈을 더 벌어놔야 한다는 게 그녀가 댄 이유였지만 사실은 제시 생각을 떨쳐내기 위해서였다. 그의 곁에 있으면 안 할 말을 하게 되고 안 느낄 감정들을 느끼게 되는 게 문제였다. 사흘째 되던 날에 제시가 그레이 게이블스로 전화를 걸어왔다. 엘시가 알 만하다는 눈빛으로 수화기를 건네주었다.

"좀 와줄래요?" 그가 말했다. "도움이 필요한데."

"모르겠어요, 지금 좀 바빠서요." 두근거리는 가슴으로 제인이 말했다.

"제발요, 제인." 그가 말했다.

제인이 천장을 올려다보았다. "알았어요."

그날 오후 다섯 시 오두막에 도착했다. 거실에 함께 있던 그레이스가 주방으로 건너갔다. 마음이 좀 놓였다. 이모가 옆방에 있으니 충동을 못 이기는 일은 없을 터였다.

제시는 건강해 보였다. 면도도 깔끔하게 했고 앉을 자리를 권해주는 눈빛도 밝았다.

"12월에 녹음을 시작하게 되어있어요." 그가 말했다. "그런데 아직 한 곡도 제대로 쓰지 못했거든요. 한 달은 더 지나야

깁스를 풀 수 있는데… 당장 시작을 해야 해요."

"준비해둔 곡은 있어요?" 제인이 물었다.

제시가 자기 머리를 가리켰다. "모두 여기 있어요." 그가 말했다. "옮겨 적는 일을 도와줄 수 있으면 좋겠다 싶었어요, 한 번 해보는 거예요… 내 손이 돼서."

제인의 뺨이 달아올랐다. "제시, 고백할 게 있는데, 나 악보 못 읽어요."

놀랍게도 제시의 얼굴이 더 밝아졌다. "내가 가르쳐줄게요." 그가 말했다. "내 앨범 작업을 도와주는 대가라고 생각하면 되겠네요."

바로 그날, 제시는 기본적인 부호들을 가르쳐주었다. 휘갈겨 넣은 음표들과 각종 힌트로 가득한 첫 앨범 수록곡들의 악보를 보여주며 기술적 용어들도 설명해주었다. 제인은 〈실비의 미소〉 페이지를 펴놓고 외우기 시작했다.

"실비아 플라스Sylvia Plath에 관한 노래가 그렇게 인기를 얻을 줄 누가 알았겠어요?" 제시가 말했다.

제인은 거기 적힌 노랫말을 다시 읽었다.

'당신이 화성이면 그녀는 금성이죠; 종 모양 유리 단지에 그녀를 담아 봐요; 하지만 실비가 미소 지으면 모든 게 완벽해요.'

"어마어마하네요." 제인이 말했다.

제시가 웃음을 터뜨렸다. "나랑 매클린 동문이에요."

제인은 그의 악보를 보며 이 기호들이 어떻게 노래들로 변환되었는지를 발견하는 일이 너무 좋았다. 악보를 받아 적는 일은 다른 이야기였다. 제인은 곡을 쓸 때 주로 기억에 의존했고, 리듬을 유지하며 표보를 넣다 보면 멜로디가 머리에 차 들어왔다. 기보법 사용 자체가 구속으로 느껴졌다.

제시는 서두르지 않았다. "글을 깨치는 것과 똑같아요." 그가 말했다. "시간을 두고 하다 보면 어느 순간 탁 들어오죠."

그의 말이 맞았다. 처음에는 하나씩 하나씩 배워가야 했지만 어떤 패턴이 형성되면서부터 제인은 실력이 향상되었고 9월 중순에는 제시가 말로 전해주는 음표와 화음전개, 박자 같은 것들을 척척 받아 적을 수 있게 되었다. 그의 작업 방식을 지켜보면서 앨범 구성 자체가 하나의 예술형태라는 것도 깨달았다. 주제 선율에 대해 제시가 하는 말을 들으면 자신의 단순함과 무지가 새삼 느껴졌다.

"우리 앨범은 그냥 좋은 순서로 곡을 늘어놓은 것일 뿐이네요." 제인이 한심하다는 듯 말했다.

"걱정할 것 없어요." 제시가 말했다. "데뷔 앨범은 일단 이름을 알리기 위한 거니까요. 라디오에 나왔다, 그러면 잘된 거예요."

제시의 데뷔 앨범은 히트 싱글을 두 개나 배출했기 때문에 두 번째 앨범에 대한 세간의 기대가 엄청났다.

어머니를 잃은 이야기를 담은 소울 풍의 곡 〈정말로 이상한 일Strangest Thing〉이 대표곡이 될 것이었다. 제인은 제시만큼 기타를 능숙하게 다루지 못했지만, 그가 코드를 잡아가며 부르는 노래를 들어보면 특별한 곡이라는 걸 바로 알 수 있었다.

'아, 빛에는 그림자가 따른다는 걸 알아요; 구름은 그저 하늘 위의 수분이라는 것도 알아요; 누구나 작별해야 한다는 것도 알고요; 하지만 지금 떠나셔야 할 줄은 몰랐어요.'

노래를 처음 들었을 때 제인은 어떤 신호를 전달받는 제시의 모습을 보는 것 같았다. 그런 면에서 둘은 달랐다. 제인에게 작곡은 통제의 행위, 말하자면 감정과 선율의 토막들을 자신이 원하는 형태로 찍어내는 수학적 절차였다. 제시에게는 반대로 투항의 절차였다. 다른 영역에서 물길을 터오듯 악상이 그를 꿰뚫고 흘러나왔다. 제인이 〈불꽃〉을 썼을 때와 비슷한 것이었지만, 제시는 주파수를 자유자재로 여닫을 수 있었다.

안타깝게도 이렇게 작업한 노래들은 페가수스 사에서 내려온 지시와 딱 떨어지지 않았다. "〈감미롭고 부드러운〉과 똑같은 노래 열 곡을 써낸다면 좋다고 할 거예요." 그가 제인에게 말했다.

〈정말로 이상한 일〉에는 그래도 팝 느낌이 있었던 반면 그 쌍둥이 곡인 〈언덕 위의 예배당Chapel on a Hill〉은 성가처럼 들렸다. 진지했고 으스스했으며 아름다웠다. 제시의 불만스러운 이미지와는 동떨어져 있었다.

"레이블 말은 신경 쓰지 말아요." 그녀가 말했다. "당신 앨범이에요. 음악만 좋으면 사람들이 살 테니까요."

"잠깐만, 제인." 그가 말했다. "〈봄날의 연애〉가 히트하면 당신도 같은 일을 겪을 거예요."

"무슨 뜻이에요?" 제인이 물었다.

그가 짓궂게 씩 웃었다. "뭔가가 먹히면 계속 똑같은 걸 하게 시킬 거예요, 더는 먹히지 않을 때까지."

"한심한 노래예요." 제인이 말했다.

제시가 웃음을 터뜨렸다.

"농담이 아니에요. 나는 〈인디고〉를 원했어요. 귀에 착 달라붙는 노래를 써달라는 윌리만 아니었다면 〈봄날의 연애〉 같은 건 절대 안 부르죠."

"수많은 가수가 귀에 착 달라붙는 노래를 쓰고 싶어서 안달인 건 알고 있겠죠?" 제시가 재미있다는 듯 말했다.

"나와는 너무 안 맞잖아요."

"그래요." 제시가 말했다. "하지만 당신 이미지와 맞아요. 그런 게 앨범을 팔아주고요. 윌리는 실력 있는 사람이에요."

제인이 얼굴을 찡그렸다. "평생 똑같은 노래를 재탕하듯 두고두고 부르며 살아도 만족하겠다는 건가요? 남이 만들어준 임의적인 이미지에 맞춰가면서?"

제시의 눈길이 굳어졌다. "다 임의적이에요." 그가 말했다. "실패, 성공, 누구는 살아남고 누구는 죽고…. 그런 것들이 각운이나 논리에 맞춰 일어나나요? 그래서, 좋아요, 나는 이 부조리한 놀이판에서 맡겨진 역할을 할 거고 그러다 버려지기 전까지 돈이나 많이 벌 거예요."

제인이 입이 턱 벌어진 채 그를 바라보았다. "당신 노래들은 사람들에게 중요해요." 제인이 말했다. "정말로, 진짜로요. 페스티벌에 못 나왔던 그날, 다들 망연자실했어요. 내가 원하는 것이 그런 거예요. 사람들에게 의미가 되는 음악을 만드는 거. 일단 이름을 알리기 위해 〈봄날의 연애〉 같은 쓰레기를, 뭐 좋아요, 할 수는 있어요. 하지만 궁극적으로는 어떤 노래를 언제 부를 건지 내가 직접 결정할 거예요."

"페가수스가 어떻게 나오는지 뭐 한번 보죠." 제시가 말했다.

"그냥 음반을 만들어주는 회사잖아요." 제인이 말했다. "왜 그들이 결정권을 가져야 하는 거죠?" 다 알면서 그러느냐는 제시의 얼굴에 제인은 화가 났다.

"그냥 음반을 만드는 것만으로 성공이 보장되진 않아요." 그가 말했다. " 수십 개의 음반 중 한 개가 간신히 알려지는 거예요. 레이블은 마케팅, 홍보, 투어 등 모든 것을 결정하고 할당해요. 그들과 잘 지내야 유리하다는 내 말, 잘 들어둬요."

"난 그딴 거 필요 없어요." 제인이 말했다. "사람들이 음반을 사줄 거니까."

"한 번도 못 들으면 어떻게 사죠?" 제시가 말했다.

"들을 거예요."

"어떻게요?"

"청중 앞의 나, 알잖아요." 제인이 말했다.

제시의 눈길이 부드러워졌다.

"〈봄날의 연애〉는 충분히 훌륭한 곡이에요." 그가 잠시 후 말을 이었다. "좀 보태자면 〈인디고〉는 브리지에 바이올린 솔로를 넣으면 한 단계 올라갈 것 같고요. 스튜디오에서 누군가를 연결해줄 수도 있을 거예요."

제인이 그를 바라보았다. "나 바이올린 켤 줄 알아요." 그녀가 말했다. "어떤 걸 생각하는데요?"

9월이 저물 무렵, 제인은 다가오는 녹음 생각에 밤잠을 설치기 시작했다. 텔레비전이나 영화에서 본 게 전부인 뉴욕이란 배경에 자신을 끼워 넣어보며 뜬눈으로 누워 있곤 했다. 이를테면 백화점 앞에서 크루아상을 먹고, 노랑 택시를 불러 타는 그런 장면들. 9월의 마지막 주, 윌리의 뉴욕 어시스턴트 린다에게서 전화가 왔다.

"플라자에서 묵을 거예요. 방은 네 개면 될까요?" 수화기에 대고 껌을 짝짝 씹으며 린다가 말했었다. 제인은 밴드들이 그들 멤버 인원보다 더 많은 방을 요구했었을까 궁금했다. 3주간 녹음을 한 다음 프로듀서 믹싱을 거쳐 앨범을 완성한다는 계획이었다.

제인과 제시는 그의 앨범에 여섯 번째로 넣을 〈새벽별Morning Star〉이라는 곡의 작업에 들어갔다. 먼저 음악부터 시작했다. 제인이 제시의 기타로 코드를 짚었고 제시는 그 뒤에 서 있었다. 제인은 스스로의 저항에 맞서 싸우는 기분이었다. 친구만으로 충분할 수 있다고 다짐을 해봤으나 출발일이 다가올수록 여러 시간 동안 그렇게 함께 보내는 게 고문에 가깝다는 것을 시인할 수밖에 없었다.

다른 곡들보다도 이 곡에 제인이 붙인 부호들에 제시는 유독 까다롭게 굴었다. 여전히 정중하긴 했지만 전 같으면 무시했을 실수들을 고치라 고집했다. 후렴을 세 번째로 고칠 때에야 이 곡을 실제로 들어본 적 없다는 사실을 제인은 깨달았다.

"한번 불러주면 낫지 않을까요?" 그녀가 제안했다. 제시는 붉어진 낯으로 그녀의 얼굴을 살펴봤다. 제인은 문득 숨이 막혔다. 그가 어깨를 으쓱하며 동의하자 그녀가 도입부의 코드를 켰다.

'새벽별이여, 당신과 당신의 기타; 당신이 어디 있건, 멀건 가깝건; 나는 당신을 생각해요.'

노래를 듣다 보니 제인은 자신이 서 있는 바닥이 무너져 내리는 느낌이 들었다. 이 곡은 그녀에 대해 노래하고 있었다.

'새벽별이여, 나의 푸른 하늘을 구름이 지나갈 때; 나는 눈을 감아요; 나는 당신을 생각해요.'

그녀가 더는 의식하지도 못하는 중에 손은 용케도 기타를 계속 쳤다. 노래는 물처럼 방안을 채운 뒤 그 위로 두 사람을 띄워 올렸다. 연주가 끝나면 중력이 돌아올 거라고 생각했지만 음악은 사라지지 않고 떠돌았으며, 노래를 마친 다음에도 제시는 그녀를 바라보고 있었다.

"제시." 제인이 속삭였다. "아름다웠어요." 그가 그녀에게 한 발 다가섰다.

전화벨이 울렸다. 그레이스가 주방에서 전화를 받고는 밖을 향해 말했다. "제시, 아버지셔요."

"그럴 줄 알았지." 제시가 말했다. 제인은 털썩 주저앉았다.

뉴욕으로 떠나기 전날 밤, 제시가 그레이 게이블스에 찾아와 저녁을 함께했다. 매기와 그레그는 가족들에게 비를 맡기고 외출했다. 그레이스와 엘시까지 모두 함께 식사를 했지만, 제시도 제인도 입맛이 없었다. 설거지가 끝나자 엘시는 지하실로 내려갈 채비를 했다.

"제인, 아기 좀 받아줄래?" 엘시가 말했다.

"내가 할게요." 그레이스가 말했다.

"아냐, 그레이스." 엘시가 말했다. "넌 나를 도와 세탁물 좀 챙겨주렴."

엘시와 그레이스가 의미 있는 눈빛을 나누었고, 제시와 제인은 아기를 데리고 포치로 나갔다. 둘은 나란히 앉아 별들이 뜨는 모습을 구경했다.

"준비는 다 됐어요?" 제시가 물었다.

"그런 것 같아요." 제인이 대답했다. 얼른 뉴욕도 보고 앨범도 만들고 싶었지만 한편으로 내일이면 제시를 보지 못한다는 게 믿어지지 않았다. "마지막으로 전해줄 지혜로운 말씀이라도?" 그녀가 말했다.

제시가 하하 웃었다. "이보세요, 내 충고 따위는 필요 없어요." 그가 말했다. "자신의 판단을 믿어요."

제인이 미소를 지었다.

"동네가 조용하겠네요." 그가 성한 팔을 뻗으며 태평하게 말했다. "돌아올 때쯤이면 이 깁스도 풀려 있을 거고."

비가 끙끙대기 시작했다.

"한 시대의 종말이군요." 제인이 말하고는 일어나 비를 살살 흔들어 얼렀다.

제시도 일어나 그녀 옆에 서서 성한 팔을 포치 기둥에 기댔다. "근데요." 그가 나지막이 말했다. "깁스 풀면 하고 싶은 일이 아주 많아요."

제인이 그의 낯을 살피며 물었다. "어떤 거요?"

그가 침을 삼켰다. "음, 이를테면 기타도 치고."

"잠깐, 기타씩이나 칠 줄 알아요?" 제인이 말했다. 그녀의 몸이 스르르 그에게 다가갔다.

그가 미소 지었다. "그럼요. 수영도 하고 싶고."

제인이 고개를 끄덕였다. 어깨에 기대고 비가 잠이 드는 게 느껴졌다.

"또…" 그가 그녀에게 더 가까이 다가와 섰다. 달빛 아래 빛나는 눈이 보였다. 얼굴이 너무 아름다워 제인은 주체할 길 없이 바라보고만 있었다.

진입로를 뒤덮는 전조등 빛에 그가 눈을 가늘게 뜨더니 눈을 깜박이며 물러섰다. 제인은 간신히 미소를 지었다.

"어이, 두 사람!" 차 운전석에서 내리며 그레그가 말했다. "거기 나의 작은 아기사자 맞지? 으르렁!" 그가 말하며 포치 위로 달려와 제인의 품에서 비를 받아갔다. 제인의 팔이 아래로 늘어졌다. 아기의 체온이 사라지자 한기가 느껴졌다.

"제시." 매기가 말했다. "제인 챙겨주려고 이렇게 와줘서 고마워요."

"별말씀을." 제시가 말했다. 제인의 뺨이 달아올랐다. 잠이 깬 비가 칭얼댔다.

"당신 괜찮은 사람이에요." 매기가 말하고는 비를 안아 들고 안으로 들어갔다.

제시가 헛기침을 했다. "그럼, 갈까요?" 그가 말했다. 보통 제인이 그를 집까지 태워다주곤 했지만 오늘밤에도 그런다면 결코 되돌리지 못할 일을 저지르게 될 거라는 생각이 돌연 또렷하게 고개를 들었다. 위험을 무릅쓸 수 없었다. 뉴욕에 집중해야만 했다.

"내가… 술이 좀 과했던 것 같아요." 제인이 말했다. 제시가 자신의 발끝을 내려다보았다.

"내가 태워다주면 되겠네." 그레그가 말했다. 아무렇지도 않은 말투였지만 그가 허리에 손을 얹는 품은 부모의 몸짓과 거의 똑같았다. "어차피 보호구역에 잠깐 들러야 할 일도 있고." 그가 제시의 팔을 가볍게 치고 차로 돌아갔다. 제인은 얼어붙은 듯 서 있었다. 제시가 상체를 조금 흔들었다.

"가볼게요." 그가 제인을 바라보았다. 제인은 숨이 가슴에 걸린 느낌이었다. 성한 쪽의 손으로 머리를 쓸어 올리는 그의 모습을 보자 가슴에 아릿한 통증이 느껴졌다. "아주 최고로 해낼 거예요."

"고마워요." 그의 푸른 눈길을 온몸으로 느끼며 제인이 말했다. 그는 수줍은 미소를 짓고 뒤돌아서서 그레그의 차로 걸어갔다.

10

사이먼은 엘리베이터에서 내려 유리와 대리석으로 꾸민 페가수스 레코드 사의 입구로 걸어갔다. 헤드셋을 착용한 접객대 직원 둘에게 고갯짓으로 인사를 하고 늘어선 칸막이 책상들을 지나자 바닥부터 천장까지 카펫을 깐 삭막한 복도가 나타났다. 마스터키로 스튜디오 A의 문을 열고 들어가 조정실 불을 켰다. 세션 준비를 하는 그의 마른 몸집과 검은 머리가 스튜디오 쪽으로 낸 유리창에 되비쳤다.

사이먼은 브레이커스를 어서 만나고 싶었다. 데모 테이프를 처음 듣고 리드 싱어가 여자여서 놀랐다. 빈센트 레이와 작업한 앨범이 그래미 상 후보 일곱 개, 수상작 세 개를 포함하여 백 개가 넘었지만 그중 여성 리드 싱어는 단 하나도 없었다. 빈센트 레이가 이 작업을 하는 이유가 골든 플리스 연합미디어라는 한창 잘나가는 회사 대표이자 음악계의 거물인 잭 램버트의 막내아들이 이 밴드의 A&R 매니저여서가 아닐까 추측되었다.

아침 9시 30분에 밴드가 도착했다. 윌리 램버트가 밴드를 대동하고 스튜디오에 들어오며 사이먼에게 손짓을 했다. 브레이커스가 앰프, 의자, 보면대, 천을 씌운 표면 따위를 둘러보는 중에 사이먼은 안경을 고쳐 쓴 뒤 조정실을 벗어나 메인

룸으로 나왔다.

"사운드 엔지니어 사이먼 스펙터입니다." 그가 말하고 그들 모두와 악수를 했다. 제인 퀸은 페이즐리 원피스를 입었고 노랑머리를 허리까지 늘어뜨리고 있었다. 객관적으로 미인이긴 했지만 그의 취향은 아니었다(기타를 치는 수줍은 청년 쪽이 그의 취향에 가까웠다). 아마 그래서 제인의 진지함에 더 깊은 인상을 받았을 수 있다. 밴드 멤버들이 악기를 설치하는 동안 제인은 긴장한 얼굴로 귀를 기울이고 있었다.

"왜 그래요?" 윌리가 물었다.

"저거 들려요?" 그녀가 말하고는 B플랫으로 허밍을 했다.

"천장 조명에서 나는 소리예요." 사이먼이 말했다. 그에게도 들렸기 때문이었다. 자신이야 민감한 귀로 정평이 나 있었지만 이 소리가 들린다는 가수는 처음이었다.

"녹음에도 들어가는 거 아니에요?" 제인이 묻자 사이먼이 고개를 저었다.

"뒤에 램프가 몇 개 있어요." 사이먼이 말했다. "들어가기 전에 그걸로 바꾸죠." 제인이 고맙다는 미소를 지었다.

밴드로 말하자면, 오늘 목표는 기본 트랙을 시작하기 전 음량을 조절하는 거였다. 사실상 사이먼, 윌리, 빈센트 레이의 기준에서 밴드를 평가할 수 있는 최종 기회인 셈이었다. 빈센트 레이는 오전 열한 시나 되어야 나오는 사람이었기에 브레이커스에게는 몸을 풀 시간이 좀 있었다.

조정실에서 사이먼이 보낸 신호에 맞추어 밴드가 연주를 시작했다. 〈더러운 자식〉, 이어서 〈더이상의 요구는 없어〉, 다음은 〈애태우지 마〉, 또 다음은 〈봄날의 연애〉.

형제 둘은 실력에 차이가 났다. 베이스를 치는 카일은 재능이 굉장했음에도 괜찮았다가 식었다가 하는 사이를 넘나드는 드러머 그레그가 치일까 걱정해서인지 장난질을 잘했다. 믹싱할 때 신경 쓸 지점이구나, 사이먼은 기억해뒀다. 기타리스트 리치는 귀여운 데다 기타 솜씨도 훌륭했다.

그런 점에서는 제인도 마찬가지였는데 정말 특출한 것은 그녀의 목소리였다. 그녀는 린다 론스태트만큼이나 재능의 폭이 넓으면서도 음색이 매우 독특했다. 그녀의 노래를 듣고 있자니 전율이 일었다. 사이먼은 그만한 뉘앙스를 연출할 줄 아는 보컬리스트와 일한 적이 드물었다. 테이크 하나하나가 실험일 것 같았다.

밴드가 〈나만의 사랑스런 처녀〉를 위해 음을 맞출 때 스튜디오 문이 열리며 빈센트 레이의 검은 실루엣이 들어섰다. 그가 손을 뻗어 천장 등을 켰고, 브레이커스는 움찔하며 눈을 가늘게 떴다. 날렵한 정장에 상고머리를 한 잿빛 늑대 빈센트 레이가 이를 드러내며 걸어 들어왔다.

"오셨네." 윌리가 말했다. 빈센트 레이를 맞는 품이 좀 지나

치게 허물없어 보였다. 사이먼이 보기에 제시 리드로 실력을 입증해 보였다고 윌리 스스로는 자신하는 듯 했지만, 다른 사람들의 눈에는 아직도 아버지의 부록에 불과했다.

"브레이커스, 빈센트 레이 프로듀서를 소개하게 되어 기쁩니다." 빈센트 레이의 물기 많은 눈이 그들을 살펴봤다. 제인이 앞으로 나섰다. "만나서 반가워요. 제인 퀸이에요." 그녀가 손을 내밀며 말했다. 빈센트 레이는 이해가 안 된다는 얼굴로 그 손을 힘없이 흔들고는 뒤에서 쭈뼛거리며 나오는 카일을 바라보았다.

"안녕하세요? 카일입니다."

빈센트 레이는 카일의 팔을 두세 번 주무른 뒤 억지웃음을 지어가며 리치와 그레그와도 인사를 나누었다.

"브레이커스!" 그가 높고 쉰 목소리로 말했다. "우리 장래가 촉망되는 밴드를 직접 보게 되어 기쁘군요."

윌리가 배포한 데모 테이프를 빈센트 레이가 듣지 않았다는 걸 사이먼은 바로 알아챘다. 제인이 리드 싱어인 걸 모르고 있었다. 아마 무슨 그루피인 줄 알았을 것이다.

"불러틴 작업 중이신데 두어 주 급히 빼돌려 모셔온 거예요." 윌리가 말했다. 카일과 그레그가 그렇구나, 탄성을 올렸다. 제인이 윌리를 멍한 눈으로 바라봤다.

"그럼 런던에서요?" 리치가 물었다.

"왔다 갔다 할 거예요, 말하자면 퀸엘리자베스 2호처럼." 빈센트 레이가 말했다. 그가 머쓱하지 않도록 카일이 하하 웃어주었다. 빈센트 레이가 처음으로 윌리를 흘긋 보았다.

"좋아요." 그가 말했다. "내가 여기 없다고 생각하고 해봐요." 그와 윌리가 조정실로 들어갔다.

"사이먼, 업계 최고의 청력은 오늘도 건재하겠지?" 빈센트 레이가 말했다.

사이먼이 고갯짓을 했다. 빈센트 레이는 그에 관해 아무것도 몰랐고, 바로 그래서 둘은 그런대로 잘 지냈다.

"사이먼이 완전히 죽여주고 있어요." 윌리가 말했다.

"들어보니 좀 어때?" 빈센트 레이가 윌리를 무시하고 사이먼에게 물었다.

"괜찮던데요, 실력이 꽤 있어요." 사이먼이 말했다. 그와 윌리는 둘 다 30대였고 둘 다 유대인이었다. 하지만 윌리는 벨에어 출신이었고 사이먼은 리투아니아 출신이었으며, 윌리는 가족 덕에 거기 있었고 사이먼은 본인의 재능 덕에 거기 있었다. 윌리는 벌써 두 번이나 아버지를 따라 빈센트 레이와 카리브 해 크루즈 여행을 다녀왔지만 사이먼은 결코 그런 일은 하지 않을 거였다. 그럼에도 사이먼에게는 윌리가 갈망하는 것이 있었다. 빈센트 레이의 존중이었다.

"다음은 뭐죠? 〈봄날의 연애〉?" 윌리가 쾌활하게 말했다. 빈센트 레이에게 브레이커스를 처음 소개하는 자리라고 생각해서 히트곡을 다시 부르게 하려는 것이었다.

사이먼이 마이크를 켰다. "〈봄날의 연애〉 준비하세요." 그가 말했다.

제인의 눈썹이 홱 올라갔지만, 그녀와 리치는 군말 없이 음을 맞추기 시작했다. 사이먼이 마이크를 껐다. 제인이 옆으로 걸어가 천장 불을 껐다.

"뭐 하는 거지?" 빈센트 레이가 말했다.

"최신 기술이에요." 사이먼이 테이프를 돌리면서 말했다. "엘에이에서 뜨고 있대요."

빈센트 레이가 윌리를 바라보았다. "걸 밴드였던 거야?" 그가 말했다.

"그러니까… 혼합형이에요." 윌리가 말했다. "제인과 리치가 함께 곡을 쓰고요."

빈센트 레이가 이마를 찌푸렸다. "어쩐지 느낌이 아닌데." 그가 말했다. "다른 싱어는 없고?"

"제인은 재능이 있어요." 윌리가 말했다. "장담컨대 제시랑 똑같은 성과가 나올 거예요. 말 나온 김에, 두 사람은 친구 사이예요…. 제시도 제인이 훌륭하다고 생각하고."

"아, 그렇다면 뭐." 빈센트 레이가 말했다.

사이먼이 지난 수년간 접해온 정보들을 끼워 맞춰본 결과에 따르자면, 빈센트 레이는 권위와 훈육만을 중요시했던 아버지 밑에서 군부대들을 전전하며 자랐다. 어떻게 처음 음악계에 입문했는지는 아직도 석연치 않지만 전역 후 직업 복서로 활동하면서 받은 상금으로 음악 관련 회사들의 주식을 사들였다는 것이 가장 신빙성 있는 소문 같았다. 음악인들은 세상 물정에 밝아 보이는 그를 좋게 봤고, 실제로도 그랬기에 음반업계에서 승승장구하며 빠르게 출세했다. 지난 20년 이력을 통해 인정사정없는 프로로 정평이 나 있었다.

사이먼은 마이크를 켜고 카운트를 짚었다. 아침부터 몸이 잘 풀린 밴드라 썩 괜찮았다. 마지막 구절을 열창하는 제인을 보며 사이먼은 저도 모르게 그들을 응원했다.

빈센트 레이는 〈봄날의 연애〉를 듣고서는 아무 말이 없었지만 계속 남아 있었던 것을 보면 꽤 쓸 만하다고 판단했던 듯하다. 굳은 얼굴로 앉아 세션이 끝날 때까지 자리를 지켰다. 브레이커스는 준비한 곡들을 마저 연주했고 사이먼은 각각의 적정 음량을 결정했다. 윌리는 사이먼을 보는 척하며 사실 빈센트 레이를 보고 있었다.

마지막 곡이 끝나자 빈센트 레이가 헛기침을 했다. "이게 전부인가?" 그가 물었다.

"네, 전부예요." 윌리가 말했다. "어때요?"

"귀엽군." 빈센트 레이가 말했다. "옷이 조금 더 섹시하면 더 좋을 것 같고."

"음악 말이에요." 윌리가 말했다.

빈센트 레이가 어깨를 으쓱했다. "음악은 좋아, 그런데 노랫말은 여자가 쓴 것 같더군." 빈센트 레이가 말하고 조정실을 나갔다. 윌리는 사이먼과 눈길을 나누고는 그를 따라나섰다.

"내 생각에는 〈인디고〉로 시작해야겠어." 빈센트 레이가 말했다. "내일."

"하지만 이제 겨우 세 시잖아요." 제인이 말했다.

빈센트 레이는 그녀 말을 들은 체도 안 했다. "그럼 내일 봅시다." 그는 제인을 보지도 않고 말한 다음 스튜디오에서 나갔다.

"첫날부터 끝내줬어요." 요란하게 손뼉을 치며 윌리가 말했다. "정말이에요." 제인이 리치를 바라보자, 그가 고개를 흔들었다.

이튿날 아침 브레이커스는 9시 30분쯤 도착하여 〈인디고〉의 섹션별 트랙을 각각 녹음했다. 그룹으로 녹음을 하긴 했지만 사이먼의 관심은 그레그에게 꽂혀 있었다. 어떤 트랙이건 바탕은 퍼커션이 잡아야 했다. 나중에 조정한다는 게 불가능에 가깝기 때문에 드럼 파트를 제대로 해내는 건 굉장히 중요했다. 열 번도 넘게 다시 해봐도 그레그는 좀처럼 나아지지 않았다. 하지만 멤버간의 조화가 기가 막힌 밴드였고, 사이먼에게는 그들의 결집과 집중력이 특히 인상적이었다.

점심시간이 되어서도 빈센트 레이는 나타나지 않았다. 사이먼 혼자 남은 스튜디오에 루크 개프니가 테너 색소폰을 들고 왔다.

"안녕, 사이먼." 루크가 조정실에 들어오며 말했다. 사이먼이 놀라 고개를 들었다.

"안녕, 루크." 그가 말했다. "방을 잘못 들어온 거 아니에요? 애덜레이즈는 저기 F룸인데."

"브레이커스 찾아온 건데?" 루크가 말했다.

"루크 G!" 빈센트 레이가 스튜디오에 들어오며 말했다. 얼굴이 죽상이 된 윌리가 그 뒤를 따라왔다. "시간 내줘 고맙네."

루크가 악기를 꺼내 들고 스튜디오에서 몸을 풀고 있는데 브레이커스가 점심을 먹고 돌아왔다. 제인 퀸이 그를 보자마자 조정실로 들어갔다.

"이게 뭐죠?" 그녀가 물었다. "저 사람 누구예요?"

"*저 사람!*" 빈센트 레이가 말했다. "루크 개프니예요. 브리지를 살려보려고 내가 데려왔고."

"고맙군요." 제인이 말했다. "하지만 이 곡 브리지에서는 내가 바이올린을 켜는데요."

물기 많고 지루한 눈으로 빈센트 레이가 제인을 바라봤다. "이젠 아니지." 그가 말했다.

제인은 물러서지 않았다. "왜요?" 그녀가 물었다.

빈센트 레이의 관자놀이 정맥이 불끈거렸다. "내가 아니라면 아닌 거니까." 그가 말했다.

제인의 대꾸를 윌리가 잘랐다. "지금 당장 결정하지 않아도 되잖아요." 그가 말했다. "제인 것과 루크 것을 각각 들어본 다음 결정하면 어떨까요?"

"좋아요." 제인이 말했다. "내가 먼저 할게요." 그녀가 조정실을 나갔다.

"이건 녹음할 것도 없어." 빈센트 레이가 말했다.

"그래도 해봐야죠." 사이먼이 말했다. "모르는 일이니까."

이미 제인 퀸에게서 좋은 인상을 받은 사이먼이었지만 혹시 아니었대도 결국 제인 것으로 설득되었을 것이었다. 실력과 체력 공히 좋았다. 그녀는 다들 지켜보는 가운데 서두르지 않고 천천히 악기를 준비했다. 리치의 기타 쪽으로 다가가 A현을 뜯어 바로 튜닝을 한 뒤 바이올린을 어깨 위로 올려 턱밑에 괴고 활을 조였다. 준비가 다 된 다음에야 그녀는 헤드폰을 끼고 조정실의 사이먼에게 고갯짓을 했다. 바람결에 실려 오는 종달새의 노래처럼 절묘한 연주였다. 연주가 끝나자 바이올린의 기러기발에서 송진 먼지가 훅 올라왔다. 사이먼이 마이크를 켰다.

"됐어요." 그가 말했다.

다음은 루크 개프니 차례였다. 항상 그렇듯 깔끔하고 프로다웠지만 악기 자체가 노래와 어울리지 않았다. 너무 재즈 느낌이 났고 너무 늘어졌다. 루크는 같은 연주를 세 번 반복한 다음 조정실을 향해 손을 흔들고는 나갔다. 빈센트 레이가 몸을 일으켰다.

"빨리 끝내지." 그가 말했다. 그와 윌리가 스튜디오로 들어가 불을 켰다.

"뭐, 재미있군." 빈센트 레이가 말했다. "런던에서 돌아와 믹싱 결정을 하죠."

"런던 가세요?" 그레그가 말했다.

"불러틴 작업이 있어서."

"우리는요?" 제인이 말했다.

"뭐가요?" 빈센트 레이가 말했다.

제인이 입을 다물었다.

"2주 후에 돌아옵니다." 그가 말을 이었다.

"2주면," 리치가 말했다. "우리한테 주어진 시간의 거의 전부인데요."

빈센트 레이가 어깨를 살짝 으쓱했다. "어쩔 수가 없어요." 그가 말하고 윌리에게 몸을 돌리더니 악수를 했다. "잭에게 안부 전해주게."

"프레디에게 안부 전해주세요." 들릴락말락한 소리로 윌리가 말했고 빈센트 레이는 성큼성큼 방을 나갔다. 모두가 잠시 말없이 서 있었다. 이윽고 제인이 윌리를 향했다.

"이건 안돼요." 그녀가 말했다.

"알아요." 윌리가 말했다.

"우리가 모든 예술적 통제권을 가질 거라고 했으면서 저 사람이 저렇게 우리를 깔아뭉개게 놔두고 있잖아요." 그녀가 말했다. "우리에겐 절체절명의 기회를 저 사람이 함부로 망치고 있는 거예요."

윌리가 고개를 흔들었다. "왜 저러는지 나도 모르겠어요." 그가 말했다. "그런 사람 아닌데."

"내가 이유를 말해줄게요." 화가 나 떨리는 목소리로 리치가 말했다. "제인이 여자라고, 그래서 우리를 깔보는 거예요."

윌리의 얼굴이 허예졌고, 제인이 고개를 끄덕였다. "맞아요." 그녀가 말했다. "바로 그거예요."

윌리의 반응이 솔직한 것임을 사이먼은 알 수 있었다. 어떤 자리에서건 자동적으로 일정한 존경을 받고 살아온 사람이었기에 그의 의식은 업계에서 손꼽는 프로듀서가 자신의 의견을 그토록 간단히 묵살하고 있다는 사실을 배제한 것이다. 사이먼은 윌리가 방금 경험한 일을 자신만의 내러티브로 고쳐 쓰는 모습을 지켜보았다.

"우리 나가서 한잔 해요." 윌리가 말했다. "내가 방법을 찾을게요, 반드시." 그들은 사이먼에게 손을 흔들고 스튜디오를 빠져나갔다. 사이먼은 남아서 녹음 자료들을 정리해야 했다.

두어 시간 후, 사이먼은 엘리베이터를 타고 로비로 내려와 42번 가로 걸어 들어갔다. 아스토리아 호텔로 이어지는 노랑 선을 따라 걷는데 파란색과 분홍색으로 물든 하늘이 빌딩 숲 사이로 엿보였다. 사이먼은 일몰이 좋았다. 엘에이로 갈까, 싶어졌다.

이튿날 아침, 제인과 윌리는 조정실에 먼저 도착해 사이먼을 기다렸다.

"사이먼." 제인이 말했다. "앨범을 빨리 만들면 어떨까요…. 그가 돌아오기 전에요."

사이먼의 눈썹이 올라갔다. "녹음과 믹싱, 다요?" 그가 물었다.

제인이 고개를 끄덕였다.

사이먼은 곰곰이 생각해봤다. 촉박한 일정이었지만, 여름내내 연습해온 밴드라 완성도는 충분했다. 기술적으로만 본다면 가능한 일이었다.

"그러죠." 그가 말했다.

제인이 씩 웃었다. "고마워요." 그녀가 말하고 스튜디오로 돌아가서 기타를 꺼냈다. 윌리는 확신에 찬, 멋진 얼굴로 창 너머 밴드를 바라보며 서 있었다.

"괜찮겠어요?" 사이먼이 말했다. "빈센트 레이가 가만 안 있을 텐데."

윌리가 어깨를 으쓱했다. 선을 넘어선 것일 수도 있다는 생각은 아예 없는 듯했다. 포크는 이미 죽은 장르임에도 제시 리드를 밀어붙여 성공시킨 터였기에 이 결정이 지나친 건 아닐까, 하는 의구심이 아예 없는 것이었다.

"까짓거 해봅시다." 잠자리 선글라스를 매만지며 그가 말했다.

빈센트 레이가 돌아오면 무슨 일을 당할지 알기나 할까 싶다가 프로메테우스도 원래는 티탄족이었음을 사이먼은 문득 떠올렸다.

11

앨릭스 레딩이 이 단순한 일에 손을 댄 것은 오직 그의 예술에 필요한 돈을 벌기 위해서였다. 페가수스는 새 카탈로그 발표가 임박할 때마다 전화를 걸어왔고, 그러면 그는 회사 회의실 하나를 택해 탁자와 의자들을 옆으로 밀어놓고 사진을 찍기 위한 배경과 조명기구를 설치했다. 가수들이 차례로 들어왔다 나가는 속에 학기 초에 학생들의 사진을 찍듯 가수들의 사진을 찍어댔다.

모두 제작단가가 낮은 레코드들이었다. 대형 기획 앨범들은 정교한 세트와 오리지널 미술품을 동원하여 야외에서 촬영했지만, 이것들은 그렇지 않았다. 비좁은 앵글로 찍은 가수들의 얼굴을 박고 발매됐다가 대부분 500장도 못 팔고 사라질 앨범들이었다. 아무도 기억해주지 않을 사진들이지만 앨릭스의 수중에 1만 달러를 훌쩍 넘는 거금이 들어오는 작업이었고 그 정도면 다가오는 흑백 스냅사진 전시회 경비를 대고도 남을 거였다.

싱어송라이터 듀오와 R&B 그룹의 사진을 찍고 나자 브레이커스가 들어와 포즈를 취했다. 앨릭스는 솔직히 이들이 궁금했다. 빈센트 레이가 불러틴 프로젝트 때문에 바람을 맞혔는데도 앨범 작업을 밀고 나가 그가 돌아오기 전에 녹음과 믹싱까지 끝냈다는 소문이 돌고 있었다. 그것은 소문의 일부였고, 사실 실력이 뛰어나다는 것이 소문의 나머지였다.

앨릭스는 회의실 안으로 들어오는 밴드를 지켜보았다. 강아지들 같았다. 아이와 어른 중간쯤으로 보였다. 제인이란 여자가 즉각적으로 눈에 띄었다. 주변을 침침하게 하면서 빛을 자신에게로 집중시키는 힘이 있었다.

앨릭스는 모델들과 일을 많이 해봐서 웬만한 미녀들 앞에서도 주눅 들지 않았다. 특별히 잘생기지는 않았지만 6피트 5인치 가까운 장신에 눈동자가 굉장히 파랗다는 강점이 있었다. 그거면 통한다는 것을 그는 경험으로 알았다. 하지만 제인에게는 그런 그를 무너뜨리는 뭔가가 있었다.

"안녕하세요." 허둥대며 그가 말했다. 제인이 고개를 들어 그를 보고 아는 사이 같은 미소를 지었다. 윌리 램버트가 뒤따라 들어와 문을 닫았다. 회의실 벽의 커다란 유리창이 그의 초록색 잠자리 선글라스에 그림자를 드리웠다.

"앨릭스, 반가워요." 그가 앨릭스의 손을 잡아 흔들며 말했다. 앨릭스가 보기에 윌리는 정말이지 음악인들을 아꼈다. 제시 리드의 데뷔 앨범 표지 촬영 전해에 처음 만났었는데 그렇게 세심한 담당자는 본 적 없을 정도였다.

"여기는 브레이커스예요." 윌리가 말했다. "제인, 그레그, 카일, 리치."

"네, 반가워요." 앨릭스가 말했다. 모두 플란넬과 코듀로이를 입었는데 제인만 파란 페전트 드레스에 금발을 양 갈래로 길게 땋아 내린 모습이었다. 그들은 부화 직전의 알들처럼 쭈뼛대며 일렬로 서 있었다. 전문적인 촬영을 해본 경험이 없다는 걸 한눈에 알 수 있었다. 앨릭스가 빙긋 웃었다.

"금방 끝나요." 그가 말했다.

그는 롤링 스톤스의 《거지들의 만찬Beggars Banquet》을 턴테이블에 올려놓고 〈악마에 대한 동정Sympathy for the Devil〉의 도입부 드럼 솔로가 높은 창에 부딪혀 울릴 때까지 볼륨을 올렸다. 조명을 조절하는 앨릭스에게 제인 퀸이 믹 재거의 노래에 나지막이 화음을 넣는 소리가 들려왔다. 전율이 왔다. 그녀는 분명 타고난 록스타의 재능을 갖고 있었다.

앨릭스는 멤버들의 위치를 조정하기 시작했다. 카일과 그레그 형제는 피부색이 진하고 머리도 검어 이목구비가 사진에 제대로 찍히려면 광원 가까이 서야 했다. 제인은 가운데 세웠다가 모랫빛 머리칼을 가진 리치와 자리를 바꿨다.

배경은 아무래도 어울리지 않았다. 다들 소박한 모습이라 열대의 일몰이나 겨울 툰드라, 도시의 거리 풍경 등이 유달리 인위적으로 느껴졌다. 앨릭스는 검은 배경 앞에, 이어서 흰 배경 앞에 그들을 세워봤다. 아주 약간 나았다.

"어때요?" 삼각대 위에 웅크려 렌즈 초점거리를 조정 중인 앨릭스 옆에서 윌리가 말했다. 제인이 한발 다가섰다.

"저기서 좀 찍으면 안 돼요?" 분해되어 구석에 놓인 회의용 탁자와 의자들에 고갯짓을 하며 그녀가 물었다. 조명은 거의 완벽할 것 같았다. 그림자를 처리할 반사막만 갖다 놓으면 될 것이다.

"벌써 해본 건지도 모르겠지만," 제인이 말했다. "아니라면, 히피 한 무리가 기업용 가구 옆에 모여 있는 게 재밌어 보일 것 같아요." 그녀가 살짝 소리 내어 웃었고, 앨릭스는 녹아내렸다. 윌리를 보자, 그가 그렇게 해보자는 듯 어깨를 으쓱했다.

"그러죠, 그럼." 앨릭스가 말했다. "저건 한 번도 안 찍어봤거든요."

카일과 리치가 앨릭스를 도와 삼각대와 반사막을 옮긴 다음 멤버 모두가 합세하여 가구를 피라미드 형태로 쌓아 올렸다. 끝나고 보니 제인의 머리는 정전기로 엉망이 되어버렸다.

"제인, 머리가 난리 났어." 리치가 말했다. 카일도 웃음을 터뜨렸다.

"자." 고쳐주겠다는 듯 카일이 손을 뻗었다.

"안 돼, 안 돼." 리치가 말했다. 둘은 삐져나온 머리칼을 땋은 머리 안으로 집어넣기 시작했다. 그레그가 유심히 지켜보고 있었고, 제인은 팔짱을 끼고 서 있었다.

"제인." 앨릭스가 불렀다. 얼굴을 드는 순간 카메라 셔터가 터졌다.

"그냥 놔둬요." 앨릭스가 말했다. 제인은 머리를 풀었고, 그들은 정글짐처럼 가구들을 타고 올라갔다. 〈델라웨어 강을 건너는 워싱턴Washington Crossing the Delaware〉 비슷한 대형이 갖추어진 순간, 회의실 문이 벌컥 열리며 빈센트 레이가 들어왔다.

앨릭스의 렌즈 앞 얼굴들이 일순 멍해졌다. 카일과 그레그는 탁자 밑으로 숨고 싶은 충동을 참는 것만 같았다. 리치는 제인을 바라봤다. 그녀의 눈이 가늘어졌다. 그들의 반응은 빈센트 레이의 것에는 댈 수도 없었다. 가구 위에 올라선 그들을 보자 그의 어깨가 부들부들 떨렸다. 맹수를 꾀어내려는 여우처럼 윌리가 가운데 들어섰다.

"빈센트 레이." 그가 말했다. 서로 속사정을 다 아는 오랜 친구에게 인사를 건네듯 경쾌한 말투였다. 빈센트 레이의 표정은 무시무시했다. 그는 윌리를 무시하고 바로 제인에게 말했다.

"본인이 굉장한 스타인 줄 아는가 보군." 그가 말했다. "뭐, 평범한 사진은 도무지 성에 안 차나?" 천장에서 맥없이 늘어져 있는 배경들을 고갯짓으로 가리켰다.

"진정해요." 윌리가 말했다. "일반 촬영을 마치고도 시간이 좀 남아서 해본 거예요."

"촬영은 종친 거야." 빈센트 레이가 말했다. "앨범도 종친 거고."

"무슨 말이에요?" 제인이 말했다.

"앨릭스, 그만 정리해요." 빈센트 레이가 말했다. 앨릭스는 렌즈를 분해하는 시늉만 하며 고개를 끄덕였다. 프레임 안에서 흥미로운 일이 일어나고 있었다. 굽히지 않고 당당히 중앙에 선 제인 곁으로 남자 멤버들이 슬금슬금 모여들었다. 앨릭스는 셔터를 눌렀다.

"그만두랬잖아." 빈센트 레이가 말했다.

"당신에겐 우리 앨범을 취소할 힘이 없어요." 제인이 말했다. "우리는 당신과 마찬가지로 페가수스와 계약했어요."

"프로듀서도 없이 앨범 믹싱을 하며 스튜디오 자원을 오용하는 걸 이사회에서 좋아할 것 같은가?" 빈센트 레이가 한 발

내딛었다. 4피트만 더 다가서면 어깨가 프레임 안에 들어올 것이었다.

"당신은 우리를 내팽개치고 런던으로 가버렸잖아요. 그걸 이사회에서 좋아할 것 같아요?" 제인이 말했다.

"혼 한번 나야겠군." 빈센트 레이가 말하고 또 한 발 내딛었다. 앨릭스가 앵글을 좁혔다. "지금 상대가 누군지 알긴 하나? 가수 생명이 시작되기도 전에 제 손으로 끝장낸 거라고."

"자, 잠깐만요." 아직도 정다운 말투를 써가며 윌리가 말했다. "이미 지나간 일이잖아요. 우리 다 좋은 음반 만드는 게 목표고요. 그게 전부 아니에요? 경계를 허물고, 예상을 뒤엎고…."

빈센트 레이가 이를 드러내고 윌리에게 덤벼들었다. "젖통 좀 달렸다고 예상을 뒤엎는 건 줄 알아? 아무리 제시 리드가 좋아한다고 해도 그건 아니지." 빈센트 레이가 말했다.

제인의 몸이 뻣뻣하게 굳었다.

"말씀이 심하네요." 윌리가 말했다. "좀 진정을…."

"자네를 위해 제시 리드가 사람들 생각만큼 터져주길 바라지." 빈센트 레이가 말했다. "가뜩이나 좁은 바닥인데, 그렇게 안 된다면… 자네 아버지도 이 허튼짓에서 자네를 구해내지 못할 거니까. 이 일, 자네 아버지 귀에도 들어갈 테니 그렇게 알아."

윌리가 떨리는 손을 들어 올렸다. 선글라스가 소리 없이 카펫 바닥 위에 떨어졌다. 윌리가 몸을 구부리자 빈센트 레이가 발을 움직였다. 앨릭스는 안경알이 바스러지는 소리를 들었다.

양손을 허리에 댄 자세로 제인이 한발 나아갔다.

"제인." 윌리가 경고했다.

"나가요." 제인이 말했다.

빈센트 레이가 그녀를 내려다보았다. 이제 확실히 앨릭스의 프레임 안으로 어깨가 들어와 있었다. 윌리는 가려서 보이지 않았다. 제인은 빛을 발하며 가운데 서 있었고, 남자 멤버들은 반은 그녀를 보호하려고 반은 무서워서도 제인 뒤에 서 있었다. 제인은 무서운 기색이라곤 없이 빈센트 레이에게 시선을 고정했다.

"지금 뭐라고 했지?" 빈센트 레이가 말했다. 화가 머리끝까지 올라 셔터 누르는 소리도 들리지 않는 듯했다.

"나가라고 했어요." 제인이 말했다.

빈센트 레이는 막 군법회의에 회부된 일병처럼 보였다. 잠시였지만 앨릭스는 중재를 해볼까 싶어 허리를 폈다. 빈센트 레이가 싸늘한 웃음을 지었다.

"넌 완전 끝장이야." 그가 말했다. "너희들 모두." 그가 발을 구르며 회의실을 나갔다.

윌리가 자세를 수습했다. "미안해요. 제인, 난…."

그의 시선은 바닥 카펫에 널린 초록색 파편들에 향해 있었다. 몸 안에서 산소가 모두 빠져나간 사람 같았다. 그는 고속도로 위를 굴러가는 폐타이어처럼 둥둥 떠가듯 빈센트 레이가 나간 문가로 갔다.

"저걸 치울 사람을 데려와야겠어요." 초점 잃은 눈으로 그가 말했다. "내가… 잠깐 실례할게요."

그가 황급히 방을 나갔다. 눈으로 그를 따라가는 제인의 얼굴에 그림자가 졌다. 카일과 리치, 그레그는 쌓인 긴장을 풀려는 듯 일제히 한숨을 내쉬고 몸을 흔들었다.

"널 죽이는 줄 알았어." 그레그가 제인의 머리를 쓰다듬으며 말했다.

"난 제인이 그자를 죽일 줄 알았는데." 카일이 말했다.

"이걸로 오늘 촬영 다 끝났길 바랍니다." 리치가 앨릭스를 향해 말했다.

앨릭스는 네거티브를 어떻게 현상할까, 어떤 필터를 쓸까, 제인의 눈을 조금 전처럼 타들어 가듯 지적인 회색으로 만들 방법이 있을까를 벌써 궁리하고 있었다. 이건 단지 앨범 표지용이 아니었다. 필름에 포착된 진짜배기 순간이었다. 예술이었다.

12

제인은 침대 위에 앉아 있었다. 종잇조각들이 말린 꽃잎처럼 그녀 주변에 널려 있었다. 모두 똑같은 메시지를 조금씩 다르게 담은 쪽지였다. "제시한테서 전화 왔었음."

그레이스의 제시 전속 간호사 일은 브레이커스가 뉴욕에서 녹음하는 동안 종료되어, 그들이 돌아왔을 때는 오두막에서의 근무가 2주에 한 번 재활치료만으로 축소된 상태였다. 어느 날 그레이스가 그 일을 마치고 집에 와보니 제인이 앞마당 노랑 플라타너스 나무 아래에서 빨래를 널고 있었다. 그녀는 젖은 홑이불을 펴 너는 걸 도와주며 제인의 얼굴을 들여다보았다.

"네게서 답신 전화가 안 온다고 제시가 그러더라." 홑이불을 집게로 고정하며 그녀가 말했다. 제인의 뺨이 붉어졌다.

"아무 일 없는 거지?" 그레이스가 물었다.

"아무 일 없어요." 제인이 말했다. "그냥… 이모 말이 옳았어요. 애착하지 않는 게 나아요."

그레이스는 제인의 얼굴을 한동안 살핀 뒤 고개를 끄덕이고 페리스 랜딩의 새 환자 밀리로 화제를 옮겼다.

10월 마지막 주에 제인은 풀이 죽어 집에 돌아왔다. 음반업계와 맞붙어 싸울 준비가 되었다고 생각했지만 상대도 안 된다는 사실을 절감했다. 빈센트 레이와의 문제에 대응했던 방식을 딱히 후회하지는 않았다. 다만 어떤 결과가 따를지 내다볼 수 있었다면 좋았겠다 싶었다.

실제로 앨범을 제작하는 과정은 매 순간이 즐겁기만 했다. 녹음 세션들은 실로 지금까지 살아온 가장 행복한 시간이었고, 사이먼과 함께 트랙들을 믹싱하며 보낸 낮과 밤들은 배움의 기회일 뿐 아니라 짜릿한 경험이었다. 하지만 그렇게 경험하며 배운 지식들을 다시 써볼 일은 없을 것 같았다. 제인은 앨범을 또 만들 기회가 찾아올 리 없다는 것을 알았다.

집에 돌아오고 며칠 후 윌리가 전화하여 빈센트 레이가 이사회에 《봄날의 연애》에 대해 매도한 결과 페가수스는 앨범 초판을 300장만 찍기로 했다는 소식을 알려줬다.

"인기 DJ가 그 곡을 맘에 들어해 몇 번 틀어주거나 하는 일이 생기면 더 찍을 수도 있어요." 윌리가 말했다.

"그럴 확률은 아주 낮겠죠." 제인이 말했다.

"역풍을 어느 정도 예상하긴 했지만," 윌리가 말했다. "이런 일은 처음이에요. 빈센트 레이는 주요 인쇄매체들, 대부분의 라디오 순위 프로그램들에도 방해공작을 펼쳤어요. 약간의 호응은 가능하겠지만 지금으로서는 주로 대중에게 기대할 수밖에 없게 됐어요. 미안해요."

카일과 그레그와 리치는 이 소식을 담대히 받아들였다.

"까라 그래." 카일이 말했다. "우린 진짜로 멋진 앨범을 만들었어, 아무도 안 들어준대도 말이야."

그 첫 소식 후 윌리의 전화는 며칠에 한 번, 그러다 몇 주에 한 번꼴로 줄어들었다. 브레이커스가 뒤집어쓴 오명이 너무 무거워 가장 충실한 지지자조차 더는 엮이고 싶지 않게 된 걸까, 제인은 두려웠다. 빈센트 레이는 너무 강했으며 그의 말이 옳았다. 그녀는 자신이 무슨 일을 하는지 몰랐던 거였다.

차마 제시를 대할 낯이 없었다. 돌이켜보면 얼마나 자신만만했던지 소름이 끼쳤다. 레이블 따위 필요 없다는 말도 지금 생각해보니 앨범이 망하라는 주문과도 같았다. 제시가 경고를 해주었음에도 그녀는 만용으로 장래를 망쳐버린 거였다.

제시는 빈센트 레이를 가리켜 '비전이 있는 프로듀서'라고 했다. 그랬던 그가 자신의 편을 들어줄 것 같지 않았다. 설령 그런다 해도… 제시는 국제적인 스타가 될 판이었고 제인은 평생 이 섬에 묶여 살 처지였다. 이번 일은 고속도로에서 나가는 출구였고, 제인은 그 길을 타기로 했던 거였다.

쉽지는 않았다. 그녀가 돌아오고 처음 몇 주간 제시는 매일 전화를 했다. 그러다 11월 셋째 주에 전화가 뚝 끊겼다. 전화가 오지 않은 첫날 밤, 제인은 쪽지들을 바라보며 늦도록 깨어 있었다. 그의 이름을 보는 것이 좋았다. 자정쯤, 엘시가 방문을 두드렸다. 침대 위 쪽지들을 보고 제인 옆에 앉더니 쪽지 하나를 들어 손가락으로 글자들을 쓸어내렸다.

잠시 후 제인이 말했다. “이게 그래도 쉬울 것 같아서요.”

엘시가 그녀를 냉엄한 눈으로 쳐다보았다. “사랑이 쉬울 줄 알았어?” 그녀가 말했다.

제인은 엘시가 들고 있던 쪽지를 가져와 무릎 위에 펴 얹었다. “전부 뒤죽박죽이에요.” 제인이 말했다. “레이블도, 엄마도, 그리고 제시도…. 미궁에 갇힌 느낌이에요.”

“그럼 네가 테세우스고?”

제인이 쪽지를 들고 도로 구겼다. “다이달로스요.” 제인이 말했다. 엘시는 애처로운 눈으로 손녀를 바라볼 뿐 더는 말이 없었다.

제인은 주중 캐러셀 근무, 주말 센터 근무, 이따금 미용실 손님 받기 같은 일상에 자신을 파묻었다. 평생 봐왔던 얼굴들만 매일 보며 지내다 보니 지난여름이 정말 있기나 했던 건가, 싶었다.

하지만 지난여름은 틀림없이 있었고, 그녀가 아무리 괜찮다고 다짐해본들 속 깊은 곳에서는 괜찮지 않음을 알았다. 앨범이 뭔가 될 수 있었을지 몰랐고, 제시도 뭔가 될 수 있었을지 몰랐다. 통제력을 잃어버리고 흔들릴 게 두려워 둘 다 고의로 망가뜨려 버린 건 아닐까? 밤이면 잠자리에 누워 센터일로 그럭저럭 먹고살며 늙어가는 자신의 모습을 상상하기도 했다. 만일 엄마가 여기 있다면 뭐라고 할까?

브레이커스의 음반은 추수감사절 이튿날인 금요일에 발매되었다. 그날 아침 밴드 일동이 비치 트랙스를 찾아갔다. 공동업주인 팻과 대나가 카운터 뒤에서 달려 나오며 환호성을 질렀다. "해피 브레이커스 데이!"

"우리 가게에 들여온 물건에는 그래도 사인을 해줘야지." 팻이 말했다. "오늘 아침에 벌써 석 장이나 나갔어!"

"할머니가 사간 게 그중 몇 장인데요?" 제인이 물었다.

"두 장!" 팻이 카운터 뒤로 돌아가 틀어놓았던 〈달아나〉의 볼륨을 한껏 높였다. 제인이 씩 웃었다. 고향의 음반점에서 자기들의 노래가 나오는 걸 들으니 감개가 무량했다.

카운터 위에 앨범 케이스가 세워져 있었다. 제인은 그걸 들어보았다. 믿을 수 없는 사진이었다. 맨 앞에 빈센트 레이의 어깨가 흐리게 처리된 가운데 제인이 정중앙에 매서운 표정으로 서고 그 뒤로 남자 멤버들이 모여 있는 모습이었다. 앨범 제목 '봄날의 연애'를 보면 마치 반항적인 학생이 교장을 노려보고 있는 것 같았지만, 파란색 원피스와 그녀의 거동에서 드러나는 긍지를 보면 농민봉기에 더 가까워 보였다. 뒤집어보니 뒷면에는 그레그의 감독 하에 제인의 머리를 고쳐주는 리치와 카일의 모습이 담겨 있었다. 앞면의 치열함을 유쾌하게 웃어넘기는 밝은 분위기였다.

"상징성 굉장해." 대나가 말했다.

"매대에서 한번 볼래요." 그레그가 록 섹션으로 건너가 '브레이커스'를 찾았다.

"벌써 반응이 아주 좋아!" 대나가 말했다 그레그가 자신들의 밴드 이름 뒤에서 음반을 찾아 들어올렸다. "걱정 마, 창고에 더 있어."

제인이 미소를 지었다. 300장 중 몇 퍼센트가 이 매장에 풀릴지 궁금해졌다. 거의 전부일 것 같았다.

그날 밤 캐러셀은 브레이커스 데뷔를 축하하러 와준 낯익은 얼굴들로 발 디딜 틈이 없었다. 제인은 기뻤고 한편 편안했다. 앨범이 나왔고, 파티를 할 거고, 모든 게 전과 같이 돌아갈 터였다. 그걸로 속 태우지 않으려 애를 썼다.

"우리 지방이 배출한 제이니 Q와 브레이커스에게 큰 박수 보냅시다!" 앨이 말했다.

브레이커스가 무대 위에 오르자 난리법석이 났다. 제인은 청바지와 흰 탱크톱 차림에 어깨에 머리를 흩뜨리고 양 팔목에 팔찌를 끼고 있었다. 내려다보니 맨 앞줄에 매기와 엘시가 서 있었다. 그레이스는 비를 돌보느라 집에 남아 있었다. 제인이 신발을 벗어 던졌다.

"이게 맞죠, 그렇죠?" 그녀가 마이크에 대고 말했다. "우리 고향이 여기니까요!"

청중 대개가 이미 서 있었지만 〈더러운 자식〉 후부터는 모두 서서 즐겼다. 바 옆에 서서 고갯짓으로 박자를 맞추는 마크 에디슨도 보였다.

〈더이상의 요구는 없어〉, 〈애태우지 마〉, 〈인디고〉를 이어서 불렀다. 밤이 깊어갈수록 애당초 음악이 왜 좋았는지가 선명히 떠올랐다. 음반을 팔기 위해서가 아니라 사람들과 연결되고 싶어서였다. 녹음 준비로 연습이 충분히 되어있었던 터라 실내에 둥둥 떠서 노래하는 느낌이었다. 〈사로잡히다〉 중간쯤에 아래를 내려다보았다. 어떻게 여기까지 오게 된 거지, 그녀는 의아했다. 체중을 잃어버린 것 같은 자유로움을 느꼈다. 속에다 온갖 감정을 묵혀놨던 그녀가 이 공연으로 해방되고 있었다.

오늘 밤의 〈달아나〉는 다르게 느껴졌다. 사람들 틈에서 몸을 흔들면서 사랑 담긴 눈으로 그레그를 바라보는 매기를 보자 이제 가사가 매기보다는 자신과 더 닮았다는 생각이 들었다.

'아, 환상에 빠져서; 내가 괜찮은 여자라고 생각할 테지; 하지만 나는 골칫거리야; 나는 가늠하기 어려워; 절대로 떠나지도 않고; 당신이건 다른 누구건; 모두 기로에 서게 되지, 그러니까; 달아나, 달아나.'

제인은 제시를 생각했다. 그러자 뉴욕에서 돌아온 후 처음으로 용인한 여리고 불확실한 감정이 목소리로 전해지며 기타 너머로 떠올랐다. 마지막에서 두 번째 곡이었다. 소울풍의 느린 노래가 끝나자 제인의 눈에는 눈물이 맺혔다. 청중이 갈채를 보냈고 그녀는 소리 내어 웃었다. 음을 맞추러 들어오며 리치가 헛기침을 했다.

"제시가 왔어." 그가 작은 소리로 말했다.

"뭐?" 제인이 말했다.

리치가 실내 뒤편을 향해 고개를 끄덕였다. 굽이치는 청중의 물결 속에서 푸른빛이 얼핏 보였다. 가슴이 철렁하며 비로소 기둥 뒤에 숨다시피 선 제시가 눈에 들어왔다. 바로 등 뒤에 있는 줄도 모르고 그 사람 이야기를 계속해온 기분이었다. 리치가 〈봄날의 연애〉에 맞추어 현을 조정했고 제인도 뒤따랐다.

"열렬한 성원 감사합니다. 마지막 곡 들려드릴게요." 제인이 말했다. 좌우로 흔들리는 청중 틈에서 제시의 눈과 마주쳤다. 숨이 잠시 멎었다. "누군가에게 반하는 노래예요."

그녀가 카운트를 잡자 카일과 리치가 부르고 받는 추임새가 벽에 부딪혀 울려 퍼졌다. 1절을 부르면서 제인은 춤추는 매기를 보았다. 모든 게 불만이던 예쁜 사촌이 지금은 너무나 행복해 보였다. 매기와 엘시가 좌우로 몸을 흔들었고 주위 사람들도 즐거이 합세했다. 실내가 출렁이는 가운데 제인은 제시의 눈을 들여다보며 노래했다.

'당신 때문에 기분이 너무 좋아; 불을 붙여줘; 예, 당신 때문에 나는 달아올라.'

그리고 멤버들과 눈을 맞추어 같은 코드로 마무리했다.

들어본 적 없는 굉장한 소음이 실내를 채웠다. 또다시 왈칵 눈물이 쏟아질 것 같았다.

"모두 잔을 드세요!" 앨이 바에서 외쳤다. 카일과 리치, 그레그가 무대에서 뛰어내렸다. 그레그는 매기와 포옹을 했고, 카일과 리치는 맥주 통으로 직행했다.

제인은 무대 바닥에 기타를 내려놓고 할머니를 바라보았다. 엘시는 손녀에게 눈을 찡긋하고는 축하객들과 어울렸다. 제인은 무대 아래로 내려갔다. 사람들마다 손을 내밀었지만 그녀는 누구에게 무슨 말을 하는지 의식하지 못했다. 오직 제시를 찾아야 했다.

겨우 바 뒤편에 다다랐으나 제시는 보이지 않았다. 무너지는 가슴을 안고 주변을 둘러봤다. 간 건가? 출구로 이어지는 층계 쪽을 보았다. 무작정 밖으로 나갔다.

달이 높이 솟아 있었다. 찬 밤공기에 가슴과 팔의 땀이 선득했다. 큰 길에 나가 주위를 둘러봤다. 버려진 마을처럼 보였다. 그때 호텔 난간 옆에서 붉은 담뱃불이 반짝이는 것이 보이나 싶더니 어느새 셔츠 위에 플란넬 재킷을 대충 걸친 제시가 눈앞에 서 있었다. 깁스도 팔걸이도 없이 이제 복원된 그는 커다랗게 보였다.

"훌륭한 공연이었어요." 그가 말했다. 제인이 그에게 한발 다가섰다. 그의 육체적인 존재는 그녀의 기억 속에 각인된 그대로였다. 서 있는 자세, 그녀를 바라보는 눈길.

"왔네요." 그녀가 말했다. 그의 그 푸른 눈이 알 수 없는 빛으로 그녀를 살펴봤다.

"네." 그가 말했다. "그레이스가 초대했어요."

제인이 고개를 들었다. "이모가요?"

제시가 고개를 끄덕였다.

"팔이 나았나 봐요." 제인의 말에 그가 주먹을 폈다 쥐었다 해보였다. "말짱해졌어요." 그가 미소 지으며 말했다. 둘의 눈이 만나자 그는 또다시 뜻을 헤아리기 어려운 표정이 되었다. 무슨 말을 해야 할지 몰라 제인은 고갯짓으로 담배를 가리켰다. 그는 잠시 생각하더니 담배를 입에 물고 대신 재킷을 건네주었다. 너무 좋은 냄새가 났지만 애써 모른척했다. 조금 전 공연 탓에 아직도 귀가 멍멍했다.

"앨범은 어떻게 돼가요?" 그녀가 물었다.

"그럭저럭." 그가 말했다. "다음 주쯤 엘에이에 가요." 그가 담배를 한 모금 빨았다. "벌써 25개 도시 투어 부킹이 들어갔어요, 3월 시작 예정으로요."

제인이 부러움을 감추려 바닥을 내려다보았다. 무대에 신발을 두고 나왔음을 깨달았다. 그의 워크부츠 옆에서 그녀의 발이 퍼래보였다.

“빈센트 레이와의 일은 윌리한테서 들었어요.” 그가 말했다. 제인은 눈을 들지 않았다. 잠시 후 그가 말을 이었다. “당신이 말했듯이 스스로 결정권을 행사한 것 같더군요.” 살짝 재미있어하는 빛은 그녀가 잘못 본 것일까?

“그렇게 가수 인생이 종을 쳤고요.” 제인이 말했다.

“그건 모르는 일이에요.” 제시가 말했다.

제인이 웃음을 터뜨렸다.

“정말이에요. 앨범, 정말 맘에 들었어요. 오늘 아침 음반을 사서 온종일 듣다 왔어요. 젠장, 솔직히 당신을 고용해서 내 앨범도 믹싱하고 싶을 정도거든요.”

제인이 엷게 미소 지었다. “고마운… 말이네요.”

그녀의 대꾸에 제시도 마음이 푸근해진 듯했다.

“내 오프닝을 해줬으면 하는데.” 그가 말을 이었다. “음악의 결이 충분히 다른 데다, 당신은 청중과의 교감이 정말로 굉장해요. 윌리에게 말하면 좋다고 할 거예요.”

그의 제안의 엄청남과 그의 자신감에 대한 질투 사이에서 제인은 말문이 막혔다. “제시.” 그녀가 입을 열었다. “그건 공정하지 못해요, 우리가 그런 자격을 얻은 것도 아닌데.”

“물론 아니죠. 그런데 빈센트 레이한테 그렇게 개똥같은 취급을 당한 건 어디 공정했나요? 그자가 당신에게 그런 말을 했다니 아직도 믿어지지 않아요.” 제시는 화가 나 있었다. “우리 제대로 한번 해봐요."

"당신에게 빚을 지는 건데…, 어떻게 갚을 수 있을까요?"

제시가 침을 삼켰다. "솔직히, 당신 없이 지내는 게 진절머리가 나요." 그가 마지막 한 모금을 빨고는 담배를 길가에 휙 버렸다. 바닥에서 주황 불꽃이 일어났다 꺼졌다. 제시의 얼굴이 흐려졌다.

"당신은 사라져버렸어." 그가 말했다.

제인의 입이 말랐다. "미안해요." 제인이 안간힘을 쓰며 말했다. "전화했어야 했는데. 그런데 결국 똑같아요. 내가 수용할 수 있는 게 겨우 그 정도라…. 엄마한테 그런 일이 있고 나서, 나는… 한계가 생겼어요. 내가 당신을 아무리 미치도록 원한다 해도 도저히 넘지 못할 선이 있어요."

제시가 어둠 속에서 그녀의 손을 잡았다. 그녀의 팔에 찌릿, 전기가 올라왔다. 그가 한 걸음 다가섰다.

"당신이 두려워하는 거 알아." 그가 말했다. "나도 두려워. 하지만 정말이지 당신하고 떨어져 있는 걸 견딜 수가 없다고." 제인이 입술을 깨물었다. 제시가 한 발 더 다가왔다. 그의 말소리는 낮고 간절했다. "방금 날 원한다고 했지?"

"너무나요." 멈출 새도 없이 절로 말이 튀어나왔다.

지하 캐러셀에서 샴페인이 터지고 주크박스 음악이 울려퍼지는 중에, 제시가 그녀를 끌어당겼다. 그의 두 손이 그녀의 입술에 이어 볼을 어루만지며 머리를 그의 쪽으로 기울였다. 아름다운 푸른 눈동자가 그녀의 얼굴을 바라보는 순간, 그녀는 다가오는 것에 대한 기대로 부풀었다. 그의 코가 뺨에 스칠 때 그녀는 한숨을 내쉬었다. 제시가 그녀 이름을 속삭이며 입술을 포갰다. 부드럽게, 그리고 맹렬히.

13

페가수스 스튜디오스

로스앤젤레스

1970년 3월

"애 아빠처럼 보이지 않냐?" 그레그가 말했다. 캘리포니아의 기를 받아 투어 첫날 입을 옷으로 비치보이스풍의 청색과 흰색 줄이 그어진 티셔츠를 방금 산 참이었다. 그러느라 사진 촬영을 깜빡했던 거였다.

"이미 늦었어." 카일이 말했다.

"멋진데 뭐." 제인이 말했다. "애 아빠치고는."

그레그가 몸을 움츠렸다. "리치, 넌?" 그레그가 말했다.

리치가 그를 흘긋 봤다. "멋져." 그가 중얼거렸다.

"자, 잠시만 조용히 합시다. 그래요, 고마워요." 페가수스 스튜디오스의 홍보이사 아치 레넉스가 말했다. 브레이커스는 지각해서 벌을 받은 아이들처럼 옆으로 물러났다. 고개를 들어보니 자기를 바라보고 있는 제시와 눈길이 마주친 제인은 뺨이 달아올랐다.

"제시." 아치가 말했다. "시선을 이쪽으로."

제시와 그의 밴드가 '페인티드 레이디' 투어 버스 앞에서 포즈를 취하기 시작했다. 제시의 앨범 뒷면에서 가져온 주황, 노랑, 하양, 초록의 사이키델릭 아트로 뒤덮인 감청색 소형 버스였다. "스튜디오 앞마당에서 간단히 몇 장 찍는 거야"라고 아치가 말한 게 벌써 두 시간 전이었기에, 모두가 부글부글 끓고 있었다.

제시의 드러머 허크 리바이가 늦는 바람에 그들은 우선권을 놓치고 브레이커스가 버스 앞에서 어색한 포즈로 사진을 찍는 걸 지켜봐야 했던 것이다. 브레이커스는 부자연스러웠고 빈둥거리는데도 좋은 패를 잡았다. 이제 한 팀이 될 제시의 밴드 멤버들은 그래서 브레이커스가 얄미웠다. 촬영이 늘어질수록 세계 최고의 스튜디오 뮤지션들이라 할 만한 사람들 앞에서 자신들이 발가벗겨지는 느낌에 제인은 불안했다.

마침내 허크가 나타나자 아치는 브레이커스를 밀쳐내고 제시와 밴드 멤버들을 위치에 세웠다. 허크는 제시와 악수를 한 다음 버스 옆에 착 기대섰다. 오후 세 시인 지금까지 전날 밤의 숙취가 풀리지 않은 듯했다. 제시는《페인티드 레이디 Painted Lady》녹음 기간 중 로럴 캐넌에서 허크와 함께 기거했는데, 요즘에도 허크의 침실에는 여자들이 뻔질나게 드나드는 모양이었다. 생김새를 보니 그럴 만도 했다. 제시에게 듣기로 아버지는 포레스트 힐스의 식료품상이었고 어머니는 태국 미인대회의 입상자였다는데, 둘 사이에서 나온 아들은 제인이 본 가장 아름다운 얼굴 중 하나였다.

"괜찮아?" 로레타 메이스가 생각에 잠긴 제시에게 말 거는 소리가 들려왔다. 제시는 고개를 끄덕였고, 로레타는 줄무늬 면드레스의 소매를 가다듬고 갈색 곱슬머리를 어깨 뒤로 털어 넘겼다. 제시의 밴드에서 피아노를 담당하며 작곡 실력으로도 인정받는 로레타를 처음 봤을 때 제인은 조금 동경하기도 했다. 제시보다 서너 살 위일 뿐이었지만 허스키한 음성에 최근 재혼한 사실 때문에 훨씬 인생경험이 풍부한 선배로 느껴졌다. 투어 멤버들 중 여자는 단 둘뿐이었기에 꼭 친해지고 싶었다.

"아무렇지도 않아." 베니 보글생이 제시의 팔을 밀쳐대며 말했다. "저 미소 좀 봐." 제시는 여전히 고민하는 얼굴이었다.

베니는 이를테면 제시의 리치라 할, 든든한 동지이자 백업 기타리스트였다. 대학 예비학교에서 처음 만난 사이로, 매클

린에서 퇴원한 제시에게 음악을 해보라고 강력히 권한 사람이 바로 그였다. 제시의 멜로디를 따라다니다 그가 노래하기 위해 멈추는 지점에서 연주를 이어받곤 했다.

"듀크, 좀 생동감 있게 안 돼?" 사진사 어깨 위에서 인상을 쓴 얼굴로 아치가 말했다.

듀크 머과이어가 베니에게 고갯짓을 하며 프레임 안으로 들어왔다. 나이가 좀 든 축인 듀크는 스튜디오 베이시스트로 300여 개의 앨범과 수차례의 전국 투어를 경험한 업계의 프로였다. 늘 주로 혼자였고 밴드 멤버 누구와도 가깝게 지내고 싶어 하지 않아 보였다. 그에게 투어는 비즈니스일 뿐이었다.

건반에 로레타, 보컬에 제시, 베이스에 듀크, 기타에 베니, 드럼에 허크, 이들이 두 주 전에 발매된 제시의 두 번째 스튜디오 앨범 《페인티드 레이디》를 함께 만든 5인조였다.

첫 번째 싱글 〈정말로 이상한 일〉, 그리고 이어서 이번 앨범의 〈새벽별〉이 이미 차트 상위권에 진입하고 있었다. 투어에 따를 앨범 판매 증가에 대비하여 페가수스는 십오만 장을 찍어두었다. 그뿐 아니라 윌리가 애쓴 덕에 브레이커스의 싱글 〈봄날의 연애〉와 〈불꽃〉도 오천 장씩 재발매했다. 제시의 앨범 판매량은 매주 상승 중이었기에 투어 멤버 전원이 히트를 예감하고 있었다.

"좋았어." 아치가 말했다. "그룹 샷 한번 해봐?"

브레이커스가 쭈뼛쭈뼛 프레임 안으로 들어올 때 버스 문이 열리며 윌리가 내려왔다. 새로 맞춘 노란색 잠자리 선글라스를 끼고 있었고 무참히 짓밟혔던 자신 있는 태도도 거의 되찾은 모습이었다. A&R 매니저의 회복을 위해서는 톱 10을 향해 올라가는 싱글만큼 강력한 무기도 없었다.

"음, 그럼 멋지네요." 아치 쪽으로 걸어가며 그가 말했다.

모두 진짜 친구들처럼 한데 모여 웃으며 사진 촬영에 임했지만 촬영이 끝나자마자 제시의 밴드 멤버들은 한마디 말도 없이 자기들끼리 버스에 올라탔다. 브레이커스에서 단연 가장 외향적인 카일만 그들을 따라갔다.

제인과 리치는 그냥 남았고 그레그는 공중전화를 찾아 나섰다. 처음에는 신나 했던 그레그는 매기와 비를 남겨두고 투어를 떠나는 것에 점점 불안해했다. 앨범 작업을 마치고 받은 얼마 안 되는 돈을 제인과 마찬가지로 퀸 가에 맡기긴 했지만 가족과 함께 있는 것에는 댈 수 없었다. 매기와 딸과 떨어져 지내는 게 끔찍하게 싫었다. 가족을 두고 떠난 아버지가 떠올라 마음이 더욱 불편했다.

매기가 마지막에 예정된 미 동부 투어에는 함께하겠노라고 그녀답지 않게 헌신적인 제안을 했지만, 그것도 6월이나 되어야 했다. 그때까지는 공중전화 통화가 전부였다.

아치 레넉스가 클립보드에 완료사항을 표시하며 리치와 제인 쪽으로 건너왔다.

"좀 삐걱거리기는 했지만 어쨌든 촬영이 끝났네요." 그가 말했다.

"어디다 쓸 사진인가요?" 제인이 물었다. 아치는 입가에 머물 뿐 눈까지는 번지지 않는 미소를 지었다.

"뭐, 이런저런 것들." 손에 쥔 펜을 흔들며 그가 질문을 일축했다. "걱정 말아요, 스타로 만들어줄 테니까."

제인이 리치를 흘긋 봤다.

"좋은 질문이야." 리치가 말했다. "나도 그게 궁금했거든."

클립보드를 들여다보던 아치가 고개를 들었다. "판촉물, 상품. 이 사진들로 포스터랑 전단을 만들어 가는 곳마다 뿌릴 거예요." 그가 말했다. "규모가 큰 스타디움에는 현수막도 걸 거고. 티셔츠며 핀에도 쓰고, 크게 찍어서 액자용으로도 파는 거지."

제인의 질문에 관한 대답을 하면서도 아치는 리치를 향하고 있었다. 여태 밴드의 보호자를 자처해온 그녀가 이젠 다른 남자들과의 소통에 밴드 멤버들의 도움을 필요로 하게 되어버렸다. 제인은 앨범 만들 때의 그 경험이 지하 실험실에서의 괴상한 실험처럼 유별난 것이었기를 바랐었다.

하지만 알고 보니 오히려 업계 전반의 풍토가 대체로 정확히 반영된 것일 뿐이었다. 부킹 에이전트와 사운드 디렉터, 조명 기술자에서부터 음반사 임원, 기자, 사진사들까지 온통 남자였다. 게다가, 베일린 아일랜드와 퀸 가 일족의 보호막 바깥으로 나온 제인은 남자들이 기본적으로 업신여기고 의심하고 깔보는 태도로 자기를 대한다는 것을 깨닫고 속이 상했다. 제인이 버스에 올라타는데도 아치는 그녀가 대화에서 빠진 사실조차 모르고 있었다.

"제인." 제시가 뒤에서 불렀다. 돌아보니 윌리와 함께 서 있었다. "내 자리 좀 맡아줘." 그가 말했다. 제인이 엷게 미소 지었다.

버스에 오르면서 턱수염을 기른 운전사 피트에게 인사를 했다. 앞줄을 차지하고 앉은 제시의 밴드 멤버들은 지나가는 그녀에게 고갯짓을 했을 뿐 아무도 말을 걸진 않았다. 뒤쪽의 카일에게 가다가 제인은 로레타 옆에서 잠깐 멈춰 섰다.

"안녕!" 제인이 말했다. "셔츠가 정말 멋져요." 그냥 떠오른 말이었다.

이 여자가 독창성이 없는 건지 아니면 그냥 돌대가리인지를 알아보겠다는 듯 로레타가 실눈을 떴다. "그래요." 그녀는 말하고 다시 창밖의 제시에게 시선을 돌렸다.

제인은 얼굴이 붉어져서 계속 뒤쪽으로 걸어갔다.

카일이 그녀의 어깨를 두드려주었다. "그레그한테라면 통했을 칭찬인데." 그가 말했다.

제인은 카일 앞자리에 앉아 윌리와 제시가 아치와 악수하는 모습을 지켜보았다. 제시가 이 모든 것의 중심이라는 것에 의심의 여지가 없었다. 목소리 한번 높이지 않고 우쭐대는 기미도 없는 상냥하고 온유한 제시야말로 모두가 좋아하고 따르는 사람이었다. 그리고 그런 제시가 제인을 필요로 하는 형국이었다.

빈센트 레이와의 충돌을 돌이켜볼 때, 자신들이 이 투어에 함께할 수 있었던 유일한 이유가 제시의 그 호감 덕택이라는 것을 제인뿐만 아니라 모두가 알고 있었다. 그래서 사람들 앞에서는 드러내지 말라고 제시에게 다짐을 시켰다. 전국 무대에 올라 입을 열기도 전에 제시의 연애 상대라는 사실이 온 세상에 알려지는 순간, 그녀는 영영 그것만으로 각인될 것이었다.

투어 본격 돌입을 앞둔 2주간 북서부의 작은 무대들을 돌며 문제점들을 보완하기로 했다. '정식' 투어의 첫 장소는 샌프란시스코였다.

고속도로를 바라보는 리치가 전에 없이 작아보였다. 그레그가 공중전화 통화를 마치고 돌아오자 리치가 담배를 비벼 끄고 그레그와 함께 버스에 올랐다. 뒤따라 올라온 제시는 밴드 멤버들과 하이파이브를 주고받고 로레타와 뭔가를 의논한 다음 제인 옆에 앉았다. 그는 앞을 보고 있었지만 둘의 무릎이 살짝 스칠 때마다 제인은 가슴이 철렁했다.

윌리가 마지막으로 올라와 후딱 인원 점검을 하고는 피트에게 엄지를 치켰다. 에어브레이크가 쉬익 소리를 내고 전조등이 켜지며 버스는 선셋 스트립에 들어섰다. 제인은 창밖을 내다봤다. 처음 와본 서부는 아직도 너무나 낯설었다. 빌딩들도 관목들도 광대함도 그랬다.

그녀의 왼쪽 허벅지와 좌석 사이로 제시의 손이 불쑥 미끄러져 들어왔다. 그녀의 어깨너머로 창밖을 내다보는 그의 가슴에서 열기가 쏟아져 나왔다. 101 고속도로에 들어서며 버스 전체가 조용해졌다. 그들은 눈치채지 못했지만 제시가 조용했기 때문이었다. 만일 그가 말을 했다면 다들 따라서 말을 시작했을 것이었다.

14

투어에서 브레이커스의 공연은 〈더러운 자식〉, 〈봄날의 연애〉, 〈인디고〉, 그리고 〈불꽃〉의 순서로, 가장 신나고 객석 반응이 좋은 네 곡으로 짜져 있었다. 밴드의 컨디션은 최상이었다. 모두가 곡을 속속들이 알았고 예외적인 수준의 친화감이 있었다. 그리고 무엇보다도 자신들을 입증해 보이고 싶었다. 벨뷰 칼리지 칼슨 극장에서의 첫날 밤 공연 대기실에서 그들은 출발 신호를 기다리는 달리기 선수들처럼 안절부절못했다.

"훌륭하게 해내자." 한데 모인 멤버들에게 제인이 말했다.

그 말대로 그들은 정말 훌륭하게 해냈다. 제인의 목소리와 리치의 기타에 청중은 열렬히 호응했다.

제시와 함께 튜닝을 하지 않았던 제인은 그날 밤 신이 나 행복한 기분으로 무대에서 내려왔을 때 마치 총살형을 기다리는 사형수처럼 침울하고 쓸쓸한 표정으로 있는 제시를 보고 깜짝 놀랐다. 함께 있으면 늘 밝은 모습이던 그가 제인을 한번 쳐다만 보더니 다시 로레타와 베니에게 향하는 것이었다.

"멋진 공연이었어요." 윌리가 제인에게 다가와 물 한 병을 건네주며 말했다. "아주 끝내줬어요."

"제시 괜찮아요?" 그의 목 뒤를 바라보며 제인이 물었다.

"그럼요." 윌리가 말했다. 무슨 말인가 더 하려는 것 같아 제인은 기다렸다. 그는 헛기침을 한번 하고 나지막이 말했다. "아주 제대로 해버렸죠?" 그가 말했다.

제인은 고개를 끄덕였다.

"물론 좋아요, 그런데… 오프닝에 대한 기대는 제법 잘하겠지, 정도예요. 그러지 못해도, 괜찮은 거고요. 사람들은 그냥 맥주 좀 마시고 말죠. 잘하면, 좋아하고요. 그런데 방금처럼 기막히게 잘하면, 수천 명의 새 팬들을 얻을 수도 있어요. 여기서부터는 올라가는 길밖에 없고." 그가 손으로 막 이륙한 비행기가 비상하는 모습을 그려 보였다.

"그런데 제시의 경우는 말이에요." 목소리를 더욱 낮추며 윌리가 말했다. "청중의 기대 자체가 기막히게 잘할 거야, 라는 거예요. 새로운 팬을 얻는 것도 아니죠. 이미 열성팬이 아니면 애당초 그의 이름이 박힌 티켓을 사지도 않았을 테니까." 밴드 멤버들 틈의 제시를 그가 흘긋 바라보았다. "만일 기막히게 잘하지 않으면, 사람들은 환불을 요구하겠죠." 윌리가 말했다. "메인으로 공연을 이끈다는 건 엄청난 부담이에요. 좀 저조한 날? 그런 건 용납되지 않아요."

제인과 윌리는 베니가 제시의 등을 토닥여주는 것을 지켜보았다. 제시는 제인을 돌아보고 씽긋 웃어 보인 뒤 쏟아지는 조명을 받으며 무대로 올라갔다. 청중의 폭발적인 환호성에 제인은 경외감을 느꼈다. 티켓에 자기 이름이 찍히는 날이 꼭 오게 하겠다고 그녀는 굳게 다짐했다.

그날 밤, 시애틀로 달리는 버스 안에서 제시는 제인의 어깨에 기대 쪽잠을 잤다. 윌리가 그들 앞에 잠시 멈추어 섰다.

"극장의 상품 담당자가 《봄날의 연애》가 매진됐다고 알려왔어요." 제인에게 눈을 찡긋하며 그가 말했다. "영업팀에 예상 매출을 재조정해보라고 요청할 생각이에요. 너무 적게 찍은 것 같거든요."

이 소식이 빈센트 레이의 귀에 들어갈 생각을 하자 제인은 웃음이 절로 났다.

브레이커스는 워싱턴대학교와 시애틀대학교에서의 공연도 완벽하게 해냈다. 제시 무대도 차차 나아졌는데, 특히 단체로 몰려들어 꺅꺅 그의 이름을 불러댄 여대생들을 비롯한 그의 팬들은 밴드가 아직 보완 과정에 있다는 것을 전혀 몰랐다. 〈언덕 위의 예배당〉의 조바꿈 부분에서 베이스가 한 박자 늦었다거나 〈페인티드 레이디〉 2절 가사를 제시가 좀 씹었다거나 하는 것들. 하지만 제시와 밴드는 알았다. 이런 조정은 자연스러운 것이라 모두 예상했던 바였다. 애당초 2주간 대학가를 먼저 돌기로 한 것부터가 그런 이유에서였다.

제시 밴드가 예상하지 못했던 거라면 브레이커스가 처음부터 완벽하게 치고 나온 점이었다. 아무리 뛰어난 재능들을 모아놓았다 해도 직업적으로 구성된 새 조합은 어려서부터 평생을 함께해온 친구들처럼 죽이 맞을 수 없었다. 이 점을 품위 있게 받아들인 이들도 있었다. 특히 제시는 자신의 밴드보다 브레이커스의 무대에 더 신나했으며, 허크도 연주를 끝내고 무대에서 내려온 브레이커스 멤버들 하나하나와 하이파이브를 나누었다. 다른 사람들은 아니었다.

"뭐, 금발 처음 본대?" 브레이커스가 3회 연속 성공적인 무대를 선보이고 내려오자 로레타가 은근히 비꼬아댔다.

그날 밤 피트는 워싱턴 주와 오리건 주 경계에 있는 노변

모텔로 그들을 데려갔다. 제인과 제시는 늘 따로 방을 잡았지만 적어도 옆방에 묵을 수 있도록 윌리가 신경을 써주었다. 제시와 제인은 저마다의 밴드 멤버들에게 잘 자라 인사한 뒤 각자의 방에 들어갔다.

잠시 후 옆방과의 사이에 달린 문에 노크 소리가 났다. 제인이 문을 열자 친구 집에 자러 온 여학생처럼 제시가 속옷과 티셔츠와 칫솔을 들고 들어왔다. 제인이 손을 뻗자 제시는 그것들을 침대 위로 내던지고 손가락으로 그녀의 머리칼을 쓰다듬으며 그녀 입술에 자기 입술을 가져다 댔다. 온종일 슬쩍 훔쳐보기만 했던 제인은 그를 만지고 싶은 욕망에 무너지고 있었다.

셔츠를 벗어 던진 제시가 궁색한 욕실로 그녀를 인도했다. 제인은 옷을 벗고 수돗물을 틀었고 제시는 흰 반짝이 포장을 뜯어 상표 없는 비누를 꺼냈다.

"페가수스에게는 오직 최고만." 제인이 소리 내어 웃으며 그를 끌어당겼다. 제시가 재빨리 손을 놀려 제인의 몸에 비누칠을 했다. 그의 손길이 닿을 때마다 그녀의 살갗이 요동했다. 제인은 그의 손에서 비누를 건네받아 그의 어깨와 허리와 엉덩이를 씻었다. 비누가 배수구 위에 떨어지는 순간, 그는 그녀를 끌어당겨 낮은 신음과 함께 자신의 혀로 그녀의 혀를 휘감았다. 제인의 배에 그의 단단한 남근이 느껴졌고, 그는 그녀

몸 안으로 손가락을 집어넣었다.

살갗이 부들부들해지고 배수구 위의 비누가 다 녹을 때까지 입을 맞춘 뒤, 제시는 까치발을 디딘 제인의 몸을 돌리고 그녀 안으로 들어왔다. 제시는 한쪽 팔은 그녀의 허리에 다른 팔은 그녀의 골반에 얹고 하나가 된 둘의 엉덩이를 흔들었다. 두 사람의 등에서 물이 폭포처럼 떨어졌다.

"제기랄." 격렬한 감각에 등을 구부리며 제인이 말했다. 그의 팔은 강했다. 그녀는 그의 품에 온전히 매달린 채 쾌락의 절정을 맛보았다.

"그래, 어서." 그가 그녀의 귀에 입술을 대고 속삭였다. 천천히 파고드는 그의 열기에 녹아내리면서 그녀는 잠시 그렇게 서 있었다. 가까워 오는구나 싶더니 그가 그녀에게서 몸을 빼고서 침대로 데리고 가 눕힌 뒤 그녀의 눈을 내려다보며 다시 삽입해 들어왔다. 제인은 그의 체중 밑에서, 귓가에 내려오는 그의 숨결 속에서 황홀경에 빠졌다. 그가 그녀의 두 손을 머리 위로 올렸다. 쾌락이 고요하게 두 사람을 덮쳤다.

"제기랄, 제인." 그가 그녀의 엉덩이를 쥐어짜듯 움켜쥔 채 사정하며 그녀에게 속삭였다. 제인은 코로 그의 뺨을 비볐다. 그들은 서로의 숨소리를 들으며 잠시 그렇게 누워 있었다. 제시가 그녀의 몸을 돌려 이마에 입을 맞추었다. 그가 욕실로 가 샤워기를 껐고, 실오라기 하나도 걸치지 않은 몸으로 다시 누웠다. 그의 손이 그녀의 등을 쓸다가 목 아래의 퀸 가 문장 문신에 다다랐다.

"전부 다 이게 있는 거야?" 그가 말했다.

제인이 고개를 끄덕였다. "해, 달, 물."

"그거면 살 수 있지." 그가 말했다. "이렇게 계속되면 좋은데. 도시는… 달라."

"무슨 뜻이야?" 제인이 묻자 제시가 어깨를 으쓱했다.

"다 계획에 따라 움직이고 한순간도 그냥 가는 게 없잖아. 다시 동물원에 돌아간 기분이야." 그의 몸이 뻣뻣해졌다. 제인이 손을 뻗어 그의 뺨을 만졌다. 제시가 미소를 지으며 그녀의 손을 잡고 입을 맞췄다. 그리고 불을 끄고 그녀를 꼭 안았다. 둘은 한동안 그렇게 잠에 빠져들었다.

우르릉, 쉭, 소리와 함께 자동차 불빛들이 유령처럼 블라인드 틈을 뚫고 몰려와 천장에 비쳤다 사라졌다. 제인은 잠이 깨어 등을 바닥에 대고 누웠다. 심장이 벌렁벌렁 뛰는 가운데 악몽의 한 장면이 방안으로 녹아 들어왔다. 라일락빛 드레스, 현관 앞 복도, 거울, 립스틱. 그녀는 깊은 숨을 쉬었다. 폐 안의 공기가 엷어지는 느낌이었다. 달빛 내린 바닷가를 떠올려보았으나 발자국들이 너무 빨리 나타나면서 그녀 심장의 퍼덕거림과 함께 시간이 지나쳐갔다.

그녀가 아는 사람들 중 이 길을 걸어본 사람은 엄마밖에 없었다. 다시 엄마와 이야기할 수 있다면 얼마나 좋을까. 제인은 서로를 연결해줄 맥락을 찾아보았다. 팔딱대는 가슴으로 이런 방에 있었을 엄마를 상상할 수 있었다. 이런 느낌에 엄마는 그렇게 했을까?

제인은 침대에서 내려와 제시의 티셔츠를 입고 엘시의 가방에서 슬쩍한 폴몰 담배와 라이터를 집어 들었다. 문에 신발 한 짝을 괴어놓고 객실 밖 복도로 나가 담배에 불을 붙였다. 그녀는 고속도로 너머 어둠 속을 바라보았다. 와보게 되리라곤 꿈도 못 꿨던 미지의 땅 오리건이었다. 국토의 일부라는 건 알았지만 아는 동포는 한 사람도 없었다. 보름달이 떠있었으나 북두칠성은 한참 만에 찾았다. 매사추세츠 주에서와는 다른 곳에서 반짝이고 있었다. 같은 미국에서 살아도 바라보는 별은 곳곳마다 달랐다.

문이 열리고 청바지만 꿰입은 제시가 나타났다. 그의 모습을 보자 다시 욕망이 올라왔다. 그가 그녀에게서 담배를 받아 한 모금을 빨았다. "또 같은 꿈?" 그가 말했다.

제인이 고개를 끄덕였다.

그는 제인에게 담배를 건네기만 할 뿐 놓아주진 않았다. 제인이 빙긋 웃으며 가까이 다가왔다.

"글로 좀 적어봤어?" 그가 물었다.

제인이 고개를 저었다. "효과가 없을 거야." 고속도로에서 내려오는 강렬한 노란빛에 그들 주변이 온통 젖었다. 하지만 제시의 눈빛만큼은 언제나처럼 서늘하고 푸르렀다.

"그래도 한번 해보지 그래?" 제시가 말했다.

제인이 어깨를 으쓱했다. "쓰는 게 그냥 싫어."

제시가 체중을 다른 쪽 다리에 실었다. "그게 이상해. 잘 쓰잖아. 〈불꽃〉 얼마나 좋아. 내 생각엔 자기 앨범에서 가장 서정성이 뛰어난 곡이야."

"〈불꽃〉은 예외였어." 제인이 말했다.

제시가 눈을 치켜뜨고 그녀를 보았다. "어째서?" 제시가 말했다. "자기 엄마도 가사를 썼어… 자기 핏줄인 거야."

"음, 난 엄마랑 다르거든." 〈불꽃〉을 쓰고 나서 현실에서 유리된 느낌에 시달렸던 걸 떠올리며 제인이 말했다.

"그럴지도 모르지." 제시가 말했다. "하지만 그래도 난 자기가 뭘 써내는지 보고 싶어."

그녀는 마지막 한 모금을 빨고 난간에 꽁초를 비벼 껐다. 몇 대의 차가 쉭 하고 지나가는 가운데 둘은 말없이 나란히 서 있었다.

"여긴 아일랜드에서 아주 멀어." 제시가 말했다. 제인이 그를 올려다봤다. 그가 그녀의 손을 잡고 끌어당겨 안았다. "들어가자."

제인은 그가 이끄는 대로 몸을 맡겼다. 제시가 그녀 쪽 이불을 들어 주었고 그녀는 침대에 들어갔다. 그가 램프를 끄고 그녀의 등을 문지르며 부드럽고 다정한 목소리로 노래를 했다.

'빛이여 사라져라; 바다 속으로 물러나라; 태양은 수평선의 것이고; 당신은 나의 것.'

제인의 몸이 아주 고요해졌다. "예쁘다." 그녀가 조그맣게 말했다.

"자기 거야."

"내 거라니?"

"자기한테 주려고 쓴 거야." 그가 말하고는 헛기침을 했다 "있잖아, 제인. 여러 가지가… 잘못될 수도 있어. 하지만 무슨 일이, 우리 사이에, 무슨 일이… 일어나든 말이야, 이 노래만은 영원히 자기 거야."

한동안 말이 없던 제인이 입을 열었다. "그것 말고 혹시 더 있어?" 그녀가 어둠 속에서 소리 없이 웃었다.

15

스물두 살 되던 해부터 매년 투어를 해온 윌리가 한 가지 배운 것이 있다면 성공은 사람들을 분열시키고 실패는 단결시킨다는 사실이었다. 제시 밴드에게 너무 잘 보이고 싶었던 브레이커스는 도리어 그들로부터 반감을 사는 역효과를 불렀다. 윌리는 걱정하지 않았다. 조만간 뭔가 잘못될 것이었고 어차피 서로 뭉칠 수밖에는 없을 터였다.

일은 포틀랜드에서 벌어졌다. 포틀랜드 주립대학교 링컨홀에서 브레이커스 순서가 반쯤 지났을 즈음, 스피커 시스템이 고장나고 말았다. 〈인디고〉 1절을 부르는데 제인의 마이크가 잔향을 내기 시작했다. 화재경보음 같은 끔찍한 금속성이 강당에 울려 퍼졌고, 수백 명의 청중이 괴로워하며 귀를 막았다. 리치에게 몸을 돌리는 제인이 윌리의 눈에 들어왔다.

"어떡하지?" 그녀가 말했다. 그와 카일은 장비에 문제가 없었기에 연주를 계속했다. 제인과 그레그의 앰프는 완전히 나가버렸다.

"〈애태우지 마〉 하자." 리치가 말했다. "카일, 준비해."

여러 주 동안 연습을 안 한 곡이었지만 카일은 역시 무대체질이었다. 그는 중앙에 서서 리치와 함께 즉흥연주를 시작했다. 두 사람이야 웬만한 리틀리그 투수의 강속구 연습 시간만큼은 주거니 받거니 할 수 있었지만, 이 곡은 타악기부가 필요했다. 그레그와 제인은 이 사실을 윌리보다 빨리 간파했다. 그레그는 탬버린을 쥐고 리치의 마이크 옆에 가서 섰고 제인은 로레타의 피아노에 다가가 덮개를 열었다. 고개 숙여 기도하는 자세로 건반 위에 몸을 굽히는 제인을 윌리가 지켜봤다.

"키보드 사운드 좀 올려줘 봐요." 윌리가 기술자에게 소리쳤다. 카일이 리치에게 멜로디를 넘겨주자 제인은 즉석 반주를 시작했다. 하나, 둘, 제시의 밴드 멤버들이 브레이커스를 구경하러 무대 옆으로 다가들었다. 먼저 제시, 이어서 허크, 다음은 베니, 그리고 로레타, 마지막으로 듀크였다. 브레이커스는 정확히 남은 시간 10분을 연주한 뒤 카일의 인상적인 솔로로 마무리했다. 객석에서 우레 같은 갈채가 터져 나왔다.

"이게 무슨 일이야?" 무대에서 내려오며 그레그가 외쳤다.

"믿어지지 않아." 리치가 가슴을 그러쥐며 말했다.

"그 셋잇단음표… 완전 최고였어." 제인이 카일에게 하이파이브를 던지며 말했다.

"우리 피아노 조련사는 어떻고?" 카일이 그녀의 손을 잡고 팔을 흔들며 말했다. 제시 밴드가 보고 있는 걸 깨닫고 그들은 하던 말을 멈췄다. 먼저 듀크가 같은 베이시스트에게 말을 건넸다.

"친구." 그가 카일을 껴안으며 말했다. "음악의 진수였어요." 카일의 얼굴이 환해졌다. 서로가 모두 같은 언어로 말한다는 사실을 처음으로 깨달은 것 같았다. 그들은 오랜만에 만난 친지들처럼 대화의 꽃을 피웠다. 로레타가 가까이 오자 우물쭈물하는 제인을 윌리가 지켜보고 있었다.

"내 피아노를 멋대로 쓰려거든 악음기 따윈 집어치워요." 로레타가 말했다. "교회 오르간도 아니고 맥이 하나도 없잖아요."

제인이 뭐라 대꾸를 하려는데 로레타의 눈이 부드러워졌다. "그래도," 그녀가 말했다. "그 정도면 괜찮았어요. 여자 치고는."

그녀가 제인에게 눈을 찡긋하더니 베니에게로 몸을 돌렸다.

로레타는 뭐든지 정해진 대로 했다. 작곡도 그랬고 공연도 그랬다. 그녀의 최종 목표는 자신만의 앨범을 제작하는 거라는 걸 윌리는 알고 있었다. 그 뜻을 이루려고 꾸준히 평판을 쌓고 레이블의 비위를 맞추는 데 여러 해를 보내온 그녀로서는 이제 갓 스무 살의 아름다운 제인 퀸이 느닷없이 나타나 앨범도 만들고 전국 투어의 오프닝 자리까지 꿰차는 걸 보고 마음이 쓰렸을 것이다.

윌리는 제시와 제인을 보았다. 제시는 카일과 이야기하고 있었지만 마치 제인의 존재를 통해 마음을 안정시키려는 듯 자꾸만 제인과 팔을 부딪쳤다. 윌리는 누군가에게 저렇게 반한 사람을 보는 게 처음이었다. 제인도 물론 제시를 좋아했지만 그녀에게 음악보다 중요한 건 없었다. 아마 그래서 그녀에게 끌린 것인지도 몰랐다. 대부분의 여자들은 제시한테 선택받았다는 걸 자랑하고 싶어 좀이 쑤셨을 텐데, 제인은 그 사실이 누구한테도 알려지지 않기를 바랐다.

"자, 잠깐만요." 제시가 멤버들을 불러 모았다. "아주 대대적으로 공연을 마치면 어떨까요… 모두 함께요."

"좋은 생각이야." 윌리가 대뜸 대꾸했다.

"곡은 뭘로?" 베니가 물었다. "앨범 수록곡들은 벌써 다 불렀잖아."

"〈나의 여인〉 어때?" 카일이 말했다.

"아니면 브레이커스 곡을 할 수도 있고." 제시가 제안했다.

"〈빛이여 사라져라〉 어때요?" 제인이 말했다. 제인이 마치 자신의 속을 까발리기라도 했다는 듯, 제시가 멍해졌다.

"난 그 곡 모르는데." 허크가 말했다.

"신곡이에요." 제인이 말했다. "제시가 쓴 곡인데, 정말 좋아요."

"그러고 싶다면." 제시가 말했다. 살짝 웃어주긴 했지만 돌아서서 기타를 집어 드는 그의 얼굴에 실망의 빛이 도는 걸 윌리는 읽어냈다. "조바꿈에서 좀 도와줘"나 "내가 단2도 할게" 같은 기술적인 대화가 시작되자 윌리는 옆으로 빠졌다.

1875년 이집트에서 이민 온 윌리의 할아버지 셉은 함께 건너온 아라비아 종마로 프리크니스 경마를 제패하고 서쪽으로 향했다. 엘에이에 도착한 다음 성을 라그마니에서 램버트로 바꾸고 말의 씨값으로 받은 돈을 볼타 연구소의 축음기 기술에 투자했다. 아들에게는 잭이라는 미국 이름을 붙여주었고 성인이 되어 장악하게 될 두 가지 열정을 또한 심어주었다. 바로 경마와 음악산업이었다. 윌리는 이 둘을 서로에 대한 기본적인 은유로 이해하고 자랐다.

제시는 매번 1등으로 들어올, 승리를 의심할 여지가 없는 최고 혈통의 순종 경주마였다. 그에 비해 제인은 거친 거세마였다. 언젠가는 길들일 수 있으리라 생각했으나 오산이었다. 결승선을 통과하자마자 들입다 관중석으로 내달릴 그런 말이었다. 그런데 아무리 평소에 온순한 챔피언 경주마도 기상을 유지하기 위해서는 때로 훈련 파트너가 필요한 법이었다. 바로 이것이 윌리가 아버지와 페가수스 이사회 앞에서 브레이커스를 제시의 오프닝으로 제안한 이유였다. "그녀라면 제시를 더 멀리 더 빨리 달리게 해줄 거니까요." 윌리의 말에 빈센트 레이만 빼고 회의 참석자 전원이 동의했었다.

가수가 아닌 레이블이 음반을 파는 거라고, 대중은 뭐가 좋은지 모르니까 레이블이 알려줘야 한다고 윌리는 배웠었다. 제인에 대한 윌리의 신의는 이 원칙에 어긋난 것이었고 윌리 본인조차 이것이 얼마나 지속할지 알지 못했다. 윌리에게는 아버지와 다른 중요한 한 가지가 있었다. 잭 램버트는 이기는 게 좋아서 경마를 좋아했다. 윌리는 이기는 것도 좋았지만 말이 달리는 것 자체를 보는 것도 좋았다. 그리고 제인은 달릴 줄 아는 말이었다.

굳이 매혹이랄 것은 아니었다. 그런 생각을 전혀 안 한 건 아니었지만 윌리는 성숙한 여자가 좋았다(아내 레베카도 7년 연상이었다). 제인에게 끌린 것은 그것보다 깊은, 말하자면 실존적인 차원에서였다. 윌리와 제인은 둘 다 음악 업계에서 물려받은 것이 있었다. 제인의 것은 복수였고, 윌리의 것은 왕국이었다. 한때는 그 왕국을 고쳐보고도 싶었지만 지난여름 빈센트 레이와 맞서본 경험을 통해 자신에겐 절대 생득권을 걸고 모험할 생각이 없음을 깨달았다.

그런 굴레가 없는 제인 퀸은 윌리가 스스로는 하지도 말하지도 않을 것들에 관한 일종의 화신이 되어주었다. 제인 같은 사람이 레이블의 지원 없이 대 스타가 된다면 기득권 세력의 통제와 권력을, 다시 말하면 그 자신의 유산을 위협하는 셈이겠지만, 그래도 그녀가 그 모든 걸 깨부숴줬으면 하고 때로 바라곤 했었다.

음향기술자가 20분 만에 스피커를 고쳤고 제시는 공연 시작 20초 만에 객석의 흥을 복원시켰다. 브레이커스의 무대에서 새로운 힘이라도 얻은 듯 밴드는 신이 나서 연주를 계속했다. 정해진 순서가 끝나고 인사를 할 때 브레이커스가 다시 무대에 올라왔다. 청중의 환호성이 더욱 요란해졌다. 제인은 제시 곁에 섰다.

"감사합니다." 제시가 말했다. "고맙습니다. 한 곡 더 불러드릴게요."

윌리는 제시의 기타 연주에 맞춰 〈빛이여 사라져라〉 1절을 부르는 제인을 무대 뒤에서 지켜봤다. 기이하고 아름다운 곡조였다. 연가와 블루스의 중간쯤으로 느껴졌다.

'당신을 지켜줄게요; 내가 여기 있는 한; 이렇게 가까이 있는 한; 당신은 그렇게 계속 꿈을 꿔요.'

멤버들의 반주를 들으며 객석에 눈을 돌려보니 제시와 제인을 꿈꾸듯 올려다보고 있는 여대생들 무리가 보였다. 그 표정들을 보자 투어 취소로 인해 한 시즌 동안 〈에드 설리번 쇼〉 사환으로 일했던 1964년 겨울이 홀연 떠올랐다. 비틀스를 보는 청중이 바로 이렇게 도취된, 사로잡힌 모습이었다. 궁금해하는 이 젊은 얼굴들을 바라보는 윌리의 머리가 바삐 돌아가기 시작했다. 저 둘은 지금 사귀는 걸까, 아닐까?

답을 모른다는 사실은 열광을 불러오기 마련이었다. 사생활을 지키려는 제인의 욕구 자체가 제시를 향해 촛불을 켜는 수많은 영혼에 뜻하지 않게 기름을 붓는 셈이 될 수 있었고, 제시의 인기는 하늘을 찌르게 될 가능성이 충분했다. 제인과 제시가 함께 인사하자 객석은 귀를 찢는 환호성으로 호응했다.

공연 후 주차장에 갔더니 적갈색 머리에 안경을 낀 주근깨투성이의 처녀가 기다리고 있었다. 목에는 카메라를 걸고 손에는 수첩을 든 모습이 대학신문 기자가 틀림없어 보였다.

"미안합니다." 윌리가 말했다. "제시는 인터뷰 안 합니다."

"괜찮아요." 아직도 공연의 황홀감에 취해 제시가 말했다.

"글쎄…." 윌리가 석연찮아하며 말했다.

"괜찮다니까요." 제시가 말했다. "안녕하세요, 제시예요."

"저는 메리베스 켄트라고 해요." 취업 인터뷰라도 온 듯 제시의 손을 잡고 흔들며 그녀가 말했다. 윌리는 눈동자를 굴린 뒤 입모양으로 '5분!'을 강조하며 손을 들었다.

"팬들이 알고 싶어 합니다." 얼굴을 붉히며 그녀가 말했다. "제인 퀸과 사귀시나요?"

제시가 웃음을 터뜨리고 마침 버스를 향해 그를 지나치는 제인을 바라보았다.

"제인 생각은 어떤가요? 우리가 사귀고 있나요?"

"여자한테 이렇게 데이트 신청해요?" 제인이 계속 걸어가며 말했다. 메리베스 켄트는 정신없이 메모를 했다.

"혹시 〈새벽별〉은 제인 퀸을 대상으로 한 노래인가요?" 메리베스가 물었다.

"내가 아는 여러 사람을 합친 겁니다." 제시가 말했다.

"그리고 그중 하나가 제인 퀸이고요." 메리베스가 말했다. "*'새벽별이여, 당신과 당신의 기타…'* 그리고 *'당신의 금발머리를 내 어디든 쫓아갈 테요'* 이런 가사를 보면 확실히 그분을 가리키는 것 같거든요."

제시가 어깨를 으쓱했다.

"그분의 어떤 점에 끌리시나요?" 메리베스가 물었다.

"자 자, 이제 그만하지요." 윌리가 끼어들었다. "오늘 저녁 이렇게 와주셔서 감사합니다." 그가 메리베스를 캠퍼스로 돌려보냈고, 그녀는 제시를 조금이라도 더 보려고 계속 뒤를 돌아보았다.

그날 밤 버스 안은 선술집처럼 흥겨웠다. 처음으로 양쪽 밴드 멤버들이 한데 어울려 잡담을 나누고 웃음꽃을 피웠다. 제시도 평화로워 보였다. 제인은 경계하고 있었다.

일요일, '페인티드 레이디' 투어 버스는 서해안을 따라 샌프란시스코로 향했다. 라디오는 케이시 케이섬의 새 프로그램 〈아메리칸 톱 40〉에 맞추어져 있었다. 먼저 38위 발표에 모두 깜짝 놀랐다. 〈봄날의 연애〉가 나오고 있었다. 도입부의 선율이 울려 퍼질 때 제인의 눈동자가 커졌다. 너도나도 소리를 질렀다.

"저거 들어봐." 기뻐 어쩔 줄 몰라 하며 제시가 말했다.

'강력하게; 그래; 당신은 나를 이끌어가.' 모두가 함께 따라 불렀다. 브레이커스의 노래가 끝나자 버스 안에 새로운 긴장감이 흘렀다. 지금까지 차트 근처에도 못 가본 〈봄날의 연애〉가 38위라면 〈정말로 이상한 일〉은 몇 위지? 카운트다운이 상위권으로 향할수록 더욱 조용해졌다.

제시는 제인 곁에 앉아서 발끝을 내려다보았다. 윌리는 노래가 10위 안에 들면 전화를 걸어야 할 곳들의 목록을 적기 시작했다. 최종 카운트다운이 시작될 때 버스는 샌프란시스코에서 20마일 떨어진 곳을 달려가고 있었다. 금문교가 보이기 시작할 즈음 불러틴의 〈위그노Huguenot〉가 4위로 발표됐다.

"이제 금주 3위 곡 순서입니다…. 제시 리드의 〈정말로 이상한 일〉!"

윌리의 주변에서 놀란 탄성들이 터졌다. 제인은 제시에게 방긋 웃어 보였고, 버스 기사 피트는 〈정말로 이상한 일〉이 나오기 시작하자 볼륨을 올렸다.

모두가 기뻐하는 속에서 윌리는 생각에 빠져들었다.

"왜 그래요?" 카일이 물었다.

윌리가 턱을 문질렀다. "내가 이 바닥 생활 10년째인데, 노래가 아무리 좋다고 해도요," 그가 말했다. "대학 캠퍼스 몇 군데에서 공연 좀 했다고 한 주 만에 열두 계단을 올라갈 순 없거든. 다른 뭔 일이 일어난 거지."

한 시간 후 버스가 〈스니치 매거진〉 자판기 앞에 정차했을 때 답은 자명해졌다.

성큼성큼 버스에 오르는 제인을 제시가 바라보고 제인은 어깨너머로 제시를 돌아보는 사진이 실려 있었다. 기사 제목은 이랬다. "노래 속의 그녀—제인 퀸은 제시 리드의 '새벽별' 일까?"

그러고 보니 메리베스 켄트는 대학신문 학생기자가 아닌 모양이었다.

16

샌프란시스코 공연장은 스턴 그로브 공원이었다. 갑자기 추워진 날씨에 스웨터와 재킷을 껴입은 사람들이 잔디밭에 옹기종기 모여 있었다.

“내가 상상한 캘리포니아와는 다르네.” 손에 호호 입김을 불며 카일이 말했다. 졸고 있는 건가 싶을 만큼 청중은 조용했다. 소리 좀 지르라는 제인의 부추김에 그들은 고작 골프 대회 관중들 같은 박수로 응답했다.

“강적들이군.” 〈인디고〉와 〈불꽃〉 중간에 그녀가 리치에게 말했다.

“다 약에 취한 거야.” 대마초와 스모그와 전설적인 안개가 뒤섞여 그들 쪽으로 날아오는 매운 향기를 들이마시며 리치가 대꾸했다.

엘에이에 도착했을 무렵에는 〈타이거 비트〉와 〈플립〉까지 제인과 제시가 사귀는 건지 모른다는 가십에 뛰어든 판이어서 엘에이 메모리얼 콜리세움 객석은 갖은 추측으로 와글와글했다. 〈스니치〉에서 읽은 깜짝 무대가 재연되지 않을까? 제인과 제시가 함께 있는 장면을 여기서도 볼 수 있을까?

무대에 오르면서 제인은 전에 없던 광란을 경험했다. 객석은 규모부터가 엄청난 데다 최신 유행을 따라 멋지게 차려입은 도회풍 청중으로 꽉 차 있었는데, 진짜 차이는 첫 곡을 반쯤 부르고 나자 분명해졌다. 〈더러운 자식〉 후렴을 객석이 함께 따라 부르고 있었다. 브레이커스의 노래들을 아는 거였다. 스타디움에 물결치는 그들의 노래 가사에 제인의 가슴이 부풀었다. 그녀가 제시와 사귄다는 소문 때문에 그들의 노래를 들어본 이들이 대부분이리란 것을 알면서도 그랬다.

"사기 치는 기분이야." 연주용 의자에서 객석을 향해 수줍게 미소 짓는 제시를 무대 옆에서 지켜보며 제인이 그레그에게 말했다.

"그럼 네가 예쁜 것도 사기겠네?" 그가 물었다. "재가 부자인 것도 사기고?"

제인은 제시의 공연 모습을 보는 것이 좋았다. 무대에 오르기 전 잔뜩 긴장해 있던 어깨가 조명 아래로 들어서서 기타를 손에 쥐기만 하면 스르르 풀어졌다. 제인이 불꽃이 튀고 에너지 넘치는 초신성이었다면, 제시는 주변의 모든 걸 끌어들이는 중력의 우물이자 블랙홀 같았다. 눈을 내리깔거나 감은 채 노래하는 버릇은 최면 효과마저 있었다. 청중은 몽유병자를 깨우기가 두렵다는 듯 그를 바라보았다.

꿈같은 무대를 선보인 제시가 브레이커스를 다시 불러냈다. 함께 〈빛이여 사라져라〉를 불렀고, 객석은 모두 넋이 나갔다. 일어서서 제인을 바라보는 제시는 제인 때문에 막 잠에서 깬 것처럼 자세부터 달리 보였다. 팬들을 위해 앙코르를 하라고 윌리가 적극 권유한 바 있었다. 제인은 약간 검사받는 느낌이었지만 제시와 함께 노래를 시작하고부터는 다른 건 다 잊어버렸다.

그들은 함께 인사를 하고 서로 만지지 않으려 조심하며 무대를 내려왔다. 조명 밖에 나오자마자 제시의 얼굴은 종잇장처럼 멍해졌다. 윌리가 물을 건네주며 멋진 무대였다고 칭찬을 했다. 제인은 그에게 말을 걸지 않고 몇 분을 기다렸다. 공연 직후의 그의 그런 상태는 마비 증세라는 걸 경험으로 알았다.

"부러워." 그날 밤 호텔 방에서 그가 그녀에게 말했다. "자기는 즐기잖아."

이튿날 아침, 윌리가 호텔 식당에서 그들을 찾았다. 전해줄 소식이 있었다. "〈롤링 스톤〉이 커티스 윌크스를 보내 특집 기사를 쓸 거라네." 그가 제시에게 말했다. "남은 엘에이 일정에 동행할 예정이야. 즐거운 시간이 되게 해줘야 해."

오믈렛을 한 조각 자르던 제시가 포크를 도로 접시에 내려놓았다.

“동행 시간 전체가 공개용이야.” 윌리가 말했다. “그러니까, 당신들 사연을 알려주고 싶지 않거든, 베가스에 갈 때까진 조심하는 게 좋을 거야.”

“분명히 해둘게요.” 제시가 말했다. “우리 사이에 대해 누가 알든 상관없어요.”

“나도 분명히 해둘게요.” 제인이 포크를 들고 오믈렛을 먹으며 말했다. “나는 상관있어요.”

그날 저녁 공연장에 도착하니 이미 커티스 윌크스가 분장실에서 기다리고 있었다. 나이는 서른다섯쯤 되고 숱 많은 갈색 머리에 카이저수염을 기른, 기자 명찰을 단 곰 인형 같은 인상이었다. 하지만 마크 에디슨에게 제인이 배운 것이 있다면 언론은 말랑말랑하지 않다는 사실이었다.

“제인.” 윌리가 손짓으로 그녀를 불렀다. “여기 커티스, 인사해요.”

제인은 미소를 지으며 손을 내밀었다. “브레이커스의 리드 싱어예요.” 그녀가 말했다. “오프닝을 맡고 있어요.”

“누군지 잘 압니다.” 제인의 손을 굳게 잡아 흔들며 웃는 낯으로 커티스가 말했다. “지난여름 포크 페스트에 갔었거든요. 《봄날의 연애》는 굉장한 데뷔 앨범이에요. 당신도 굉장한 가수고요.”

잠시 후 윌리가 돌아와 커티스 윌크스를 제시에게로 데려갔고 제인은 밴드 멤버들을 불러와야 했다. 브레이커스는 튜닝을 마치고 자기들의 트레일러로 돌아가 연락을 기다렸다. 그레그와 리치는 야구 중계방송을 켜고 카일은 제인에게 카드놀이를 하자고 청할 때, 제시가 문을 두드렸다.

"분장실에서 커티스가 윌리랑 기다리고 있어." 그가 말했다. "잠깐 같이 갈 수 있을까?"

그가 트레일러 뒤쪽으로 그녀를 데려갔다. 군중의 소음으로 벌써 윙윙거리는 스타디움 너머로 자홍빛 석양이 가물거렸다.

"무슨 일이야?" 제인이 말했다.

제시는 무슨 말인가 하려는 것 같더니 한발 다가서서 그녀의 허리를 껴안았다. 놀란 제인은 그의 어깨를 잡고 잠시 그렇게 서 있었다. 〈롤링 스톤〉은 컸다. 가장 크다고 해도 좋았다. 둘 다 알고 있었다. 이 기사가 나오면 상황은 달라질 것이었다. 어떻게 달라질지는 아직 말하기 어렵지만 그러리라는 것만큼은 예감할 수 있었다. 하나의 존재 방식이 사라지고 다른 방식이 시작되고 있었다. 제시는 몸을 펴고 제인을 끌어당겨 그녀의 머리에 얼굴을 묻었다.

그날 밤 제시는 아르고 호의 오르페우스처럼 강력하고 매혹적인 공연을 펼쳤다. 공연 후 두 밴드는 커티스 윌크스를 버스로 안내하여 카운팅 십 음반사의 창립자인 윌리의 형 대니 램버트가 여는 베벌리힐스 파티 장소로 달려갔다.

"흉물스러워." 베네치아 회랑을 연상시키는 정교한 석조 내원으로 버스가 진입할 때 윌리가 혼잣말을 했다.

해변 주택과 흡혈귀 소굴의 잡종처럼 보이는 괴상한 장식의 공간이었다. 야자수와 붉은 벨벳이 잡탕으로 뒤섞여 있고 크리스털 조명이 산호빛 바닥을 비추었다. 윌리의 나이 든, 호화스러운 버전이라 할 대니가 머리를 뒤로 빗어 넘기고 이를 반짝거리며 팔각형 입구에서 기다리고 있었다.

"이제들 오시는군." 제시와 커티스 윌크스를 향해 다가오며 그가 말했다. 윌리는 눈동자를 굴리며 뒤따라갔다. 누구 머리에서 나온 생각인지 몰라도 이번 기사는 분명 가정사가 되어버린 모양이었다.

"자, 가요." 로레타가 제인의 팔을 잡으며 말했다. 제시의 밴드 멤버들은 브레이커스 멤버들을 이끌고 궁전 같은 연회장에 들어가서는 아는 사람들을 찾아 흩어졌다.

제인은 무슨 영화 촬영장에 온 기분이었다. 망사 스타킹을 신고 나비넥타이를 맨 칵테일 웨이트리스들이 은쟁반에 음료를 실어 가져다주었다. 브레이커스 멤버들은 화려한 수영장이 내다보이는 이층 창가에 멋쩍게 서서 음료수만 홀짝거렸다. 제인은 번지르르한 사람들의 틈에서 제시를 찾아보았지만 어디로 갔는지 알 수 없었다.

"설마 소문이 사실은 아니겠지요?" 뒤에서 켄트 주 억양의 낮은 목소리가 으르렁댔다.

"이런…." 카일이 말을 잇지 못했다. 일제히 몸을 돌려보니 브리티시 인베이전 밴드 페어 플레이의 전설적인 베이시스트 해니벌 팽이 서 있었다. 해니벌 팽은 전매특허인 음흉한 웃음을 지으며 반지를 잔뜩 낀 두 손으로 제인의 손을 붙잡았다.

"제인 퀸, 내 삶의 빛, 내 몸의 불이여." 그가 말했다. "당신이 제시 리드와 사귄다면 나는 그나마 더 일찍 죽을 거요. 자, 어서요, 사실이 아니라고 말해줘요. 우리 같이 달아납시다."

"오케이, 제이니 Q." 카일이 말했다. "잘 들었지?"

"제이니 Q?" 해니벌 팽이 말했다. "맘에 들어요."

"여기는 카일, 그레그, 리치예요." 제인이 멤버들을 소개했다. 워낙 별난 사람이어서인지 오히려 묘하게 편안했다. 고향 마을 캐러셀에서 수작을 거는 손님을 대하는 것 같았다. 중간에 카운터가 없는, 다른 현실이기는 했지만.

"반가워요, 친구들." 해니벌 팽이 말했다. "음반 좋더라고요. 단연 최고였어요. 그래서 말인데요, 제인, 지금 당장 여기서 나가 우리 서로를 제대로 알아보는 게 어떻겠어요?"

"아직 파티가 제대로 시작하지도 않았는데 벌써 나갈 순 없죠." 제인이 말했다.

"그건 또 무슨 말씀?" 해니벌 팽이 말했다. "여기저기서 자빠지는 사람들 천진데."

"그런가요?" 제인이 말했다. "옷 입은 채로 수영장에 뛰어든 사람은 아직 없는 것 같은데요."

"쯧쯧." 해니벌 팽이 말했다. "'옷 입은 채로 수영장에 뛰어드는' 사람은 없어요, 아가씨. 이런 일이란 모름지기 스타일과 기교가 중요한 법이니까. 자, 내가 보여주지."

그가 넷을 데리고 위층으로 올라가 속이 빈 호랑이 어금니에 넣어 목에 걸고 다니는 마약들 중 코카인을 꺼내어 조금씩 나눠주었다.

베일린 아일랜드에서도 다들 해보기는 했지만 마약은 비싼 것이어서 포크 페스트 주간에나 누리는 호사였다. 엘에이는 달랐다. 여기는 알약과 가루약과 대마초 담배들이 구취 제거용 캔디만큼이나 흔했다.

"목에서 신호가 오면 말만 해요…. 약은 언제나 더 있으니까." 그가 말했다.

그들은 코카인을 한 줄 더 흡입하고 해니벌 팽을 가이드 삼아 파티로 돌아갔다. '톱 40' 차트에 진입한 밴드의 라이브 연주에 맞추어 정원의 꽃처럼 몸에 칠을 한 무희들과 팔을 끼고 춤을 추었고, 자기들만큼이나 신이 나서 떠드는 업계 거물들을 해니벌 팽에게 소개받으면서 낄낄거렸다.

그런 다음 수영장으로 나갔다. 보라 보라의 석호를 본떠 지은 현란한 유토피아였다. 돌고래 모양의 얼음조각에서 누가 더 술을 많이 받아 마실지를 두고 카일과 그레그가 시합에 들어갈 때, 화가 잔뜩 나 패티오에 들어서는 윌리의 모습이 제인의 눈에 들어왔다.

"너무 유치해." 드러낸 젖가슴을 데이지처럼 보이게 칠한 여자를 손사래로 물리치며 그가 말했다.

잠시 후 대니 램버트의 말을 비웃으며 제시와 커티스 윌크스가 나타났다. 제인을 보자 제시의 눈동자가 조금 흔들렸다.

"좋아요." 해니벌 팽이 말했다. "더 꾸물대지 말고." 그가 제인의 손을 잡고 수영장으로 끌어당겼다.

제인은 따뜻한 물속으로 가라앉았다. 뒤따라 카일, 리치, 그레그가 첨벙대며 뛰어들었다.

그들뿐만이 아니었다. 곧이어 파티 참석자의 절반쯤이 수영장 안으로 들어왔다. 무희들 몇도 함께였다. 수면 위로 현란한 색채들이 한 폭의 유화처럼 일렁거렸다.

"그런데 말이에요." 해니벌 팽이 제인의 귀에 대고 으르렁댔다. "대니 램버트가 노래를 할 줄 아는 것도 아닌데 왜들 이렇게 모였대요?"

"누가 알겠어요?" 제인이 말했다.

"오, 제인, 이 귀여운 말괄량이 아가씨." 그가 말했다. 그리고 둘은 물 위에 누워 도시의 하늘을 가르고 날아가는 비행기들을 바라보았다.

제인이 수영장에서 나왔을 때는 새벽 세 시였다. 제시를 찾아 주변을 둘러보다 양옆으로 횃불이 타오르는 가운데 잔디밭 의자 위에 널브러진 커티스 윌크스를 보았다. 얼음 조각 밑에는 해니벌 팽이 장미 분장을 한 무희의 무릎 위에 누운 채 금빛 뿔에 얹힌 포도송이에서 그녀가 한 알씩 따내어 입에 넣어주는 포도를 먹고 있었다.

손목을 잡아오는 손길에 고개를 드니 제시였다. 그는 말없이 그녀를 대니 램버트의 탈의장으로 데려가 수영장용 놀이기구 더미 위에 눌러 눕혔다. 그것은 소유의 행위였다. 그의 손가락들이 그녀의 허벅지 살을 파고 들어 왔다. 소독제와 플라스틱과 알코올의 틈바구니에서 제인은 눈을 감았다. 둘 다 나동그라지지 않으려고 버둥거리는 가운데 그의 남근이 그녀의 몸을 꿰뚫고 들어왔다. 잠시 후, 그들은 따로따로 탈의장에서 나와 커티스 윌크스가 정신을 차리기 전에 파티의 양쪽 편으로 각각 돌아갔다.

17

이튿날은 모두 아팠다.

"나는 멋지게 보이려고 록스타들이 코카인을 하는 줄 알았거든." 리치가 말했다. "이제 보니까 논리적인 결정 같아. 그게 없었더라면 어떻게 어젯밤을 견뎌낼 수 있었을지 까마득한 거 있지."

그날 밤 제시와 브레이커스 모두 멋진 공연을 해낸 다음 윌리의 집으로 '휴식'하러 갔다. 결국 말리부 스타일로 전날 밤을 되풀이하는 것이었다. 형의 저택에 비해 윌리의 해변 집은 작긴 했으나 꿀리지는 않았다.

윌리는 기하학적 형태의 황갈색 목조 주택 입구로 그들을 안내했다. 디스코 리듬과 어제 못 본 업계 명사들로 바글거렸다. 제시는 상당히 편안해 보였다. 그는 커티스 윌크스에게 고갯짓을 하고 함께 맥주를 들고 바다가 내려다보이는 널따란 베란다로 나갔다.

청록색 미니드레스를 입은 여자가 다가왔다. 아내 레베카라고 윌리가 소개해줬다. 고양이 눈 화장에 적당히 태운 몸매, 단호하고 명료한 태도에 제인은 클레오파트라가 떠올랐다.

"제인 맞죠?" 레베카가 그녀를 끌어안으며 말했다. 달빛을 설탕으로 절인 것 같은 냄새가 났다.

"여기요." 정제 한 알과 물 한잔을 건네주며 그녀가 나지막이 말했다. "비타민 C예요. 면역체계를 튼튼히 해줘야 하니까요. 몇 주씩 강행군을 어떻게들 견디나 모르겠어요." 제시하고 잘 안 풀리면 평생을 레베카에게 바치겠노라, 제인은 결심했다.

브레이커스는 각자 음료 잔을 들고서 거실의 댄스 플로어로 향했다. 사람들이 끝없이 들어오고 있었다. 문이 열릴 적마다 카일의 고개가 돌아갔다.

"해니벌 팽 안 와?" 리치가 말했다.

"그냥 보고 싶네." 카일이 말했다.

"나는 얼음 조각이 보고 싶은데." 그레그가 말했다.

"어떻게, 즐겁게들 보내고 있나?" 형의 파티와 비교해서 반응을 가늠이라도 하듯 윌리가 다가와서 물었다.

"네." 어깨를 토닥여주고 손에서 음료를 받아들며 제인이 말했다. "저쪽은 어떻게 되는 것 같아요?" 제시가 커티스 윌크스와 한창 대화 중인 테라스 쪽을 턱으로 가리키며 그녀가 물었다.

"음." 윌리가 목소리를 낮췄다. "커티스 말로는 다음 호 표지에 실릴 수도 있대."

"다음 호요?" 제인이 물었다. "그러니까 다음 주에 나올 잡지에요? 그게 어떻게 가능하죠?"

윌리가 어깨를 으쓱했다. "지난여름부터 기사 이야기를 해온 것 같더라고. 투어 정보며 최근 사진 같은 것들도 챙겨놨고. 제시에 관한 부분만 일단 보류해 놓은 상태라 사실관계 확인이 끝나는 대로 실을 건가보던데."

제인이 낮게 휘파람을 불었다.

자정 무렵에 문이 열리며 꿀빛 피부에 아프로 금발, 머리부터 발끝까지 분홍색으로 감싼 찬란한 여자가 들어왔다. 쳐다보지 않을 수 없었다. 옮겨붙을 것 같은 강한 불빛이 발산되고 있었다. 제인은 가슴이 출렁였다. 저 여자를 알았다. 앨범 표지들에서 보았고, 엄마와 여러 해 동안 우정을 나눴다는 이야기도 들었다.

"저건…." 리치가 말을 하다 말았다. 제인이 고개를 끄덕였다.

"맞아, 레이시 도먼." 그녀가 말했다.

주변의 모든 것이 침침해지는 가운데 사람들이 내주는 길을 걸어와 로레타를 안는 레이시를 제인은 지켜보았다. 로레타가 무슨 농담을 했는지 레이시의 낭랑한 웃음소리가 실내를 채웠다. 덩달아 방안의 소음 수위도 높아졌다. 레이시가 오고 나서야 비로소 파티가 시작된 느낌이었다.

"레이시!" 윌리가 그녀를 불러왔다. 제인은 얼굴이 붉어지는 것을 느꼈다. 벌써 몇 주째 엄마와 음악 이야기를 하고 싶은 욕구에 시달려왔었는데, 지금 곡 쓰는 사람으로서의 엄마를 알았던 몇 안 되는 사람 중 하나와 만나게 된 것이었다. 레이시는 샬럿을 기억하기나 할까? 기억한다면, *어떻게* 기억할까? 자신에게 남은 엄마의 마지막 기억을 되살려보며 제인은 몸서리를 쳤다.

장밋빛 환영처럼 레이시가 제인의 곁으로 다가왔다. 제인의 얼굴을 바라보는 그녀의 눈이 놀라움으로 커졌다가 향수로 부드럽게 가라앉았다.

"자기가 제인 퀸이구나." 특유의 낮은 음성으로 그녀가 말했다. "샬럿하고 똑같네… 유령을 보고 있는 것 같아." 제인은 적당한 말을 찾을 수가 없었다.

카일이 끼어들었다. "그런 말 많이 들어요." 그가 말했다. "저는 카일이에요."

윌리가 남자 멤버들을 소개해준 뒤 한 잔씩 더 하자며 데려갔다. 제인과 레이시만 남았다.

"앨범 정말 축하해." 아끼는 조카에게 하듯 레이시가 제인의 어깨를 어루만지며 말했다. "아주 좋더라. 샬럿이 멜로디감이 특출했는데 그걸 물려받았어." 제인은 경외감에 휩싸여 레이시를 바라보았다. 이제 다른 누구로부터 엄마 이름을 듣지 않고 몇 달을, 엄마의 성취를 인정하는 말을 듣지 않고 몇 년을 살 수 있을 것만 같았다. 레이시 도먼이 단 2분 만에 그렇게 만들어냈다.

"만나 뵙게 되어 정말 기뻐요." 간신히 입을 열어 말했다.

"나도 마찬가지야." 레이시가 말했다. "아, 네 엄마가 여기 있었더라면! 지금 어떻게 지내?"

제인은 얼굴에서 핏기가 사라지는 느낌이었다.

레이시의 눈이 그녀 눈에 고정되어 있었다. "잘 있는 거지? 그렇지?" 레이시가 낮은 소리로 물었다.

제인이 눈을 떨구었다. "몰라요." 그녀가 말했다. "10년도 더 전에 집을 나갔어요."

레이시의 손이 휘적휘적 가슴에 가 닿았다. "나갔다고?" 어두워진 지 이미 오래인 별의 빛에 사로잡힌 채 그녀가 되새기듯 말했다. 두 눈이 슬픔으로 반짝거렸다. 제인은 멍해졌다.

"가련해서 어쩌니." 레이시가 중얼거렸다. "믿어지지가 않는구나. 정말로. 찰리, 샬롯의 노래야말로 내겐 시작이었어. 모두 샬럿 덕이야."

그들은 말없이 함께 서 있었다. 제인은 무슨 말을 해야 좋을지 몰랐다. 그때 로레타가 끼어들어 레이시에게 술을 건넸다.

"제인하고는 인사 나누신 것 같군요." 그녀가 말했다. 제인은 레이시가 술잔을 받는 모습을 바라보았다. 다른 쪽으로 향해 가는 로레타를 레이시는 따라가지 않고 그 자리에 남았다.

"나눌 이야기가 아주 많아." 그녀가 말했다. "다음번에, 우리 둘이서만." 그녀가 분홍빛 숄더백에서 명함을 꺼냈다.

"꼭 연락해줘." 제인의 손에 명함을 쥐여 주며 그녀가 말했다. "다음에 엘에이에 들르면 꼭 전화해야 한다. 샬럿은 물론이고 그 밖의 모든 것에 대해 제대로 이야기 한번 나눠야지."

"꼭 연락드릴게요." 제인의 말에 레이시가 환하게 웃었다.

"정말 닮았다, 믿어지지 않을 정도야. 어디서 그냥 봐도 넌 줄 알았을 거야." 레이시가 그렇게 말하고는 부유하는 듯한 걸음걸이로 사람들 틈으로 사라지자마자 제시와 커티스가 발코니에서 들어왔다.

"음, 정말… 예상치 못한 일이었네." 제인 뒤에서 다가오며 그레그가 말했다. 제인은 그가 내내 자신을 주시하고 있었다는 것을 알 수 있었다. 갑자기 작아져 버린 듯한, 불안한 느낌이 왔다. 집이 그리웠다. 제시와 떨어져 있는 것에도 지쳐갔지만 그것만큼은 그래도 견딜 수 있었다.

"자, 가자." 그녀가 멤버들에게 말했다. 그들이 다가오자 커티스와 제시가 놀란 얼굴을 했다.

"즐거운 시간들 보내는 중이죠?" 커티스 윌크스가 말했다.

"당연하죠." 제인이 말했다. 베니와 허크도 다가왔다.

"여기가 진짜 파티네." 제시와 맥주병을 맞부딪치며 베니가 말했다.

"그런데 말이야." 허크가 말했다. "별 바라기에 좋은 밤 같지 않아?" 그가 조끼 안주머니에서 화려한 색의 압지를 한 장 꺼내며 짓궂은 미소를 지었다.

커티스 윌크스까지 모두 지붕으로 올라가 한 알씩을 삼켰다. 바닥에 등을 대고 누워 베트남전쟁과 토마토 값을 토론하는데, 동물 형상을 한 별들이 달도 없는 하늘을 걸어가기 시작했다. 어둠 속에서 제시가 제인의 손을 잡았고, 둘은 제인의 배 위에 카일의 머리가 놓이고 그레그는 리치를 어루만지는 속에 그렇게 잠이 들었다.

다음 날 아침 그들은 커티스 윌크스에게 작별 인사를 하고 '페인티드 레이디' 투어 버스에 올라 라스베가스로 건너갔다. 시저스 팰리스에 들어선 제인과 제시는 이제 각방을 쓰는 시늉은 그만두기로 했다. 둘은 제인의 침대에 쓰러져서 열다섯 시간을 내리 잤다.

이튿날 가판대에 깔린 〈롤링 스톤〉 최신호에는 '새로운 록, 감미롭고 우울하게'라는 제목과 함께 사이키델릭하게 처리된 제시의 얼굴이 실려 있었다.

18

"베트남전은 수그러들지 않고 있지만 로큰롤은 제풀에 기세가 꺾여 새 세대 작곡가들로서는 감미로움을 향해 직진하는 것 외에 다른 길은 사라져버렸다. 요즈음 로럴 캐년에서 만들어지고 있는 소울풀한 곡들은 록보다는 블루스에 더 가까운, 타버린 기타와 망가진 성대를 뚫고 올라오는 뉘앙스와 섬세함의 불사조다. 이러한 부활을 누구보다 잘 구현하는 한 사람이 있다면, 그것은 히스클리프 같은 태도 이면에 한 세대의 기타리스트들에게 트래비스 주법을 따라 배우게 할 명백한 재능을 감추고 있는 스물한 살의 제시 리드다."

〈롤링 스톤〉의 여덟 쪽짜리 머리기사 '제시 리드의 삶의 하루'는 이렇게 시작했다. 잘 쓴, 유익한 기사였지만 사람들의 기억에 가장 오래 남을 것은 일곱 번째 쪽에 실린 제시 리드의 상징적인 사진이었다. 콜리세움과 자홍빛의 석양과 상사병 걸린 소녀들의 덧없음 속에 섞인, 프레임 밖의 무언가를 바라보며 간이 의자에 앉은 제시의 사진 한 컷. 밝은 파란색 눈동자가 제대로 포착되었고, 어딘지 스스로를 억제하는 듯 철저하게 열중한 모습이었다. 밑에는 '콜리세움 분장실에서 기타 튜닝 중인 제인 퀸을 바라보는 리드'라는 설명이 붙어 있었다.

기사 본문은 제시의 애정 생활을 언급하지 않았지만, 상관없었다. 팬들은 늑대처럼 사진에서 냄새를 맡았다. 하룻밤 사이에 '제인 퀸은 누구인가?'와 '둘은 열애중인가?' 같은 질문들이 국민적 사안으로 부상했고 차트에도 영향을 미쳤다. 발매 17주 차의 《봄날의 연애》가 미국 차트 톱 10에 진입했다.

하지만 이조차도 《페인티드 레이디》에 쏟아진 반응에는 비교가 안 되었다. 기사가 나오자마자 이제는 되돌릴 수 없었다. 〈정말로 이상한 일〉이 1위를 차지했음은 물론이고, 〈새벽별〉은

4위, 〈실비의 미소〉는 12위에 각각 올랐다. 《페인티드 레이디》가 20주 연속 앨범 차트 1위 자리를 지키자, 투어에 관한 관심 또한 치솟아 팬들의 집단광증과 경쟁적 언론취재의 소용돌이를 일으켰다.

제인도 인터뷰 요청들을 받기 시작했으나 모두 거절해버림으로써 윌리를 낙담케 했다.

"제인, 다 잘나가는 잡지들이야." 버스 짐칸에 기타를 싣는 제인에게 윌리가 말했다.

"〈타이거 비트〉가요? 〈틴〉이요?" 제인이 말했다.

그가 그녀를 쏘아보았다.

"음반이 팔리잖아요, 안 그래요?" 그녀가 말했다.

"그거야 자기하고 제시 소문 덕이지." 윌리가 화가 나서 말했다. "온갖 기회들을 활용해서 독자적으로 나갈 힘을 길러야 한다니까."

"그 잡지들을 읽어나 봤어요?" 제인이 말했다. "제시에 대해서만 물어볼 거라고요."

"표지에 한두 번 나오면 돼…. 머리는 어떻게 하는지, 좋아하는 매니큐어는 내추럴 원더라느니, 그런 이야기들 하면서."

"나는 록 밴드의 리더예요." 제인이 말했다. "좋아하는 매니큐어가 내추럴 원더라는 이야기 따윈 하고 싶지 않아요."

윌리가 고개를 저었다.

색색의 푯말들을 들고 노랫말을 연호하는 팬들이며 카메라 셔터를 터뜨리는 파파라치들이 버스 주위에 몰려드는 바람에 베가스에서의 출발이 두 시간이나 지연되었다. 대개는 제시를 찾았지만 다 그런 것은 아니었다. '평생 브레이커스 팬'이며 '제인이라면 어떻게 할까?' 또는 〈인디고〉 후렴구에서 따온 '당신이 파란색이 아니라 보라색이라면 난 어떻게 할까?' 같은 푯말들도 눈에 띄었다.

피트가 경적을 울려대는데도 여학생 일동이 어깨동무를 한 채 버스 앞에서 비켜서질 않았다.

"염병할!" 욕을 하는 윌리의 잠자리 선글라스에 '제인+제시여, 영원하라'란 푯말이 어른어른 비쳤다.

그날 이후 그들은 눈에 띄지 않는 평범한 검정 버스로 투어 차량을 교체했다. 그래도 자신들의 바뀐 위상에 덤덤하던 제인은 유타 주에 가서야 비로소 실감했다. 주유소에서 기름을 넣던 무뚝뚝한 인상의 남자가 제인에게 사인을 해달라고 사정한 것이다. 제인은 사인을 해주고도 10분이나 잡혀 있다가 간신히 안에 들어가 담배를 살 수 있었다.

"제인이죠?" 계산대 종업원이 말했다. "제시랑 일이 잘 안 풀리면 언제든 여기 이 렉스에게 돌아와요.

제시의 얼굴이 험해졌다. "이 손님께서 폴몰 한 갑 달라고 하시잖아요." 그가 냉랭하게 말했다.

급속히 유실되는 빙산 앞의 북극곰처럼 제시는 날로 침해받는 사생활을 두고 고심했다. 전설이 되는 일의 일부는 전설로 살아가는 거였다. 어느 도시에 가든 상대해야 할 그 지역 언론이며 유지들이 있었고, 주인과 밴드들이 나란히 찍힌 사진들로 도배가 되고 노래 소재로도 이용된 클럽들에 얼굴을 비추어야 했다. 《페인티드 레이디》의 성공에 편승하려면 '어디든 나타날 수 있다'는 생각을 사람들이 하게 만들어야만 했다. 따라서 그들은 황혼부터 새벽까지 쉼 없이 내달렸다.

공연이 끝나면 멤버들은 옷을 갈아입거나 그냥 그대로 버스에 올라 스피드건 코카인이건 덱스건 물뽕이건 손에 잡히는 대로 흡입하거나 삼킨 다음 라디오 볼륨을 한껏 높이고서 약에 취해 느물거렸다. 그러다 예상치 않은 장소들에 나타나 탁자 위에 올라가 춤을 추고 주크박스에 동전을 집어넣으며 팬들이 평생 두고두고 떠벌릴 밤을 선사한 다음 호텔로 돌아가 자빠져 자는 생활을 했다.

제인과 제시 단둘만의 시간은 이제 무의미한 잠으로 대체되었다. 섹스는커녕 꿈을 꿀 시간조차 남아 있지 않았다. 둘 다 땀에 찌들어 시큼한 냄새가 나는 옷을 그대로 입은 채 제인의 목에 제시가 코를 묻은 자세로 그냥 쓰러져 잤고, 아침이 되면 구취를 풍기며 몸 이곳저곳에는 누렇거나 푸르스름한 기억도 안 나는 멍 자국들이 난 채로 일어났다. 그들은 서서히 스스로의 피로에 영혼의 살갗이 벗겨지고 있었다. 매일 조금 더 늦게 하루가 시작됐고 매일 조금 더 쓰라렸다.

아라고나이트에서의 어느 날 아침, 제인은 몸이 근질거리는 느낌에 잠이 깨어 간신히 욕실에 들어가 콧노래를 부르며 몸에 들러붙은 더러운 것들을 박박 닦아냈다. 타월을 두르고 나와 보니 제시가 뚱한 얼굴로 깨어 있었다.

"굿모닝!" 그녀가 미소 띤 얼굴로 그에게 말했다. 그가 퀭한 눈으로 그녀를 노려보았다.

"상대방이 잠 좀 자려고 할 때는 소리 좀 낮추면 안 되나?" 그가 말했다. 목소리에 밴 냉랭함에 제인의 몸이 수치감으로 욱신거렸다.

그 후 제인은 갈수록 자신이 그의 신경을 긁고 있다는 사실을 알아차렸다.

"여기는 피클이 끝내주네요" 솔트레이크시티 음식점에서 그녀가 웨이터에게 농담을 했을 때도 제시는 입을 꾹 다물고 본 척도 안 했다.

덴버로 가는 버스에 오른 제인은 통로에 서서 어디 앉을지 망설였다.

"중요한 선택이군." 뒤에서 제시가 빈정댔다. "망치지 말고 잘해."

제인은 놀라 그를 쳐다보았다. 그의 눈이 그저 두 개의 원반처럼 텅텅 비어 있었다. 제인은 가장 가까운 자리에 앉고 그가 앉을 수 있게 옆자리를 비워두었다. 하지만 그는 계속 걸어가 버스 뒷자리 전체를 차지하고 드러누웠다.

"그냥 지쳐서 그래." 두 사람 사이가 달라진 것 같지 않냐고 제인이 묻자 리치가 대답했다. 하지만 제시의 짜증은 좀 더 개인적으로 다가왔다. 제인에게 싫증이 나는 것 같았다.

덴버에서의 첫 공연 날, 필모어 오디토리엄 위로 뭉게구름이 몰려왔다. 제인은 제시, 윌리와 함께 분장실에 서 있었다. "비는 와도 손님이 들면 좋겠네." 그녀가 말했다.

제시는 그녀를 보며 눈을 깜박거리더니 몸을 돌려 베니와 이야기를 나눴다. 윌리가 대신 나서서 날씨는 괜찮을 거라고 반응해줬지만, 제인은 이제 곧 그와 헤어지게 되리라는 예감이 들었다.

제시의 공연 도중, 제인은 예쁜 얼굴들로 가득한 객석을 바라보았다. 왜 그 바다로 뛰어들고 싶지 않겠나.

휑뎅그렁한 술집에서 뒤풀이를 가졌다. 제인은 혼자 말없이 술만 마셨다. 사방을 둘러보니 초롱초롱한 눈빛들이 동굴 속 박쥐처럼 제시를 쫓아다니고 있었다. 함께 호텔로 돌아와서 제인은 말없이 누워 왜 이별이 예상되는 건지 그리고 그게 왜 차라리 잘된 일일지를 헤아려봤다. 이튿날 아침, 제시가 샤워를 마치고 나와 보자 제인이 침구를 벗겨내고 있었다.

"안 해도 돼." 그가 말했다. "여긴 호텔이야." 제인은 마치 환각에서 깨어나듯 자신의 손을 내려다봤다.

"내가 왜 이러지?" 그녀가 말했다. 그들은 서로를 바라보았다. 제시가 고개를 숙이고 한 발짝 다가왔다. 이거였다. 다 끝났다고 말하려는 것이었다. 제인은 마음을 단단히 먹었다.

그가 그녀를 붙들었다. 두 사람의 몸이 부딪치는 순간, 제인의 공포는 원시적 본능으로 녹아내렸다. 그가 두르고 있던 타월이 바닥에 떨어졌다. 제인은 그를 자신의 몸 위로 끌어당겼다. 그는 그녀의 속옷을 벗기지 않고 옆으로 밀어 안으로 들어왔다. 제인은 성적으로 이렇게 흥분해본 적이 없었다. 그녀는 그의 엉덩이를 바짝 끌어당기며 마침내 절정에 다다랐다. 그녀를 지켜보던 그가 그녀의 몸을 돌려 뒤에서 그녀를 가졌다. 절정에 이르자 욕이 튀어나왔고 움켜쥐었던 그녀의 어깨에는 흰 자국이 남았다. 일이 끝나고 둘은 나란히 누워 천장을 바라보았다. 제시가 침을 삼키고 헛기침을 하더니 그녀의 손을 찾았다. 그녀는 손을 내주었다.

덴버에 있는 동안 대마초 판매인하고 줄이 닿은 허크가 대마 반 파운드를 사 왔다. 이제 제시는 아침에 일어나자마자 대마초를 피웠다. 낮 동안에도 틈을 봐서 피웠고 공연 전에는 분장실에 틀어박혀 한 시간은 족히 피워 취한 상태로 무대에 올랐다. 제인에게 들어오지 말라고 찍어 말한 적은 없었으나 제인은 들어가지 않았다. 공연 후에는 전체가 각성제를 먹고 밤을 새웠다. 이렇게 되자 제시는 누가 귀찮게만 안 하면 말 잘 듣는 집고양이처럼 불평 없고 순하게 굴었다.

크게 문제 될 건 없다는 생각이었지만 어쩐지 불안한 예감이 빚쟁이처럼 제인을 따라다녔다. 기름을 넣으러 캔자스 주 굿랜드 외곽에 버스가 정차했던 어느 밤, 제인은 잠을 자는 제시를 두고 내려가 공중전화로 그레이스에게 전화를 걸었다. 평소대로 안부를 주고받은 뒤 제인은 이모에게 제시에게서 느껴지는 변화를 머뭇머뭇 힘겹게 전했다.

"아마 별일 아닐 거예요." 제인이 말했다. 연보랏빛 하늘 아래로 물결치는 초원의 풀들과 구름 사이에 쉼표처럼 박힌 초승달에 눈길이 갔다.

"약물남용 같은데…." 그레이스가 잠시 후에 말했다. "어떤 것들인지 너도 아니?"

"대마초, 코카인 같은 것들과 술, 그리고 이따금 LSD도 해요." 제인이 말했다.

"또 없어?" 그레이스가 말했다. 제인은 그걸 농담으로 받아들였다.

"솔직히 우리도 다 그래요." 괜찮다는 이모의 확인을 기대하며 그녀가 말했다.

"제인, 잘 들어…. 네 몸은 네가 잘 건사해야 해." 그레이스가 말했다. "그런 것들이 재미는 있겠지만 영영 할 수 있는 게 아니야. 언제고 몸에 탈이 나게 되어있어."

"알아요." 전화선을 타고 그대로 고향 집으로 날아가고픈 마음으로 제인이 말했다. "일은 어때요? 밀리는?"

"괜찮아." 그레이스가 말했다. "올가을에 동반 간호사로 런던에 함께 가달라고 하더라."

"센터에서 허락할까요?" 이모가 정말 갈 거라고 상상할 수 없었다.

"두고 봐야지." 그레이스가 말했다. "그런데 가고 싶네. 너 하는 걸 보는 게… 영감이 되었다고 할까?"

교환원이 5센트를 더 넣으라고 했다.

"잔돈이 없어요." 제인이 말했다.

"사내 녀석들 잘 보살펴줘." 그레이스가 말했다. "몸조심하고."

'페인티드 레이디' 투어가 중서부로 옮겨갈 무렵, 제인과 제시의 〈빛이여 사라져라〉 듀엣 무대는 한계에 다다르고 있었다. 매일 밤 제인은 그가 그녀를 위해 썼던 가사를 노래하며 그에게 호소했다. 듣는 날도 있었고 아닌 날도 있었다. 캔자스 주에서의 첫 공연을 마치고 함께 객석에 인사한 뒤 제시는 뒤도 안 돌아보고 무대를 내려갔다. 그날 밤 그는 무대 옆에서 그녀를 잡고 입을 맞췄다. 그녀의 입 안에 이빨 자국이 남을 정도로 사나운 입맞춤이었다. 몇 시간 후 컨트리 음악을 틀어주는 술집에서 허수아비마냥 춤을 추는 그를 보면서 제인은 정말 있었던 일인가 재확인하듯 그 자국을 혀로 쓸어보았다.

19

시카고로 떠나기 전날 밤, 제인은 엄마 꿈을 꾸었다. 라일락빛 드레스, 현관 쪽 복도, 거울, 립스틱. 우는 그녀를 제시가 깨워 눈을 가린 젖은 머리를 쓸어 넘겨주었다. 모래밭, 발자국들, 바다, 달. 그녀는 뒤숭숭한 잠속으로 미끄러져 들었다.

다음 날 아침까지 제인은 불안한 상태였다. 제시와 이야기를 하고 싶었지만 버스에 오르자마자 그는 뒷자리에 널브러져 잠들었다. 어쨌든 상관없었다. 그가 뭐라고 할지 이미 알았기 때문이다.

글로 좀 적어봤어?

그녀는 불안이 계속될수록 더 필사적으로 되어갔다.

될 대로 되라지 뭐!

제인은 가방에서 노트를 꺼냈다. 처음에는 본 것을, 이어서 느낀 것을, 그 양쪽 사이를 오갔다. 써내려가는 그녀의 머릿속으로 한 자락 선율이 들어왔다. 작은 물고기를 손에 담듯 제인은 그것을 마음에 담았다. 그러자 불안한 생각들이 단숨에 물러가며 쓸 만한 노랫말 몇 줄이 종이 위에 남았다.

'벽에 그려진 꽃들; 너덜너덜해진 종이꽃들이 떨어지고; 복도 끝에서 당신의 웃음소리가 들려오네.'

누군가 다가오는 것을 느끼고 제인은 노트를 덮었다. 로레타가 옆자리에 앉았다.

"전해줄 소식이 좀 있어서." 환한 얼굴로 로레타가 말했다. "앨범 작업에 청신호가 켜졌어. 투어 마치고 돌아가자마자 시작할 거야."

로레타가 자신에게 다가와 이런 말을 해주는 것이 제인은 믿어지지 않았다. 제시 자리를 대신 채워주려는 것 같았다.

"축하해요." 제인이 말했다. "오늘 밤에 제가 술 한 잔 사야겠는데요."

로레타가 미소를 지었다. "조언도 좀 해주면 좋고." 그녀가 말했다.

제인은 헛웃음을 웃었다. "내가 무슨 조언씩이나요." 제인이 말했다. "괜히 업계에서 찍히고 싶다면 얼마든지요."

로레타가 깔깔 웃었다. 창밖으로 파랑, 노랑, 초록의 농지가 희미하게 지나갔다.

"시카고 좋다던데." 제인이 말했다.

"지난번 공연에서 제시 인기가 *엄청났지*." 로레타가 말했다. "그런 것들, 어떻게 생각해?"

"그의 팬들 말이에요?" 제인이 묻자 로레타가 어깨를 으쓱했다.

"뭐 다른 것들도." 그녀가 말했다.

둘의 눈이 만났다. 뭔가 알아보려고 하는 느낌이었다. "불만 없어요." 제인이 말했다. "어쨌든 음반을 사주는 사람들이니까…. 다 제시 때문일지 몰라도."

로레타가 유심히 제인을 바라보았다. 할머니 엘시가 떠오르는 눈길이었다. 제인의 얼굴 위에 절로 미소가 번졌다.

"제시를 통해 제인을 알게 되는 걸 수도 있지." 로레타가 말했다. "하지만 맘에 안 드는데 돈을 주고 사는 사람들이 있겠어? 아무리 제시에 빠져있다 해도 말이야."

제인은 놀랐다. 좋은 소식도 있고 하여 관대해져 있는 것이었겠지만, 그래도 고마운 마음이 솟구쳤다. "정말 고마워요." 제인이 말했다.

로레타가 미소 지었다. "여자들끼리 뭉쳐야지." 그녀가 일어서서 뒷자리에 나동그라진 제시를 흘긋 보았다. "그리고 말이야… 뭐든 하고 싶은 말이 있거든 언제든 망설이지 말고 찾아와." 친절한 눈길이었지만 제인은 당황했다. 로레타는 제인의 어깨를 살짝 주무른 다음 자기 자리로 돌아갔다.

앞자리의 카일이 몸을 돌리더니 제인에게 소곤거렸다. "이제 정말로 너 안 미워하기 시작한 것 같은데." 제인이 혀를 내밀었다.

시카고 첫 무대는 시티 와이너리에서의 자선 콘서트였다. 췌장암 연구를 위한 모금행사로 제일 싼 입장권이 자그마치 1천 달러였다. 돌아가신 어머니를 추모하는 의미로 제시가 수락한 것이었는데, 어머니를 생각해야 하는 것만으로도 부담이 컸다. 시카고까지 가는 동안 줄곧 자고서도 그는 도착하자마자 호텔 방으로 직행했다. 공연 장소에 도착해서는 분장실 안에 틀어박혀 있었다. 들어가 봐야 하나 싶어서 문밖에 서 있다가 놋쇠 손잡이를 잡는 순간 리치가 다가왔다.

"튜닝하자." 그가 말했다. 표정에서 염려의 빛이 보였다.

"그래, 그러자." 그녀는 그가 이끄는 대로 무리로 돌아가 섞였다.

브레이커스가 무대에 서기 직전에야 제시는 분장실에서 나왔다. 딱히 제인을 보지는 않고 전체를 향해 빙긋 웃더니 허크와 베니에게 다가가 함께 담배를 피웠다.

브레이커스의 무대가 시작됐다. 스타디움 공연을 주로 하다가 객석이 이렇게 가까운 무대에 서자 적응이 잘 안 되었다. 뒤에 앉은 사람들까지 한 사람 한 사람 얼굴이 다 보였다. 거금이 오고 가는 좁은 공간에 갇힌 몸 안에서 어떤 기운이 꿈틀거렸다.

"안녕하세요, 시카고 팬 여러분! 만나 봬서 기뻐요!" 기타

줄을 점검하면서 그녀가 말했다. 그녀가 고개를 끄덕이자 그레그가 카운트를 시작했다. 음악이 시작되고 나니 무대 아래의 삶은 모두 물러나고 오로지 제인과 조명과 그녀의 밴드와 그들의 노래만이 남았다. 〈더러운 자식〉을 마치자 박수갈채가 터졌다.

제인이 웃음을 터뜨렸다. "제게 꼭 필요한 거였어요." 그녀가 마이크에 대고 말했다. 청중도 따라 웃었다.

〈봄날의 연애〉 중간을 부르고 있는데 세 번째 줄의 어떤 여자가 노려보고 있는 게 제인의 눈에 들어왔다. 등골이 서늘해진 제인은 브리지 듀엣을 함께 부를 리치에게로 눈길을 돌렸다. 곡이 끝났을 때도 그 여자는 똑같은 자세였고 혐오의 빛이 가득한 얼굴은 마치 탈 같았다. 〈인디고〉로 들어가면서 제인은 리치 옆으로 붙어 섰다.

'당신이 파란색이 아니라 보라색이라면 난 어떻게 할까? 내 색깔을 보여주면, 우리 둘 다 인디고일 수 있을까?'

〈불꽃〉을 다 부를 때까지 제인은 그 여자를 다시 바라보지 않았다. 인사를 하러 멤버들이 모두 모였을 때 다시 보니 그 여자는 여전히 그대로였다. 무대를 내려가는 그녀의 맥박이 빨라졌다.

"잘했어." 윌리가 말했고 제시와 그의 밴드가 곧바로 무대로 나갔다. 제시가 수줍게 목례를 하자 청중이 모두 일어나 박수를 쳤다.

"이쪽으로." 윌리가 브레이커스를 무대 앞에 비워둔 탁자로 안내했다. 웨이터가 보르도 한 병을 들고 왔다. 그들이 와인 잔을 들 때쯤 〈페인티드 레이디〉가 끝났다.

"다음 곡은 제가 사모하는 사람을 위한 노래입니다." 그가 말했다.

자신에게 향하는 그의 시선에 제인은 가슴이 두근거렸다. 제시가 〈새벽별〉을 부르기 시작했다. 제인에게는 그가 변함없이 거기 있음을 확인시켜주는 하나의 신호, 음파처럼 들렸다.

긴장이 풀려가는 순간, 그레그가 그녀 쪽으로 몸을 굽히며 속삭였다. "세 시 방향에 연적 출현 같은데?"

보지 않아도 누구 이야기인지 제인은 알았다. 세 번째 줄 여자는 차렷 자세 그대로였지만 무대를 노려보던 눈길은 이제 황홀한 미소로 바뀌어 있었다. 마흔쯤 되어 보였고 보라색 프록 드레스 차림이었으며 혼자 온 것 같았다. 사람들이 남몰래 훔쳐보고 있는 걸 알아차리지 못한 채 눈 하나 깜박이지 않고 제시에게 시선을 고정하고 있었다.

제인의 가슴이 다시 요동쳤다. 와인 잔을 비우고 병에 남은 것까지 따라 마셨다. 겉보기로 짐작할 수 있는 것들 너머로 뭔가 마음을 불안하게 만드는 데가, 어쩌면 낯익다고까지 할 만한 뭔가가 그 여자에게 있었다.

"그래, 다 마셔라." 와인 병을 비우고 탁자에 내려놓는 제인을 카일이 골려댔다. 제인은 빙긋 웃었지만 사실은 웃기지 않았다. 〈정말로 이상한 일〉의 도입부 코드를 켜는 제시에게 집중하려고 했다. 사랑스러운 모습이었지만 여전히 불안했다.

"이 마지막 곡은," 제시가 말했다. "브레이커스랑 함께 부르고 싶어요. 성원에 감사드립니다."

청중들 또한 술을 마시고 있었기에 매너가 약간 무뎌져 갔다. 제인과 멤버들이 다시 무대에 오르는데 이런저런 환호성이 들려왔다. 제인이 옆에 서자 제시가 부드러운 얼굴로 그녀를 내려다보았다.

"시작할까?" 제시가 말했고 제인은 고개를 끄덕였다.

반짝이는 눈으로 바라보면서 〈빛이여 사라져라〉의 전주를 연주하는 제시에게로 제인의 몸이 저절로 기울었다. 제인은 미소 띤 얼굴로 그를 올려보며 노래를 했고, 후렴을 함께 부르기 위해 마이크를 향해 고개를 숙이는 그의 얼굴에도 미소가 번졌다.

그 순간, 뭔가 단단한 것이 제인에게로 날아왔다. 간신히 고개를 돌려 피했으나 쨍그랑 부딪치는 소리에 노래는 중단되었다. 제인과 제시는 한발 물러섰다. 다른 멤버들도 차례로 연주를 멈췄고 실내에는 세 번째 줄 그 여자가 사력을 다해 악쓰는 소리만 들렸다.

"어떻게 그럴 수가 있어?" 그녀가 소리를 질렀다. "나를 사랑하잖아. 나를 사랑하면서 어떻게? 제시, 지금 저년하고 뭐 하는 거야? 저 더러운 창녀 년하고 뭐 하고 있냐고. 제시, 우린 약혼을 했어. 이제 결혼할 거고. 제시, 제시, 제시!"

제인은 아래를 내려다보았다. 초록색 유리조각들 안에 붉은 얼룩들이 잠겨 있었다. 와인 병을 던진 거였다. 제시의 바지와 기타에도 얼룩이 튀었다.

장내에는 일대 소동이 벌어졌다.

전등에 불이 켜졌고 경비원들이 들어왔다. 여자는 그들에게 양팔이 잡힌 채 끌려가면서도 계속 비명을 질러댔다. "제시, 제시!"

윌리가 나타나 밴드를 챙겨 데리고 나갔고 와이너리 주인이 무대로 뛰어 올라왔다. "우리가 여기 모인 선한 의도를 잊지 말았으면 합니다." 극장 뒤편의 '출구'라고 표시된 문을 향해 법석을 떨며 뛰어가는 사람들에게 그가 외쳤다.

제인은 눈앞이 흐려졌다. 심장이 너무 빨리 뛰어서 흉곽이 뚝 부러질 것 같았다. 주변에는 대상이 모는 가축들처럼 서로 맞부딪치는 몸뚱이들 뿐이었다. 팔다리에 묵직한 덩어리를 달고 물에 빠진 기분이었다. 골목으로 튀어나오는 오합지졸의 군중 사이에서 그녀는 숨을 헐떡였다.

어깨를 부딪치며 지나가는 사람들을 피해 그녀는 벽 쪽으로 다가가 자세를 가다듬었다. 벽을 짚은 손바닥 밑에서 벽돌이 모래처럼 퍼석거렸다. 약에 취한 게 분명했다. 머리가 핑핑 돌고 열이 훅 몰려왔다. 이제 토할 거였다. 눈을 감으니 그 기괴한 여자의 눈빛이 떠올랐다.

"제인." 제시의 목소리와 함께 등을 만지는 손길이 느껴졌다. "제인, 괜찮아?"

"제시." 눈을 뜨자 그의 바지에 묻은 와인 얼룩이 제일 먼저 눈에 들어왔다. 그녀는 그에게서 물러나 토해버렸다.

이마에 식은땀이 맺혔다. 입을 닦는데 그녀 옆으로 제시가 쪼그리고 앉았다.

"아, 제인." 그가 다시 말하고 그녀의 머리를 끌어당겨 자기 어깨에 기대게 했다. 둘은 잠시 그러고 있었다. 이윽고 그녀가 그의 무릎을 짚고 몸을 일으켰다. 제시도 걱정스러운 눈으로 그녀를 살피며 일어났다.

"근데 왜 내가…." 제인이 말했다. "왜 이렇게 힘든 건지 모르겠네."

제시가 그녀의 눈을 가린 머리카락을 걷어주었다.

"누군가가 미치는 걸 보는 일은 힘든 거니까." 제시가 말했다. "정말이지 나는 이해해." 그가 머뭇거렸다.

"뭘?" 제인이 물었다.

제시가 헛기침을 했다. "꿈에서 자기 엄마가 보라색 드레스 차림이라고 하지 않았어?"

제인이 그를 바라보았다. "제시, 저기 내가…."

다시 구토증이 올라와 그녀는 벽에 몸을 기댔다.

"조심해." 제시가 말했다. 제인은 메스꺼움이 사라지기를 기다렸다.

"오늘 아침 엄마에 대해 좀 썼어." 제인이 말했다. "자기가 말한 대로 해본 거야. 그런데 혹시 그게…."

"엄마에 관해 쓰자 엄마가 불려나온 거 아니냐고?" 그가 부드럽게 말했다.

그렇게 말로 하자 어이없는 생각 같았지만 제인은 그럴 수도 있을 것만 같았다. 제시가 그녀의 어깨를 꼭 잡고 똑바로 세웠다.

"이건 공황 때문에 하는 소리야." 그가 말했다. "그게 몸 밖으로 다 빠져나가고 나면 나아질 거야."

"그게 언젤까?" 제인의 말에 제시가 어깨를 으쓱했다.

"곧." 그가 말했다. "우선 조용한 데로 가자."

제인이 움직이지 않자 그가 그녀의 손을 잡았다.

"나랑 같이 가." 그가 말했다. "자, 걱정 말고."

천천히 두 사람은 골목을 빠져나갔다.

20

루이빌 외곽 60B 고속도로 위에서 버스가 고장을 일으켰다. 운전석의 피트가 툴툴대는 소리가 제인 자리까지 들렸다. 윌리가 피트에게로 가서 상황을 확인했다.

"차를 세우고 엔진을 점검해야 한다네." 그가 말했다. 피트는 주유소에 버스를 세우고 정비공을 위해 엔진실을 열어주었다.

"세우길 잘했네요." 느린 말투로 정비공이 말했다. "스티어링 벨트가 다 닳아서 몇 마일만 더 달렸어도 완전 맛이 갔을 거예요."

"수리하려면 얼마나 걸릴까요?" 윌리가 묻자 정비공이 어깨를 으쓱했다.

"먼저 부품을 구해야 해요." 그가 말했다. "오늘 밤 시내에서 배달되게 주문을 넣을 거니까, 뭐 내일 정오까지는 되겠네요."

"좀 더 빨리는 안 되고요?" 윌리가 물었다. "내일 밤까지 멤피스에 가야 하는데."

정비공이 윌리를 빤히 바라보았다. 윌리가 침을 꾹 삼켰다.

"1마일만 가면 모텔이 나와요. 밤에 차고를 잠그니까 짐은 버스에 두고 가도 돼요."

다섯 시쯤, 그들은 갓길에 한 줄로 서서 모텔을 찾아 걷기 시작했다. 제시만 기타를 들었고 나머지 멤버들은 악기들을 차고 안에 넣어두고 떠났다.

"진짜 시골이네." 허크가 말했다. 공기는 습하고 무지근했지만 덤불 사이로 비치는 밝은 빛에 제인은 집이 떠올랐다.

20분을 걸으니 모텔과 식당, 그리고 창문도 없이 '페기 리지 오프리 하우스'라는 간판만 달린 창고, 이렇게 단 세 개의 건물로 이루어진 '마을'이 나타났다.

식당 안에는 파란색 유니폼을 입은 웨이트리스들이 컨트리 음악 채널에 맞춰 휘파람을 불어가며 주방 창구에서 프라이드 스테이크와 그릿츠 접시들을 받아 나르고 있었다. 그들이 주문한 음식이 나올 즈음에는 마을 사람들로 식당이 꽉 찼다. 여자들은 두터운 아이섀도에 머리는 스프레이를 잔뜩 뿌려 고정한 모습이었고, 남자들은 하나같이 버디 홀리 복장이었다.

"과거로 시간여행을 온 기분이야." 카일이 제인에게 속삭였다. 제인은 식탁 건너편의 제시를 바라보았다. 여기 사람들은 아무도 그를 알아보지 못하는 것 같았다. 물론 쳐다보기는 했지만 유명인을 봤을 때의 그 살짝 수줍어하는 낯빛은 아니었다. *여기는 우리 마을이고 너희들은 이방인이야*, 그런 눈길이었다.

일곱 시경에 문이 열리고 한 남자가 들어왔다. 나이는 쉰쯤으로 보이고 격자무늬 셔츠에 검은 멜빵, 챙에 깃털이 달린 검은 카우보이모자 차림이었다. 이 사람의 입장을 다들 기다리고 있었던 거구나, 제인은 깨달았다. 남자들 모두와는 악수를 하고 여자들 몇몇과는 입을 맞추는 그를 사람들은 '레이먼드'라고 따뜻하게 불렀다. 이윽고 그가 제인과 제시, 나머지 일행에게 눈길을 돌렸다.

"흠, 이분들은 누구실꼬?" 그가 다가오며 말했다. "교회 그룹인가요?"

"음악 그룹인데요." 사우스캐롤라이나 억양을 구사하며 제시가 대답했다.

"그거 참 멋지군요." 레이먼드가 말했다. "블루그래스 음악?"

"블루스요." 제시가 말했다. "포크 음악이지요."

"록이에요." 리치가 말했다.

"거 참 근사합니다." 레이먼드가 말했다. "식사 마치고 오프리로 건너들 오세요. 참관 한번 하시죠."

그는 그렇게 물러나서 찬미자들 틈으로 돌아갔다. 7시 45분이 되자 외지인들만 빼고 모두가 자리에서 일어나 길 건너로 향했다. 웨이트리스가 윌리 앞에 계산서를 내려놓을 때는 귀뚜라미 울음소리가 요란하게 들렸다.

"뭐, 더 필요한 거 없으시다면," 그녀가 말했다. "문 닫을 시간이어서요."

아직 6월 초순이었지만 습도가 높은 탓에 제인의 목에 머리카락이 엉겨 붙었다. 그들은 길가에 서서 담배를 피우며 오프리에서 흘러나오는 소리를 들었다.

"너희들은 어떤지 모르겠지만," 카일이 말했다. "난 한번 들어가 볼래."

제인, 그레그, 리치가 그를 따라 발걸음을 내딛었다.

"난 그냥," 제시가 말했다. "이만 들어가 잠이나 자야겠다. 즐거운 시간들 보내길."

제인은 날카로운 실망감을 느꼈다.

"나는 같이 갈게." 허크가 말했다.

"나도." 베니가 말했다. 제시, 로레타, 듀크, 윌리는 모두 모텔 쪽으로 돌아섰고 나머지는 창고로 가기 위해 길을 건넜다.

오프리는 일종의 마을회관이었다. 스퀘어 댄스를 할 수 있게 빙고 테이블을 벽에 붙여놓은 아래층 연단 위에서 예상대로 레이먼드가 밴조를 튕기며 블루그래스 곡을 불러 젖혔고 식당에서 보았던 남자 둘이 옆에 서서 통기타와 업라이트 베이스를 연주하고 있었다.

"자, 어서." 카일이 제인을 대형 안으로 이끌었다. 입구 근처의 젊은 여자들 몇이 킥킥 웃었다. 그중 하나가 먼저 리치에게 접근하자 그녀의 친구들도 그레그, 베니, 허크에게 차례로 다가왔다.

크게 동그라미를 그리고 어깨동무를 하고 보니 모르는 얼굴들로 가득한 이 실내가 낯설게 느껴지지 않았다. 투어 길에서 접한 어쩐지 따로 도는 집합체 같은 사람들보다 이들이 섬에서 함께 자란 자신들과 차라리 비슷했다. 서로 챙기고 보살펴주는 사람들이었다.

사람 좋아하고 붙임성이 있는 카일은 9시 30분경 밴드가 잠시 쉬는 틈을 타 레이먼드에게 다가가 본인 소개를 했다. 금세 베이스 주자가 내려오고 카일이 그 자리를 꿰찼다. 본래 업라이트로 배웠던 악기였고 바로 그래서 일렉트릭으로 바꿀 때도 프렛을 모두 갈아 없앴었다. 함께할 만한 수준의 음악적 벗이 생겨 레이먼드도 기쁜 표정이었다.

"양키 실력이 이 정도일 줄 누가 짐작이나 했겠어요?" 레이먼드의 말에 청중이 웃음을 터뜨렸다.

10시 30분쯤에 문이 살짝 열리며 윌리와 제시가 들어왔다. 부드러운 눈빛에 유쾌하고 꿈결 같은 표정의 제시는 근래 가장 좋아 보였다. 그런 모습을 보자 제인도 기운이 났다.

"어라, 이게 누구야?" 베니가 친구의 어깨를 툭 치며 반가이 맞이했다. 제시는 리치가 뚜껑을 따 건네준 맥주를 몇 모금 홀짝이다 춤이 끝나자마자 방 건너편의 제인에게 성큼성큼 걸어갔다.

"생각이 바뀌었나 보네?" 제인이 말했다.

타오르는 푸른 눈이 그녀를 내려다보며 웃고 있었다. "우리 춤출까?" 그가 물었다.

두 사람은 다음 곡, 그리고 그다음 곡까지 함께 춤을 추었다. 제시와 추기 시작한 뒤로 누구도 제인에게 춤을 청하지 않았다. 이렇게 하라고 일러주는, 따라서 생각하지 않아도 되는 자유로움이 춤동작에 있었다. 제시의 얼굴을 들여다볼수록 제인은 스스로가 더욱 찬란히 빛나는 느낌이었다.

밤 열한 시쯤 박수갈채 속에서 춤 세션이 끝나자 사람들은 삼삼오오로 자리를 떴다. 레이먼드가 카일의 어깨를 두드리며 무대에서 내려왔다. 다른 멤버들과도 인사를 나누고 싶은 빛이었다. 제인, 리치, 그레그가 그와 악수를 했다.

이제 제시의 차례였다. "매니저신가?" 그가 물었다.

"남자친구인데요." 제시가 대답했다. 모두가 시치미를 뗐다. 마치 오늘 밤만은 제인이 슈퍼스타인 평행우주에 진입한 것 같았다. 접이식 의자들을 끌어와 모두 옹기종기 앉았다. 레이먼드의 기타 주자가 간이 주방에서 맥주 두 상자를 가지고 나왔다.

"치카소 족 전사였던 아버지를 침례교 목사 딸이던 어머니가 전도하러 왔다가 그렇게 됐답니다." 레이먼드가 싱글대며 말했다. 밴조를 둘러메고 세계 순회공연도 다녀봤지만 다시 페기 리지에 눌러앉았고 이렇게 주말이면 오프리 하우스에서 공연을 한다고 했다. "여기가 내 고향이니까." 그가 말했다.

첫 번째 맥주 상자를 비우고 둘째 상자를 열었을 즈음 레이먼드가 그들 고향에 관해 물었다. 브레이커스는 베일린 아일랜드에서 어떻게 자랐는지, 그리고 어려서부터 함께 연주를 하다 밴드를 결성하게 된 과정까지 이야기했다.

"아가씨가 싱어로군요." 레이먼드가 옆자리에 앉은 제인에게 말했다. 제시는 바닥에 다리를 뻗고 앉아 그녀의 허벅지에 머리를 기대고 있었다. 제인이 고개를 끄덕였다.

"노래 한 곡 불러줄래요?"

그 말에 제시가 몸을 일으켰다. "그래 줄래?" 그가 말했다. 진지한 그의 청에 제인의 마음이 움직였다. 이 도시에서 저 도시로 옮겨갈 때마다 그를 뒤덮어오던 먹구름이 잠시 걷히고, 지금 여기에, 지난여름 만났던 바로 그 사람이 그녀를 바라보고 있었다. 사실 늘 있었으나 가려졌던 것이겠지만.

"그러지 뭐." 제인이 말했다. 그녀가 기타를 받아들고 코드를 자신에게 맞췄다.

"새로 쓰고 있던 곡인데." 그녀의 말에 제시가 몸을 조금 일으켜 앉았다. 제인의 볼이 달아올랐다. "가사가 한 절 덜 됐는데 그냥 있는 대로 부를게. 다들 도와준다면 완성할 수도 있겠네." 그녀가 살짝 맑게 웃고는 노래를 시작했다.

궁극적으로 피아노 반주로 생각하는 곡이었지만 투어 길이었기에 할 수 없이 가지고 있는 기타로 작업할 수밖에 없었다. 그녀가 갈망으로 이글거리는 어둡고 쓰라린 서주를 쳤다.

'벽에 그려진 꽃들; 너덜너덜해진 종이꽃들이 떨어지고; 복도 끝에서 당신의 웃음소리가 들려오네.'

지금까지 투어를 하며 접했던 온갖 휘황한 불빛들과 세상의 복잡한 일들에서 비켜나 이런 곳에서 노래를 하고 있자니 영혼이 위로받는 느낌이었다. 후렴은 그녀와 기타 사이의 대화였다. 그녀가 노래를 하면 기타가 되받았다.

'당신 같은 여자는 본 적 없어; 이리 빛바랜 드레스에 이리 푸른 눈; 하늘의 주님이여 나를 굽어보소서.'

그녀는 준비된 노랫말을 다 부른 다음 기타와의 대화로 돌아가 끝을 맺었다. 마지막 코드가 향수의 자취처럼 허공에 매달렸다.

'흘러만 가네, 세월은 쏜살같이.'

고개를 들어보니 둘러앉은 남자들이 모두 제각각 감정을 다스리는 모습이었다. 그녀는 잠시 혼자라는 느낌이 들었다.

레이먼드가 먼저 입을 열었다. "아가씨, 속에 예배당이 들어있군요."

제인이 고개를 숙여 고마움을 전했다.

그레그가 자리에서 일어나 헛기침을 하며 가슴을 두어 번 두드렸다. "호텔로 돌아가야겠어. 매기한테 전화도 하고." 그레그가 말하고 나가는데, 얼핏 리치의 얼굴에 슬픈 빛이 퍼졌다. 그녀가 혼자 곡을 쓴 것이 서운했을까?

"이 부분 좋다." 카일이 제인에게서 기타를 받아들고 브리지를 연주했다. 베이스 부분은 어떻게 될지를 벌써 궁리하는 눈치였다.

제인은 바닥에 다리를 꼬고 앉아 조용히 그녀를 보고 있는 제시에게 시선을 옮겼다. 마주친 그의 눈빛은 자랑스럽다고 말하고 있었다. 제인은 겸허한 마음이 들었다.

그들은 새벽 한 시가 되어서야 자리를 파했다.

"연락하고 지냅시다." 레이먼드가 모자챙에 손가락을 대어 인사를 하고 밴조 케이스를 들고 밤거리 속으로 사라졌다.

투어 일행은 보름달 빛을 빌려 모텔로 돌아갔다.

"잠깐만." 제시가 방으로 들어가며 말했다. 종잇장 넘기는 소리와 기타를 케이스에 집어넣으며 줄을 잡는 소리가 들리더니 그가 돌아와 주차장의 푸르스름한 빛과 객실의 노란 빛을 가르며 문가에 섰다.

"쓰고 있었어?" 제인이 물었다.

제시가 멈칫거리더니 고개를 끄덕였다. "자기도 쓰고 있었던 거네." 그가 말했다.

제인은 그의 손을 잡고 달빛 속에서 입을 맞췄다. 순수한 애정에 찬 정숙한 키스였다. 그녀를 보며 서 있던 그가 그녀의 손을 잡아 안으로 이끌었다. 둘은 옷을 벗고 홑이불 위에 함께 누웠다.

"이 마을 말이야." 제시가 말했다. "다시 섬에 돌아간 기분이 들어."

그의 가슴팍이 그리는 8자를 어루만지며 제인이 고개를 끄덕였다.

"있잖아, 내가 땅을 좀 샀어." 그가 말했다. "케이버스월에."

"정말로?" 제인이 말했다.

"한 100에이커쯤 돼." 그가 말했다. 제인이 놀라 머리를 쳐들었다.

"왜?" 그가 말했다. "돈으로 뭐든 해야 하고, 부동산만큼 안전한 것은 없고."

"100에이커로 뭘 하려고?" 제인이 물었다.

제시가 그녀 눈 주위의 머리카락을 쓸어주었다. "아무도 날 못 찾는 곳에 오두막을 지을 거야." 그가 말하며 어깨를 으쓱했다. "자기만 빼고." 그가 양손을 머리 아래에 끼고서 그녀 쪽으로 돌아누웠다.

"왜냐면," 그가 말했다. "자기는 내가 가장 좋아하는 사람일 뿐 아니라 가장 좋아하는 가수이기도 하거든." 제인이 웃음을 터뜨렸다.

"진심이야." 그가 말했다. "그 노래는… 오해하지 말길… 자기 록도 좋은데, 나는 자기의 진정한 기쁨을 정말로 보고 싶어. 아까 그거, 그렇게 할 수 있는 사람 드물어."

"무슨 뜻이야?" 제인이 물었다.

제시가 그녀 얼굴 위의 머리카락을 쓸어 넘겼다.

"카타르시스." 그가 말했다. 제인은 한동안 그를 바라보다 그에게 입을 맞췄다. 그가 그녀를 잡아끄는데 속에서 뭔가가 으스러지는 느낌이었다. 실이나 위시본 같은 아주 얇은 것이었지만 그게 다시는 전과 같지 않으리란 걸 그녀는 알았다.

21

이튿날 정오 무렵, 그들은 다시 이동을 시작했다. 제시는 제인 옆에 앉아 차창 밖으로 스치는 녹색 향연을 지켜보았다. 금간 단지에서 물이 새듯 그에게서 편안했던 품새가 갈수록 사라지더니, 멤피스에 도착했을 때는 최근 그 모습으로 돌아가고 말았다. 제인은 카일, 리치와 재방송 프로그램들을 보며 그날 밤을 보냈고 밴드가 금융가에 있는 페가수스 사무실에 들르기로 예정된 다음 날 아침에야 제시를 볼 수 있었다.

본사는 엘에이였지만 러블론(알앤비), 나이트 라이더(팝), 트루 트왱(컨트리) 등 최고 수익률의 레이블 세 곳이 멤피스에 기지를 두고 있었다. 마케팅 회의 참석차 마침 멤피스에 와 있던 회사 대표 레니 데이비스가 제시를 만나 앨범 성공을 축하하고 싶다고 하여 마련된 자리였다. 군함의 현창처럼 간격을 두고 골든 레코드들이 걸린 그의 사무실에서 제인은 반짝반짝 광택이 나는 참나무 테이블에 비친 자기 모습을 내려다보고 있었다.

레니 데이비스는 거구의 남자 둘을 양편에 거느리고 들어왔다. 모두 깅엄 셔츠에 나팔바지를 입었고 윌리의 것과 비슷하게 색이 들어간 안경을 끼고 있었다. 레니는 커다란 금시계며 둥글게 튀어나온 배 등등 성공의 상징들을 두루 갖추고 있었다. 머리에는 머리카락이 거의 없었는데 격자무늬 셔츠 밖으로 삐져나온 가슴 털이 사슬목걸이와 어우러져 마치 크리스마스트리와 반짝이의 조합 같았다.

"어서들 와요." 그가 말했다. 미소를 짓는 입 속 앞니 두 개 사이가 잔뜩 벌어져 있었다.

머리부터 발끝까지 데님으로 통일한 제시는 상을 받으러 공장장 사무실에 불려온 직공처럼 보였다. 고개를 한껏 숙여 어깨가 귀에 닿은 자세 탓에 더욱 그랬다. 그는 먼 친척을 소개받는 수줍은 아이처럼 윌리에게 등을 떠밀려 레니의 손을 맞잡고 흔들었다.

레니 데이비스는 알아차리지 못한 듯 제시를 향해 환한 미소를 지었다. "제시." 그가 말했다. "제시, 이리 와서 앉아요."

그들은 붉은 인조모 카펫 위의 하얀 플라스틱 의자에 앉았다.

"굉장한 해였어요." 그가 말했다. "이번 분기 말까지 앨범 판매량이 백만을 넘어설 것으로 예측되는데, 어떻게 생각해요?"

제시가 애매한 미소를 지었다. 눈을 뜨고 있기가 힘든 것처럼 보였다. 레니 데이비스가 따뜻하게 환영을 해주기는 했지만, 제인은 자신들이 지금 평가받고 있다는 걸 알았다.

"굉장한 한해였죠." 제시가 레니의 말을 똑같이 반복했다.

레니 데이비스는 천천히 고개를 끄덕이며 그를 보고 미소짓더니 느닷없이 제인을 향했다. "그리고 여긴 제인 퀸이죠." 그가 말했다. 제인을 보고는 있었지만 그녀에게 말하고 있지는 않았다.

"그리고 브레이커스예요." 옆에 서 있는 그레그, 카일, 리치를 가리키며 제인이 말했다. "정말 반갑습니다."

"거기도 좋은 해를 보냈죠?" 그의 눈길이 잠시 그녀에게 머물렀다 제시에게로 향했다가 다시 돌아왔다. 혹시 빈센트 레이와의 사이에 벌어졌던 일을 아는지, 그렇다면 그게 아직도 문제가 되는지 제인은 궁금했다.

"좋아요." 레니 데이비스가 말했다. "좋아요."

그가 자리에서 일어서자 경호원들도 따라 일어나 문을 잡고 레니의 퇴장을 기다렸다.

"오늘 밤에 올 수 있을 거야." 그가 대화 끝에 윌리에게 말했다. "다들 만나서 반가워요." 틈이 벌어진 앞니를 드러내며 다시 싱긋 웃고는 그가 문밖으로 나갔다.

"우리가 완전히 구워삶은 거지?" 카일의 말에 제시만 빼고 모두 웃었다. 못 들은 것 같았다.

"잠은 잘 잤어?" 벽이 거울로 된 엘리베이터를 타고 로비로 내려오는 길에 제인이 물었다. 거울 속 그가 우스꽝스러운 표정을 지었고 그걸 본 제인이 따라했다. 그들은 상대방의 얼굴을 한 번도 정면으로 보지 않은 채 로비로 나왔다.

약속한 대로 매기가 비를 데리고 기차로 멤피스까지 왔다. 그날 오후 브레이커스 멤버들은 모두 역으로 마중을 나갔다.

"자기가 와서 너무 좋다." 그레그가 매기와 딸을 끌어안으며 말했다. 목이 메고 있다는 것을 제인은 알았다.

"얼굴 좋네." 그의 어깨에 손을 얹으며 매기가 말했다. 제인이 비를 안아 들고 둥가둥가 흔들어주었다. 기적이 울리자 어디서 나는 소리인가 궁금한지 아기가 노란 곱슬머리 사이로 말똥말똥 눈을 굴렸다.

"칙칙폭폭." 제인이 기차 소리를 흉내 냈다. "칙칙폭폭." 엔진이 뿜어내는 증기 속에서 얼굴이 창백해진 리치의 품에 제인이 비를 안겼다.

그레그가 오후에 비를 수족관에 데려가겠다고 우겼다.

"어차피 기억도 못 할 거야." 호텔 식당에서 함께 커피를 마시면서 매기가 제인에게 말했다. "그래도 데려가겠다고 하는 게 듣기는 좋네."

"엄청 보고 싶어 하더라." 제인이 말했다. "너도 아기도. 어딜 가든 늘 시계만 쳐다보며 너한테 전화 걸 시간을 기다리더라니까."

"우리도 그랬어." 매기가 말했다. "우리 가족에게는 대모험이야."

매기가 말하는 신세계는 제인에게는 턱없이 작아 보였다. 난생처음으로 사촌보다 자신이 더 세련되었음을 의식하지 않을 수 없었다. 힘이 나기도 했고 어리둥절하기도 했다. 늘 매기의 인정을 구하며 살아온 그녀였다. 이젠 조금도 신경이 안 쓰였고 그래서 한편으로는 부초가 된 것 같았다.

"물론," 매기가 말하고 있었다. "엄마와는 비교도 안 되지만."

"정말 런던에 가셔?" 제인이 물었다.

매기가 기막히다는 듯 고개를 저었다. "엄마가 뛰어난 간호사이긴 한 모양이야." 그녀가 말했다. "밀리가 매년 가을 손주들을 보러 나가는데 이번에 출장 간호사 겸 말동무로 함께 가자고 한대. 9월에 출발하셔."

제인은 이해가 안 되었다. "그럼 센터 일은…."

"센터와는 이야기가 잘 됐나 보더라." 매기가 말했다. "밀리가 거기 환자잖아…. 그래서 일종의 교환 간호사 프로그램으로 간주하는 것 같아."

"믿어지지 않네." 제인이 말했다. 이모가 아일랜드를 떠난다는 건 있을 수 없는 일처럼 느껴졌다.

"그러게." 매기가 말했다. "이런 일은 상상도 못 했으니까. 하긴 내가 상상도 못 해본 일이 그뿐이겠니?"

그녀가 고개를 흔들었다. 둘은 잠자코 커피를 홀짝였다.

브레이커스는 그날 저녁 여섯 시 밍글우드 홀에서 공연할 예정이었다. 튜닝을 일찍 마친 제인이 담배를 피우러 나갔더니 리치가 침울한 얼굴로 석양을 바라보고 있었다.

"불 있어?" 제인이 물었다. 리치가 라이터를 던져주었고, 제인은 담배를 건넸다. 그는 담뱃갑을 손에 툭툭 치기만 할 뿐 열지 않았다.

"무슨 일인데 그래?" 제인이 묻자 리치는 어깨를 으쓱했다.

제인은 담배에 불을 붙여 깊이 빨아들였다.

"제이니. 너는 혹시…" 그가 말을 하다 멈췄다. 불안한 모습이었다. 그는 고개를 흔들면서 들고 있던 담뱃갑을 뒤집었다.

"혹시 뭐?" 제인이 말했다. 리치가 침을 꾹 삼켰다.

"사랑하면 안 될 사람을 사랑해본 적 있어?" 그가 말했다.

제인은 꼼짝 않고 서 있었다.

"언젠가 싫증을 내기를 계속 기다려왔어." 리치가 말했다.

제인이 그의 얼굴을 올려다보았다.

"그런데 그러지도 않을뿐더러 이제 걔까지 여기 와버린 거야. 혹시 아니더라도 내게는 관심이 없겠지만." 그가 허허 웃더니 고개를 흔들었다.

'내 진정한 모습을 보여준다면.'

제인은 그에게 다가가 손을 잡았다.

"리치." 그녀가 말했다. "언제부터 그랬어?"

리치가 몇 차례 눈을 깜박였다. "어, 몇 년 됐어." 그가 말했다. "고등학교 때부터. 극복하겠지 했다가도 소소한 순간들에 의미를 두며 그래도 가능성이 있다고 생각하곤 한 거지. 엘에이에서 내게 팔을 두르고 잠들었던 날처럼. 그걸 몇 주씩 떠올리며 지냈어, 그다음에는 서로 떨어진 침대에서 잠을 자는데도. 참 한심하지."

"아니야." 제인이 말했다.

"맞아, 한심해." 리치가 말했다. "매기하고 함께 있는 걸 보니까 이게 참 얼마나 한심한 일인지 새삼 깨달아지더라고. 투어가 끝나면 저 둘은 같이 살 것 같아."

제인은 투어가 끝난 후는 생각도 안 해봤다. 투어가 끝날 거라는 생각 자체만도 충격이었다.

"그렇게 되면 나는 캘리포니아로 떠날 거야." 담뱃갑을 돌려주려는 동작을 하며 그가 말했다. 그런데 그녀가 받으려고 하자 바로 놓지는 않았다. "아무한테도… 말하지 마."

제인이 고개를 끄덕였다. 그가 담뱃갑을 놓고 안으로 들어갔다.

분장실로 돌아가는 제인의 머릿속은 뒤죽박죽이었다. 리치의 고백을 들었던 순간의 놀라움은 사라지고 이제 눈치챘어야 했을 긴 응시와 여타 신호들을 떠올리느라 분망했다. *캘리포니아로 떠날 거야.* 설마 진심은 아니겠지? 그럼 브레이커스는 어떡하고? 생각에 팔려 걷고 있는데 구석 쪽에서 윌리의 목소리가 들렸다. 낮은 간청조였다. 그녀가 발걸음을 늦췄다.

"안타까운 일이죠." 윌리가 말하고 있었다. "하지만 어쩔 수가 없어요. 알아듣게 말을 해보려고 제딴엔 애를 썼지만 들으려고 하질 않아요."

잠시 침묵이 흐르더니 레니 데이비스 특유의 쉰 목소리가 들려왔다. "차질 없을 거라고 믿겠네. 저 친구 이미지에 결정적인 영향이 있을 거라는 건 굳이 설명 안 해도 알겠지?"

"오늘 망친 것은 알아요." 윌리가 말했다. "사실은 아주 유쾌한 친구예요. 평소에는 훨씬 더 적극적이고. 단지 사업 쪽 일이 싫은 거예요. 그래서 아마 조금 과했던 거 같고요."

"사업을 좋아해야 한다는 말이 아니야…. 만일 그렇다면 앞으로 음반 한 장도 더 못 팔 거야. 하지만 저렇게 찌들어있어서는 안 돼. 팬들에게 저런 꼴을 보일 수는 없다 이거야."

"그럴 일은 없어요." 윌리가 말했다. "틀림없어요, 한번 보세요…. 바로 그래서 오늘 밤 와주십사 했던 거예요. 안심이 되실 거예요. 무대에 서면 기대만큼, 아니 기대 이상을 해내거든요. 제인과의 듀엣을 들으면 아무도 저 친구가 약에 취해있다고 생각하지 못한다고요."

"귀여운 계집이긴 하더군." 레니가 말했다. "둘을 함께 세운 건 잘한 일이야…. 그 아이랑 자는 사내라면 정력남이 아닐 수 없다는 생각이 들 거거든."

"제인은 우리 모두에게 굉장히 특별해요." 윌리의 목소리에 섞인 분노에 제인은 흐뭇했다. "둘은 서로를 진심으로 아끼고 있어요."

"아, 그럼, 그러겠지." 레니가 말했다. "그 아이도 자네 가수란 걸 내 깜빡했군. 그래서 둘이 결혼할 거 같은가? 결혼반지만큼 '안정'을 말해주는 것도 없는데. 헤로인이 문제가 되면 그걸로 연막 좀 칠 수 있을 텐데 말이야."

"그건 저도 모르죠." 윌리가 말했다.

"흠, 잘 되게 좀 해봐. 그러면 문제도 해결될 거니까." 레니가 말했다.

"알겠습니다." 윌리가 말했다.

제인은 커튼 뒤에 숨어 레니가 지나가기를 기다렸다. 방금 '헤로인'이라고 했나?

잠시 후 윌리가 나타났다. 잠자리 선글라스를 끼지 않은 모습에 그레이스보다 젊을 거란 생각이 새삼 들었다. 그는 그녀가 숨은 곳에서 2피트도 안 되는 자리에 서서 손으로 얼굴을 문지르다 레니의 반대편으로 걸어갔다. 제인은 잠깐 기다린 다음 커튼 뒤에서 나와 모퉁이를 돌았다.

그들은 제시의 분장실 문 앞에 서 있었던 거였다. 제인은 들어가고 싶은 강한 충동을 느꼈다. 손잡이에 손을 뻗는데 가슴이 두근거렸다. 노크를 하고 싶지 않았다. 생각하고 싶지 않았다. 둥근 금속이 손바닥에 닿았다. 그녀는 그걸 잡고 돌렸다.

실내는 침침하고 퀴퀴한 냄새가 났다. 불은 다 꺼져 있고 촛불만 하나 켜져 있었다. 창에는 빗장을 대 잠가놓은 채였다. 눈은 차차 어둠에 적응했지만 뇌는 눈앞의 장면을 이해하지 못했다.

위도우스 피크 가는 길의 메인 스트리트 한가운데에서 커다란 덩어리와 마주쳤던 때가 떠올랐다. 듣기만 했던 것이어서 눈앞의 그것이 무엇인지 금세 알아보지 못했었다. 차츰 실마리가 풀렸다. 노란 경찰 라인 테이프, 구급차, 그리고 구경꾼들. 자동차가 전복된 거였고 알아보는 데 애를 먹은 그것은 그 차의 밑바닥이었다.

머릿속 생각들로 눈앞에 놓인 것이 잘 보이지 않았다. 바닥에 제시가 큰대자로 누워 있었다. 팔에는 검은 줄이 독사처럼 감겼고 방금 물린 듯 핏줄들이 꿈틀거렸으며 머리는 라디에이터에 기대어져 있었다.

제인은 뛰어 들어가 몸 상태를 확인했다. 풀려난 짐승 같은 소리가 입에서 새어나왔다. 낯익은 표정이었다. 버스 안에서, 무대 위에서 보는 그 꿈꾸는 것 같은 얼굴. 팔 옆에는 더러운 스푼이 놓여 있었고 손은 마치 사인이라도 하는 데 쓴 것처럼 주사기 위에 얹혀 있었다. 그가 힘겹게 눈을 떴다.

"제인." 작은 소리로 그가 말했다. 본 적 없는 누군가에 대한 슬픈 이야기라도 듣는 듯 아파하는 표정을 그가 지었다. 약 기운 때문에 몸을 일으키는 것조차 하지 못했다. 눈도 자꾸 감겼다. 혐오감이 제인의 몸을 휩쓸고 지나갔고, 이어서 그를 버리고 싶은 충동이 뒤따랐다.

"제인." 윌리가 수건과 물병을 들고 문가에 나타났다. 번개가 비행기를 치듯 제인의 분노가 그에게로 옮겨 붙었다.

"기가 막혀!" 그녀가 말했다. 어떻게 대처해야 할지 궁리 중인 윌리에게 틈을 주지 않고 몰아붙였다. "완전 개판이군!" 화가 나 떨리는 소리로 그녀가 말했다. “이 사람은 여기 처박혀 약질을 하는데, 지금 겨우 음료 서비스나 하고 있는 거예요?”

“제인.” 그가 말했다. “나는 자기가 알고있다고 생각….”

“댁이 우리를 커플로 만들었죠…. 홍보용으로 안성맞춤이었을 거예요. 나는 이 사람의 이미지에 소용이 닿으니까, 아닌가요?” 숨통이 조여드는 느낌이었다.

“제인, 진정해.” 윌리가 말했다. “그건 좀 심해. 둘은 서로 좋아서 만난 거잖아, 나는 절대로….”

“나한테 거짓말을 했어요.” 제인이 말하고 문가로 향했다. 이 어둡고 유독한 방에서 나가지 않으면 미쳐버릴 것만 같았다.

“어디 조용한 데로 가서 이야기 좀 하지.” 그녀의 어깨에 손을 얹으면서 윌리가 말했다. 제인이 그의 손을 쳐서 밀어냈다.

“당신과는 아무 데도 안 가요.” 그녀가 말했다.

“딱 5분만. 그거면 충분해.” 그가 말했다.

“안 간다면요? 아빠한테 이를 건가요?”

“제인….”

“싫다고요.” 그녀가 말했다. “뭐든 마음대로 하세요. 주변 사람들도 다 시치미 뚝 뗄 테니. 나는 더는 못해요.”

제인이 문밖으로 뛰쳐나가려 했다. 윌리가 앞을 막아섰다.

“꺼져요.” 제인이 날카롭게 외쳤다.

“제인, 이렇게 보낼 순 없어.” 그가 말했다.

제인이 다시 그를 쳤다. 이번에는 가슴이었다. 윌리는 그녀와 키가 비슷했지만 힘이 더 셌다. 그녀가 그를 다시, 또다시 쳤다. 가슴속에서 울컥, 흐느낌이 솟구쳤고, 그녀는 살 부러진 연처럼 그의 품에 무너져 내렸다.

22

아일랜드 포크 페스트
1970년 7월 25일 토요일

풀밭 위의 청중이 수런거리는 소리가 메인 무대 옆까지 들렸다. 여기서 〈감미롭고 부드러운〉을 불렀던 일 년 전, 모든 것이 시작될 것임을 그녀는 몰랐었다. 그랬던 것이 이젠 거의 끝나버렸다.

'지속하는 동안은 재미있었지.'

제인은 지난 3주 동안 제시와의 결별을 일절 돌아보지 않았다. 마음속 깊은 곳에 가둬버린 했던 말들과 하지 않은 말들이 빠져나오려 안달이었다. 그중 무엇이라도 새어 나올라치면 다시 눌러 담았다.

'하지만 그냥 재미있었다고만 할 수 있는 일일까?'

눌러 담는다.

조금 더 지나면 거기서 벗어나 지나간 일들을 살펴볼 수 있을 것이었다. 몇 시간만 더 화난 상태로 지내면 됐다. 그건 문제도 아니었다. 탄약은 얼마든지 있었다.

무대 위의 모건 비달을 보자 제인은 가슴이 철렁했다. 옷차림도 근사했으며 활력이 넘쳤다. 적갈색 머리카락이 깃털처럼 물결쳤다. 무대 아래 제인은 모건을 보았던 날, 제시와 함께 만났던 그 밤, 그들 앞에서 자신이 마치 투명인간 같았던 느낌이 떠올랐다.

"준비 됐어?" 리치가 말했다. 제인이 그를 보고 고개를 끄덕였다. 좀 떨어진 곳에서 그레그와 카일이 안절부절못하고 있었다. 투어 멤버들 중에 제인 옆에서 불안해하지 않는 사람은 이제 리치밖에 없었다.

리치는 그녀가 말을 거는 유일한 사람이었다.

제인과 제시가 결별한 다음 주 볼티모어에서 있었던 일이다. 새로 승인을 받은 '페인티드 레이디' 투어의 유럽 원정 의논을 위해 윌리가 브레이커스를 자기 방으로 소집했다. 제인은 물론 자기도 포함되는 것으로 추측했었다.

멤버들과 함께 자리에 앉으며 제인은 윌리를 노려봤다. 멤피스에서의 그 일 이후 말도 섞지 않았다. 어색할 줄은 알았지만 그렇다고 해외 투어 기회를 포기할 생각은 없었다. 놀랍게도 그레그가 먼저 입을 열었다.

“나는 안 할래.” 그가 말했다. 붉게 달아오른 얼굴이었지만 턱이 완강한 뜻을 보여주고 있었다. “굉장한 경험이었고 어느 한순간도 바꾸고 싶지 않지만 내가 있어야 할 곳은 아일랜드야. 집을 합치기로 매기와도 얘기가 됐고. 이미 많은 걸 놓친 것 같아…. 더는 놓치고 싶지 않아.”

제인의 머릿속이 윙윙거렸다. “오케이.” 그녀가 말했다. 입이 말라왔다. “그러면 드러머가 필요한 거겠네요. 스튜디오에서 구해올 수 있지 않겠어요?”

윌리가 헛기침을 했다. “그렇게 간단하지가 않아.” 제인의 시선을 의연히 받으며 그가 말했다. “멤버 하나를 교체하는 거라면 그럴 수도 있지만 지금 둘을 말하는 거잖아. 그렇다면 더 이상 브레이커스도 아니게 돼.”

“둘이라뇨?” 제인이 말했다. 가만 보니 다들 자기를 빼고 이야기들을 해왔던 거였다.

“무슨 소리야, 저게?” 그녀가 리치와 카일을 잇달아 바라보며 물었다. 카일은 그레그보다도 더 쩔쩔매고 있었다.

“카일?” 제인이 다그쳤다.

그가 침을 삼키고 윌리를 바라봤다.

“듀크의 계약이 이달 말 종료야.” 윌리가 말했다. “두 주 후에 엘에이로 가서 다른 일을 시작하게 되어있어.”

"그래서?" 제인이 카일을 바라보며 물었다. 이미 무슨 뜻인지 알았지만 그의 입으로 듣고 싶었다.

"제시가 자기 밴드에 들어오라고 해서." 카일의 목소리가 갈라지고 있었다. "그러겠다고 했어. 제인, 나는…."

제인의 눈길이 리치에게로 날아갔다. 이 방안에서 보기만 해도 절로 비명이 나오지 않는 사람은 이제 리치밖에 없었다. 카일에게는 평생 한 번 있을까 말까 한 기회였다. 상황이 달랐다면 제인도 기뻐해 주었을 것이다. 하지만 지금은 그가 창가에만 앉아 있었더라도 밀어 떨어뜨리고 말았을 것 같았다.

"그레그도 그만둘 생각을 하는 줄은 몰랐어." 카일이 말했다. "어차피 6주밖에 안 되고…."

"맞아." 제인의 가슴에 공포감이 차오르고 있었다. 밴드를 잃을 수는 없었다. 있을 수 없는 일이었다. 그녀가 그레그에게 몸을 돌렸다. "6주만 기다려줄 수 없어?" 그레그의 얼굴이 괴로움으로 일그러졌다.

"뭐?" 제인이 말했다. "왜 말을 못 해?"

그레그가 이를 악물었다. "레니 데이비스가 바이아웃을 제안해왔어." 그레그가 입을 열었다. "거절하기 힘든 조건으로. 나는… 우리 다 알잖아, 나는 애당초 운이 좋아서 여기 있게 된 거야. 난 그렇게 실력이… 나, 나는 이걸 받아들일 수밖에 없어. 매기에게 집을 장만해주고 싶어."

사태가 파악되기 시작하면서 제인은 눈꺼풀이 처지는 기분이었다. 윌리는 그들을 유럽 투어에서 제외키로 한 것이었다. 제시의 짝꿍으로서의 역할을 수행하는 데 그녀는 실패했고, 그 결과 페가수스는 그녀의 밴드를 이용하여 그녀를 밀어내고 있었다.

"숨을 못 쉬겠어." 제인이 말했다.

"제인." 윌리가 말했다. "속상한 것 잘 알아. 하지만 이게 자기에게도 최선이야, 믿어줘. 그 투어에 참여한다는 건 자기에게도 못할 일이 될 거야."

"그렇지 않아요." 그녀가 일주일 만에 처음으로 그에게 말을 하고 있었다.

"아니, 그래." 윌리가 말했다. "생각해봐. 제시와의 결별 사실을 언론이 알았을 때 견딜 수 있을 것 같아?"

"우리가 사귄다는 사실도 몰랐잖아요." 그녀가 말했다.

윌리가 그녀를 싸늘하게 바라보았다.

"나는 갈 권리가 있어요." 제인이 말했다.

"일반인이라면 그럴 수도 있어." 윌리가 말했다. "하지만 제시는 스타야. 이건 자기랑 제시만의 문제가 아니고…. 지금 레이블과 싸우겠다는 건데, 제시를 보호하기 위해 그쪽에서 어떻게 나올지 상상도 못할 거야."

"제시에게 피해를 줄 생각은 죽어도 없어요." 제인이 말했다. 눈물이 뺨을 타고 흘러내렸다.

"결과는 그럴 수도 있어." 윌리가 나지막이 말했다. "사람들이 당신들 결별 사실을 파고들기 시작한다면 그렇게 될 수 있어."

제인이 제시의 분장실에 들어갔던 날 이래, 윌리는 흔들림 없이 침착했다. 치밀한 수완가의 모습이었다. 말을 하고 있는 지금 그의 말은 필사적으로 들렸다. 겉모습 밑의 진짜 사람이 잠시 나타나 메시지를 전하고 있었다. "제인, 그 사람들은 제시 이름에 털끝만 한 손상이라도 일어날 것 같으면 자기 하나 매장하는 것쯤은 눈 하나도 깜짝하지 않아. 난 자기에게 그런 일이 일어나지 않으면 좋겠어."

윌리가 헛기침을 했다. "좀 떨어져 휴식을 취하고 밴드를 재결성해서 다음 앨범을 준비하는 게 좋지 않겠어?" 그가 말했다.

제인은 방바닥을 내려다봤다. 족히 1분은 지난 다음 그녀가 입을 열었다. "그래요." 그녀가 말했다. "내 다음 앨범과 당신들은 엄청나게 떨어져 있을 것만 같군요."

그녀는 방에서 나갔다. 그리고 이후 2주 동안 윌리, 카일, 그레그와 한마디도 하지 않았다. 워낙 훈련이 잘된 밴드라 공연에는 문제가 없었다. 서로 말도 섞지 않는 사람들끼리 그런 무대를 만들어낼 수 있다니 놀라울 정도였다.

그 대화 이후, 페가수스라는 거대 시스템이 완전 가동에 들어갔다. 윌리가 괘씸하면서도 자기를 위해 그런 것은 아닐까 싶어지기도 했다. 제인의 대타로 모건 비달이 기용된 속도도 전광석화 같았다. 레이블이 투자를 보호하자고 나서면 산도 움직일 수 있었다. 정신 차릴 틈을 주지 않는 것이 최우선이었다. 제인이 어디 갔는지 누가 묻기도 전에 반짝이는 신예가 투입되어야 했다. 이 포크 페스트 공연은 말하자면 배턴터치였다.

'지속하는 동안은 재미있었지.'

제시 생각은 어떤지 제인은 전혀 몰랐다. 결별 후 한 번도 이야기를 나누지 않았기 때문이다. 하지만 포크 페스트에 벌써 그와 모건의 소문이 돌고 있었다.

무대 위의 모건은 자신보다 훨씬 편안해 보였다. 부계와 모계 양쪽 다 부유했다. 헥터 비달과 에드워드 라일리가 할아버지였는데, 비달은 도미니카공화국에서 가장 큰 은행이자 현재는 모건의 저명한 아버지 빅터가 운영하는 반레세르바스의 창업자였고, 라일리는 CBS의 사장 겸 최고경영자를 역임한 후 은퇴하여 페리스 랜딩의 침실 열 개짜리 식민지 시대풍 저택에 산다. 레니 데이비스가 바너드 칼리지를 막 나온 그녀에게 계약서를 들이밀 만한 이유가 충분했다. *타고났군*, 그녀가 주디 콜린스 곡을 부르는 모습을 보며 제인은 생각했다.

발소리에 고개를 돌렸다. 윌리였다.

그가 담배에 불을 붙여 제인에게 건넸다. 제인은 거절했다.

그는 담배를 빨았다. 잠자리 선글라스는 노래하는 모건의 모습으로 노랗게 물들어 있었다.

"제인." 그가 말했다. "떠나기 전에 꼭 하고 싶은 말이…."

"꺼져요." 제인이 말했다.

윌리가 담배 연기를 내뿜고는 고개를 젓고 가버렸다. 손뼉 치는 소리가 들려 고개를 들어보니 마크 에디슨이 무대 옆 커튼 새로 그녀를 바라보고 있었다.

"제이니 Q, 소문 들었지?" 그가 물었다.

제인이 그를 노려봤다.

"페스티벌이 파산 직전이라는…?"

페스티벌은 곤경에 빠져있었다. 입장객 수가 사상 최저로 떨어지면서 폐지해야 한다는 의견까지 나왔다. 제아무리 제시라 해도 육지인들을 끌어들이기엔 역부족이었다. 관객이 없으면 후원자들도 발을 빼기 십상이었다.

마크 에디슨에게서 얼굴을 돌리다가 리치와 눈이 마주쳤다. 틀림없이 캘리포니아로 떠날 것이었다. 그레그와 매기가 한집 살림을 차리게 되면 이곳에서 가장 멀리 떨어진 곳에 살고 싶을 테니까. 제인은 수많은 리허설과 공연 중에 언제나 위로와 안정감을 주던 그 낯익은 얼굴을 바라보았다. 이제 그것을 잃게 된다고 생각하자 새삼 두려움이 앞섰다. 리치의 노랫말은 그녀가 마음 놓고 스스로를 표현하게 해주었다. 이제 어떻게 하지?

무대에서 내려오는 모건 비달에게 박수갈채가 쏟아졌고 제인은 생각을 멈추었다. 바로 눈앞에서 그녀는 상기된 얼굴로 숨을 몰아쉬고 있었다. 이렇게 큰 청중 앞에서 처음으로 공연한 직후의 느낌이 떠오르며 제인은 질투심이 솟구치는 것을 느꼈다.

"잘했어요." 모건에게 손을 흔들어 보이며 카일이 말했다.

"고마워요." 모건이 말했다. 외향적인 성격에 불편한 긴장감은 바로 떨쳐버리길 원하는 카일이기에 둘이 벌써 친해졌다는 사실은 놀랄 일이 아니었다. 그는 남은 날들 동안 함께 투어에 오른 모든 사람에게 최대한 친절하게 대할 것이 틀림없었다.

"제인 퀸이죠?" 카일을 지나쳐 다가오며 모건이 말했다. 말을 더듬거려서 제인은 깜짝 놀랐다. "정말이지 〈불꽃〉 덕분에 지난봄을 견뎌냈어요."

예상치 않은 칭찬에 허를 찔린 제인은 미소를 지었다. 특히 자신을 위해서 썼던 곡이었지만 다른 누군가에게 의미가 있었다는 생각에 흡족해졌다. 그게 자신을 대체할 사람이라고 해도.

"만나서 정말 반가워요." 모건이 말했다.

"나도 반가워요." 만난 적이 있다고 말하고 싶은 욕구를 눌러 담으며 제인이 대꾸했다. "좋은 무대였어요."

"고마워요." 모건이 말했다. 수줍음이 불편함으로 번지고 있었다. "그리고 이 말도 하고 싶었는데… 할아버지 일은 정말 안됐어요. 함께 가면 참 좋을 텐데. 나에게는 큰 기회거든요."

"우리 할아버지요…?" 제인이 물었다. 모건이 주위를 둘러봤다.

"저 혹시… 아, 저기 있네요. 여기요!"

로레타와 베니, 그 뒤로 제시가 무대 뒤로 나오는 모습에 모건의 얼굴이 환한 웃음을 피워냈다. 제시는 지쳐 보였지만 변함없이 잘생긴 얼굴이었다. 이 공연을 마치면 그는 비행기에 올라 베일린 아일랜드를 떠날 거였고, 그렇게 제인 몫의 투어도 끝날 거였고, 다시는 서로 말할 필요도 없는 사이가 될 거였다.

로레타가 제인에게 눈을 찡긋하더니 모건을 향해 '앤 뭐야?' 하는 눈빛을 했다. 제인은 살짝 기분이 좋아졌다. 모건이 로레타의 마음에 들려고 아양을 떠는 모습을 생각하니 이 와중에도 위로가 되었다.

제시의 얼굴은 어두웠다. 모건과 제인을 차례로 보더니 이쪽으로 오라고 맹렬하게 손짓을 해대는 모건에게로 시선을 돌렸다.

"안녕!" 그들 틈에 들어와 서며 제시가 말했다. 제인 뒤에서 그레그와 리치가 돌아보는 게 느껴졌다.

"어젯밤 내가 너무 오래 잡아둔 건 아니지?" 모건이 말했다. 제시가 하도 불편해 보여 제인은 웃어야 할지 비명을 질러야 할지 종잡을 수 없었다.

"클럽에서 먹는 저녁이 극복에 도움이 될지도 모르지." 그가 말했다. '클럽'에 혐오감이 묻어 있었다.

모건은 그저 줄기차게 명랑하고 싶은 듯했다. "뭐, 부모님이 굉장히 반가워하시더라."

제시가 고개를 끄덕였다. "난 가서 몸을 풀어야겠어." 그가 말했다. 제인의 눈에 그는 그저 이 대화에서 벗어날 구실을 찾고 있었던 건데 혹시 마약을 가리키는 것으로 들릴 줄 알았던지 표정이 변했다. "튜닝 말하는 거야." 제인을 바라보며 그가 말했다.

"몸을 푸는 게 뭔지 제인 퀸이 모르겠어?" 모건이 말했다.

제인이 정중하게 미소 지었다.

제시가 손으로 머리칼을 쓸어 올렸다. 왜 꾸물대고 있지? 하던 제인은 그가 모건이 물러가기를, 그래서 제인과 이야기를 할 수 있기를 기다리고 있다는 것을 알아차렸다. 하지만 모건은 자리를 지키고 서 있었다.

"5분 남았어요." 무대 담당이 제인과 멤버들을 향해 수신호를 보내며 말했다. 그녀가 기타를 집어 들자 제시는 더욱 안절부절못했다. 그녀는 그의 눈을 들여다보았다. 무엇을 보고 느끼게 될지 두려워서 몇 주째 못했던 일이었다.

'지속하는 동안은 재미있었지.'

"그냥 이 말이 하고 싶었어." 제시가 말했다.

'하지만 그냥 재미있었다고만 할 수 있는 일일까?'

그의 목소리가 잠시 끊어졌다. 그를 끌어당겨 안고 싶은 원초적인 열망에 제인은 숨이 턱 막혔다. 드러내놓고 애모하는 눈으로 그를 바라보는 모건에게로 그의 시선이 옮겨가면서 둘의 눈길은 엇갈렸다. 그는 기침을 하고 자기 발을 내려다보며 중얼거렸다. "행운을 빌게."

기타의 어깨끈이 제인의 심장 위를 가로질렀다. 그녀는 제시를 마지막으로 한번 보고 아무 말 없이 무대에 올라갔다.

23

그날 밤, 제인은 침대 위에 쓰러져 누워 어깨를 들썩이며 한참 울었다. 얼마 후 그레이스가 방에 들어와 옆에 앉으며 우는 제인의 등에 손을 얹었다.

"그 방에 들어가지 않았더라면…." 제인이 말했다.

"그래서 뭐가 달라졌을까?" 그레이스가 말했다. "아닐 거야."

"투어는 계속하고 있었을 거잖아요." 제인이 말했다. "밴드도 유지됐을 거고. 그래도 아직…."

포치에 달아놓은 풍경이 맥없는 소리를 내고 있었다.

"나는 네가 자랑스럽다." 그레이스 말했다. "그렇게 신념에 따라 행동한다는 게 쉬운 일은 아냐."

안전한 집에 돌아오니 비로소 제시와의 결별이 헤아려지기 시작했다. 멤피스에서의 그날 밤 공연은 거의 기억도 나지 않았다. 빛의 장막 뒤에 숨겨진 보이지 않는 바다처럼 객석이 환호를 보내왔다. 잇달아 밀려오는 파도에 묻혀 짓이겨지는, 그리고 그렇게 되기를, 그리하여 잊어버릴 수 있기를 원하는 느낌으로 노래를 했다.

제시와는 6인치 간격을 두고 서서 서로를 바라보지도 않고 〈빛이여 사라져라〉를 마지막으로 같이 불렀다. 객석을 향해 인사를 한 뒤 기타를 무대 옆에 놔두고 정신없이 건물 밖으로 나갔다.

제시가 따라 나왔다. 공연이 남긴 에너지에 몸이 흔들리는 바람에 한 자리에 서 있지 못하고 계속 걸었다. 제시가 천천히 뒤따랐다. 그가 그녀의 어깨를 잡았다. 포옹하게 한 건 아니지만 걸음은 멈추었다. 제시는 힘없이 손을 늘어뜨렸다.

"주사 바늘이 괜찮다고 말한 적 있었지." 제인의 말에 제시가 움찔했다.

"자랑스러운… 일이 아니라…." 그가 말했다. "자기가 알게 하고 싶지 않았어."

"또 누가 알고 있어?" 제인이 말했다.

"밴드… 적어도 내 밴드 멤버들과 윌리, 그리고 부모님이 알아."

아들에 대한 리드 박사의 엄한 감시와 버스에서 로레타가 보인 우려의 빛이 이해가 됐다. 분노가 밀려왔다. "언제부터야? 엘에이였어?" 제인이 말했다. "〈롤링 스톤〉 표지 때부터?"

제시가 긴 숨을 내쉬었다. "사실은, 제인, 65년부터 했다 끊었다를 되풀이해온 습관이야. 지난여름 오토바이 사고의 원인이기도 하고…. 페스티벌 직전에 했는데 오토바이쯤 몰 수 있을 것 같았어…."

제인은 얼굴의 핏기가 가시는 느낌이었다. 그러니까 제시의 사고야말로 자신의 커리어의 기원인 셈이었다. 그가 말하는 이 '습관'으로 인해 그녀가 여기 있는 거였다. 견딜 수 없는 생각이었다.

"그러면 지난여름 줄곧 하고 있었던 거야?" 그녀가 물었다.

그가 고개를 흔들며 강하게 부인했다. "아니야." 그가 말했다. "아니야. 지난여름, 자기를 만난 후부터, 정말 오랜만에 그걸 안 하고도 완전한 느낌이었어."

"그런데 어떻게 된 거야?" 제인이 물었다. 갑자기 지독한 피로감이 왔다.

"항상 똑같지." 그가 힘없이 대답했다. "거기 있어서 했을 뿐이야. 다른 이유는 없어."

제인은 이마에 손바닥을 갖다 대었다. 달을 찾아 하늘을 올려봤으나 달은 없었다. "어디 있었다는 말이야? 난 못 봤는데…."

제시의 눈은 공허했다. "내 기타 케이스 안에." 그가 말했다.

주변 공기가 뜨거워졌다. "페기 리지에서였구나." 그녀가 말했다. "곡을 쓴다고 해놓고. 다 거짓말이었어." 제인은 놀라움을 느꼈다. 어째서인지 그가 그러리라는 생각은 한 번도 해본 적이 없었다.

"알아." 제시가 말했다. "정말 미안해. 고의는… 아니었어."

제인의 머릿속 회로에 불이 들어왔다. 엄마가 이모에게 똑같은 변명을 늘어놓는 소리가 들렸다. 속에서 무언가가 툭 부러지는 느낌이 왔다.

"현실은 현실임을 알아야겠지." 그녀가 말했다.

제시의 얼굴이 허예졌다. "끊을게." 제시가 말했다.

"그렇게 해." 제인이 말했다. 하얗게 타오르는 분노에 의식이 한결 또렷해졌다. 전에도 이 길을 탄 적 있었다. 지금 나가지 않는다면, 이대로 몇 마일을 더 달려야 할 것이다.

"알았어." 제시가 말했다. "지금… 지금 당장 투어를 관두고 동물원으로 돌아갈게. 정말이야 제인, 그럴 거야. 뭐든지 할게."

제인은 철저하게 살균된 센터 격리병동의 복도를 제시는 흰옷을 자신은 파란 옷을 입고 나란히 걸어 내려가는 모습을 떠올렸다. 그녀는 절대 그런 입장에 서지 않으리라 맹세했었다. 그런데 자기도 모르게 투어 간호사의 역할을 맡고 있었던 걸까?

몸과 정신이 따로 놀고 있었다. 자기 입에서 이런 말이 나오고 있었다. "그러는 게 좋겠네. 하지만 날 위해서라면 그럴 필요 없어."

"무슨 뜻이야?" 제시가 깜짝 놀라 물었다.

제인이 어깨를 으쓱했다. "뭐, 지속하는 동안은 재미있었어. 하지만 이게 운명이 아니라면 아닌 거겠지." 제시의 눈동자가 휘둥그레졌다.

"그냥 재미있었다고만 할 수는 없잖아…. 우리가 함께한 그 모든 걸 기억한다면." 그가 말했다. "제인, 나는 너를 사랑해."

제인은 무대 출입구 옆 등불을 향해 퍼덕퍼덕 날아가는 한 마리의 나방을 지켜보았다.

"미안해." 제인이 말했다. "난 아니야."

제시가 발끈 성을 냈다. "나는 그 말 못 믿어." 그가 말하며 그녀에게 한발 다가섰다.

제인의 싸늘한 눈길에 제시가 그 자리에 얼어붙었다. "처음부터 말해뒀잖아, 내게는 넘지 못할 선이 있다고." 제인이 잠시 쉰 다음 말을 이었다. "모쪼록 꼭 도움을 얻길 바랄게."

"제인, 제발…." 그의 아름다운 얼굴이 떨리고 있었다.

제인은 주책없는 희망이 싹트는 것을 느꼈다.

"끝났어." 흔들리는 마음에 쐐기를 박듯 그녀가 선언했다. 그러고선 더는 그를 바라보지도 이야기를 계속하지도 않았다.

그레이 게이블스에서 제인은 아침에 눈을 뜨면 두어 번 눈을 깜박이고 나서야 여기가 어디인지 떠올릴 수 있었다. 자기만 남겨졌다는 새삼스러운 자각에 부르고 있어야 할 노래들, 만나고 있어야 할 사람들, 방문하고 있어야 할 장소들 같은 생각의 늪 속으로 빠져들었다. 밤이면 엄마 꿈을 꾸었다. 또각또각 멀어지는 구둣발 소리, 닫히는 문들, 그리고 다시는 그녀를 바라봐주지 않을 푸른 눈동자.

이렇게 한 주를 보낸 다음, 제인은 목욕가운 차림에 샌들을 신고 비치 트랙스로 건너갔다.

"팝의 정반대로 주세요." 선글라스를 벗지 않은 채 그녀가 말했다. 대나가 클래식 음악 섹션으로 그녀를 데려갔다.

제인은 밤낮없이 방에 처박혀 피아노 협주곡들을 들으면서 내면의 상처와 교감했다. 슬픔으로 사나워진 그녀에게 퀸 가의 여인들은 최대한의 자유를 주었다. 7월이 가고 8월이 될 때까지 일을 시작하지 않아도, 자주 샤워를 건너뛰어도, 누구도 뭐라 하지 않았다. 무슨 일이 있었는지도 캐묻지 않았다.

이제 제인은 새로운 일상을 확립했다. 매일 정오까지 자고 일어나면 나가서 폴몰 두 갑을 사서 방안으로 돌아와 음반을 틀어놓고 침대에 누워 줄담배를 피우다 잠이 들었다.

"소리 좀 줄여, 아기 낮잠 자야 해!" 매기가 방문을 두드리며 소리를 질렀다.

"미안, 아직 여기서 사네?" 방 저편 전축을 물끄러미 바라보며 제인이 대답했다.

그레그는 약속한 대로 바이아웃 대금을 받아 매기와 아기를 위해 라이트십 베이에 봐둔 하프 케이프 스타일 오두막의 계약금에 썼고 현재 점검 과정에 있었다. 매기가 그 얘기를 꺼낼 때마다 제인은 자리를 떴다. 지금 그녀가 투어에 동참하지 못하고 여기 홀로 떠도는 주된 원인이 그레그였다. 그를 보는 게 끔찍했고 매기까지 싫었다. 제인은 그들의 삶에 손톱만큼도 관심이 없었고 어서 매기가 집에서 나가기를 손꼽아 기다렸다.

"네 문제로 애먼 우리 탓하지 마." 잠긴 방문 너머로 매기가 소리쳤다. "너랑 제시가 헤어진 게 그레그 잘못이니?" 제인은 음악 소리를 더 높였다.

그레그와 매기의 새 집 구매 계약이 최종 성사된 순간, 리치는 보스턴 발 로스앤젤레스 행 편도 항공권을 끊었다. 거처를 장만할 때까지 듀크에게 신세를 지기로 했다.

"꼭 가야 해?" 함께 나루터로 가는 길에 제인이 물었다. 하나 남은 친구 리치가 이 나라 반대편 끝으로 떠난다고 생각하니 조바심이 났다.

"알잖아, 가야 한다는 거." 리치가 말했다. "여기에는 내게 남은 게 하나도 없어."

"나 있잖아. 우리 다음 앨범도 있고. 리치, 너 없이 내가 어떻게 곡을 쓰겠어?"

리치가 더플 백을 안벽에 올려놓으며 잠시 멈춰서더니 그녀의 두 손을 맞잡았다.

"제이니. 나 없이도 곡 쓸 수 있어, 늘 그래왔어."

"아니야." 제인이 말했다. 울컥, 울음이 올라왔다.

리치가 고개를 저었다. "우리 둘 다 잘 알고 있어. 처음부터 가사를 생각하고 썼던 곡이 얼마나 많았는데 그래. 내가 쓴 걸 넣어주려고 네 것을 비워준 적도 많았잖아."

제인은 아무 말도 하지 않았다. 눈에 눈물이 그렁그렁해졌다. 맞다, 〈불꽃〉은 그녀가 썼다. 하지만 그 한 곡이었다. 리치가 그녀의 손을 꼭 잡았다.

"너 혼자서도 잘 해낼 거야." 그가 말했다.

"하지만 혼자이고 싶지 않아." 제인의 뺨을 타고 눈물이 흘러내렸다.

"그럼 나랑 같이 가." 리치가 말했지만 제인은 그것도 싫었다. 카일도 투어가 끝나면 리치와 함께 살 거라고 했으니, 더군다나 카일과 한집에 사는 건 생각만 해도 속이 메슥거렸다.

"도착하면 전화할게." 그녀의 이마에 입을 맞추며 리치가 더플 백을 다시 메고 트랩 위를 한결 가벼운 발걸음으로 올라갔다. 연락선이 수평선 위의 점으로 남을 때까지 그녀는 부두에 서 있었다. 투어에서 돌아온 이후 가장 오래 집 밖에서 보낸 시간이었다.

그 주 후반에 매기도 분가하여 그레그와의 합가를 마무리했다.

그레이스가 현재 맡은 환자인 밀리와 해외에 나가 있는 동안의 센터 근무에 대해 말해주려고 엘시와 제인을 함께 앉혀 놓을 때까지 제인은 이모의 런던 여행 예정을 까맣게 잊고 있었다.

"다 얘기가 되었어." 그레이스가 말했다. "엄마나 제인 중 하나가 매주 한 번씩만 가주면 나 돌아올 때까지 문제없게 해줄 것 같아."

엘시가 고개를 끄덕였다.

"제인?" 그레이스가 제인을 바라보았다.

제인의 마음은 멤피스에 가 있었다. "죄송해요, 네, 알았어요." 그녀가 말했다. "매주 한 번씩."

그레이스와 밀리는 8월 말 원양 여객선을 타고 떠날 예정이었다. 엘시와 제인은 라이트십 베이 부두까지 그녀를 배웅했다. 매기가 그레그를 데려온 것을 보고 제인은 스테이션 왜건에서 내리지 않고 조수석에 몸을 한껏 파묻었다. 감지 않은 머리카락이 선글라스 안으로 엉겨 붙었다.

"제인." 그레이스가 말했다. "지금은 아닐 것 같겠지만 넌 이걸 극복해낼 거야. 나 크리스마스에 돌아오는데 그때쯤이면 너 완전히 딴 사람 되어있을 거야."

"과연 그럴까요?" 제인이 말했다. 이모에게 안녕 인사도 깜빡하고 못 했다. 간호사 유니폼을 벗고 부두로 걸어가는 그레이스는 스무 살은 젊어 보였다. 밀리가 택시에서 내렸고, 그레이스는 엘시와 매기를 안고 작별 인사를 나누었다. 제인은 유럽은 지금 몇 시일지 가늠해봤다. 투어 일행이 저녁을 먹고 있을 시간이었다.

그레이스가 밀리를 부축하여 트랩 위로 올려주었다. 그레그가 매기의 몸에 팔을 둘렀고, 둘은 나란히 폭스바겐 버그로 발걸음을 옮겼다. 매기가 잠시 서서 어깨너머로 제인을 돌아봤다. 제인은 그녀 너머 항구를 떠나는 배를 바라보고 있었다.

"제인" 엘시가 차창에 대고 말했다. 제인이 몸을 굽혀 차 문을 열자 엘시가 운전석에 들어와 앉았다.

그레이 게이블스에 돌아오자 이미 해가 떨어져 있었다. 제인은 텅 빈 느낌이었다. 이제 아침에 아래층에 내려와도 이모와 사촌과 할머니가 식탁에 옹기종기 모인 모습은 보지 못할 거였다. 카일, 그레그, 리치가 교대로 꽃무늬 앞치마를 입고 '카일식 라자냐'를 차리던 나날도 지나가 버렸다. 진입로에서 바라본 집은 어둡고 추레하고 추워 보였다.

"이제 우리만 남았구나." 엘시가 말했다.

24

9월 첫 주, 제인의 줄담배는 오른손 검지와 중지 사이에 누르스름한 흔적을 남기기 시작했다. 토요일에 장을 보러 나가 보니 모건 비달의 컬러 사진들로 화려하게 빛나는 신간 잡지들이 밤새 가판대에 올라와 있었다. 〈타이거 비트〉와 〈틴〉은 물론이고 〈세븐틴〉까지 온통 생긋 웃고 있는 그녀의 얼굴들이 점령한 판이었고, 표제에 따르면 그녀와 제시는 공공연한 커플이었다. 제인은 확 불을 질러버리고 싶은 심정이었다.

집에 돌아온 뒤 처음으로 그날 밤 그녀는 드레스를 입고 캐러셀에 나갔다. 반가워하던 앨은 바에 앉아서 테킬라 샷을 연달아 주문하는 그녀를 보고 약간 걱정스러운 얼굴을 했다. 이러면 한동안 말을 하지 않아도 될 거였다.

"누구 기다려?" 그가 물었다.

"아니에요." 제인이 말했다. "참, 깜빡했네…. 한 잔 비울 때마다 계속 다음 잔 좀 줄래요?"

앨이 인상을 쓰며 지하실로 내려갔다.

바 뒤편 색색의 술병들에 비친 자기 그림자를 보면서 제인은 마셔댔다. 넷째 잔을 비우고 보니 몇 자리 옆에 마크 에디슨이 앉아 있는 게 보였다. 그가 술잔을 들어 보였다.

"건배!" 그가 말했다. 제인이 대꾸 없이 술잔만 들어 보였다. 그들은 각자 술을 마셨다. 그가 그녀에게 다가와 앉았다.

"모건 비달과 제시 리드에 관해 뭐 할 말 없어?" 그가 물었다.

"있었으면 엄청 좋겠죠?" 제인이 말했다.

"그런데 말이야, 제이니." 마크가 말했다. "당신이 어디 박혀 있는지 팬들이 궁금해서 난린데, 즐겨 찾는 술집 정도는 알려줘도 좋지 않을까?"

"좀 꺼져주시죠." 제인이 말했다.

껍질 속으로 숨는 갑각류처럼 그가 구석의 자기 자리로 돌아갔고, 제인은 남은 두 잔을 거푸 비워버렸다. 자정 무렵 마크가 떠나고 제인은 화장실에 갔다. 일어서 보니까 얼마나 취했는지 알 수 있었다. 자리로 돌아오니 주크박스에서 페어 플레이의 〈자이브 시티Jive City〉가 나오고 있었다. 갑자기 춤을 추어야 할 것 같았다. 흐느적대는 제인의 머리 위로 조그만 불빛들이 네온사인처럼 번져갔다. 근래 몇 주 사이에 가장 기분이 좋았다. 엉덩이를 움켜쥐는 손들, 얼굴 없는 몸뚱이들의 숲. 남자들이 자작나무라도 되듯 그녀는 짝을 바꾸어가며 춤을 추었다.

그다음 곡은 〈실비의 미소〉였다. 갑자기 주변 공기가 더워졌다. 하지만 그건 공기가 아니었다. 제인 자신이 타오르고 있었다. 그녀는 주크박스 쪽으로 몸을 돌렸다. 얼른 꺼버려야만 했다. 두 주먹으로 유리 덮개를 마구 내리쳤다. 옆 테이블에 놓인 맥주잔을 집어 던졌다. 잔은 산산조각이 났건만 음악은 계속되었다. 제인은 비명을 지르며 철제 냅킨 함을 향해 손을 뻗었다.

누군가 그녀의 허리를 껴안아 끌어당겼다.

"그만해." 그레그의 목소리였다. 불에 기름을 부은 듯 분노가 폭발했다. 그녀는 발길질을 하고 비명을 질러대며 찬 밤공기 안으로 끌려나왔다.

"어떻게 그럴 수가 있어?" 혀 꼬부라진 소리로 제인이 말했다. 제시가 투어를 같이 가자고 제안했던 그 자리였다.

"내가 뭘?" 그레그가 말했다. "주크박스 깨부수는 걸 방해했다고? 아니면 너 망신당하게 가만 놔두지 않았다고?"

"배신자." 제인이 말했다. 그레그를 향해 돌진하는 찰나, 입에서 토사물이 쏟아졌다.

그 후의 일은 아주 일부만 기억났다. 그레그의 폭스바겐 버그가 보였었고, 차창을 내려 토했던 것 같았고, 엘시와 그레그가 포치에서 이야기를 나누는 소리도 들었던 듯했다. 어떻게 이층으로 올라갔는지, 어떻게 침대에 누웠는지 전혀 기억나지 않았다.

이튿날 아침, 엘시가 커튼을 열어젖혀 제인을 깨웠다.

"오늘은 바쁜 날이 될 거야." 엘시가 말했다.

"아아…." 아침햇살이 눈을 찌르자 제인이 신음했다. 입안은 지옥 자체였고 머리카락은 위액 탓인지 푸르뎅뎅한 빛을 띠었다.

"일어나." 엘시가 말하고는 방바닥에 널린 더러운 옷이며 담배꽁초들을 피해 걸어가 옷장을 열고 청색 유니폼을 꺼냈다.

"센터에 가야 해." 그녀가 말했다. "내가 매주 갔으니 너도 한번쯤은 가야지."

"다음 주에 갈게요." 자기가 쏟은 오물 위에서 꿈틀거리며 제인이 말했다. 고요하고 청결한 복도를 생각만 해도 당장 토할 것만 같았다.

"어서." 엘시가 말했다. "안 그러면 쫓겨나 매기하고 그레그에게 빌붙어 살던지."

"알았어요." 제인이 말했다. 그리고 일어나서 수건을 찾아 방안을 뒤지기 시작했다.

센터에서 돌아온 저녁, 제인은 찬물에 잠겨 있다 나온 기분이었다. 부드러운 바람을 맞으며 스테이션 왜건에서 내린 그녀는 안도의 한숨을 내쉬었다. 환자용 변기들을 씻고 상처에 붕대를 감아주며 오후를 보낸 그녀로서는 낡아빠진 집조차 황홀하기만 했다.

그녀는 망사문을 통해 할머니에게 손을 흔든 다음 앞마당 잔디밭에 드러누웠다. 눈이 어둠에 적응하자 초승달 주변으로 별들이 눈을 찡긋거리는 게 보였다.

얼마 후 망사문이 삐걱 열리며 엘시가 나오더니 제인과 어깨를 맞대고 누워 반대방향으로 다리를 뻗었다.

제인은 하늘만 쳐다봤다. "엄마는 어땠어요?" 제인이 말했다.

옆에 누운 엘시가 자세를 바꾸었다. "야행성이었지." 엘시가 말했다. "내려와 보면 거실에 앉아 달빛을 빌려 곡을 쓰고 있기도 했어. 다른 사람들의 생각에 침범받지 않는 유일한 시간이라고 그러더라. 영적 공간이 맑아진다고."

"알아차렸어야 했는데." 제인이 말했다.

엘시가 가볍게 탄식했다. "센터는 어떻든?" 그녀가 물었다.

제인은 파랑 유니폼들이 위층으로 아래층으로 올라가고 내려오는 무미건조한 흰색 층계를 떠올렸다.

"똑같죠." 제인이 말했다. "할머니에게 다 떠맡겼던 거 죄송해요."

엘시가 그녀의 손을 꼭 쥐었다. "쉽지 않은 시간이라는 거 안다." 엘시가 말했다. "어렸을 때 이후로 이렇게 상심한 것은 처음이야. 물론 그때도 너를 방 *안에* 앉혀놓지는 못했지만."

엄마를 잃은 후로 제인은 가출을 밥 먹듯 했었다. 그녀가 깊은숨을 쉬었다. "내가 뭘 하고 있는지 모르겠어요." 그녀가 말했다. "내가 누구인지도 모르겠고요. 록밴드의 싱어였는데… 지금은 그저… 화가 나요."

"무엇에 화가 나는 거니?" 엘시가 물었다.

"카일이 떠난 것도, 그레그가 빠진 것도. 페가수스가 나를 투어에서 뺀 것도. 윌리가 그걸 용인한 것도."

"제시는 아니고?" 엘시가 말했다.

"제시와 끝낸 것은 내 결정이었어요." 제인이 말했다.

"그렇다고 그 아이에게 화가 나지 않는 건 아니지." 엘시가 말했다.

제인이 어깨를 으쓱했다. "잠깐의 연애였는걸요." 제시의 푸른 눈과 그의 체취와 그의 맛이 떠오르며 느껴진 아픔을 무시하며 그녀가 말했다. "아무것도 아니었어요."

"네게 거짓말을 했다는 게 아직도 속상할 수 있지." 엘시가 말했다.

"아니, 그럴 수는 없어요." 제인이 말했다. "나도 제시에게 거짓말 엄청 했으니까."

엘시가 미간을 찌푸렸다. "이런 건 그렇게 자로 잰 듯 정확할 수가 없어." 그녀가 말했다.

"내게는 그래요." 제인이 말했다. "이모에게도 그렇고요."

엘시가 한숨을 쉬었다. "이런 문제에 관해서라면 내가 네 이모랑 생각이 다르지." 엘시가 말했다. "하지만 네 이모도 우리 결정으로 인해 네가 네 삶을 충만하게 살지 못하길 바라지 않았다는 것만은 틀림이 없어."

제인은 비행선을 그리며 날아가는 비행기를 바라보았다.

"그런 걱정은 하지 마세요." 제인이 말했다. "시간이 가면 어떻게든 해결될 거예요. 지금 당장은 더 큰 문제가 있어요."

"무슨 문제인데?" 엘시가 물었다.

"윌리요." 제인이 대답했다.

"흠." 엘시가 말했다.

제인이 머뭇거렸다. "마지막으로 이야기를 했던 날, 내가 꺼지라고 했던 것 같아요." 그녀의 말에 엘시가 웃음을 터뜨렸다.

"워낙 사탕발림 체질은 아니지." 엘시가 말했다. 한 조각 달빛이 그녀 눈에 가물거렸다.

"투어를 그만둬야 한다고 말한 사람이었거든요." 제인이 말했다. *제시가 약을 하는 모습을 보고 내가 악을 쓴 상대방이기도 하고요.*

"엉뚱한 사람에게 화풀이한 거네." 제인의 생각에 화답하듯 엘시가 말했다.

"시간이 갈수록 어쩌면 그 사람이 나를 보호해주고 있었던 건지 모른다 싶어져요." 눈에 눈물이 그렁그렁해져서 제인이 말했다. "아직도 원하는 게 너무 많아요." 그녀가 말했다. "그런데 이제 처음 시작했을 때보다도 더 못해져서 집에 돌아왔어요. 세상이 나를 팽개치고 달려가는 것 같아 미치겠어요."

"네 엄마랑 같은 소리를 하는구나." 엘시가 말했다.

"바로 그게 두려운 거예요." 제인이 말하고 어깨를 으쓱했다. "지금 내 꼴을 보면 지난 과거가 되풀이되는 것만 같아요. 밴드와 활동하고 있을 땐 난 엄마와 다르다고 생각했어요. 그런데 지금은…."

제인은 배에 손을 얹고 목소리가 떨려 나오지 않도록 천천히 말했다.

"나도 그렇다면 어쩌죠?" 그녀가 말했다. "엄마가 도대체 어떻게 그럴 수 있었는지 모르겠다가도 너무나 화가 나면 나도 그만 그렇게…."

그녀의 목소리가 차츰 끊겼다. 구름 한 점이 달 위로 지나가고 있었다. 옆으로 고개를 돌려보니 할머니의 눈에도 눈물이 맺혀 있었다.

"뭐가 보이세요?" 제인이 물었다.

엘시가 헛기침을 했다. "자신의 본능을 믿기만 한다면 잠재력이 무한한 젊은 여자가 보이는구나."

제인은 머리가 지끈지끈했다. "바로 그게 내가 원하지 않는 거라고요." 그녀가 말했다. "엄마가 그렇게 무너지는 걸 봤잖아요. 엄마와 내가 얼마나 닮았는지 나는 *알아요*. 내 본능은 엄마의 본능이에요…. 굉장히 위험하죠."

"제인, 우리 자신을 원하는 대로 골라 빚을 순 없어." 엘시가 말했다. "우리에게 가능한 최선은 전체를 포용하고 어떻게든 이해하려고 노력하는 것뿐이야. 네 엄마의 단점들로부터 너 자신을 잘라낸다면 그건 곧 네 엄마의 좋은 점들로부터도 잘라내는 거야. 어둠이 있어서 빛도 있는 것이니, 그 둘을 서로 뜯어내기란 불가능한 일이야."

제인은 엄마가 아니라 제시와 그의 중독을 생각하며 할머니의 말을 들었다.

"둘 다 없는 편이 낫겠네요." 그녀가 말했다.

"그건 참으로 안타까운 일이지." 엘시가 말했다. "사실상 그게 모두 너의 특징들이기도 하거든. 제인, 넌 너 자체로 온전한 사람이야. 밴드가 있어야 입증되는 것이 아니고. 우리를 보호해준다고 생각하는 게 사실은 우리를 방해할 때도 있다는 걸 너도 언젠가 알게 될 거야."

"무슨 뜻이에요?" 제인이 물었다.

엘시가 같은 회색 눈으로 손녀를 바라보았다. "밴드가 네게 어떤 의미인지 잘 안다만, 그걸 끌고 가는 데 엄청난 공력이 들기도 하잖니?"

오두막의 번쩍거리는 그랜드피아노가 생각 속으로 들어왔다.

"고통으로부터 달아나지 말고 그걸 이용해보렴." 엘시가 말했다. "이 싸움, 아니 이렇게 싸울 힘이 네 엄마에게는 없었단다. 넌 그걸 어떻게 써먹을 것인지, 그게 관건이야."

둘은 별들을 쳐다보며 밤을 한껏 들이마셨다. 빛나는 하늘 위를 유유히 흘러가는 구름을 손가락으로 따라가고 있자니 나중엔 할머니의 손가락인지 자기 손가락인지 구분할 수가 없었다.

25

다음날 아침, 〈아일랜드 가제트〉 1면에 포크 페스티벌 위원회가 긴 숙고 끝에 해산하기로 결정했다는 확인 기사가 났다. 창설 이래 처음으로 흑자를 내지 못했던 데다 비용 상승으로 인하여 재정적으로 더이상 지속하는 것이 불가능하다는 것이었다. 제인은 식탁 위에 신문을 내려놓았다. 지나간 삶의 마지막 흔적마저 허물어지는 느낌이었다.

그날 그녀는 수영을 하러 갔다. 페스티벌 부지 너머의 갯벌로 자전거를 타고 가 해초가 수면에 만드는 레이스 무늬를 보면서 물이 무릎 근처로 올라올 때까지 걸어 들어갔다. 그리고 뛰어들었다. 몸을 뒤덮어오는 염분, 자신을 이리저리 밀치는 바다의 힘이 느껴졌다.

수면 아래서는 숨죽인 물결 소리만이 들렸다. 물 위의 갈매기들 소리도 그녀 안에서 질러대는 비명도 들리지 않았다. 귓속의 피가 요동치는 것 같아서 그녀는 수면 위로 나왔다. 폐 속 공기가 맑아진 듯 얼얼하게 느껴졌다. 제인은 물 위의 갈매기들, 멀리 돛단배들을 바라보았다.

집으로 돌아오는 길에 일용할 담배와 함께 노트를 한 권 샀다. 발 디딜 틈 없이 어질러진 방바닥 한 군데를 조금 치우고 침대와 옷장 사이에 끼여 앉아 노랫말을 써내려갔다.

굼뜨던 노랫말이 폭포수처럼 쏟아지기 시작했다. 일종의 굴착 작업이 될 것 같았다. 한때 묻어두려 애썼던 내면의 거친 힘을 찾아, 그것이 뭐라 하는지 들어보고 싶어서 그녀는 파고 또 팠다.

며칠에 걸쳐 둥글었던 필적이 들쭉날쭉해지나 싶더니 심전도 모양으로, 대문짝만한 대문자로, 깨알만 한 끼적임으로, 급기야 유치원생 필체로 자꾸만 변해갔다. 노트 다섯 권을 다 채우고 나니 곡이 하나 나오겠구나 싶었다. 홀린 듯이 단숨에 썼던 〈불꽃〉과는 달랐다. 수프가 끓기를 기다리는 것과 더 비슷했다.

'켄터키에 악마가 하나 살거든; 밴조 솜씨가 귀신같지; 내 안에 교회가 있다고 하는데; 내가 사실 얼마나 개차반인지 몰라서 하는 소리지; 그놈의 예배당이 내 속에 정말 있다면; 진실을 알아야 할 텐데 말이야; 내 합창단은 사랑노래를 부르고; 내 제단은 그대를 위해 지었지.'

제인은 다음 장으로 넘겨 속에서 물결치는 노랫말을 계속 적었다. 기타를 집어 들고 정신없이 튜닝을 했다. 금세 코드를 찾아 처음부터 끝까지 20분 만에 곡을 완성했다.

침대에 누워서 쓴 걸 들여다보며 그녀는 여러 주 만에 처음으로 어떤 목적의식을 느꼈다. 스스로의 영혼은 불신했을지 모르지만 취향만큼은 의심해본 적 없었다. 이건 분명 좋은 곡이었다. 그뿐 아니라 왠지 지난 한 해와의 연결점이랄까 어쩌면 돌아갈 수 있는 길처럼, 전보를 타고 찍혀 나오는 좌표처럼 느껴지기도 했다.

모처럼 붙은 속도를 놓치고 싶지 않아 그녀는 기타와 노트를 들고 비치 트랙스를 찾아갔다. 가게에 들어서서 대나에게 손짓을 하자 도움을 받고 있던 여자 손님이 제인을 바라보았다. 겨드랑이에 《페인티드 레이디》 앨범을 끼고 있었다.

제인은 계산대의 팻에게 갔다. "뒤에 음향조정실 좀 써도 돼요?"

“물론이지.” 팻이 말했다. “첨단설비는 아니야, 알지?”

“무슨 또….” 제인이 말했다. “데모 테이프를 하나 만들어 보려고요. 사용료는 낼 수 있어요.” 팻이 별 소리를 다 듣는다는 듯 손사래를 쳤다.

제인이 가리킨 음향조정실이란 본래 창고였던 공간에 사방 벽으로 카펫을 두르고 알전구등과 의자, 마이크스탠드와 헤드폰을 설치한 방이었다.

“완벽해.” 제인이 말했다.

한 시간 만에 곡 녹음을 마친 제인은 복제 테이프를 여러 개 만든 뒤 기타를 둘러메고 우체국으로 직행했다. 우체국 직원이 소포 무게를 재고 요금을 계산하는 동안 제인은 윌리 앞으로 쪽지를 한 장 썼다.

> 윌리에게,
> 그쪽 잘못도 아닌데 괜히 소리 질렀던 거 미안해요.
> 난 아직 미완성인 모양이에요.
> 말 나온 김에, 한번 들어보고 의견 알려줘요.
>
> 제인.

제인은 수취인을 윌리의 뉴욕 어시스턴트 린다로 적고 수거함에 떨어지는 소포를 바라봤다.

"또 필요한 거 있으세요?" 직원이 묻자 제인은 나머지 복제 테이프들을 집어 들고서 고개를 저었다.

이튿날, 제인은 지난여름 옷장에 처박아뒀던 청록과 분홍이 섞인 위도우스 피크 유니폼을 꺼내 입었다. 오른쪽 주머니에서 담배 한 개비와 윌리의 명함이 나왔다. 조짐이 좋다고 생각하며 그녀는 시내로 나갔다.

미용실에 들어가니 매기가 손님 머리를 만지고 있었다.

"옹알옹알하기만 하지 진짜 말은 아직 못해요." 의자에 앉은 손님에게 매기가 설명했다. 최근 은퇴한 전직 하버드대 심리학과 교수였다.

"그래도 기어 다닌다고 그랬죠?"

"안 가는 데가 없어요." 제인이 문을 닫자 매기가 고개를 들어 바라보았다.

"다 정상이에요." 손님이 말했다. "아기마다 발달 속도가 달라요. 어른도 그렇지만." 자기가 말해놓고도 우스운지 그녀가 미소를 지었다. 투어에서 본 여대생들로 꽉 찬 강의실에서 그렇게 미소 짓는 모습이 쉽게 상상되었다.

"그런 것 같더라고요." 제인을 보며 매기가 대꾸했다.

여기까지 걸어오는 동안 제인은 매기에게 뭐라고 할지, 아니 그보다도 매기가 뭐라고 할지 걱정을 했다. 그런데 막상 그녀 앞에 서니 엄마를 잃은 그해가 떠올랐다. 가출할 수 있도록 도와주었던, 붙잡혀 돌아오면 자기 침대에서 재워준 사촌언니였다. 그때 둘은 자기들만의 신호를 개발했었다.

아군은 묻지 않아도 안다.

의자 뒤의 매기가 손 모양으로 고집 센 코요테를 만들어냈다. 제인도 따라했다.

"빗자루." 매기가 말했다.

그녀가 머리칼을 쳐내기 시작하자 제인이 비질을 했다.

그날 밤에 제인은 매기를 따라 라이트십 베이의 신혼집에 들렀다. 물이 내려다보이는 파랑과 초록의 오두막 앞에 매기가 폭스바겐 버그를 세웠다.

"예쁘네." 제인이 말했다.

"응." 매기가 말했다. 그녀를 맞아 집에서 나오던 그레그가 제인을 보고 멈춰 섰다.

"난 얼른 아기부터 봐야지." 제인과 그레그만 포치에 남겨놓고 매기가 안으로 들어갔다. 두 사람이 어색하게 눈길을 나누었다.

"지난번에 집까지 데려다줘서 고마워." 제인이 말했다. "미안… 그냥 미안해."

그레그가 제자리에서 이리저리 몸을 움직이며 뒤통수를 긁적거렸다. 당장 꺼지라고 할 것만 같을 때, 그가 마침내 미소를 띠며 그녀를 힘껏 끌어안았다.

"제이니 Q." 그가 말했다. "우린 영원히 가족이잖아." 그리고 저녁 먹고 가라며 그녀를 데리고 들어갔다.

아직 식탁이 없어 그들은 뒤집어 놓은 이삿짐 박스 위에 매기의 스카프를 깔고 책상다리로 둘러앉았다. 비가 그들의 다리 위를 기어 다녔다.

"제이니, 먹어보면 그레그식 스파게티가 카일식 라자냐보다 한 수 위임을 알게 될 거야." 색색의 커피 머그에 레드 와인을 따르며 매기가 말했다.

"카일은 어떻대?" 음식에 파마산 치즈를 뿌리며 제인이 물었다.

그레그가 우편물 더미를 뒤져 엽서 한 장을 제인에게 건넸다. 그녀는 엽서 끝을 잡고 복면한 곤돌라 사공이 그려진 앞면을 뒤집어 카일이 휘갈겨 쓴 짧은 글을 읽었다.

> 안녕,
> 집 샀다니 잘됐네. 베네치아는 정말 끝내줘. 거리가 온통 물로 되어있어!
> 여자들에게 안부 전해줘.

엽서를 내려놓는데 부러움에 가슴이 아렸다.

"지금쯤 마드리드에 있을 거야." 그레그가 말했다. 제인은 간신히 미소를 지었다.

아일랜드에서의 뿌리를 건사하기 시작하면서 다음 앨범은 무엇에 바탕을 두게 될지 점차 짐작되었다. 친숙한 것들에 싸여 지내다 보니 무의식도 두려운 것만은 아니라는 생각도 자리를 잡아갔다. 어쩌면 이것에도 익숙해져서 할머니의 말대로 엄마의 좋은 점들을 적극 끌어들이는 한편 나쁜 점들과도 친해질 수 있을 것 같았다. 천천히 할 거였다. 서두르지 말아야 할 일이었다. 이 솟구치는 창작열로 인하여 비틀거리게 되지 말아야 했다.

매기와 그레그랑 재회한 그날, 그녀는 비를 위해 〈작은 사자Little Lion〉라는 노래를 썼다. 그레그는 후렴을 듣고 엉엉 울었다.

'네가 지금 어딜 거닐든; 집을 찾아올 수 있을 거야; 네가 어디에 살든; 작은 사자야, 난 네 편이야.'

그다음 주에는 투어 경험들을 소재로 〈새로운 나라New Country〉라는 곡을 또 써냈다.

'황금빛 도시; 만 위의 군중; 입은 열심히 벌리지만; 할 말은 없네; 벗어나려면 어디로 가야 하나; 이 새로운 나라에서 작은 평화를 찾으려면.'

곡을 쓸수록 희망이 느껴졌다. 월리가 뭐라 할지 어서 듣고 싶었다. 지난여름 그녀가 까칠하게 굴었던 것도, 녹음 과정이 매끄럽지 않았던 것도 사실이었다. 하지만 처음 만났을 때 그녀 같은 가수는 본 적 없다고 말했던 사람인 데다, 실제로《봄날의 연애》는 레이블의 예측을 훌쩍 뛰어넘는 성과도 냈다. 그게 중요한 것 아닌가? 새로 쓴 곡은 훌륭했다. 윌리도 동의할 것이었다.

'페인티드 레이디' 투어는 9월 셋째 주에 돌아오게 되어있었다. 제인은 매일 밤 잠자리에 누워 내일이면 기다리는 전화가 오려나, 기대했다. 곧 소식이 오지 않을 리가 없다고 생각했다.

하루 또 하루, 당첨되지 못한 복권처럼 날들이 쌓여갔다. 시차 적응이며 회복에 시간이 걸리는 것이라고, 특히 윌리는 엘에이까지 가장 먼 거리를 돌아가야 하니 더욱 그럴 거라고, 마음을 다독였다. 또는 아직 돌아오지 않은 것일 수도 있었다. 자기였어도 유럽에 좀 더 머물며 관광을 했을 거라고 생각했다.

그러다 9월 마지막 주에 로빈스 부인을 드라이용 의자에 앉히다 낯익은 옆얼굴을 보았다.

"잠깐 봐도 될까요?" 그녀가 들고 있는 〈아일랜드 가제트〉를 가리키며 제인이 물었다.

"아, 물론이지, 여기." 로빈스 부인이 말했다. "이 두 사람이 우리 벼룩시장에 들렀다니 누가 상상이나 했겠어. 지역경제에 큰 도움이 되겠네. 페스티벌도 결딴난 이 마당에…."

티파니 램프를 들고 활짝 웃는 모건의 이가 희게 빛났다. 그녀의 뒤로 그랜지 홀이 보였고 사진 귀퉁이에는 시드의 부스 꼭대기가 들어와 있었다. 미용실 일이 너무 많아 엘시는 어제 벼룩시장에 들르지 않았었다. 만약 갔더라면 이 사진을 찍을 때 거기 있었을 것이었다. 모건 옆에서 그녀의 가방을 들고 서서 그 잊지 못할 눈으로 그녀를 바라보는 제시를 보았을 것이었다.

"괜찮아?" 로빈스 부인이 말했다.

"괜찮아요." 신문을 돌려주며 제인이 말했다. 자세를 가다듬는데 매기의 구역 거울에서 엄마가 바라보고 있었다. 눈을 감았다가 떠서 다시 보니 자신의 낙심한 얼굴이었다.

그들은 돌아왔다.

아무도 그녀에게 전화하지 않았다.

아무도 그녀에게 전화하고 싶지 않았다.

속에서 작은 구멍이 열리는가 싶더니 협곡으로 단층선으로 점점 커져갔다. 그 속으로 분노가 끼어 들어와 유황에 성냥불을 붙인 듯 활활 타올랐다.

26

제인은 미용실을 나서는데 귀가 윙윙거렸다. 피부가 허물을 벗고 새 살결을 드러내듯 아프고 쓰라렸다. 창작과 관련하여 애써 유지해온 균형이 한순간에 산산조각이 나며 그녀의 몸속에서 에너지가 솟아났다. 환상을 붙들고 여름을 보낸 것이었다. 그게 확실히 깨지고 나자 잔혹할 만큼 또렷하게 현실이 보였다.

윌리는 테이프를 받고도 소식 한 장 보내지 않은 것이다. 그가 자기와 더이상 일할 이유가 없다고 생각한다는 사실도 깨달았다. 모든 과정의 고비마다 말썽을 부렸고 그의 요청에도 불구하고 이미지 마케팅에는 코웃음으로 일관했다. 그녀의 성공은 전적으로 대 스타 제시 덕이었다. 이제 모건이 그 자리를 꿰차고 윌리가 제인에게 원했던 모든 일을 착착 해내고 있었다.

하지만 내가 더 나아, 그녀는 생각했다.

반 시간 후 엘시가 돌아와 보니 제인이 프라이팬에 쇠고기를 굽고 있었다. 할머니가 들어오는 것을 보고 제인은 고기를 쉭 소리가 나게 납작 눌렀다.

"너도 안녕하니?" 엘시가 말했다. "〈가제트〉에 난 제시 기사와 관련 있는 건 아니겠지?" 엘시가 싱크대에 놓인 민들레 와인 병을 집어 들었다. 제인은 고개를 젓고 가스 불을 올렸다.

저녁을 먹고 나서 캐러셀에 들렀다. 마크 에디슨이 늘 앉는 구석자리에 앉아 있었다.

"〈아메리칸 틴〉." 그녀가 말했다.

"뭐라고?"

"〈아메리칸 틴〉이요. 나더러 '다섯 가지' 코너를 몇 번 해달라네요. 그쪽이 인터뷰해서 보내준다면 좋아할 거예요."

"내가 그런 걸 왜 해?" 마크 에디슨이 말했다. "무슨 저명 잡지도 아니고." 〈아메리칸 틴〉은 패션 팁이 주를 이루는 10대 초반 대상의 가십지였다.

"생각해서 말해주는 건데?"

마크 에디슨이 그녀를 빤히 쳐다봤다. "어설픈 언론 쿠데타 같은 건가?"

"화해의 제안에 가깝죠. 내 레이블을 향한." 진실을 감출 필요가 없다 싶었다.

그는 그녀의 말을 곱씹어보는 모습이었다. "오케이." 그가 입을 열었다. "대신, 다음 앨범이 나오면 특종은 나한테 주는 거다."

제인이 웃음을 터뜨렸다. "몸 둘 바를 모르겠네요." 그녀의 말에 마크 에디슨이 눈을 가늘게 떴다.

"그럴 거 없어. 나도 내 앞가림하려는 거니까."

제인이 그에게 술을 한잔 샀고, 그는 수첩을 꺼내 펼쳤다.

그렇게 즉석에서 인터뷰가 진행됐다. 마크는 자정쯤 일어났고 제인은 남아 문 닫을 시간까지 술을 마셨다. 집으로 걸어가는 길에 앨범에 관해 생각했다. 이제 그것은 그녀에게 남은 마지막 희망이었다. 지금 형체를 갖추어가는 이 노래들은 뗏목을 타고 표류하는 그녀를 인도해줄 별자리였다.

그날 밤 잠이 들 때 제인에게는 노래 세 곡이 준비되어 있었고 구름처럼 저 멀리 사라져가는 것들도 있었다. 하지만 자는 동안 낮에 깨달았던 것들이 속에서 촉매작용을 일으키며 한결 빠른 속도로 합성되었고, 아침에 잠이 깼을 때는 인광과 수증기만 있던 그 자리에 새 별 몇 개가 태어나고 있었다.

모두 일곱 개의 신곡이 소리와 빛으로 이루어진 빽빽한 덩어리에 달려 있었다. 자포자기의 심정에 촉발되어 새 앨범이 활짝 열리면서 서서히 발아하던 곡들이 한꺼번에 뛰쳐나오고 있었다. 자기연민이나 자신감 상실에 빠져 허우적댈 시간이 없었다. 이 불협화음에는 위험이 도사리고 있었다. 음악을 몸 밖으로 배출하지 못하면 그녀 자신이 잡아먹히고 말 것이었다. 절박감에 절로 집중이 되었다. 기타로는 뒤엉킨 멜로디들을 풀어내기가 쉽지 않았다.

“피아노가 있어야 해요.” 저녁밥을 먹다가 한 말에 할머니의 눈이 빛났다.

“꼭 맞는 게 있지.”

시드의 가게는 페리스 랜딩의 메인 스트리트 끝머리, 빅토리아 인과 유명한 해물 식당 후크 사이에 있었다. 두 곳 모두 대폭 할인가에 실내장식을 해주었던 시드는 그 덕에 그곳들을 이용하는 고급 고객들이 해마다 여섯 달은 족히 본인 가게에도 발걸음을 하는 혜택을 누리고 있었다. 이제 10월 첫 주였으니 비수기로 접어드는 시기였다.

"제인, 이게 웬일이야!" 팔걸이에 고양이 토마스가 올라가 앉은 벨벳 의자에 책을 내려놓으며 시드가 말하고는 제인과 엘시의 볼에 입을 맞췄다.

"혹시 가게에 CC 있어?" 엘시가 물었다.

"마침 있지." 시드가 말했다.

그가 일광욕실 겸 창고로 사용하는 뒷방으로 엘시와 제인을 데리고 갔다. 그리스 조각상들에 여러 점의 그림이 기대어져 있었고 떼어낸 샹들리에의 크리스털 장식이 해파리처럼 바닥에 드리워진 가운데 스타인웨이 그랜드피아노가 당당히 서서 퇴창 너머 항구를 내다보고 있었다.

"제인, CC와 인사해." 시드가 말했다.

CC는 옆집 빅토리아 인 주인 부부가 밥 먹듯 위탁하는 물건이었다. 한 해 걸러 한 번씩 둘 중 하나가 이혼하겠다고 으를 때마다 CC는 시드의 가게로 돌아왔다.

"시골 이모네 집에 맡겨지는 아이 신세지." 애정 어린 손으로 CC의 덮개를 열어 스탠드에 받치며 시드가 말했다.

제시의 피아노보다 오래된 CC는 건반이 푸르스름하게 희지 않고 약간 누럴 뿐 아니라 음조도 고르지 않았다. 하지만 음색만큼은 제시의 것보다 훨씬 깊었다. 제인은 고개를 수그리고 건반들을 꾹 눌러보았다. 샹들리에의 크리스털에 소리가 부딪혀 울려왔다. 벽 위에서는 조그만 무지개가 춤을 추고 있었다.

시간이 날 때마다 제인은 페리스 랜딩으로 달려가 피아노를 쳤다. 뒷방 벨벳 커튼의 클립을 풀면 피아노 소리야 가게 전체에 울려 퍼지더라도 오롯이 혼자 같은 편안함이 느껴졌다.

"가구들에 보헤미안 분위기가 입혀져 좋아." 혹시 손님들에게 방해가 되지 않는지 제인이 묻자 시드가 대답했다.

그가 아량을 베푸는 것임을 제인은 잘 알았다. 내면의 창작열과 씨름할 때면 과격하다 할 만한 연주가 나오기도 했다. 평화의 한순간을 찾아 여러 시간을 치기도 했고, 가만히 앉아 후크의 주방장이 부두로 나와 담배를 피우는 걸 훔쳐보기도 했다. 주변의 골동품들이 위안의 토템처럼 느껴져 시드가 그것들의 위치를 바꿀 때마다 짜증이 났다. 제인에게 그것들은 친구 같았다. 새것은 아니어도 가치가 있는 것들이었다.

제인은 사랑하는 사람들에게 자신의 예술적 비전을 설명하는 데 애를 먹었다. 어느 날 밤 로럴 캐년에 세를 얻은 오두막을 자랑하려고 전화를 걸어온 리치와도 그랬다.

"누가 이미 한 거랑 비슷한 것은 싫어." 망사문 너머로 올라오는 달을 바라보며 제인이 말했다.

"무슨 뜻이야?" 리치가 물었다.

"흰색과 검은색만으로 달걀을 그리면 만화 같아지잖아. 달걀이 가진 모든 색깔을 써서 그려야 진짜 달걀이 되지."

"노란색 말이야?" 리치가 말했다. "제이니, 무슨 말인지 잘 못 알아듣겠어."

이럴 때면 제시가 몹시 그리웠다. 이번 앨범이 만들어지는 방식은 그녀의 한계 밖이었다. 하지만 그의 작업과정에서 그녀 자신을 보았었다. 그가 지금 여기 있다면 그녀가 어떤 느낌인지 이해할 것이었다. 얼마나 강력하고 얼마나 사로잡혀 있으며 얼마나 두려워하는지. 둘이 오두막에서 피아노 앞에 나란히 앉아 있는 모습을 그려보다가 지금은 틀림없이 모건과 함께 있을 것을 떠올리고는 생각을 눌러 끄곤 했다.

엘시 말이 맞았다. 내면의 언어들을 해방함으로써 제인은 더욱 깊은 음악에, 그녀 존재의 바탕에서 샘물처럼 솟아나는 중추적인 소리와 주제들에 접근할 수 있었다. 쓰고 쳐보기를 되풀이할수록 바다 깊이 가라앉아 있는 난파선을 끌어 올리는 기분이었다.

제시의 피아노를 처음 봤을 때 밤하늘에 삼켜지는 느낌이었다. 그때 이 음악이 그녀에게 자기 존재를 처음으로 드러냈었다. 그 거대함이, 그 형체 없음이 두려워서 지금까지 멀리해 온 것이었다.

이제 마침내 음표 하나하나, 악절 하나하나를 속속들이 들여다보았다. 더이상 남은 것이 없을 때까지 한 곡, 다시 한 곡씩 파내고 나니, 알 수 없었던 것이 시작과 끝을 갖추어나갔다. 그녀는 멜로디들로 짜낸 돛에 시를 붙여 올렸다.

11월의 첫 주, 녹음할 만한 곡 열 개가 준비됐고 〈아메리칸 틴〉의 '다섯 가지' 기사가 발매되었다. 표지 소개 글 하나 없이 게재된 소모성 기사였다. 발매 이틀 후, 전화가 왔다.

"레베카가 방금 아주 재미있는 기사를 보여주지 뭐야." 윌리가 말했다. "'제인 퀸에 대해 몰랐던 것 다섯 가지', 첫째, 제인이 가장 좋아하는 매니큐어는 내추럴 원더이다."

제인의 얼굴에 미소가 번졌다. "테이프 받았어요?" 그녀가 묻자 윌리가 한숨을 내쉬었다.

"받았어." 그가 대답했다. "굉장한 곡이더라. 거봐, 자기 가사도 쓸 수 있잖아." 들뜬 목소리가 아니었다.

"그러게요." 제인은 가슴이 두근두근했다. "그래서요?"

"그래서… 얘기를 해봐야 하는데, 지난번 일들 때문에… 장담은 할 수 없어."

제인은 가슴이 철렁 내려앉았다. "아직 계약기간이 남아 있는 거 아닌가요?" 그녀가 말했다.

윌리가 한숨을 쉬었다. "브레이커스로 계약한 거잖아. 브레이커스 해체와 함께 계약도 해지됐어."

"그럼 새 계약은 가능한가요?" 그녀가 물었다. "솔로로 말이에요. 처음부터 그걸 원했었잖아요."

윌리가 머뭇거렸다. "만약…" 그가 입을 열었다. "정말 혹시라도 만약에… 이사회 승인을 받는다면, 이번엔 다를 거야. 제공되는 게 거의 없다시피 할 거야, 기껏해야 여행경비 정도겠지."

"여행경비요?" .

"그래, 프로덕션이 통합됐거든. 이제 다 엘에이야."

"알았어요." 제인이 말했다. "네, 알겠습니다." 이것이 제시 리드 이후의 삶이었다. 익숙해져야 했다.

윌리가 헛기침을 했다. "이런 말이 의미가 있을지 모르겠지만," 그가 말했다. "나는 아직도 자기 같은 가수는 없다고 생각해."

27

도착 출구 앞에서 파란 머스탱에 앉아 있는 윌리는 살도 적당히 타고 여유로워 보였다. 청반바지와 투명한 실크 셔츠를 입고 유니폼 차림의 승무원들 앞에서 걸어 나오는 제인을 보자마자 그의 얼굴에 반가운 웃음이 올라왔다. 함께 나오던 조종사는 제인의 가슴을 좀 더 제대로 보려다가 왼쪽으로 고꾸라질 뻔했다.

"비행기 탈 때는 옷을 갖춰 입어야 한다는 소리도 못 들었어?" 몸을 기울여 조수석 문을 열어주며 윌리가 물었다.

"들었죠." 제인의 말에 윌리가 웃음을 터뜨렸다. 엘시가 가진 것 중 특히나 유난스러운 편인 여행용 카펫 가방을 뒷좌석에 던지고 제인이 윌리 옆자리에 들어와 앉았다.

집을 떠날 때 아일랜드는 가을이었다. 그런데 여기는 고속도로 노변에 야자수들이 흔들리며 여름은 아직 끝나지 않았다고 말하고 있었다. 말리부까지는 한 시간 가까이 걸렸다. 윌리의 집은 제인이 기억하는 그대로였다. 그녀는 공연장을 다시 찾아가는 기분을 느끼며 집 안으로 들어갔다.

레베카와 짧은 인사를 나눈 뒤 서재에서 윌리와 계약의 최종 세부사항을 짚어보았다. 마치 뱃머리에서처럼 바다가 내다보였다. 이런 곳에서 일에 집중이 될까, 놀라울 정도였다.

"이거 쉽지 않았어." 빽빽한 서류 뭉치를 건네주며 윌리가 말했다. "미안하지만 선금이 얼마 안 돼. 인세는 첫 번째 계약과 같고, 옵션은 다섯 가지." 제인은 그것들을 살펴보았다. 윌리 말이 맞았다. 엘에이 거주 비용을 대기에도 빠듯할 액수였다.

카일과 사는 집에서 묵으라는 리치의 제안을 거절했던 게 성급했을까? 카일과의 관계에 자신이 없었다. 음악으로만 보면 이번 앨범도 베이스는 당연히 카일이 해야 했다. 하지만 친구로서 그에게 받은 상처가 아직 아팠다. 어쩔 수가 없었다. 자신만의 거처가 필요했다.

"고마워요." 제인이 말했다. 그녀는 마지막 쪽에 서명을 했다.

"전부 확인해둘게. 이번엔 프로듀서 없이 자기랑 사이먼뿐인 걸로." 윌리가 말했다.

"좋아요." 제인이 말했다.

고개를 끄덕이던 윌리의 미간이 좁아졌다. "자기가 고수할 수 있는 계획을 세워놓으려고 신경을 많이 쓰는 중이야." 그가 말했다. "그런데 제인… 이번에는 무슨 일이 있어도 지켜내야 해. 아무 안전망도 없어, 이젠…."

그가 말을 멈췄지만, 못다 한 그 말이 '제시도 없고'라는 걸 제인은 잘 알았다. 윌리가 한숨을 쉬었다.

"불상사가 없을 거라고 내가 이사회에서 장담했어, 내 이름을 걸고 말이야. 알겠지?" 제인이 알아듣는다는 듯 고개를 끄덕였다. 하지만 속으로는 '일단'이라는 단서를 걸었다.

이튿날에는 윌리의 주선으로 찾아온 부동산 중개사와 로럴 캐넌 부근을 돌아보았다.

중개사의 진홍색 셰비를 따라 포크 스트리트를 달리며 제인은 포치에 드러누운 그을린 몸들, 창문에 매달린 선인장 화분들, 거리를 걷는 벗은 발들을 바라보았다. 포크 페스트가 할리우드 힐즈 동네에 환생한 것 같았다.

페가수스 스튜디오에서 10분 거리에 세를 얻었다. 목재와 석재가 혼용된, 가구 딸린 단층집이었다. 6개월 안식년을 얻은 음악선생 소유로 화초와 골동품과 책들로 세심하게 장식되어 있었는데, 계곡이 내려다보이는 커다란 직사각형 창문들 덕에 나무집에 올라와 있는 느낌이 들었다. 주방과 거실 사이의 문가에는 호랑이 무늬가 들어간 커다란 피아노가 놓여 있었고, 그 뒤로 말린 들꽃 화병이 소등쪼기새처럼 걸려 있었다. 제인은 그날 저녁 곧바로 입주했다.

선셋 불러바드가 내려다보이는 전설적인 호텔 샤토 마몬트에서 윌리가 축하 저녁을 사주었다. 웨이트리스의 안내로 들어간 조그만 다이닝룸에는 붉은색 테이블이 세팅되어 있었고 벽을 장식한 은빛 뱀들은 촛불 속에서 기어 다니는 듯 보였다. 식사 주문 후 제인이 그리고 있는 프로덕션 방향에 대해 논의를 시작했다.

"이건 아주 친밀한 음반이에요." 샐러드가 차려질 즈음 제인이 말했다. "최대한 비공개로 녹음을 진행해야 하고, 그래서 우리 외에 아무도 출입하지 않았으면 해요."

"스튜디오 C에 6주 예약했어." 제인의 접시에서 토마토 한 점을 건져내려 포크를 든 손을 뻗으며 윌리가 말했다.

"그러니까 우리가 단독으로 쓰는 거죠?"

"음, 그건 아니야. 매일 아침 열 시부터 오후 두 시까지야. 다른 시간은 다른 뮤지션들이 예약해 쓸 수 있어."

제인이 얼굴을 찌푸렸다. "원하는 시간 아무 때나 녹음할 수 있으면 좋은데."

"뭐, 비어 있으면 괜찮지만 안 그러면 다른 곳을 써야 할 거야." 윌리가 말했다. "자기 들으면 좋아할 이야긴데, 스튜디오 C의 피아노가 아주 전설적이야. 로레타도 자기 음반 녹음에 쓰겠다고 벼르는 중이지."

"녹음하고 있어요… 지금?" 제인이 말했다. 브레이커스 음반은 번갯불에 콩 볶듯 만든 바람에 같은 스튜디오에서 누가 녹음을 하는지 따위에는 전혀 신경을 못 썼었다. 신경을 썼어도 어쨌든 모르는 사람들이었을 테지만, 이번은 다를 것이었다.

"응." 윌리가 말했다. "중간쯤 왔을 거야."

제인이 고개를 끄덕였다. "내가 여기 있는 동안에… 다른 누가 녹음을 하는지 알아요?"

윌리가 거북해 보였다. "지금 당장은 없어."

제인이 그를 응시했다. 웨이트리스가 들어와 샐러드 접시를 치웠다.

윌리가 한숨을 쉬었다. "다음 달에 제시가 후속곡 작업을 시작할 예정이야."

제인은 의자에 등을 기대고서 잔 속의 거품들이 떠올라 증발하는 것을 바라보았다. "카일과 허크가 나랑 작업하는 줄로 알았는데." 그녀가 말했다. "그건 어떻게 되는 건가요?"

"이것 봐, 두 사람 다 내 소속이고, 따라서 두 사람 모두 잘 되는 게 내겐 무척 중요해. 제시 녹음이 시작될 때쯤 자기는 믹싱 단계에 들어가 있을 거야. 그리고 두 사람의 시간이 겹치는 일 없도록 할게." 윌리가 좌불안석이었다. 다른 무언가가 더 있었다.

"뭔데요?" 제인이 물었다. "모건과의 이야기라면 걱정하지 말아요. 이미 다 아니까요."

윌리가 조금 편안해졌다. 하지만 계속 그녀를 살펴보고 있었다. "제시와 이야기했어?" 윌리가 물었다.

제인은 고개를 저었다. "〈아일랜드 가제트〉가 호들갑을 떨었거든요." 제인의 말에 윌리가 웃음을 터뜨렸다.

"아주 금방이데요?" 윌리의 반응이 궁금하여 제인이 덧붙였다.

그가 그녀를 바라보았다. "이별이란 게 쉽지 않잖아."

"지혜로운 말씀 고마워요."

"제인, 난 둘 사이의 중개인이 아니야. 그런 입장에 서고 싶지 않아."

"그냥 궁금했을 뿐이에요."

제인의 말에 윌리가 눈동자를 굴리며 말했다. “본인이 깬 거 아니었어?”

제인이 그를 노려봤다. 제시에 대해 생각하고 싶지 않았다. 극복하지 못해서가 아니었다. 극복은 했지만 아직 잊지 못해서였다.

“그쪽은 몇 주 후에 시작해도 되잖아요.”

제인이 고집을 부렸다.

“기세를 놓치지 않으려면 그의 음반이 최대한 빨리 나와야 해.”

“그럼, 내가 기다릴게요.” 제인이 말했다. “집에 돌아갔다가 다시 올게요.”

“제인, 그만해.” 윌리가 말했다. “계약도 했겠다, 두 번째 기회를 얻은 거야. 이런 문제로 다 망치지 마.”

웨이트리스가 메인 요리를 가지고 들어왔다. 제인은 말없이 기다렸다.

“좀 기뻐해 봐.” 윌리가 간청했다. “세계 최고의 시설에서 세계 최고의 뮤지션들과 일하는 거야. 여섯 주 동안 스튜디오를 전세내지 못해서 미안해. 하지만 그건 불가능한 일이야. 그러니까 가서 일광욕도 하고 음반을 만들자고. 그나저나 제목이 뭐야?”

제인이 그를 응시했다. 앨범 제목 짓기는 매우 까다로웠지만, 이번 것은 확실히 정해두었다.

"큰곰자리 노래들Songs in Ursa Major." 그녀의 말에 윌리의 눈이 반짝였다.

"좋다!" 그가 말했다.

그날 밤에는 보름달이 너무 밝아 제인은 잠이 오지 않았다. 거실에 나가보니 마룻바닥에 오려낸 눈송이 모형처럼 깔쭉깔쭉하게 나뭇잎 그림자가 어려 있었다. 제인은 피아노 앞에 앉아 몸을 굽히고 지쳐 떨어질 때까지 쳤다.

이튿날 아침, 윌리와 함께 허크가 찾아왔다. 그는 콩가 드럼을 들고 조수석에서 겨우 내렸다. 제시의 밴드 멤버들에게 작업을 요청하는 것이 불안했지만 그렇다고 낯모르는 사람들과 작업하긴 싫었고 그레그 외에 그녀가 아는 드러머라곤 허크뿐이었다. 그녀를 보자 그의 얼굴에 미소가 올라왔다. 제인은 깊은숨을 쉬었다.

"제이니 Q." 허크가 그녀를 끌어안으며 말했다. "캘리포니아 입성이네!"

"그러게." 제인이 그의 팔을 토닥거리며 말하고 안으로 안내했다. "잘 지냈어?"

"그럭저럭." 허크가 말했다. 제인이 그들을 피아노 쪽으로 데려갔다. "투어 여독은 좀 풀렸지. 아, 그 조그만 비행기들보다는 버스가 낫더라고. 모두 다 굉장히 보고 싶어 했어."

제인의 뺨이 붉어졌다. “준비된 걸 보여주는 게 좋을 것 같아서.” 제인이 말했다. 허크가 고개를 끄덕였다.

피아노와 기타가 필요한 곡들이었다. 제인이 피아노 앞에 앉아 두 악기를 번갈아 쳤고 허크는 콩가 드럼으로 박자를 맞췄다. 완전히 디튠한 드럼이라 그냥 가슴팍을 두드리는 것 같았다. 그가 그레그는 하지 못했던 방식으로 대응하는 것이 느껴졌다. 처음에는 그런 생각만으로도 꺼림칙했지만 이내 허크 덕분에 앨범의 질이 얼마나 높아질지 기대하는 마음이 더 커졌다. 열 곡을 다 부르고 나니 친구 앞에서 반 시간을 운 것처럼 몸이 축 늘어졌다. 허크의 손은 드럼 위에 놓여 있었다. 윌리가 상기된 얼굴로 제인을 바라보고 있었다.

허크가 헛기침을 했다. “와, 제인.” 그가 입을 열었다. “정말… 이런 노래들은 처음이야.”

제인이 그를 바라보았다. “어떻게 생각해?” 그녀가 물었다. “타악기 말이야, 뭐가 필요할까?”

허크가 코를 두 번 킁킁거리고 눈을 문질렀다. “내 생각에는,” 그가 말했다. “리듬이 이미 충분히 강하거든…. 자기 노래를 들을 때는 심장박동을 찾을 필요가 없어. 나는 거들기만 하면 될 것 같아, 본연의 것들이 도드라질 수 있게.”

제인이 미소를 지었다.

허크와 윌리가 떠나자 다시 불안해졌다. 리치와 카일이 저녁을 먹으러 오게 되어있었는데 어떤 시간이 될지 짐작이 안 되었다. 그녀는 구이용 고기를 사러 컨트리 스토어로 가서 한 시간을 돌았다. 사온 고기를 오븐에 집어넣고 나자 두 사람이 도착하는 소리가 났다.

카일은 그녀보다 더 걱정하는 모습이었다. 제인이 문을 열었고, 둘의 눈길이 마주치자 카일이 고개를 옆으로 젓혔다.

"아직도 투어 건으로 화나 있어?" 카일이 물었다.

"응, 조금." 제인이 말했다.

"알았어." 카일이 앞으로 조금 다가섰다. "이런 말 도움이 될지 모르지만, 일이 그렇게 된 거 미안하게 생각해. 너를 버리고 갈 생각은 정말 없었어."

"알아. 이런 말 도움이 될지 모르지만, 나도 아마 그랬을 거야."

"얼씨구." 리치가 말했다. "둘이 똑같이 얼간이다 이거네."

카일이 포치로 깡충 뛰어올라 제인을 끌어안았다.

"다시 콜라보를 하게 돼서 너무 신난다." 카일이 말했다.

별안간 튀어나온 업계 용어에 제인과 리치가 빙그레 웃었다. 카일이 눈동자를 굴렸다. "아니, '콜라보'가 뭐 어때서?"

제인은 오전에 윌리와 허크가 앉았던 바로 그 자리에 앉아서 앨범 전곡을 다시 불렀다. 너무 편한 친구들이라 함께 있어도 마치 혼자 있는 것처럼 자유로운 느낌이었다. 다 부른 다음 고개를 들고 그들의 반응을 기다렸다.

"완전 끝내주겠어, 제인." 늘 의욕이 넘치는 카일은 제인의 기타를 들고 방금 들었던 반복 악절 하나를 쳤다. 리치는 아무 말이 없었다.

저녁을 먹으며 카일이 투어 후일담을 들려주었다. 파리에서 베네치아까지 동반했다가 루체른에서 종적을 감춘 신비의 여인 엘레나에게 넋이 빠진 경험도 빠질 수가 없었다. "돈은 물론이고 마지막 남은 럭키 스트라이크까지 다 가져갔지." 경탄을 감추지 않으며 카일이 말했다.

아일랜드 소식을 전해달라고 해서 매기와 그레그의 새 집 이야기를 꺼냈다. "추수감사절에는 갈 수 있으면 좋겠다." 카일이 말했다.

리치가 접시를 치우기 시작했다.

"다음번에는 우리 집에서 모이는 거다." 카일이 제인을 덥석 껴안으며 말했다. "그럼 스튜디오에서 봐." 그가 문밖으로 나갔다.

제인에게 고갯짓을 하고 따라 나가려는 리치를 제인이 붙잡았다.

"왜 그래?" 그녀가 물었다.

리치는 그녀의 눈길을 피했다.

"앨범에 대해 할 말이 전혀 없어?" 그녀는 물러서지 않았다.

리치가 문틀에 몸을 기대고서 어두운 얼굴로 그녀를 바라보았다.

"무슨 오기 같은 건 거야?" 제인이 깜짝 놀라 물었다. "나 혼자서도 쓸 수 있다고 네가 말해줬잖아."

리치가 고개를 흔들었다. "오해하지 말고 들어줘, 제인." 그가 말했다. "뛰어난 면들이 분명히 있기는 한데… 고통에 빠져 있는 것처럼 들리는 구석도 있어. 좀 과해. 어떤 것들은 그냥 품어둬야 해."

제인은 입이 떡 벌어졌다. 리치는 무슨 말인가 더 할 것 같았으나 고개를 젓고 문틀을 한번 두드리더니 바깥의 어둠으로 나가버렸다.

제인은 명치를 얻어맞은 느낌으로 그의 뒷모습을 바라보았다.

28

스튜디오 C로 걸어 들어오는 제인 퀸을 보면서 사이먼은 막 고치에서 나온 제비꼬리나비를 떠올렸다. 지난해 풍겼던 진지함은 이제 강력한 비전과 집중의 분위기로 바뀌어 있었고 소녀다운 생기의 자취는 싸늘하게 반짝이는 날개처럼 살짝 엿보일 뿐이었다.

제인의 요청에 사이먼이 음향조정실에서 나와 스튜디오로 들어왔다. 그는 모두가 선망하는 붉은 피아노 앞에 앉아 두 손으로 건반을 훑어보는 그녀를 지켜보았다. 브레이커스 앨범 때와는 달리 작업에 관해 미리 전달받은 자료가 없었다. "첫인상을 내게서 직접 받았으면 했어요." 제인이 말했다.

제인과 다시 작업하기를 고대해왔던 사이먼은 그녀가 두 번째 앨범 또한 성공시킬 것임을 의심하지는 않았다. 하지만 《큰곰자리 노래들》 수록곡들을 들어보고서는 이것이 누구도 예상하지 못한 걸작이 되리라는 것을 확신했다.

그날 밤 그는 담배를 입에 물고 선셋 불러바드를 걸으며 생각했다. 죽음의 수용소에서 희생된 외가 쪽 사람들을, 얕은 강물에 발목을 묻고 서서 첫 키스를 나눈 소년을, 난생처음 색소폰을 들고 뭔지 알 것 같았던 그 순간을. 알약만 한 담뱃재가 신발 위로 떨어졌다. 아직도 입에 담배를 문 채였다.

'돌의 바다 위로는 별도 없는 비정한 밤이; 멀리서 들려오는 발신음.'

아파트에 들어서면서 제인 퀸에게로 생각이 돌아갔다. 지난해에 녹음한 모든 소리가, 음표 하나하나에서부터 코드 하나하나까지 모두가 그녀의 로럴 캐년 등장을 위한 전주곡이었음이 분명해졌다. 이 생각을 누구에게도 입 밖에 내지 않았지만 그는 이제 《큰곰자리 노래들》 녹음 세션 공간을 보호해야 한다는 성스러운 책임감을 품게 되었다.

이튿날 윌리 램버트가 음향조정실에 들어왔다.

"사이먼." 윌리가 고갯짓을 하며 말했다. "이 작업을 함께 하게 돼서 다행이에요."

"의뢰해줘서 내가 고맙죠." 사이먼이 말했다.

"제인이 고집하더라고요." 윌리가 말했다. 한 해 사이에 많이 유연해졌다. 어떤 수완을 써서 제인에게 두 번째 계약을 따내 준 건지 사이먼은 궁금했다. 빈센트 레이가 얼마나 그녀를 미워하는지는 다들 아는 사실이었고, 따져보면 그럴 만도 했다. 빈센트 레이의 방해공작에도 불구하고 브레이커스의 앨범은 그의 모습을 표지에 싣고 5만 장 넘게 팔렸다.

카일 라이트풋이 리치 홀트와 나란히 들어왔다. 제인은 그들을 남매처럼 반갑게 맞았으나, 사이먼은 그들에게서 전에 없던 거리감을 감지했다. 리치는 여전히 잘생겨 보였다. 이런 저런 파티 장소에서 보긴 했지만 녹음 세션 밖에서 이야기를 나눠본 적은 없었고 앞으로도 그럴 것 같았다. 하지만 감상은 실컷 해도 되었다.

허크 리바이가 마지막으로 도착했다. 이전 드러머를 교체한 건 잘한 일 같았지만 후임이 제시 리드의 뮤지션이라는 것은 놀라웠다. 제인과 제시가 사귄다는 소문은 많이 들었었고, 이제 곧 제시도 엘에이에 도착할 예정이라는 것도 알고 있었다.

"반가워, 친구." 카일의 어깨를 토닥이며 허크가 말했다. 리치와 허크도 악수를 나눴다.

"튜닝 됐지?" 제인이 말했다.

그녀의 지휘를 따르는 품에서 그들이 앨범 수록곡들을 이미 접해봤다는 걸 알 수 있었다. 녹음을 준비하는 뮤지션으로서가 아니라 적의 공격에 대비하는 파수꾼으로서.

제인의 철저한 출입통제 주장에 따라 기본 트랙에서부터 세션은 비공개로 진행되었다. 사이먼도 그 이유가 납득이 갔다. 제인은 누드 자화상을 그리는 화가 같았다. 날마다 스튜디오에 들어오면 날 감정이 드러날 때까지 모든 것을 벗어던졌다. 그리고 녹음을 시작했다. 《봄날의 연애》를 뛰어난 팝 앨범으로 만들어낸 생생한 에너지를 이번에는 놀라운 체념으로 뒤집어 한 트랙 한 트랙을 완성했다.

사이먼은 리치, 카일, 허크와 이미 작업을 해보긴 했지만 이런 조합으로는 처음이었다. 세션이 진행되면서 점차 《큰곰자리》는 그들 역량의 한계를 시험했다. 음악 자체가 엄청난 정확도를 요구할 뿐 아니라 완벽하지 않으면 제인이 용납하지 않았다. 원하는 바가 무척 뚜렷했지만 그것을 말로 설명하는데 애를 먹었다. 다른 사람이 아이디어를 내면 자기가 낸 것으로 삼았다. 전적인 주도권을 행사한 것이었다.

허크는 까다롭기로 정평이 난 프로듀서 밑에서 경험을 쌓았었다. 하지만 사이먼이 보기에 〈뱃노래A Shanty〉의 브리지에서 제인이 보여준 것에 비하면 아무것도 아닐 것 같았다.

"여기요." 그녀가 허크에게 악보를 건네주며 말했다. 악보를 훑어보는 허크의 눈썹이 올라갔다.

"뭐 잘못됐어요?" 제인이 물었다.

"아니에요." 허크가 말했다.

그는 나중에 사이먼에게 브리지 부분 가사 위에 제인이 휘갈겨 쓴 알아볼 수 없는 부호들을 보여주었다.

"이게 뭐예요?" 사이먼이 물었다.

"제시의 속기예요." 허크가 고개를 흔들며 말했다. "제시가 가르쳐준 모양이에요."

그 흘려 쓴 부호는 '갑판'이란 낱말과 겹치는 하박에서 내는 단음을 가리키는 것이었는데, 제인은 '방 저편에서의 윙크처럼…' 리듬을 강조하는 어떤 소리를 원했으나 그 소리를 어떻게 내야 하는지 표현할 수 없었다.

"짤가닥 소리도 아니고 펑 소리도 아닌, 그 중간쯤 되는 소리야." 그녀는 같은 말을 하고 또 했다. 허크는 마라카스에서 스푼까지 온갖 악기며 도구들을 가지고 들어와 스튜디오 바닥에 담요를 깔고 앉아 두 세션에 걸쳐 소리들을 들려주었다.

"카우벨은 어떨까?" 제인의 말에 허크가 카우벨을 들고 치기 시작했다.

"벨 말고," 제인이 말했다. "손잡이 쪽."

여섯 시간 동안 마흔두 번의 시도 끝에 결국 귀로güiro(라틴 아메리카의 리듬악기—옮긴이)로, 그것도 문지르는 것이 아니라 치는 것으로 결정했다.

〈새 카세트Brand New Cassette〉는 가장 전통적인 록이었다. 둘이 동시에 치는 기본적 코드 진행을 중심으로 편곡된 곡이어서 카일과 리치가 좋아했다. 제인은 3절 마지막의 '소리를 한껏 높인 라디오' 부분이 다른 곡에서 따온 샘플처럼 튀기를 원했다.

"전자음이어야 되겠네." 카일이 말했다.

"이 앨범에 전자음은 쓰지 않아." 제인이 쏘아붙였다.

이튿날.

"답을 찾았어. 라디오 부분에는 전자음을 써야 해."

제인의 말에 카일이 입을 떡 벌리고 그녀를 쳐다보았다.

사이먼은 스타라이트 드라이브가 휴식 중이라 잠시 빈 스튜디오 D로 그들을 데리고 갔다. 그들의 악기를 사용하여 단 두 번 만에 '샘플'을 완성했다. 리치와 카일과 허크가 맘껏 자유로이 연주하는 모습은 꽁꽁 묶여 있다가 광활한 들판으로 달려나가는 말들을 연상시켰다.

세션이 진행될수록 리치는 더욱 신경질적으로 되어갔다.

앨범을 도무지 맘에 들어 하지 않았다. 〈벽의 꽃Wallflower〉 작업을 시작하면서 사이먼은 그 이유를 짐작하게 되었다.

'나는 비켜서서 네가 떠나는 모습을 지켜보네; 나는 울음을 터뜨리고 집엔 아무도 없어; 너를 너무나 사랑하지만 너는 결코 모를 거야.'

어떤 여자를 주인공으로 한 노래였다. '노란 머리, 붉은 입술, 무척 푸른 눈' 같은 묘사로 볼 때 제인 본인이리라 추측되었다. 사이먼은 그보다 더 자기도취적인 곡도 들어봤었다. 상관없었다. 다른 여자를 그토록 간절하게 갈망하는 제인의 노래를 들으면 11학년 때 가슴 아프게 짝사랑했던 행크 립슨이 떠올랐다. 리치의 턱이 굳어지는 모습에서 어쩌면 그도 이 노래가 고통스러운 것일지도 모르겠다 싶었다.

브레이커스의 전 드러머가 빠진 지금, 리치는 이 그룹에서 가장 한정된 재능을 가진 멤버였다. 한 우물을 팠을 뿐 다른 쪽에는 관심이 없는 장인이었다. 그럭저럭 몇 주를 끌고 가던 제인이 〈천 줄의 일기A Thousand Lines〉 후렴부에 이르러 사뭇 완강해졌다.

'아, 내 안으로 물감처럼 번져드는 너; 양피지는 말라도 흔적은 남지.'

"아주 섬세하게 해야 해." 그녀가 고집했다. 리치의 얼굴이 붉어졌다. 같은 악절을 근 한 시간 반복하고 있었다. 카일과 허크는 그 자리에 없는 양 그냥 앉아 있었다.

"이건 어때?" 리치가 말했다. 전과 똑같은 연주였다. 카일과 허크가 지쳐갔다.

"아니야." 제인이 말했다. "베이스 속으로 스며들어왔다 나가는 풍경 소리 같아야 한다니까."

"그게 과연 가능한 건지 나는 모르겠어." 리치가 말했다.

"아니면 하고 싶지 않은 걸 수도." 제인이 말했다.

"그래, 네 말이 맞아." 리치가 말했다. "하고 싶지가 않다."

리치가 기타를 내려놓고 밖으로 나가버렸다. 제인은 그가 서 있던 자리를 물끄러미 바라보았다. 자신이 원하는 것에 너무 꽂혀 있는 바람에 리치가 화가 났다는 것을 이제야 겨우 깨달은 것 같았다.

음향조정실에 앉아 있던 윌리가 자리에서 일어나 스튜디오로 들어왔다. "내가 가볼까?" 그가 물었다.

제인이 고개를 저으며 리치를 따라 나갔다. 사이먼은 음향조정실 창밖으로 제인이 리치를 따라잡는 모습을 볼 수 있었다.

"혼자서도 쓸 수 있다고 말해줄 때는 언제고 막상 진짜로 쓰는 꼴은 못 봐주겠는 거야?" 제인이 말했다.

리치가 벌컥 화를 냈다. "그게 아니라고 했잖아."

"그게 아니면 뭔데? 처음부터 이번 음반을 싫어했잖아." 그녀가 말했다.

"음반이 싫은 게 아니야." 리치가 말했다. "그게 너를 이렇게 만드는 게 싫은 거지. 너 무슨 무솔리니 같아."

"잘 만들고 싶을 뿐이야." 제인이 말했다. "네가 아니면 누가 내 편이 되어주겠어? 내가 하는 걸 믿고 따라줘야지. 최소한 노력은 해야 할 거 아냐. 난 네가…."

"너에게 필요한 건 내가 아니라는 거, 우리 둘 다 아는 거 아닌가?" 리치가 말했다. "미안한데, 난 정말 걔처럼 못해. 너도 알잖아, 제인."

제인이 벽에 등을 대고 털썩 주저앉았다. 리치가 다가가 그녀 옆에 섰다.

"음반을 싫어하는 건 아냐." 그가 말했다. "다만 이따금… 부끄러워져."

"내가?"

리치가 고개를 저었다. "내가." 그가 말했다. "하지 못한 말들이."

제인의 표정이 부드러워졌다.

"그리고 정말로 솔직히 말하면, 그래, 네가 이렇게 잘 해내는 걸 보니 약이 좀 오르기도 해." 리치가 한숨을 쉬었다. "하지만 나는 언제나 네 편이야."

제인이 그의 손을 잡았다.

그 일이 있은 뒤로 제인은 분위기를 조금 가볍게 가려고 노력했다. 하지만 사이먼은 내심 알았다. 그녀가 아무리 괴팍하게 굴어도 작업에서 빠지는 멤버는 없으리라는 것을. 자기 연주가 없을 때도 허크와 리치와 카일은 음향조정실에서 사이먼 옆에 앉아 지켜보았다. 다른 영역으로 날아가 찾은 선율들을 지상으로 옮겨오는 제인의 모습을.

그런 순간들이면 마치 그녀의 영혼이 자신의 의식 경계 너머로 팽창하여 실내를 가득 채우는 것 같았다. 그럼에도 중간중간 쉬는 시간에 누가 말을 붙이면, 제인은 귀로를 듣고 허크 옆에 서 있을 때처럼 또렷한 정신으로 집중했다. 그녀 안에서 앨범을 창조하는 부분과 제작하는 부분이 서로 만나지 않고 끝없이 돌아가며 동전의 양면처럼 공존하고 있었다.

29

〈천 줄의 일기〉 녹음이 반쯤 진행되었을 무렵, 제인은 담배를 피우러 복도에 나갔다가 멤버들을 기병대처럼 이끌고 스튜디오 C 방향으로 걸어오는 로레타와 마주쳤다. 담배 연기 사이로 제인을 알아보고 그들이 걸음을 늦추었다.

"바로 갈게요." 로레타의 말에 엔지니어와 프로듀서, 베이시스트가 두 사람을 지나갔다.

"내 피아노를 그려줘고 있는 여자애가 너였다는 걸 왜 몰랐을까?" 로레타가 말했다. 장난기 어린 말투였지만 눈빛은 따스했다.

"이제 거의 끝났겠네요." 제인이 말했다.

"그렇지." 로레타가 말했다. "믹싱용으로 두어 번 더 해보려고. 자기 건 어떻게 좀 되어가?"

"되어가기는 해요." 제인이 말하고 담배를 건네자 로레타가 받았다.

"팀은 어떻게 짰어?" 로레타가 물었다.

"사이먼 스펙터에 허크, 카일, 그리고 리치."

리치의 이름을 듣고 로레타의 눈썹이 확 올라갔다. "거기서 누가 좀 처지지?" 그녀가 말했다. 제인이 카펫 바닥에 담뱃재를 떨궜다.

"그래도 버텨내고 있어요." 말하는 제인 자신도 확신이 서지 않았다.

로레타가 제인을 한참 바라보더니 천천히 담배연기를 내뿜었다. "대충 수용하는 성격 아니잖아." 그녀가 말했다.

이제 제시에 관한 이야기로 범위가 넓어졌다.

"멤피스에서 자기가 보여줬던 처신에 나 존경심 느꼈었거든." 로레타가 말했다. "하지만 남은 투어를 함께하지 못한 건 정말 커다란 손실이었어."

제인의 얼굴에 자기도 모르게 미소가 올라왔다. “모건은… 재능 있어 보이던걸요.” 제인의 말에 로레타가 눈동자를 굴렸다.

“그러냐고 그녀에게 물어봐.” 그녀가 말하자 제인이 웃음을 터뜨렸다.

“그래도 모든 것에 의연하게 대처하는 것 같네.” 로레타가 그녀를 살펴보며 말했다.

“무슨 뜻이에요?” 제인이 물었다.

“걔네들 지금 여기 있어.” 로레타가 말했다.

“엘에이에요?” 제인이 묻자 로레타가 고개를 끄덕이더니 스튜디오 A 쪽으로 머리를 젖혔다.

“이 빌딩에. 어제부터 녹음에 들어갔거든.” 제인의 몸속에서 아드레날린이 솟구쳤다. 전등 윙윙거리는 소리, 텁텁한 공기, 거칠거칠한 벽이 한꺼번에 선명히 감지되었다.

“기타리스트 한번 알아봐 줄까?” 로레타가 말을 이었다. “물론 극비리에.”

“고맙지만,” 제인이 말했다. “괜찮아요. 그리고 아까 그거 알려줘서 고마워요.”

로레타가 고개를 끄덕였다. “그럼 기회 왔을 때 들어가 봐야겠다.” 그녀가 말했다. “자기도 스튜디오 B를 쓰면 어떨지 한번 생각해보고….”

제인이 살짝 웃었다. 로레타가 스튜디오 C 안으로 들어갔다.

제인은 복도 저편 스튜디오 A 쪽을 바라보았다. 갑자기 동화 속 성의 금지된 별채처럼 느껴졌다. 그러니까 제시는 이 순간 너무나도 가까이 있었다. 윌리는 두 사람이 스튜디오에 있는 시간이 겹치지 않게 일정 조정에 신경을 쓰겠다고 말했었다. 제인은 담배 한 개비에 새로 불을 붙이고 빨아들였다.

스무 걸음을 걸어 스튜디오 A 문을 열면 금방 확인될 일이었다. 부인하려 했지만 제시를 볼 수 있다는 명백한 가능성만으로도 전율이 일었다. 들어가 보면 소동이 일 것 같아 일단 복도에 서서 담배를 다 피우는 선에서 타협하기로 했다. 그 전에 제시가 나오면 나오는 거였다. 아무 일 없이 담배를 다 피우고 자리를 떴다.

그날 밤 제인은 혼자 있고 싶지 않았다. 카일과 리치에게 전화를 걸었지만 스무 번이 울려도 받지 않아 끊었다. 윌리에게도 전화를 걸어 음성메시지를 남겼다. "안녕, 윌리. 제이니예요. 혹시 오늘 밤 레베카랑 시간 되는지 궁금해서요. 너무 갑작스럽다는 건 알아요. 아, 그냥 그만둬요, 당연히 바쁘겠죠. 미안해요, 내가… 좀 피곤해요. 내일 봐요."

냉장고에서 위스키병을 찾아 한잔 따른 후 거실로 건너갔다. 천장에서 바닥까지 이어진 서가에는 알파벳순으로 음반이 정리된 구역이 있었다. 도리스 데이의 《꿈에서 만나요I'll See You In My Dreams》에 눈길이 갔다. 바로 옆에는 레이시 도먼의

《히트곡 모음집Greatest Hits》도 있었다. 제인은 위스키를 한 모금 더 마셨다. 레이시의 명함을 아직 갖고 있었다.

"제인, 자기야, 너무 반갑다." 레이시 특유의 목소리가 수화기에서 들려왔다. "건너오지 않을래? 마침 친구들이 조금 와 있거든."

레이시와 그녀의 남편 대릴은 제인의 거처에서 10분 거리인, 부겐빌레아에 파묻히다시피 한 큰 집에서 살았다. 기타 소리가 은은하게 퍼지는 포치에 각양각색의 사람들이 기대앉아 있었다. '친구들이 조금'은 사실 작은 파티를 가리켰다. 제인이 도착한 걸 어떻게 알았는지 하늘하늘한 분홍 가운을 입고 레이시가 나왔다.

"전화 받고 정말 반가웠어, 제인." 그녀가 말했다. "차 마실래? 아님 좀 강한 거? 우리 엄마는 이런 밤에는 핫 위스키 토디를 즐겨 만들었는데."

"좋을 것 같네요." 제인이 말했다. 그레이 게이블스 집이 버라이어티 쇼로 뒤바뀐 이상한 꿈속으로 들어온 느낌이었다. 레이시의 집도 비슷하게 좀 남루한 매력이 있었다. 다만 퀸 일가 대신 젊고 재능 있는 예술인들로 꽉 차 있다는 점이 달랐다.

"정말이야." 피부가 그을린 미소년이 자주색 드레스 차림의 가녀린 소녀에게 말했다. "마탈라가 바로 그곳이라니까. 너하고, 바다하고 동굴들, 별들…."

레이시가 그들을 지나 주방으로 그녀를 데리고 갔다. 베일린 아일랜드를 떠난 후로 누구한테서 차를 얻어 마시기는 처음이라 아련한 향수가 느껴졌다.

"캘리포니아에 산 지 15년인데 이걸 가을이라고 하는 걸 보면 아직도 어이가 없다니까." 찻주전자 물을 올려놓고 의자에 앉으며 레이시가 말했다. "앨라배마로 치면 5월 날씬데."

"아일랜드로 치면 6월쯤이겠네요." 제인이 말했다.

"아일랜드는 어때?" 레이시의 얼굴에 향수의 빛이 번졌다. "엘시는 아직 그레이 게이블스에 살아? 지니도? 젤리는? 루이스는?"

레이시가 가족을 너무 잘 알자 제인은 절로 미소가 지어졌다. 제인이 어리고 엘시의 어머니 지니도 아직 그곳에 살았을 때, 엘시의 자매들은 그레이 게이블스에서 장기간씩 함께 살곤 했다.

"외증조할머니 지니가 뉴올리언스로 떠나자 젤리 외종할머니는 페루로 내려가서 페요테를 재배하는 농부랑 살림을 차렸어요. 루이스 외종할머니는 뉴펀들랜드에 계신 걸로 알아요."

레이시가 웃음을 터뜨렸다. "안 봐도 비디오네." 그녀가 말했다. "캐러셀이란 곳은 아직 그대로 있고?"

"그럼요." 제인이 말했다. "캐러셀은 우리가 다 죽어도 살아남을걸요."

레이시가 다시 웃었다. "자기 엄마랑 내가 거기서 정말 재밌게 놀았었지." 그렇게 말하더니 슬픈 표정이 됐다. "지난번에 만나고 정말 생각 많이 나더라…. 그 사실을 몰랐다니 아직도 기가 막혀."

둘은 각자 샬럿의 추억에 잠겨 잠시 말없이 앉아 있었다.

"엄마는 그때 어땠어요?" 제인이 물었다.

"굉장히 똑똑했어." 레이시가 말했다. "척 보면 사람을 판단할 수 있었지. 웃기는 말도 곧잘 했고. 페스티벌에서 처음 봤을 때가 생각나네. 아기가 있다는 게 믿어지지 않는다고 그랬더니 '이 임신선이 그냥 만들어진 줄 알아요?' 하는 거야. 친구가 되어야겠구나, 단번에 알았단다."

찻주전자가 물이 다 끓었다고 짤랑거리자, 레이시가 일어나 음료를 준비했다.

"있잖아, 자기 엄마는 나를 누구보다도 먼저 진지하게 받아들여 준 사람이었어."

레이시가 레몬을 반으로 잘라 곧바로 양철 잔에 즙을 짜 넣는 모습을 제인은 지켜보았다.

"통기타를 치는 흑인 여자… 1950년대 포크계에서는 흔치 않았어. 페스티벌에서 뮤지컬 삽입곡들을 부르곤 했는데, 사람들이 그냥 멍하니 쳐다보는 거야. 그러다 두 번짼가 세 번째 해에 자기 엄마가 나를 옆으로 불러내서 이러는 거야, '난 이게 지긋지긋하다.' 내가 '나는 아닐 것 같아?' 했더니, '그런데 왜 네 목소리를 감추는 노래들만 골라 불러?' 이러더구나."

레이시가 제인 앞에 잔을 내려놓았다. 위스키와 꿀, 레몬의 향이 방안으로 퍼졌다. 잔의 가장자리를 만져보니 아직 너무 뜨거웠다.

"굉장히 화가 나더라고." 레이시가 말했다. "이 조그만 금발이 감히 *내* 목소리를 갖고 뭐라는 거야? 내가 무대 위에서 어떤 경험을 하는지 알지도 못하면서. 하지만 속으로는 일리 있는 말이다 싶었어. 다음 날 네 할머니 집에서 만나 말했지, *그렇게 아는 게 많으면 내 목소리에 맞는 노래 하나쯤 골라줘야지.* 그러자 내게 써준 곡이 〈당신은 몰라You Don't Know〉였어."

"그 노래 정말 좋아해요." 제인이 말했다. *'그래, 당신은 몰라, 진짜 안타까운 일이지, 왜냐하면 인생은 수수께끼고 사랑은 게임이니까.'*

"나도." 레이시가 말했다. "나한테는 완전히 출세곡이었거든. 그 곡이 나온 다음 여기로 건너왔고 그다음은 다 역사지 뭐. 늘 동부로 돌아가 페스티벌 무대에도 서고 싶었어. 네 엄마와 그런 이야기도 많이 했는데, 여차저차 그렇게 되지 않다가…."

레이시가 몽환에 빠진 듯 말을 이었다. "출범 당시 페스티벌은 규모가 무척 작았어. 초기에는 청중이 이백여 명쯤, 주로 가족여행을 왔다가 빠져나온 청소년들이었지. 레이블들이 가세하면서 확 커졌지만, 초창기에는 정말 지방 포크 가수들 몇몇이 전부였어. 무대 위의 자기 엄마가 떠올라…. 틀어 올린 머리를 하고 우쿨렐레를 치며 〈라일락 왈츠〉를 부르는 모습이. 목소리가 참 감미로웠어…. 정말 예쁜 목소리였지."

"그 노래를 늘 불렀어요." 제인이 말했다.

"좋아하는 노래였거든." 레이시가 말했다. "토미 패튼 그 일이 일어나기 전까지는." 그녀가 역겹다는 듯 고개를 흔들었다. "나 자신이 용서가 안 되더구나."

"무슨 말씀이세요?" 제인이 물었다.

레이시의 눈가가 슬픔으로 주름졌다. "그 노래를 라디오에서 듣고는 샬럿이 내게 전화를 걸어 도와달라고 했어." 레이시가 작은 소리로 말했다. "나, 나는 거절했어. 이제 겨우 내 이름을 건 프로그램이 인정을 받은 참이었는데, 엘에이로 날아와 내 방송에서 까발리겠다는 거였어."

레이시가 고개를 저었다. "이제 막 출발점에 선 참이었거든. 아름다운 사람들이 나와 노래를 부르고 도취감을 느끼는 그런 방송이었고. 도와주고야 싶었지만 프로듀서들이 허락할 리 없다는 걸 알았지. 배신자라며, 전화를 끊더라고. 그게 우리의 마지막 대화였어."

레이시의 눈이 멍해졌다. "네 엄마가 그 곡을 썼다는 증거가 없었어, 그게 문제였어." 레이시가 말했다. "양쪽의 주장이 맞붙는 상황이 될 거였는데, 토미가 그 당시 얼마나 거물이었는지는 말 안 해도 알겠지. 그러나 가끔 생각한단다, 내가 만약 자기 엄마를 나오게 했다면… 그 일이 안 일어났을까?"

"상황이 달라질 수 있었을 단 하나의 전제는 토미 패튼이 엄마의 노래를 훔치지 않았다면, 이에요." 제인이 말했다.

레이시는 멀리 허공을 들여다보았다. "항상 열정이 가득했는데." 레이시가 말했다. "활기가 굉장했어. 싸움에서 도망칠 사람이 아니었어. 가족을 버리고 떠날 사람은 더욱 아니었고." 레이시가 고개를 저었다.

제인은 꼼짝하지 않고 앉은 채, 자신이 뭐라 더 말하기를 엄마가 원할지 궁금해했다. 어쩐지 그럴 것만 같았다. 잔을 들어 음료를 한 모금 입에 넣고 위스키의 맛이 사라질 때까지 머금었다.

달이 하늘 높이 떠올라 그림자가 다 보일 때까지 제인은 그곳에 머물렀다. 집으로 가는 길의 공기가 제법 찼다. 편동풍, 집에서 날아오는 전조 같았다.

그날 밤 꿈에 밋밋한 긴 복도가 나왔다. 파란색 센터 유니폼을 입은 그녀가 한쪽 끝에 서 있고 반대편에는 정장 차림의 제시가 서 있었다. 두근거리는 가슴으로 그를 향해 달려갔지만, 그는 그녀를 보지 못하는지 복도 끝에서 몸을 돌렸다. 거기까지 달려간 제인이 몸을 돌려 따라가려 했지만 유리벽에 부딪쳐 나동그라졌다. 일어나보니 제시는 다시 반대편에 서 있었다. 그리고 레이시와 엘시와 매기와 그레이스도 파란색 센터 유니폼을 입고 거기 있었다. 내려다보니 자신은 자주색 정장 드레스를 입었고, 머리를 만져보니 틀어 올린 머리를 하고 있었다. 그들을 향해 아우성을 쳤지만 그들은 우리에 갇힌 동물을 바라보듯 그녀에게 손가락질을 하며 자기들끼리 속닥거렸다.

잠에서 깨어보니 윌리가 남긴 음성메시지가 있었다. "제인, 전화 못 받는구나. 힘든 것 같아 마음이 안 편하네. 지난 몇 주, 아주 강행군이었지? 자기가 이 앨범에 온 힘을 다 쏟고 있는 거 잘 알아. 그래서 생각해봤는데, 여기서 공연 하나 해보는 건 어떨까? 그냥 간단하게 소규모로. 녹음 작업이란 게 사람을 무척 외롭게 만들잖아. 이게 도움이 될 것 같아. 전화 줘."

30

트루바두르는 웨스트할리우드 맨 끝자락에 자리한 튼튼한 치장벽토로 된 건물이었다. 안에는 고딕풍 랜턴들이 목재 테라스를 진홍빛으로 물들였고 달콤한 소나무향이 그윽했다. 계단을 내려가 무대에 서서 바라보니 공연장으로 이보다 매혹적인 곳은 없을 것 같았다.

"여러분, 안녕하세요?" 피아노 앞에 앉으며 제인이 인사했다. 긴 초록색 페전트 드레스에 머리를 어깨 위로 풀어 내린 모습이었다.

객석과 무대가 사이에 공간 없이 딱 붙어서, 턱수염들과 구슬 목걸이들이 앞에서 흔들리고 발코니에 앉은 이들은 조명등 빛에 가려 침침하게 보이는 것이 마치 다신교의 신상 같았다. 오늘밤 그녀는 브레이커스의 곡들을 솔로로 부를 것이었다. 밴드 없이 무대에 서기는 처음이었다. 바 옆에 선 리치와 카일의 모습이 눈에 들어오자 가슴이 뻐근했다.

"이렇게 여러분과 함께하게 되어서 정말 기뻐요. 엘에이는 아주 특별한 곳이에요." 그녀가 조그맣게 터뜨린 웃음소리가 종소리처럼 실내에 퍼져갔다. 트루바두르에는 검은 스타인웨이 피아노가 있었다. 몸을 수그려 도입부 코드를 치는 순간, 그녀는 고래의 몸을 향해 헤엄쳐 올라가는 인어 같은 기분이 들었다.

〈인디고〉로 막을 열었다. 피아노 위에서 왼손이 카일 몫을, 오른손이 리치 몫을 해냈다. 객석의 분위기를 띄워놓고 싶어서 사람들이 신나게 즐기는 곡을 첫 곡으로 택한 것이었다. 다음 곡 〈불꽃〉을 부를 때는 노래에 맞춰 실내가 진동하는 느낌이었다.

'밀려오는 쇼크, 어둠 속의 파동; 이거라면 괜찮아, 이 작은 불꽃.'

윌리 말이 맞았다. 그녀에겐 이게 필요했다. 겨울날 찬 서리를 뚫고 피어나는 크로커스가 된 것 같았다. 청중과의 교감이 깊어갈수록 그녀는 더욱 강해졌다. 햇빛을 못 보고 산 시간이 얼마나 길었는지 비로소 실감이 되었다.

그녀는 빠른 곡과 느린 곡, 기타와 피아노를 오가며 청중을 요리했다. 〈나만의 사랑스런 처녀〉를 부르고 나자 객석을 향한 애정이 몰려왔다. 뭔가 새로운 걸 불러주고 싶었다. 노래는 준비되어 있었다. 벌써 몇 주 동안 불러댄 곡이니 제대로 해낼 수 있었다.

제인은 기타를 바닥에 내려놓고 피아노로 돌아갔다.

"이 노래는 어떤지 한번 들어봐 주세요." 건반 위에 손가락을 내려놓고 그녀가 말했다. 숨소리가 들릴 정도로 고요한 가운데 제인이 〈큰곰자리〉 전주를 치기 시작했다.

'별도 없는 밤, 나는 나그네; 큰곰자리 조에 맞춰 흑과 백을 항해하며; 광원으로 노래를 보내지.'

노래는 직사각형들에서 시작하여 별들로 끝나는 네 개의 이미지 패턴으로 이루어져 있었다. 도입부의 코드는 피아노 건반처럼 꾸준하고 선형적인 측면이 있었고, 제인 목소리의 은빛 톤이 물 위의 새 날개처럼 배음들을 스쳐갔다.

'이 사람은 술을 따르고, 이 사람은 한숨을 쉬고, 이 사람은 자장가가 필요하고, 이 사람은 너무 취했어.'

노래를 하며 깨달은 것은 노랫말이 바 옆의 젊은 처녀, 그녀에게 구애하는 히피, 발코니의 음반회사 중역 같은, 그녀를 둘러싼 삶들을 이야기하고 있다는 사실이었다. 그것들은 이제 어떤 전형들이기보다는 이 추락한 천사들의 땅에 흩뿌려져 함께 어딘가로 떠나는 벗들처럼 보였다.

변조에 발맞추어 제인은 그것들을 노래의 중심으로 쏟아부었다. 과장된 기본 코드가 그녀의 오른손에서 빚어져 나온 아르페지오로 번득이며 소리의 돔 안에서 둥실 떠올랐다.

'칼날처럼 날카로운 혀로 사람들은 말하지; 지금은 살아남아야 할 때라고; 초승달에 숨어있을 때는; 그저 생존을 위해 몸부림치는 것이라고.'

여기에 갈망의 핵심이, 슬픔이 아닌 삶의 허약함에 대한 놀라움이 있었다. 베이스 코드가 후렴부로 내려가면서부터는 객석과 분리된 느낌이 사라졌다. 그녀 자신의 두려움이 푸른 화염이 되어 머리 위로 떠올라, 주변을 둘러보니 곳곳에 똑같은 푸른 화염들이 호흡을, 해방을 갈망하며 맥박처럼 뛰고 있었다.

'돌의 바다 위로는 별도 없는 비정한 밤이; 멀리서 들려오는 발신음.'

그녀는 자세를 가다듬고 손가락들로 피아노 건반들을 훑어 내렸다. 그녀가 해안에 다다를 수 있게 마지막으로 등을 밀어 주는 파도였다.

'제발 나만 남겨놓고 떠나지 마.'

노래를 마치자 마지막 음표가 허공에 맴돌았다. 노래 후의 침묵이 이렇게 긴 경우는 제인으로서는 처음이었다. 그녀가 미소를 짓자 최면에서 깨어난 듯 객석에서 우레 같은 갈채가 터져 나왔다.

환호성이 잠잠해지면서 제인 왼쪽의 계단으로 윌리가 몇 사람의 남자들과 함께 내려오는 모습이 보였다. 형 대니를 초청한 건 알았지만 혹시 런던에서 들렀다는 또 다른 형 프레디도 같이 온 건가 싶었다.

아직 세 곡이 남아 있었다. 〈사로잡히다〉로 청중의 흥을 다시 돋우고 〈더이상의 요구는 없어〉로 분위기를 유지한 다음 〈봄날의 연애〉 어쿠스틱 버전으로 마무리를 지었다. 인사를 하는데 뒤에서 리치와 카일이 손뼉을 치고 휘파람을 부는 모습이 눈에 들어왔다.

제인은 계단을 올라갔다. 커튼으로 가려진 조그만 다락에 분장실이 있었다. 거울에 비친 자기 모습을 보니 공연 전에 비해 얼마나 정상인지 새삼스럽게 놀라웠다. 노크 소리가 들리더니 제인의 대답을 기다리지도 않고 윌리가 문을 열고 들어왔다.

"안녕하세요!" 기타 케이스를 열며 제인이 말했다. "바로 내려갈게요."

"지금 가야 할 것 같은데." 예사롭지 않은 어조에 제인이 고개를 들었다.

"잠깐만, 가다니요?" 제인이 말했다. "리치하고 카일이 기다리는데… 그리고 형들이랑 시간을…."

"그냥 나만 믿고 와." 허리를 굽혀 기타를 케이스에 넣어주며 그가 말했다. "뒤에 차를 대놨어…." 윌리가 어깨너머로 뒤를 돌아보았다.

그때 대니 램버트가 빈센트 레이와 머리가 흰 다른 남자를 거느리고 문 앞에 나타났다. 한눈에 토미 패튼이란 걸 알 수 있었다. 방금 공연을 마친 터라 끈끈한 느낌이 있었는데, 플라스틱 포장 속 젤로 푸딩처럼 이 환영들은 그녀의 머릿속에서 현실로 빠져나와 있었다. 매기 말이 맞구나, 싶었다. 젊었을 적 모습에 매달리는 건 확실히 더 늙어 보이는 일이었다. 윌리가 제인의 팔을 잡고 일으켜 세워줬다.

"제인, 훌륭한 무대였어요." 대니 램버트가 그녀의 핏기 가신 얼굴은 아랑곳없이 양쪽 뺨에 입을 맞추며 말했다. 빈센트 레이는 아니었다. 몹시 어색해하는 제인을 보자 축축한 눈에 고소한 기색이 가득했다.

“빈센트하고 오늘 저녁을 먹게 되어있었는데,” 제인의 시선을 따라가며 대니가 말했다. “마침 제인 공연이 있다더라고 했더니 저녁 대신 공연을 보러 오자고 하지 뭐예요.”

“그럼, 우리 인연이 어디 보통 인연인가?” 제인에게 팔을 뻗으며 빈센트 레이가 말했다. 그의 손가락들이 단단한 꺽쇠처럼 제인의 어깨를 조여들어왔다.

“참, 그리고 친구 토미도 함께 왔는데,” 빈센트 레이가 덧붙였다. “언제나 재능 있는 신예를 잘 찾아내지.”

알고 있는 거였다. 그런데 어떻게 알았지? 머릿속의 톱니바퀴가 무엇엔가 걸려 작동되지 않는 것 같았다. 제인은 빈센트 레이의 손을 떼어내려 애쓰며 토미 패튼에게로 몸을 돌렸다.

“공연 훌륭했어요.” 토미가 제인에게 손을 내밀며 말했다. 손아귀에 힘이 없고 미끈거렸다.

“토미 패튼 씨죠?” 제인이 말했다.

“맞아요.” 대니가 격려조로 말했다.

“공연 같은 거 보러 잘 안 다니는데 빈센트 레이가 이것만큼은 다를 거라고 장담을 해서 따라왔어요.” 토미가 말했다. “아주 굉장하네요, 젊은 아가씨.”

그가 번득이는 눈으로 그녀를 바라봤다. 혐오감이 훅 올라왔다. 그와 마주치는 순간을 수도 없이 상상했지만 이렇게 수풀 속의 암사슴 꼴로 기습을 당할 줄은 몰랐다. 엄마의 삶을 망쳐놓은 인간과 맞닥뜨렸을 때를 위해 써놓았던 대본을 찾아 머리를 굴려보았으나 어이없게도 모두 다 텅 빈 종잇장들이었음을 그녀는 깨달았다.

간신히 초점을 되찾은 제인의 눈길이 그의 옷깃 아래서부터 마치 손자국처럼 올라와 아래턱에 그어진 자줏빛 흉터에 머물렀다.

"아, 이 흉터 겁낼 것 없어요." 토미가 말했다. "*나 자신* 트루바두르이던 시절의 기념물이니까. 엘에이에는 얼마나 더 있나요?" 그가 물었다.

아주 어려서부터 사람들은 제인에게 엄마와 아주 똑같이 생겼다고 말했다. 토미 패튼의 눈에도 보인다면 그는 연기를 하고 있는 거였다.

"2주 남았어요." 제인이 대답이 없자 윌리가 대신 말했다. "사실 지금 나가는 중이었어요…. 아침에 세션이 연속으로 있어서 일찍 자둬야 해요."

"그렇게는 안 되지." 빈센트 레이가 말했다. "다 같이 술 한잔 하러 가자. 열성 팬인 제인도 토미의 신인 시절 이야기를 듣고 싶지 않겠어?"

"아, 거 참 고맙군요." 마치 제인에게서 직접 들은 것처럼 그녀를 바라보며 토미 패튼이 말했다. 그 순간, 속에서 무엇인가가 풀려나는 느낌이었다. 엄마에 대해 모르는 것들이 너무 많았지만 〈라일락 왈츠〉에 관련된 고통만큼은 분명히 안다고 생각했다. 그런데 지금 꾸밈없이 웃는 토미 패튼 앞에서 의심이 핀볼처럼 구르기 시작했다. 정신건강이 갈수록 악화되다가 세상을 떠난 엄마가… 혹시 다 꾸며낸 건 아니었을까?

문가에 선 대니 램버트는 이미 이 자리가 싫증이 나 더 흥미로운 누가 나타나지 않을까 연신 층계 쪽을 훔쳐보고 있었다. 저 사람을 지나쳐 달려간다면 어떻게 될까, 궁금해졌다. 바로 그때, 그의 얼굴에 화색이 돌았다.

"제시 리드가 왔네." 그가 말했다. "바에 있어. 여기야! 제시!"

제인은 마치 다른 차원에 내던져진 느낌이었다. 악몽이 확실했다. 지금 이렇게, 빈센트 레이와 염병할 토미 패튼 앞에서, 제시를 마주 대할 수는 없었다. 월리는 알았다. 빈센트 레이와 토미 패튼이 층계 쪽으로 움직일 때, 그가 제인의 손에 차 키를 쥐여 주며 비상구를 향해 고갯짓을 했다.

"가." 그가 말했다. "바로 따라갈게."

남자들이 층계참에 나란히 선 틈을 타 제인은 비상구 밖으로 나갔다. 월리의 청색 머스탱 조수석에 들어가 앉을 때까지 그녀는 뒤를 돌아보지 않았다. 그리고 점화장치에 키를 꽂고 계기반 옆에 몸을 굽히고 앉아 컨버터블 덮개가 내려와 자신을 감싸주기를 기다렸다.

31

제인은 윌리가 그녀의 셋집 앞에 차를 세울 때까지 입을 열지 않았다.

"어떻게 안 거래요?" 그녀가 물었다. 윌리가 시동을 끄자 열쇠고리 짤랑거리는 소리만 남았다.

"작년에 앨범 표지 촬영일 기억하지?" 윌리가 말했다. "사태를 정리해보려고 빈센트 레이를 쫓아나갔잖아. 그때까지만 해도 그런대로 합리적인 인간인 줄 알았기 때문에, 그의 그런 태도가 자기에게 왜 유독 그리 고통스러웠는지 설명해주면 해결이 될 거라고 생각했었어. 그래서 자기 엄마 이야기를 해줬지. 그자가 그걸 기억했다는 것조차 사실 나는 놀라워. 하도 길길이 날뛰고 있던 때라 내 말은 한마디도 안 듣는 줄 알았으니까."

윌리가 팔짱을 끼고 마치 차 지붕을 뚫고 뛰어오르려는 듯 다리를 뻗었다. "사태 파악을 잘못한 거지." 그가 말했다. "그가 나온 사진을 앨범 표지로 쓴 것 말이야."

"좋기만 하던데." 제인이 말했다. "팬들도 좋아했고."

윌리가 고개를 저었다. "바로 그거야." 그가 말했다. "상대에게 겁을 먹게 해 자기 뜻을 관철하기로 악명 높은 빈센트 레이에게는 《봄날의 연애》가 팔릴수록 모욕인 거지. 그래서 일이 이 지경까지 불거진 거고. 정말 미안해, 제인. 이런 짓까지 할 줄은 상상조차 못 했어."

"나처럼 아무것도 아닌 사람을 짓밟으려고 이렇게까지 한다는 게 이상하기는 해요." 제인이 말했다.

"자기는 아무것도 아닌 사람이 아니야." 윌리가 말했다. "그러니까 저자가 이러는 거야. 아무리 나불대고 약을 올려도 어떻게 손을 쓸 수 없는 부분이 있으니까 더 화가 나는 거지."

"네?" 제인이 말했다.

"음악 말이야." 윌리가 말했다. "자기 손에 악기가 들려 있는 한, 자기는 골치 아픈 존재인 거야."

제인이 좌석 등받이에 등을 기댔다. 가로등이 길쭉이 솟은 셋집 귀퉁이를 비추고 있었다. 이제 곧 캘리포니아도 추억이 될 거였다.

"제시가 왔어요." 제인이 말했다.

윌리가 결혼반지를 만지작거렸다. "오지 말라고 그랬는데." 윌리가 말했다. "궁금했던가봐."

"궁금했다… 고요?" 제인이 말했다.

윌리가 고개를 끄덕였다. "제인, 오늘 밤 심란하게 돌아가기는 했지만, 그래도 기억해야 할 게 있다면 〈큰곰자리〉의 엄청난 전망이야." 그가 말했다. "정말로 대단했어."

제인은 기타 케이스를 들고 진입로에 서서 언덕 아래로 사라지는 자동차의 미등을 바라보았다. 문득 가슴에 꽂혀 있던 칼날을 뽑아낸 듯 욱신욱신 아팠다.

윌리가 절대 고의로 그녀를 아프게 할 사람이 아니라는 건 알았지만 어쨌든 결과는 마찬가지였다. 그도 알았을 것이었다. 그다음 주 화요일 녹음이 종료되고 난 후로 믹싱 작업에는 아예 들어오지도 않았다.

어차피 괜찮았다. 제인은 자신의 영과 외부세계 사이에 남은 명목상의 울타리마저 트루바두르 분장실에서 잃어버렸기에 사이먼과 단둘이 있는 게 오히려 나았다. 그는 능숙하고 참을성 있고 함께 있기에 안전했으며, 제인이라는 인간에게 원하는 것은 하나도 없고 오직 그녀의 음악만이 중요한 사람이었다.

"여기 보컬이 너무 강해서 기타가 짓눌리는 느낌이에요." 사이먼이 말했다.

"오버더빙을 해야 하나요?" 제인의 말에 사이먼이 고개를 저었다.

"이퀄라이저로 먼저 돌려보죠. 자음들의 쉿 소리를 줄이면 마찰음이 좀 나아질 수도 있으니까."

그들은 수술을 준비하는 한 쌍의 외과 의사처럼 날마다 음향조정실에서 만났다. 사이먼이 환자의 수술 담당의라면 환자의 친척인 제인은 자문역으로 초빙된 전문의 격이었다. 이렇게 두 사람은 트랙 하나하나를 마스터링하고 정돈해갔다.

〈새로운 나라〉가 앨범 첫 곡으로 정해졌다. 허크의 순박한 콩가와 카일의 독창적인 베이스라인, 리치의 퉁겨 치는 주법을 잘 보여주는 강렬한 리듬의, 기관이 튼튼한 곡이었다.

다음 곡인 〈작은 사자〉는 아기 침대처럼 단순하게 편곡된, 놀랄 만큼 소박한 자장가였다. 제인의 기타로만 이루어진 1절에 이어, 다음 절들과 브리지에서 허크의 마라카스와 카일의 베이스가 들어왔다.

페기 리지에서 처음 부른 〈벽의 꽃〉이 다음 곡이었다. 앨범에는 피아노 반주로 옮겨 실었다. 송가조의 A단조 코드에 떨리는 목소리로 '차가 다가와 서고 망사문이 쾅 닫힌다, 구두 발자국을 옮기는 소리, 베이지색 세단 안에는 다른 남자가'라고 노래한다.

하트 목걸이의 반쪽처럼 경쾌하고 들쭉날쭉한 트랙들이 쓰였다.

〈라스트 콜Last Call〉은 빠른 박자에 요란한 반주가 인상적인 술자리 노래로 라디오에서 틀기에 딱 좋았다. '라스트 콜까지 즐길 거야, 그리고 마을을 뜨는 거지.' 카일과 리치가 연출하는 교차 선율은 켈트족의 민속춤을 연상시켰다. 허크의 봉고까지 가세하면서 앨범에서 가장 타악기 비중이 높은 곡이 되었다.

앨범의 A면 마지막 곡은 〈큰곰자리〉로, 한 번에 녹음해야 한다고 제인이 고집한 곡이었다. 스튜디오에 죽치고 앉아 여러 녹음의 앰프 레벨을 조절해가며 스물일곱 번째 시도 만에 완성해낸 뒤 그녀와 사이먼은 복도로 나가 담배 한 개비를 나누어 피웠다.

"아리아드네가 테세우스에게 준 실을 연상시키는 곡이에요." 사이먼이 말했다. 자신이 제시에게 들려주었던 우화를 그가 언급하자 제인은 고개를 들고 그를 바라보았다. 그녀는 정말이지 어둠속에서 하나의 끈을 쫓아가고 있었다.

"이런 건가요?" 사이먼이 말했다. "고통 없는 사랑은 없다."

"희생 없는 사랑은 없다." 제인이 말했다.

B면 첫 곡 〈뱃노래〉는 선원들의 노동요에 착안한 곡으로 '나는 진실을 알아, 네가 너이기를 멈출 수 없다는 걸. 아무리 음울하다 해도 이 폭풍우는 지나가게 돼 있어'라는 노랫말에 허크와 카일의 팝 음색이 가미된 청량감 있는 곡이었다.

이어서 메마른 목을 태우고 들어오는 담배처럼 강렬한 블루스 록풍의 고속도로 발라드 〈새 카세트〉에서 사이먼은 신체 장기를 이식하듯 '샘플' 섹션을 마스터에 집어넣었다.

〈똑같은 둘은 없어No Two Alike〉는 베이스와 키보드, 기타가 동요풍 선율 위에 장밋빛 정경을 입혀놓는 무척 향수 어린 곡이었다. 이 곡의 진짜 힘은 브리지에 있었다. '남자답게 일자

리를 잡고 네 구실을 해. 걸음새가 아버지를 닮았다고 하지만 아버지를 대신할 수 있겠어?'

다음 곡은 화관처럼 정교하게 편곡된 빠른 곡 〈천 줄의 일기〉였다. 완성됐다 싶었다가도 다시 들어보면 리치의 기타가 솔가지처럼 삐져나와 고생이 이만저만이 아니었다.

앨범 끝 곡은 〈불을 밝히고Light's On〉로, 피아노와 보컬로만 이루어진 세 번째 곡이었다. 제인의 멜로디 라인이 다양한 조 사이를 오가며 불협화음을 연출하는 코다를 사이먼이 절묘한 기술로 연출해낸 가운데 강한 환멸의 메시지를 발산하고 있었다.

제인과 사이먼은 가능한 모든 방식으로 〈천 줄의 일기〉 믹싱을 반복했다. 리치의 트랙에 저주파 필터링을 넣어보기도 했고, 코러스나 음변조를 써보기도 했으며, 잔향을 줄이거나 과장해보기도 했다. 어떻게 보정해 봐도 리치의 연주에는 곡에 요구되는 기교가 없었다. 급기야 제인 자신이 그 부분을 녹음하기도 했지만 몸에 안 맞는 옷을 입혀놓은 듯 어색하기만 했다.

좌절한 제인과 사이먼은 캐비닛 옆에 앉아 스튜디오의 쓰레기통을 뒤지는 두 마리의 너구리처럼 녹음테이프들을 살펴보았다.

"그냥 빼버려요?" 마침내 제인이 말했다. 사이먼이 침을 꾹 삼켰다.

“방법이 하나 있기는 해요.” 그가 캐비닛 서랍을 열어 아무 표시도 없는 테이프를 하나 꺼냈다. 제인은 처음 보는 거였다. 사이먼이 리치의 트랙을 이 테이프의 것으로 바꿔 끼운 뒤 마스터를 되감아 재생 버튼을 눌렀다.

제인의 몸 전체가 떨리기 시작했다. 제시의 것이 틀림없는 기타 연주가 노래와 감쪽같이 들어맞았다. 그녀의 분명한 소망을 손가락으로 전해주는 소리에 그녀는 두근거리는 가슴으로 귀를 기울였다.

“어떻게 된 거예요?” 트랙이 끝나자 제인이 물었다.

“모르겠어요.” 사이먼이 말했다. “얼마 전에 조정실에 앉아 있다가 발견한 건데, 트랙이 두엇 들어 있더라고요. 윌리에게 물어봤더니, 잘 치워두라고 그러데요. 제인, 그런데 우리가 이 노래를 빼야 할 단계까지 왔다면 이것도 생각해볼 만하잖아요?”

제인이 목을 가다듬었다. “혹시 다른 곡들도 녹음해둔 게 있나요?”

알고 보니 제시는 〈새로운 나라〉와 〈뱃노래〉의 트랙도 남겨놓았다. 앨범에서 가장 가벼운, 빠른 박자의 곡들이었다. 듣고 있자니 몸속에서 따뜻한 느낌이 스치고 지나갔다. 노래를 듣고 마음에 들어 돕고 싶었던 것 같았다.

“어떻게 생각해요?” 사이먼이 물었다. 거북한 표정이었는데,

제인도 그 이유를 알았다. 이 트랙들을 사용한다면 리치가 상처를 입고, 사용하지 않는다면 앨범이 상처를 입을 수 있었다.

제인이 숨을 내쉬었다. "그냥 쓰죠." 그녀가 말했다.

"어떤 걸요?" 사이먼이 물었다.

"전부 다요." 제인이 말했다.

사이먼이 안심한 얼굴이었다. 자기가 아닌 그녀의 결정이기 때문인 듯했다.

〈천 줄의 일기〉, 〈뱃노래〉, 〈새로운 나라〉에서 리치의 트랙을 제거하고 제시 연주로 바꿔 넣은 뒤 스튜디오를 나갈 때는 밤 열한 시였다.

"잘한 결정 같아요." 문을 잠그며 사이먼이 말했다. 그가 멈칫거렸다. "리치에게는 뭐라고 할 거예요?"

제인은 주머니에 손을 넣어 담배를 찾았다. "정말로 고맙다고, 하지만 결과적으로 적합하지 않았다고 말할 거예요. 아마 이해해줄 거예요." 그녀가 말했다.

사이먼은 고개를 끄덕였지만 움직이지 않았다.

"그러니까요," 제인이 덧붙였다. "데리고 나가 저녁도 사주고 잘 수습해주면 좀 좋아요? 두 사람 내가 볼 땐 다시 함께 작업하게 될 것 같은데."

사이먼의 얼굴에 희미하게 미소가 스쳐갔다. "좋은 생각이네요." 그가 말했다. 스튜디오 D 옆의 출구를 향해 복도를 걸어

내려가는 그가 소년 같아 보였다. 그녀는 담배에 불을 붙였다.

잠시 후 제인은 모퉁이를 돌아 스튜디오 A로 가고 있었다. 문 위의 불이 꺼져 있는 것으로 보아 사용 중이 아니었으므로 제인은 문을 열고 들어갔다.

스튜디오 A는 스튜디오 C와 거의 똑같았다. 제인은 음향조정실에 들어가 담배를 피우며 제어기에 걸린 테이프를 바라보았다. 재생 버튼을 눌렀다.

〈빛이여 사라져라〉의 보컬을 담은 기초 트랙이었다. 제시의 목소리를 들은 지 여러 달이 지났다. 지금 여기서 꾸밈없는 노래를 들으니 워싱턴 주의 모텔 방에서부터 멤피스의 밍글우드 홀까지 그가 이 노래를 불렀던 모든 순간이 떠올랐다.

제인은 기초 트랙을 되감고는 다시 틀었다. 담배 한 개비를 새로 꺼내 불을 붙였다. 그리고 테이프를 되감고 다시 재생 버튼을 눌렀다.

32

크리스마스이브 아침, 제인과 엘시는 부두로 그레이스 마중을 나갔다. 스테이션 왜건 안에서 기다리자 원양여객선이 항구에 들어왔다. 라디오에서 캐럴들이 울려 퍼졌다.

"저기 오는구나." 엘시가 말했다.

그레이스가 경사로에서 그들에게 손을 흔들었다. 가루설탕 같은 눈보라가 코트에 내려앉고 있었다.

크리스마스에 맞춰 찾아온 건 그레이스만이 아니었다. 그날 아침 〈아일랜드 가제트〉에 의하면 제시와 모건도 명절을 가족과 함께 보내러 비행기를 타고 날아왔다. 엘시는 그 기사가 실린 면을 식탁에 깔아놓고 딸과 손녀랑 저녁 준비를 했다. 공항에서 손을 잡고 있는 모건과 제시의 사진은 금세 수북한 감자 껍질로 뒤덮였다.

11월 말, 제인이 아일랜드로 돌아온 주에 모건의 첫 싱글 〈부서진 문Broken Door〉이 발표되었고, 그 후로 모건과 제시에 대한 언론 보도가 봇물 터지듯 나왔다. 제인과 달리 모건은 두 사람의 연애에 관한 몇 개의 인터뷰에 응하여 아일랜드의 어디서 만났으며 그들의 사랑이 운명적인 것처럼 느껴진 사례로 어떤 것들이 있는지 따위를 이야기했다. 지방 매체 보도는 전국 매체에 비해 훨씬 더 들썩지근했다.

〈봄날의 연애〉를 톱 10까지 진입시켜준 바로 그 제시에 대한 열광의 물결을 이제 〈부서진 문〉이 타고 나아가는 걸 보면서 제인은 마치 자기 집에 누군가가 들어와 사는 것을 보는 귀신이 된 기분이었다. 제시의 여자친구로 알려지기를 원하지 않았지만 모건에 완전히 가려지고 나자, 그녀는 그가 없으면 아예 알려지지도 못할지 모른다는 두려움을 처음으로 느꼈다.

유일한 위안거리라면 주초에 아일랜드에 돌아온 리치와 카일이 전해 준 마스터 트랙 열 개였다. 윌리는 연말까지 기다렸다가 표지 촬영 일정을 잡고 그 후에 다시 《큰곰자리》의 발매 일정을 확정하고자 했다. 그렇다면 1월 말쯤에 발매될 것이었고, 그때까지는 그녀의 삶 자체가 유예상태에 놓일 터였다.

그날 밤, 모두 그레이 게이블스에 모여 크리스마스 저녁을 함께했다. 리치와 카일은 일찌감치 찾아와 음식 준비를 도왔다. 마치 옛날로 돌아간 느낌이었다. 그레그와 매기가 비를 데리고 도착했을 때 리치가 조금 경계하는 빛을 보이긴 했지만 전에 비하면 가벼워진 듯했다. 생각해보니 리치가 이렇게 좋아 보이기는 정말로 오랜만이었다. 제시의 트랙 이야기를 했을 때도 잘됐다는 반응이었다. 카일과 마찬가지로 새해에도 스튜디오 일감이 줄줄이 확보되어 있었기 때문인지 몰랐다. 제인은 카일에게 제시의 녹음 세션에 관해 물어보고 싶은 걸 애써 참았다.

엘시는 성탄절 거위고기를 바삭하게 구운 뒤 땅콩 단호박, 으깬 감자, 깍지 콩, 호박 빵 등과 함께 푸짐한 상을 차려냈다. 건배를 하고 한참 먹고 마시다 보니 자두 소스와 육즙 따위로 뒤범벅된 빈 접시들만 남았다. 저녁식사 후에는 그레이스가 런던에서 갖고 온 파티폭죽을 하나씩 받아 터뜨린 다음, 안에

든 종이왕관을 서로들 원하는 색으로 바꾸어 가졌다.

"그러니까 *네이트*가 이런 걸 좋아한다는 거지?" 주황색 티아라를 쓰는 그레이스에게 매기가 말했다. 그레이스의 얼굴이 붉어졌다. 네이트는 밀리의 손주들을 위한 입주가정교사로, 그레이스가 런던에 도착한 후 사귀기 시작한 남자였다.

"맥스, 파란색 나 줘." 매기가 쓴 왕관을 벗기며 그레그가 말하자 매기가 그의 손을 찰싹 때렸다. 그레이스가 제인에게 몸을 기울였다.

"넌 알지?" 그녀가 말했다. "네가 아니었으면 절대 갈 생각 못 했을 거야. 네가 투어를 떠나고 스스로의 운명을 개척하는 걸 보니 용기가 생기더라."

그녀는 제인의 팔을 살짝 눌러주고는 비를 챙기러 갔다. 런던으로 떠날 때 그레이스가 했던 말이 생각났다. "나 크리스마스에 돌아오는데 그때쯤이면 너 완전히 딴 사람 되어있을 거야." 그때는 믿기 어려웠지만 그레이스 말이 맞았다. 모든 게 아직 완벽하지는 않았다. 그래도 정말 자랑스러운 앨범을 만들었으니, 그것만도 용했다.

"자, 어서." 그레그가 의자에 앉은 제인을 잡아끌었다. "음악 한번 해보자." 그레그에게 떠밀려 거실로 건너가 보니 리치가 이미 기타를 치고 있었다.

파티가 끝나갈 즈음, 비는 소파 위에서 잠이 들었고 제인은 이제 거위고기는 쳐다보지도 못할 것 같았다. 이렇게 마음껏 웃어본 게 대체 얼마 만인가 싶었다.

"메리 크리스마스!" 제인을 꼭 안아주며 그레이스가 말했다. 매기의 품에 안겨 나가는 비를 깨우지 않으려고 그레그가 말없이 손짓만 했다. 네 사람이 그레그의 낡아빠진 폭스바겐 버그를 향해 걸어가는 모습을 포치에 서서 바라보며 제인은 저렇게 완벽해 보이는 가족은 처음 본다고 생각했다. 설거지까지 도와준 뒤 카일과 리치도 떠났다. 제인은 할머니와 남아 촛불을 껐다.

"모두 좋은 밤들 보내길!" 제인과 함께 계단을 올라가며 엘시가 말했다.

몇 시간 후 제인은 요란하게 문 두드리는 소리에 잠에서 깼다. 복도 건너 엘시 방에도 불이 켜지더니 삐걱삐걱 계단 내려가는 소리가 들렸다. 잠시 사위가 고요했다.

"제이니, 좀 내려와야겠다." 할머니의 말에 제인은 몸을 일으켰다. '봉고네 고래관광'이라고 쓰인 펑퍼짐한 티에 튜브 양말 차림이었다. 어깨에 담요를 걸치고 아래층으로 내려갔다.

"누군데요?" 그녀가 웅얼거렸다. 엘시가 문에 난 작은 구멍으로 밖을 내다보고 있었다.

"제시야." 엘시가 대답했다.

잘못 들은 거라고 제인은 생각했다. "제시요?" 그녀가 말했다.

"무슨 일인가 물어봐야겠지?" 엘시가 말했다.

제인이 침을 꿀꺽 삼켰다. "아니면 그냥 놔두든가… 그럼 알아듣겠지." 엘시가 말했다.

"무슨 일인지 물어보세요." 제인이 말했다.

엘시가 걸쇠를 벗기자 그의 모습이 나타났다. 머리는 기억보다 길었고 콧수염을 길렀다. 외투도 없이 어깨를 잔뜩 웅크리고 있었다.

"좀 늦었네." 엘시가 말했다. 층계참까지 내려와 선 제인을 제시가 뚫어지게 바라보았다.

"들어가도 될까?" 그가 말했다. "이렇게 늦게, 정말 미안하지만."

제인이 고개를 한 번 끄덕였다. 엘시가 망사문 걸쇠까지 벗겨 그를 들어오게 한 다음 다시 문을 걸어 잠갔다.

"나는 자러 간다." 그녀가 말했다.

엘시는 층계참의 제인 옆을 지나치며 잠시 머뭇거렸을 뿐 다른 말은 없었다. 제인은 가슴이 너무 콩닥거려 머리가 어찔했다. 제시 리드가 지금 그녀 집 현관에 서 있었다. 너무나 이상해서 차라리 꿈만 같았다. 그녀가 한발 앞으로 나아갔다.

"여기서 뭐 하고 있는 거야?" 그녀가 물었다. 입안이 바짝 탔다. 제시가 머리를 쓸어 올렸다.

"집에 있었어." 그가 말하고 그녀 앞으로 한 발짝 다가섰다. "크리스마스를 즐기면서." 그가 고개를 흔들었다. "그런데 그렇게 앉아 있을수록 *이건 내 집이 아니다,* 싶은 거야."

그가 한 발짝 더 다가섰다. "여기가 내 집이야." 현관 주위를 둘러보며 그가 말했다. "네가 내 집이야."

제인은 숨이 쉬어지지 않았다.

"여기 있을 수 없다는 건 알았어. 그런데 생각을 자꾸 하다 보니 그냥 차를 몰아 건너가면 될 것 같더라. 그래서 그렇게 해버렸어."

그가 조금 더 가까이 다가왔다. 마치 들짐승이 놀라 달아나지 않도록 조심하는 모습이었다. 제인은 꼼짝도 하지 않고 그대로 서 있었다.

"제발, 날 내치지 마." 그가 말했다. 그녀가 그의 눈을 들여다보고, 그가 그녀 어깨 위의 머리칼을 쓸어내렸다. 익숙한 동작에 두 사람 다 깜짝 놀라며, 잠시 어색한 순간이 이어졌다.

그때 제시가 그녀를 끌어당겨 품에 안았다. 그의 심장이 뛰는 소리가 들렸다. 그녀는 흐느끼기 시작했다. 더이상 흘릴 눈물이 없고 남은 거라곤 머리카락을 쓸어주는 그의 손가락의 감촉뿐일 때까지 울고 또 울었다.

그녀는 그를 데리고 이층으로 올라가 방문을 닫았다. 아침이 오면 질문들이 생길 터였지만 지금은 아무것도 상관없었다. 존재가 점점 공기 속으로 스러져가던 제인이 단숨에 육체 속으로 돌아왔다. 이제 욕망을 느꼈으며, 그것보다도 마침내 잠시나마 자신이 아직 그를 원한다는 사실을 인정해도 된다는 안도감을 또한 느꼈다.

어떻게 설명해야 좋을지 몰랐지만, 그가 키스하기 시작하자 제인의 귓속에서 음악 소리가 들렸다. 함께 옷을 벗으면서는 다시 찾을 수 있으리라고 생각하지 못했던 신성한 공간으로 인도받는 느낌이었다. 그의 존재로 인해 지금 그녀는 희망을 느낄 줄 아는, 괜찮은, 빛나는 사람이 다시 될 수 있었다.

제시가 엄지손가락으로 그녀의 광대뼈를 어루만지더니 다시 끌어당겨 입을 맞췄다. 그의 냄새와 맛이 하도 그답게 좋아 지난 몇 달간의 부재가 기억 속으로 증발했다. 제인은 그의 셔츠를 벗겨준 뒤 함께 침대 위에 누웠다. 서늘한 감촉의 청바지 밑으로 단단한 그가 느껴지자 절로 숨이 차왔다.

그가 바지를 벗고 속옷만 입은 채로 그녀의 티셔츠를 벗겼다. 튜브 양말만 신은 그녀의 몸을 정말 그녀가 맞는지 확인이라도 하듯 그가 손으로 더듬었다. 그리고 활짝 편 두 손을 그녀의 허리 뒤에 대고 바짝 끌어안았다. 그의 입술 사이로 낮은 신음이 흘러나왔다.

"조용히 해야 해." 제인이 속삭였다. 지울 수 없는 푸른 눈으로 그녀를 바라보며 그가 고개를 끄덕였다.

그가 다시 그녀에게 입을 맞추기 시작했다. 목 안쪽 깊은 곳에서 숨이 차고 두 다리 사이로는 파도가 몰려와 부서졌다. 그녀는 무아지경이었다. 그가 그녀의 엉덩이를 쟁기 잡듯 잡고 그녀를 끌어당겨 더 깊숙이 들어오더니 몸서리를 쳤다. 그녀의 이마에 자신의 이마를 맞댄 채 잠시 있다가 옆으로 굴러 내려와 그녀를 품에 안았다. 빠르게 고동치던 맥박과 거친 호흡이 차츰 잦아들었다. 둘은 잠에 빠져들었다.

제인은 아침이 된 꿈을 꾸었다. 벌써 가버린 건가? 방에서 나와 계단을 내려갔다. 복도 거울에 다다르자 다시 밤이었다. 거기서 그녀 자신의 모습과 마주쳤다. 머리를 말아 올리고 몸에 착 맞는 라일락빛 드레스를 입고 있었다. 내려다보니 손에 립스틱이 있었다. 뚜껑을 열어 돌리자 색깔이 드러났다. 그녀는 고개를 들고 립스틱을 떨어뜨렸다. 거울 속의 그녀는 아직도 라일락빛 드레스를 입었지만 얼굴은 달라져 있었다. 이제 그녀는 무모한 열정으로 얼굴이 일그러진 시카고의 그 여자였다.

제인이 눈을 번쩍 떴다. 아직 밤이었다. 옆을 돌아보았다. 제시는 아직 거기 있었다. 아직 시간이 남아 있었다.

33

어슴푸레한 새벽빛에 제인이 다시 잠에서 깼다. 밤새 두 사람의 자세가 바뀌어 있었다. 제시는 이제 그녀의 목 한가운데에 얼굴을 묻고 사지를 그녀의 몸 위에 펼치고 있었다. 그녀는 그의 머리카락 냄새를 맡아보았다. 머리의 묵직한 양감이 자못 흐뭇했다.

제시가 몸을 뒤척였다. 의식이 돌아오고 있었다. 손이 먼저 잠에서 깨어 그녀의 머리를 향해 다가왔다. 그리고 눈을 뜨고 방안을 둘러보았다. 기분 좋은 얼굴로 그가 그녀를 끌어안고 가슴 위에 놓인 그녀의 손을 꼭 잡았다.

"저게 테스트용 판이야? 페가수스의 소포가 얹힌 전축을 고갯짓으로 가리키며 그가 물었다. 제인이 고개를 끄덕였다.

"내가 놓아둔 트랙들은 혹시 찾았었어?" 그가 물었다.

제인이 다시 고개를 끄덕였다. "왜 그랬던 거야?" 그녀가 물었다.

제시가 두 손으로 그녀의 손을 쥐고는 엄지손가락들로 손금들을 쓸어내렸다. "헤어졌을 때 차라리 잘된 일이라고 마음먹으려 애썼어. 모건이 나를 좋아하고 사람들도 우리 둘이 잘 어울린다고 보는 것 같고, 그래서 생각했지, *알게 뭐야!*

윌리는 자기 소식을 절대로 알려주지 않았어. 미치겠더라고…. 어떻게 지내는지, 누구랑 사귀는지 전혀 알 길이 없었거든. 엘에이 갔을 때도 네가 거기서 녹음 중인 줄은 까맣게 몰랐어. 그러다 트루바두르 공연 소식을 들었지. 윌리에게 따져 물었더니 앨범 작업이 거의 다 되어 곧 동부로 돌아간다면서, 내가 가면 일이 더 복잡해질 뿐이라는 거야. 하지만 가지 않을 수가 없었어. 안 보이게 숨어있겠다고 다짐을 했었는데… 그런데 〈큰곰자리〉를 듣고 나자 너에게 그 곡 이야기를 하고 싶어서 미칠 것만 같았어. 분장실에 올라가 보니 빈센트 레이하고 염병할 토미 패튼만 남아있는 거야."

그의 어조가 어두워졌다. "한 놈이 다른 놈을 데려온 거로구나 싶었지."

"맞아."

"어떻게 그런 짓을…." 그가 말했다.

제인이 말없이 동의했다. 그때만 해도 공연에 제시가 그렇게 불쑥 나타난 게 무슨 저주처럼 느껴졌었는데 그의 자발적인 해명을 들으니 축복 같았다.

"그 후로 어떻게 해야 할지 모르겠더라." 그가 말했다. "모건에게는 차마 못 돌아갈 것 같았고, 네가 어디 있는지는 알 수 없고, 그래서 스튜디오로 갔지. 스튜디오 C에 들어가니 〈천 줄의 일기〉가 녹음기에 걸려 있는데 기타가 빠진 것 같아서 한번 해본 거야. 〈뱃노래〉와 〈새로운 나라〉도 뭐 비슷했고. 나머지는… 완벽했어. 네가 노랫말을 쓸 수 있다는 걸 난 전부터 알았어."

싱긋 웃던 그의 얼굴이 이내 흐려졌다. "그 트랙들을 발견하면 내게 연락할 줄 알았는데."

"〈천 줄의 일기〉를 빼버려야 하나 고민했더니 그제야 엔지니어가 꺼내서 보여줬어." 제인이 말했다. "자기 트랙 덕에 그 노래가 살아난 거야."

"그럼 쓸 거야?" 제시가 묻자, 제인이 그의 손을 꼭 쥐며 고개를 끄덕였다. 이제 자신이 말할 차례라는 걸 알았다. 아니었으면 싶었지만 피할 수 없었다.

"트루바두르, 그날 밤 후로…" 그녀가 말을 시작했다. 낭떠러지 끝에 다다르는 느낌이었다. 다음 단계에 이르려면 뛰어내려야 한다는 걸 알았지만 사방이 캄캄하고 위험한 데다 도무지 어떻게 착지해야 할지 알 수 없었다. 그래서 거기 그렇게 서서 망설이고 있었다.

"토미 패튼을 보고 나서 말이야… 기분이 이상했어." 그녀가 말했다. "나는 엄마를 너무, 신기할 만큼, 빼닮았어. 그런데 그 사람이 나를 못 알아보는 것 같은 거야."

"두 사람이 아주 잠깐 만났을 뿐이라고 하지 않았어?" 제시가 말했다. "토미 패튼이 이용하고 얼굴을 잊어버린 사람이 자기 엄마만은 아닐 것 같은데."

제인이 깊은숨을 쉬었다. "그 사람이 엄마를 이용한 게 아니라면?" 제인이 말했다. "그러니까, 엄마가 거짓말을 한 거라면? 엄마와 〈라일락 왈츠〉는 나의 일부야…. 그런데 그렇게 까맣게 모르는 것 같은 얼굴을 보고 나니까… 의심이 드는 거야. 혹시 사실이 아니라면?"

제시가 곰곰이 생각했다. "자기 엄마가 그 곡을 부르는 걸 사람들이 봤다고 했잖아." 그가 말했다. "그런데 엄마 말을 의심하는 이유가 뭐지?"

지금이었다. 뛰어내려야 할 순간이 닥쳐온 것이었다.

제시에게는 말도 조심해서 하고.

대답하러 입을 여는데 그녀의 손을 쥐는 제시의 팔꿈치 안쪽에서 누렇고 푸르스름한 멍 자국이 보였다. 그녀가 손을 뻗어 그걸 만지자 제시가 팔을 내려 감췄다.

"모건도 알아?" 제인의 질문에 제시가 숨을 내쉬었다.

"응." 그가 말했다.

제인이 낭떠러지에서 한 발짝 물러섰다. "그런데?" 그녀가 물었다.

"좋아하지 않지만 내가 노력하고 있다는 걸 알아." 제시가 대답하고 제인의 손을 잡았다. "제인, 꼭 해줄 말이 있어."

달라진 어조에 제인이 그를 올려다봤다.

"오늘 모건에게 청혼을 하게 되어있어." 그녀의 얼굴을 바라보며 그가 말했다.

제인은 느닷없이 물벼락을 맞은 기분이었다. "그런 이야기를 굳이 왜?" 그의 손을 뿌리치며 그녀가 말했다.

"알아, 미안해." 그가 말했다.

제인의 머릿속이 빙빙 돌았다. 레니 데이비스가 마침내 원해오던 훌륭한 결혼식을 누리는 것이었다. 윌리가 《큰곰자리》 발매 일정을 아직 잡지 않은 이유도 이것이었다. 청혼 예정을 알고 있었던 그는 그것이 불러일으킬 언론 보도의 홍수에 뭇 가수들의 앨범 발표 따위는 모조리 묻힐 것을 지금의 제인처럼 알았고, 그녀가 홍수에 휩쓸리지 않고 상륙하기를 바라는 마음으로 앨범 발매를 연기한 것이었다.

"할 거야?" 제인이 말했다.

"모르겠어." 제시가 말하고 심호흡을 했다. "자꾸만 이게 우리라면, 너하고 나라면, 그런 생각이 들어. 그러면 얼마나 더 좋을까."

정말로 그렇다면? 그 모든 언론 보도가 제인에게 돌아올 것이었고, 그녀는 다시 대중의 관심을 받을 것이었다. 하지만 지금, 그녀는 또 다른 여자였다. 제인은 눈길을 돌려 테스트용 판들을 바라보았다. 그녀 자신이 쓴 가사들이 가정파괴범의 넋두리로 탈바꿈되어 머릿속에서 돌아갔다. *'내 사랑의 불이 켜졌어, 내겐 잃을 것이 남아있지 않아.'* 제인이 몸서리를 쳤다. 실제로 성공할 가능성이 있는 음반이었고, 덩달아 가십기사들로 도배될 게 뻔했다. 그러면 음악인으로서의 그녀의 신뢰도는 곤두박질칠 것이었다.

그래도 제시는 그녀 차지일 것이었다. 그 생각에 숨이 턱 막혔다.

하지만 그게 얼마나 갈까? 그러다 헤어지면 그녀의 음악은 어떻게 될까? 이번에도 간신히 망각의 문턱에서 돌아섰는데, 만일 다시 갈라선다면, 레이블은 그녀를 매장할 것이 틀림없었다. 제인은 센터 휴게실에서 제시와 로레타와 모건이 표지 모델로 나온 〈타임〉, 〈롤링 스톤〉, 〈라이프〉 같은 잡지들을 정리하는 자신을 떠올렸다.

"나는 절대 결혼은 안 해." 제인이 말했다.

"결혼은 안 해도 돼." 제시가 재빨리 대꾸했다. "그냥 내 곁에 있어 주기만 하면 돼."

"그럴 수 없어." 제인이 말했다. "그러면 내가 애써 이룬 것들이 모두 싸구려 취급을 받을 거야. 〈롤링 스톤〉 도표에 제시가 사귄 여자들 중 하나로 얼굴이 나오길 원치 않아."

"그런 것들은 다 지나가." 제시가 말했다. "지금 우리의 인생을 이야기하는 거잖아…. 설마 그것보다 음반이 더 중요하다는 거야?"

"이번 앨범은 내게 전부야." 제인이 말했다. "자기가 이해하지 못할 수도 있다는 건 알아."

"그게 무슨 뜻이지?"

"자기는 본인이 가진 것에 양면적인 태도를 갖고 있지만, 난 아니니까." 제인이 말했다.

제시가 그녀를 물끄러미 바라보았다. "제발 내 편이 돼줘." 그가 말했다. "네가 없이는 아무 의미가 없어."

"미안해, 하지만 못하겠어." 제인이 말했다. "잘못했다가는 모든 걸 잃게 돼."

제시의 얼굴에 믿을 수 없다는 표정이 번졌다. "이게 네 앨범에도 이로울 거라는 걸 모르겠어?" 그가 말했다.

"내 실력으로 정당하게 평가받아야 해." 제인이 말했다. "남의 덕에 의존하고 싶지 않아."

"누구나 남의 덕을 보면서 살아." 그가 말했다. "그런 세상을 너 혼자서 바꿀 수는 없어. 네가 생각하는, 돈과 섹스와 권력을 초월하는 순수한 인정… 그런 건 현실이 아니야. 그럼 뭐가 현실이냐고? 내가 너를 책임지고 싶다는 것, 바로 그게 현실이야."

제인이 벌컥 화를 냈다. "그것도 현실은 아니야." 그녀가 쏘아붙였다. "자기는 자기 자신도 책임지지 못하고 있잖아."

따귀를 얻어맞은 것처럼 넋이 나간 채 앉아 있던 제시가 그녀의 얼굴을 잡고 키스를 했다. 제인도 엉겁결에 그의 키스에

응했다. 가쁜 숨을 내쉬는 그녀를 제시가 끌어당겼다. 그녀가 몸을 뺐다. 두 사람 다 숨을 헐떡였다.

"너는 나를 사랑해, 제인." 그가 말했다.

"자기는 생각만큼 나를 잘 몰라." 키스의 여파로 아직 멍한 채 그녀가 대꾸했다.

"자기 노래들…." 그가 말했다. "〈천 줄의 일기〉, 〈새 카세트〉, 〈큰곰자리〉… 모두 우리 이야기잖아."

야릇한 표정으로 제인이 그를 바라보았다. "〈큰곰자리〉를 이해한다고 생각하나 본데, 아닐걸." 제인이 말했다.

제시는 수긍하지 않았다.

"'*스푼을 집어 드는 저녁, 당신이 빨리 와주면 좋겠다…*' 이거 나한테 하는 말이야."

"자기 생각이 어떻건 상관없어." 제인이 말했다.

둘 사이에 흐르는 파동을 감지하며, 그녀는 자신을 살펴보는 그의 푸른 눈을 들여다보았다. 제시가 다시 그녀를 더 가까이 끌어당기려 하자 이번에는 제인이 일 인치의 거리를 지켜냈다. 제시가 이마를 찌푸렸다. 그가 그녀의 입술을 바라보며 몸을 굽혔다. 제인은 몸을 움직이지 않았다.

"제인, 이러지 마." 제시가 말했다.

제인이 입술을 깨물었다. 당장이라도 그의 키스를 받아들이고 다시 침대로 돌아갈 수 있었다. 그의 몸의 무게를, 그녀를 어루만지는 팔다리를, 목에 와 닿는 꺼칠한 뺨을, 귀에 대고 나직이 속삭이는 목소리를 기대하며 온몸의 근육들이 꿈틀거렸다.

"싫어." 그녀가 버텼다.

모든 의지가 꺾인 탓인지 제시는 바로 대응하지 못했다. 잠시 후 그가 그녀를 놓아주고 자기 얼굴을 쓸어내렸다.

"알았어." 그가 말했다.

그가 침대에서 일어나 옷을 입었다. 커튼 사이로 새벽 햇빛이 살짝 비쳤다. 제인은 정신이 멍했다. 이제 곧 그는 사라질 것이었다. 제시가 머리를 쓸어 넘기고는 무표정한 얼굴로 그녀를 바라보았다. 그는 너무도 아름다워 그가 만지는 것은 무엇이든 의미가 부여되는 느낌이었다.

제인이 몸을 세워 앉았다. 둘은 잠시 말없이 서로를 바라보았다. "정말 결혼이 하고 싶긴 한 거야?" 제인이 물었다.

제시의 얼굴에 싸늘한 빛이 내려왔다. 눈도 얼음장처럼 차가워졌다. 말투는 아직 정중했지만, 투어에서 경험한 그와의 최악의 순간들로 되돌아간 느낌이었다. "어느 쪽이든 상관없어." 제시가 말했다. "그냥 나에게 가장 의미 있는 사람과 함께 한다는 생각이 좋았던 것뿐이지. 그런데 지금 그게 불가능하다고 하니, 아무렇대도 상관없어진 것 같네. 잘 있어, 제인."

계단을 내려가는 부츠 발소리, 망사문이 삐걱 열렸다 닫히는 소리, 그리고 목재 문이 쾅 닫히는 소리를 그녀는 방에 앉아 들었다.

그리고 뒤따라 내려갔다. 희붐한 아침 빛에 벽지의 흠결들이 보였다.

'벽에 그려진 꽃들; 너덜너덜해진 종이꽃들이 떨어지고.'

그녀는 문득 서서 거울에 비친 자기 모습을 바라보았다. 얼마 후 그녀 뒤 계단 위에 서 있는 엘시의 기척이 들렸다.

"제시가 갔니?" 엘시가 묻고 제인이 고개를 끄덕였다. 할머니의 이 질문만이 그가 정말 여기 있었다는 단 하나의 증거처럼 느껴졌다.

엘시가 제인 뒤로 다가와 서서 그녀의 어깨를 잡고 거울 속 그녀와 눈을 마주쳤다.

제인이 시선을 떨구었다.

"이모에게 말하지 마세요." 그녀가 말했다.

34

앨릭스 레딩은 아일랜드에 와본 적 없었지만 언제나 그곳에서 사진 촬영을 하고 싶었다. 비행기에서 내리는 순간부터 짭조름한 바다 내음과 함께 코끝에 감겨오는 4월의 부드러운 공기가 육지와는 완연히 달랐다.

잡초가 웃자란 활주로 옆, 낡아빠진 나무 패널 스테이션 왜건에서 제인 퀸이 내려 손을 흔들었다. 앨릭스가 환하게 웃었고, 둘은 포옹을 했다. 가뜩이나 제인을 좋아했던 앨릭스였기에 그녀를 다시 찍게 되어 기쁘기만 했다. 바람에 나부끼는 금발, 옥양목 드레스, 가죽 부츠를 신은 이곳의 그녀 모습은 흠잡을 데 없이 완벽했다. 앨릭스를 태우고 제인은 임도로 진입했다.

"여긴 얼마나 있을 거예요?" 제인이 물었다. 새순이 돋는 커다란 가지들을 천장삼아 차를 몰았다. 자연의 갖가지 색깔들이 만화경처럼 튀어나왔다.

"작업이 끝날 때까지죠." 앨릭스가 말했다. "페가수스가 경비를 지급해요. 다음 주까지 다른 일도 없고요."

제인이 라디오를 켰다. 제시 리드의 〈별들 아래에서Under Stars〉가 나왔다.

'상상을 해봐, 너와의 삶을, 나를 완전하게 해주지; 상상을 해봐, 댄스홀이야, 스타킹을 벗어 던지고 발을 움직여봐.'

앨릭스가 눈동자를 굴리더니 라디오 채널을 돌렸다.

〈별들 아래에서〉는 흡사 전염병만큼이나 피하기 어려웠다. 라디오건 주크박스건 카세트플레이어건 모든 곳에서 이 노래만 들렸다. 간혹 들려오는 다른 노래들이 있다면 그 전염병의 원천과 가까운 사람들의 것이었다. 모건 비달이야 당연했고, 로레타 메이스도 그랬다. 제시 리드가 자기 앨범에 그녀의 노래 〈안전한 항로Safe Passage〉를 실어주기도 했고, 이제 그녀의 데뷔 앨범 《모래시계Hourglass》가 차트에 올라오고 있었다.

페가수스는 겨울 발표작들 대부분의 제작을 중단한 상태였다. 〈별들 아래에서〉와 모건 비달의 데뷔 앨범 《모건 비달Morgan Vidal》의 어마어마한 성공에 압사당할 게 뻔해서였다. 대히트 앨범들의 인기가 사그라지기 전까지는 한지붕 아래끼리 경쟁을 피하는 게 상책이었다. 제인의 앨범 발매가 6월까지 연기된 것을 앨릭스도 알았다. 지난해 투어에서 제인과 제시가 사귀었다는 소문도 들었는데, 그녀는 이 노래를 듣고도 아무렇지 않아 보였다. 그녀가 그의 작업과정에 대해 질문을 던지기 시작했다.

"사진의 감정은 뭐가 결정해요?" 그녀가 물었다.

"여러 복합적인 요소가 있어요." 앨릭스가 말했다. "대상, 조명, 각도, 내 감상."

"브레이커스의 앨범 표지를 찍을 때는 뭘 봤어요?" 제인이 물었다. 앨릭스는 이미지를 머릿속에 불러오며 잠시 생각했다.

"악당과 맞짱뜨는 젊은 여자요."

제인이 고개를 갸웃했다. "그러니까 사진이란 건 결국 사진작가의 관점이네요."

"그런 셈이죠." 앨릭스가 말했다.

'낚시마을, 2마일'이라고 적힌 안내판을 지나갔다. 지형이 해변 관목으로 바뀌나 싶더니 길게 이어진 부두가 나타났다. 항구에 매여 깐닥거리는 작은 배들 옆으로 바닷가재를 담은 초록색, 노란색의 나무틀들이 쌓여 있었다. 몇 안 되는 가게들 뒤로는 반 마일은 될 바위벽이 바다를 향해 뻗어있었다.

제인은 차를 세운 후 앨릭스를 데리고 바위벽으로 올라가 마을 전경을 보여주었다. 그녀가 쪼그려 앉아 어서 따라오라고 손짓을 했다. 그가 허리를 굽혀 눈높이를 맞추자 그녀가 만의 습지대에 서 있는 오두막 몇 채를 가리켰다.

"보이죠?" 그녀가 말했다. "저기 일곱 개의 불빛 말이에요." 앨릭스가 눈을 가늘게 떴다. 여기서 보니 오두막의 불빛들이 북두칠성과 비슷하게 보였다. 앨범 제목만큼은 알고 있었던 그에게 이건 쓸 만한 소재였다.

"좋네요." 그가 말했다. "그럼 저걸 배경으로 전면에 서고 싶은 거예요?"

"네." 그녀가 말했다. "클로즈업에 어둡게 나오면 좋겠어요."

"근사하겠는데요." 앨릭스가 말했다. 제인이 그를 바라보았다. 옆에 웅크리고 있어도 덩치가 그녀의 두 배였다.

"지금 내게서 뭐가 보여요?" 제인이 물었다. 앨릭스는 그녀의 예쁜 회색 눈동자와 가파른 광대뼈와 매혹적인 입술을 바라보았다. "자신이 무엇을 원하는지 아는 여자요." 그가 대답했다.

제인이 잠시 생각하더니 일어나 걷기 시작했다. 두 사람은 차로 돌아갔다.

리전츠 코브 호텔로 가서 앨릭스의 체크인을 마친 다음 둘은 식당으로 내려가 저녁을 먹었다. 어디를 가든 사람들은 스스럼없이 제인의 이름을 부르면서 편하게 대했다. 그들에게 그녀는 유명가수가 아닌, 토박이 처녀였다. 식사 후에는 호텔 지하의 술집으로 향했다.

바에서 술을 마시던 안경잡이 남자가 뒤로 지나가는 그녀에게 고갯짓을 했다. "제인." 그가 인사를 하자 제인도 고개를 끄덕였다.

그녀는 앨릭스를 바의 반대편에 앉히고 술을 갖다 주었다. 앨릭스는 긴장이 풀려 편안하면서도 들뜬 기분이었다. 제인과 죽이 맞아가는 것이 느껴졌다. 앨범 이야기가 나오고부터는 이제 시간문제 같았다.

"이번 촬영은 예산이 상당이 높게 나왔어요." 새 술이 나오는 걸 보며 앨릭스가 말했다.

"5개월 지연에 대한 위로금인 거겠죠." 제인이 말했다.

"어떻게 보면 기분이 좋을 것도 같은데." 앨릭스가 말했다. "성공할 거라는 예상이 없으면 뭐하러 연기씩이나 하고 그러겠어요."

제인이 그를 바라보고는 술을 한 모금 들이마셨다. "눈이 정말 파래요." 그녀가 말했다. 앨릭스가 그녀를 보고 웃으며 한 손을 그녀의 무릎에 얹었다.

제인과 자는 게 재미있을 줄은 알았지만 그녀가 그리 몸이 달아있으리라고는 생각도 못 했었다. 방에 들어가기가 무섭게 그녀가 그의 혁대를 풀었고, 그는 그녀가 치마를 들어 올리고 그의 몸에 올라타는 순간에야 속옷을 입지 않고 있었다는 것을 간신히 깨달았다. 그녀는 욕망에 눈이 멀어 있었다. 그가 어떻게 생각하건 상관없었고 오로지 그의 성기를 원했을 뿐이었다…. 앨릭스가 할 수 있는 일이라곤 그저 NBA 팀들 이름을 되뇌어보는 것뿐이었다. 옷을 다 벗긴 다음 그녀가 욕설을 내뱉었다. 그녀의 엉덩이를 붙들고 위아래로 미친 듯 흔들자 그녀의 입에서 신음이 새어나왔다. 그가 그녀의 옷을 벗기고 낮게 으르렁댔다. 그녀는 훌륭한 젖가슴을 갖고 있었다. 그것들은 그가 파고들 때마다 부드럽게 통통 튀었다. 그가 왼쪽 유두를 지그시 깨물고 둘이 동시에 절정에 이르렀다.

그녀가 그를 밀쳐내고 가방에서 담배를 꺼냈다.

"내가 얼마나 오랫동안 하고 싶었었는지 짐작조차 못 할 거예요." 그가 말했다.

제인은 얼마나 오랫동안 하고 싶었었냐고 물어보려는 듯이 그를 흘긋 보더니 입을 닫았다. 앨릭스의 눈에는 섹스를 할 때보다도 지금 저 얼굴에 사랑이 더욱 담겨있는 것 같았다.

이튿날 아침, 조간신문과 함께 은쟁반에 아침식사가 실려 들어왔다.

"〈아일랜드 가제트〉는 제시 리드와 모건 비달을 끔찍이 좋아하네요." 앨릭스가 1면 기사를 훑어보며 말했다. 북섬에 대저택과 최신 나이트클럽을 짓는 이 커플의 프로젝트가 아일랜드 노동인구의 근 10퍼센트를 고용하고 있다는 내용이었다.

제인은 담배를 길게 한 모금 빨아들이며 커튼과 같은 소재로 만든 호텔 목욕가운을 걸쳤다.

"아주 파란만장했어요." 유리 접시에 재를 털며 그녀가 말했다. "처음에는 아일랜드에서 성대한 결혼식을 올릴 거라고 해서 다들 좋아했다가, 뉴욕으로 내빼는 바람에 미워했다가, 클럽을 짓는다니 다시 좋아들 하는 거죠. 우리가 변덕이 좀 있어요."

앨릭스는 제인의 말에서 그녀와 제시의 과거를 해독해보려 했다. 그의 악명 높은 결혼을 이렇게 대수롭지 않게 언급하는 걸 보면, 그리 심각한 사이는 아니었을 것 같았다. 거의 따분해하는 표정이었다.

"다른 음악이 필요한 것 같아요." 앨릭스가 말했다. "〈별들 아래에서〉를 한 번만 더 들었다가는…."

제인이 담배를 한 모금 더 빨고 그를 향해 눈을 찡긋했다.

그날 제인은 앨릭스에게 아일랜드 구경을 시켜주었다. 고래잡이 갑부들이 살던 대저택들과 개인용 해수욕장들과 진흙 절벽 같은 것이었다. 해가 기울 무렵 낚시마을에 돌아왔다. 제인은 다시 그를 바위벽으로 데려갔다.

"지금은요?" 그녀가 물었다. "내게서 뭐가 보여요?" 앨릭스가 그녀를 바라보았다. 자신을 렌즈로 보고 조정하고 있는 것 같았다.

"겹겹으로 싸인 복잡한 여자요." 그가 말했다. 사진 한 장도 찍지 않은 채 그들은 바위벽을 떠났다.

그리고 해산물 노점에서 바닷가재 샌드위치를 사서 물속으로 떨어지는 주황색 해를 바라보며 먹었다.

"노래들, 들어보고 싶어요?" 제인이 물었다. "《큰곰자리》 앨범 수록곡들이요."

앨릭스가 고개를 들었다. "좋죠." 그가 말했다.

차 안에서 테이프를 들려주려나 생각했는데 차에 들어가서는 아무 말 없이 리전츠 코브로 그냥 돌아갔다. 제인은 '위도우스 피크'라는 간판이 달린 초록색 가게 밖에 차를 세우고 주머니에서 열쇠꾸러미를 꺼내 문을 열었다.

"우리 할머니 가게예요." 안에서 문을 잠그면서 그녀가 설명한 뒤 미용실 뒤쪽 창고로 앨릭스를 데리고 가서는 각종 상자들에 기대 세워져 있는 기타 케이스에 다가 섰다.

"밴드가 여기서 연습을 했어요." 제인이 말했다.

각자 상자를 깔고 마주 보고 앉았다. 제인이 머릿속의 음표에 맞춰 기타를 튜닝했다. 악기를 든 그녀의 얼굴이 한층 요염하게 보였다.

앨릭스는 사랑에 빠져본 일이 없었다. 아니, 보기에 따라서는 백 번도 넘게 사랑에 빠졌었다. 단순히 매혹적일 뿐만 아니라 실력을 인정받고자 하는 여자들도 만나봤다. 이것도 그쪽이구나 싶었을 뿐, 감동받을 준비는 되어있지 않았다.

그때 그녀가 연주를 시작했다.

노래를 들을수록 그녀가 자신을 보여준다기보다 그를 비밀스러운 장소로 인도하고 있다는 느낌이었다. 한 곡 한 곡의 노래에 실려 그는 어둑한 동굴 속으로 그녀를 따라가고 있었다.

'아, 오늘 밤은 초승달이 떴구나, 작은 사자야; 보이지 않는 곳에서 평화롭고 고요히; 꿈을 꾸며 자렴, 작은 사자야; 꿈을 꿔봐.'

앨릭스는 자기도 모르게 시간을 거슬러 올라갔다. 그가 아홉 살 때 누나 캐슬린이 세상을 떠났다. 사당처럼 손대지 않고 남겨둔 누나의 방에 들어갈 때마다 느꼈던 공허감이 떠올랐다.

'나무 전봇대와 전화선들; 들판을 가로지르는 빨랫줄들; 그래 네 말이 맞아, 나는 거짓말쟁이야; 그리고 다시는 사랑을

하지 않을 거야.'

동굴 속에서 앞서 걷는 제인의 모습이 보일 때면 그는 그녀의 아름다움과 슬픔에 사로잡혔다. 하지만 곡이 바뀔 때마다 그는 자신 속으로 더욱 깊이 가라앉는 느낌이었다. 전장에 나갔었고 전사한 부하들을 부둥켜안았었다. 될 수 있으면 피하고 싶은 생각이었다. 하지만 지금 그는 그것을 생각했다.

'내가 떠나고 나면 넌 나를 기억할지도; 이게 괜찮은 거라면, 왜 이리 아닌 것 같을까?'

제인이 노래를 마친 줄도 모르다 정신을 차려보니 그녀가 그를 바라보고 있었다. 그도 그녀를 바라보았다. 그녀가 제시리드와의 결별로 사실 큰 상처를 받았었다는, 그런데 그녀 자신은 그걸 모르고 있다는 생각이 불현듯 들었다. 제인이 기타를 케이스에 집어넣었다. 앨릭스는 일어서며 그녀를 위로해주고 싶은 젊은 자아가 고개를 드는 것을 느꼈다.

그는 허리를 굽혀 키스를 했다. 그녀가 전날 밤과 똑같은 맹목적 욕망 뒤로 숨어드는 게 느껴졌다. 그녀의 손이 앨릭스의 가슴을 훑고 내려가 혁대 위에서 멈췄다. 30초 후면 섹스가 시작될 것이었다. 앨릭스는 그녀의 손을 잡으며 한발 물러섰다.

"나가죠." 그가 말했다. 나중에 안고 싶어서라는 말은 하지 않았다.

그날 밤 제인은 편안한 잠을 자지 못했다. 앨릭스는 아예 뜬눈으로 밤을 지새웠다. 그는 누워서 그녀의 얼굴을 바라보며, 종종 그러듯, 시기가 맞지 않아 이루어지지 못했던 사랑들에 관해 생각했다.

이튿날 낚시마을로 가는 길에 앨릭스는 회칼로 저며진 넙치 같은 기분이 들었다. 스테이션 왜건에서 내려 바위벽으로 걸어가는데, 먹구름이 몰려오면서 푸르스름한 빛이 연출되었다.

제인이 자리를 정해 멈춰 섰다. "오늘은 내가 어때 보여요?" 그녀가 물었다.

앨릭스는 너무 피곤하여 앞뒤를 재지 않고 생각나는 대로 말했다. "솔직히 나는 그냥 당신 속에서 슬픔이 사라질 때까지 섹스하고 싶어요." 그가 말했다.

제인은 가만히 서 있었다. "좋아요." 그녀가 말했다.

제대로 들은 건가, 앨릭스는 어리둥절했다. "좋아요?" 그가 말했다.

"좋아요." 그녀가 말했다. "지금 사진을 찍어야 해요."

제인과 오두막들에 렌즈 각도가 맞추어지게 앨릭스가 바위벽 바깥쪽으로 내려갔다. 그녀 얼굴에, 화강암 조각처럼 가파른 광대뼈에 클로즈업 초점을 맞추면서, 《큰곰자리 노래들》은 아무도 예측하지 못한 것이 되리라, 그는 생각했다.

35

〈롤링 스톤〉

1971년 7월 8일

마크 에디슨

사이렌의 노래: 제인 퀸과《큰곰자리 노래들》에 관해

제인 퀸에 대해서 먼저 알아두어야 할 것이 있다. 누가 뭐라 하든 그녀는 그런 것에 관심이 없다는 사실이다.

사생활을 공개하지 않는 것으로 유명한 이 가수는 업계 거물들이 모이는 자리보다는 동네 술집 구석에서 마주치기가 더 쉽다. 제인 퀸은 그래도 되는데, 왜냐하면 그녀에게는 온 세상 프롬 퀸들이 지닌 설명할 수 없는 그 무엇이 있기 때문이다(비단 그녀의 찰랑거리는 햇살 같은 머릿결을 말하는 것이 아니다). 보통사람들은 흉내도 내기 어렵지만 알아보기는 하는, 무엇이 '힙'한지에 대한 내재적인 이해를 퀸은 가지고 있다.

내가 그녀를 처음 본 것은 록밴드 브레이커스와 함께 페스티벌 무대에 서던 시절이었다. 성공가도에 들어설 예비스타란 것을 바로 알 수 있었다. 청중은 물론이고 밴드 멤버들, 투어 동료들, 애인이라 알려진 제시 리드까지 모두 그녀를 좋아했다.

브레이커스의 에너지 넘치는 팝에 가려져 있던 것은 퀸이 명인 차원의 음악인이라는 사실이다. 다행히 밴드는 해체됐다.

6월 22일 페가수스 레코드사가 새로 발매한 그녀의 솔로 데뷔 앨범《큰곰자리 노래들》(이 기사에서는《큰곰자리》로 줄여 부르겠다)에서 퀸은 무대에서의 강렬한 존재감과 이국적인 외모는 그녀의 진짜 재능이라 할 제약 없는 독창성과 기막힌 음악성의 전주곡일 뿐이었음을 입증하고 있다.

앨범에는 모두 열 개의 노래가 수록되어 있는데,《봄날의 연애》를 성공시킨 음악적 장치가《큰곰자리》에도 보이기는 하지만(때로는 한 곡에 여러 개씩) 곡들은 전반적으로 로큰롤보다 블루스에 가깝다.《큰곰자리》수록곡 모두가 전통적 팝 구조를 취하고 있지는 않은데, 곡이 아무리 복잡해도 제인 퀸이 완전히 장악하고 있음을 의심할 만한 지점은 한 곳도 없다.

《봄날의 연애》를 선풍적인 히트작으로 만들어준 전자음이 배제된《큰곰자리》의 주인공은 단연 고난도 소프라노에서 낭랑한 흉성까지를 자유자재로 넘나드는 제인 퀸의 보컬이다. 노래 솜씨도 숨을 멎게 하지만 작곡 능력을 보면 그녀를 딜런, 매카트니, 사이먼과 같은 반열에 올려놓을 만하다. 시적인 노랫말을 다양한 스타일과 결합하여 보여주는 담화로《큰곰자리》는 가히 향연이라 불러도 부족함이 없을 경험을 선사한다.

《큰곰자리》를 처음 들으면 제인 퀸이 떠오르지도 않는다. 첫 사랑, 그리고 그 결과로 우리가 맞이하는 엄청난 상실감에 돌연 휩쓸리게 되기 때문이다. 몇 번은 듣고 나야 누가 쓴 곡들인지, 이런 곡들을 쓰지 않을 수 없게 만든 사연은 무엇인지 비로소 궁금해진다.

퀸의 음악은 어촌에서 자란 경험에서 큰 영향을 받았다. 토착 모계가문의 막내인 퀸의 조상들은 고래잡이 시대에 바다마녀였다고 알려져 있다. 퀸의 노랫말에는 수로와 별이 빛나는 밤이 그녀의 개인사만큼이나 자주 등장하는데, 〈작은 사자〉와 〈라스트 콜〉, 〈뱃노래〉는 뼛속까지 바다 이야기다.

퀸의 삶과 음악에 커다란 영향을 미친 것이 하나 더 있다면 1955년부터 1970년까지 개최되었던 아일랜드 포크 페스티벌이다. 1959년 사망한 그녀의 어머니도 이 페스티벌에서 공연한 바 있다. 그로부터 10년 후 그녀는 부상당한 제시 리드의 대타로 난데없이 브레이커스와 함께 무대에 오르면서 스타제조기 윌리 램버트의 주목을 받았다. 이후 램버트의 도움을 받아 퀸과 브레이커스는 페가수스와 계약을 체결했고, 나머지는 널리 알려진 대로다.

어떻게 보면 일련의 편지이자 다르게 보면 순수로부터 환멸로의 여정을 그려내는 서사이기도 한 《큰곰자리》는 듣는 이의 인생을 바꿔놓을 수도 있는 36분의 고전으로 남을 특징을 모두 갖추었다.

타이틀곡은 이 앨범의 참된 위업으로, 라디오 싱글 〈라스트 콜〉에 이어서 들어보면 떠들썩한 파티에서 나와 어두운 하늘 속으로 발을 내딛는 기분이 든다. 〈큰곰자리〉는 하나의 자화상으로 시작한다. 뱃사람이 떠도는 '흑과 백'의 세계는 밤하늘과 피아노 건반을 가리키기도 한다. 퀸의 손에서 큰곰자리와 작은곰자리는 '*술집의 거울처럼 온갖 색색의 병들, 온갖 색색의 흉터들을 비추어주는 길잡이별들*'이 된다.

이를 통해 퀸은 이 곡의 핵심적인 은유인 천체의 큰곰자리와 중독의 고리 사이의 비교를 보여준다. 한낮의 '아기 곰'(또는 '곰')은 북두칠성과 추측건대 헤로인에 대한 언급일, '스푼을 집어 드는 저녁'을 예고하는 무뚝뚝한 행동을 말한다. 오페라풍의 절정부와 마지막 절은 앨범 표지에도 나오는 무아경의 고뇌를 반영하다가 '*제발 나만 남겨놓고 떠나지 마*'라는 퀸의 최후의 간청에 자리를 내어 준다.

아홉 번째 수록곡 〈천 줄의 일기〉야말로 이 앨범의 비밀병기일지 모른다. 이 곡에서 퀸은 '상심한 소녀' 장르를 뛰어넘어 팝에서 보기 힘든 '추악한 진실'에 초점을 맞춘다. '*우리는 항상 예쁜 커플이었어, 거짓말쟁이들조차 짝을 지어 다니는 법*'이라고 그녀는 회상한다. 후렴도 이 암담한 토로에 동조하여 '*천 줄의 일기를 쓴다 해도, 너는 내 머릿속에 남아있으리*'라고 말한다.

이 앨범에는 브레이커스 밴드 멤버였던 베이시스트 카일 라이트풋과 기타리스트 리치 홀트가 동참했다. 프렛리스 일렉트릭 베이스로 더 잘 알려져 있는 라이트풋이 매끄러운 어쿠스틱 베이스로 앨범에 역동적인 기반을 제공한다면, 홀트의 격렬한 스타일은 앨범의 추동력인 불안한 초조감을 가중시킨다.《페인티드 레이디》 앨범에 참여했던 허크 리바이의 퍼커션은 뉘앙스의 정수를 보여주는데, 서너 번을 들어야 그가 얼마나 치밀하게 주법을 선택하는지, 덕분에 이 앨범이 어떻게 중심을 잡고 도약하는지 이해되기 시작한다.

제시 리드도 〈새로운 나라〉, 〈뱃노래〉, 〈천 줄의 일기〉 세 곡에 기타 연주를 제공한 것으로 소개되고 있지만, 퀸과 리드의 추정되는 연애에 대해 실마리를 찾고 싶은 이는 앨범의 최종 수록곡 〈불을 밝히고〉를 분석하는 편이 나을 것이다. '*당신에게 내일을 약속할 수는 없어, 오늘은 약속해줄래? / 당신은 광고판에 나올 테고, 나는 나의 길을 가겠지.*'

《큰곰자리》에 결함이 없는 것은 아니다. 〈벽의 꽃〉은 잘 부른 노래이긴 하지만 왠지 한쪽이 빠진 듀엣처럼 불완전한 느낌을 준다. 퀸은 이따금 가식에 다가선다. 앨범 내지를 보면 에밀리 디킨슨을 어설프게 흉내 낸 대문자들이 등장하는데, 가장 대표적인 사례는 타이틀곡의 '*칼날처럼 날카로운 혀로 사람들은 말하지; 지금은 살아남아야 할 때라고; 초승달Crescent에 숨어*

있을 때는; 그저 생존을 위해 몸부림치는 것이라고'이다. 물론 음악적으로는 아름다운 부분이다. 보컬의 기교가 지나치다 싶을 때도, 하나의 음표에 너무 많은 음절을 우겨넣은 것처럼 들릴 때도 있다.

이런 사소한 단점들은《큰곰자리》가 가져올 영향에 비교하면 아무것도 아니다. 이 앨범과 보통 팝 앨범의 차이는 찻잔들로 가득한 방안에 놓인 도가니처럼 엄청나다.《큰곰자리》속에서 퀸의 웅대한 희망은 어두운 절망으로 가라앉다가 좀 더 편안한 쪽의 당대 뮤지션들은 흉내도 내지 못할 생기를 통해 회복의 여정을 떠난다. 이 대조되는 요소들을 어떻게 화합시키느냐는 질문에 제인 퀸은 담배를 한 모금 빨고 이렇게 대답한다. "보통이죠, 원래 행복했기 때문에 슬픈 거잖아요."

36

"5분 후에 들어갑니다." 조연출자가 제인에게 말했다. 제인은 화장으로 뻣뻣해진 얼굴로 미소를 지었다.

"마지막 질문 하나." 알겠다는 손짓을 하며 아치 레넉스가 말했다.

〈롤링 스톤〉 기사 발표 후 아치는 제인으로서는 처음으로 심야 텔레비전 방송인 〈트리메인 투나잇〉 출연 기회를 얻어냈다. 방송사에서 엘에이 생방송을 위해 여행 경비까지 제공해준다는 것은 상당히 의외였다. 제인은 방송 시작 신호를 대기 중인 지금조차 이게 꿈인지 생시인지 믿어지지 않을 정도였다.

무대에 나간 닉 트리메인이 방금 모놀로그를 읽었던 책상에서 일어나 마주 보고 놓인 두 개의 안락의자 쪽으로 걸어갔다. 다른 조연출자가 〈트리메인 투나잇〉 로고가 뒷면에 붙은 플래시 카드들을 그에게 건네주었다. 제인에게 물어볼 질문 목록이었다. 제인이 끙, 소리를 냈다.

"괜찮아?" 두 개의 굵은 전원 코드 사이에 다리를 벌리고 서서 윌리가 말했다.

"그냥 투어를 하면 안돼요?" 제인이 말했다. '지방' 무대 몇 개를 잡아 나가봤지만 베일린 아일랜드를 들고나는 비용이 출연료보다 많이 들었다. '페인티드 레이디' 투어와는 딴판이었다. 윌리가 어깨를 으쓱했다.

"이렇게 텔레비전 출연 경험을 좀 더 쌓고 앨범도 좀 팔아봐, 그러면 할 수 있을지도."

"노래를 하는 것도 아니잖아요." 제인이 말했다.

"음반을 파는 데는 여러 가지 방법이 있어. 오늘은 자기 자신을 파는 거야."

제인이 얼굴을 찌푸렸다. "나는 음악으로 소통해요. 청중과

교감할 수 없다면 뭐 하러 나가요?"

"제인, 이건 자기의 솔로 데뷔 앨범이야. 티끌 모아 태산이라고."

"제시는 첫 앨범부터 투어를 했잖아요."

"그건 달랐지."

"제시는 레이블이 좋아했다, 그 말이죠?" 제인이 말하고 잠시 기다렸다. "빈센트 레이가 훼방 놓고 있는 건가요?"

윌리가 고개를 저었다. "투어 비용을 합리화하기에는 아직 인지도가 부족해." 윌리의 말에 제인이 눈동자를 굴렸다.

"좋게 생각해봐." 윌리가 말했다. "웬만한 사람들은 이 정도 노출이면 부러워들 할 거야."

"노래를 해야 하는데 못 하니까 그러죠."

"그 점은 동의해. 하지만 방송사에서 원한 것은 자기니까 그렇게 받아들이자."

대답을 하려는 제인에게 아치가 시작 신호를 보내왔다.

제인은 작동 중인 카메라들과 엔지니어들 앞을 지나 세기 중반의 거실을 재현해낸 세트로 들어갔다. 닉 트리메인은 극단적인 분장을 하고 있었다. 전국 방방곡곡에서 사랑받는 사람 좋은 인상은 직접 보니 만화 캐릭터 같았다. 그가 자리에서 일어나 자신의 얼굴이 카메라를 향하도록 하고 오랜 친구처럼 제인의 볼에 입을 맞췄다.

"〈롤링 스톤〉 기사를 보고 여장부를 떠올렸는데, 웬걸, 조그만 소녀네요!"

"어, 고맙습니다." 제인이 말했다. 윌리를 슬쩍 보자 격려의 표정이 돌아왔다. 아치가 웃으라는 신호를 보내왔다.

"새 앨범 《큰곰자리 노래들》에는 귀에 착 감기는 노래들이 퍽 많던데요. 전곡을 직접 작사 작곡했다는 말이 사실인가요?" 닉이 의자를 권하면서 말했다. 둘 다 앉았다.

"네." 제인이 말했다. 아치가 상냥하게 굴라고 재촉하고 있었다. "네, 곡 쓰는 걸 좋아해요."

"좋아할 뿐 아니라 뛰어나기까지 하잖아요." 크레용 그림을 잘 그렸다고 아이에게 칭찬하듯 닉이 말했다. 그가 카드를 넘겨 다음 질문으로 넘어갔다.

"굉장히 친밀한 노래들인데요. 어떻게 쓰게 되었나요?"

"관찰이죠, 저와 제가 아는 사람들에게 일어난 일들에 대한."

"특정인이 있다면?" 그가 물었다. "어떤 곡들은 제시 리드에 관한 거라는 소문이 있더군요."

이런 질문이 나오면 어떻게 대답해야 하는지 아치가 미리 귀띔을 해줬었다. 페가수스 소속이라면 모두가 친구이고 서로 영향을 주고받는다는 게 기본 노선이었다. 이런 인식은 음반 자체만큼이나 중요한 상품의 일환이었다. 페가수스 가수 하나를 좋아하게 되면 다른 가수들로 연결된다는 생각이었다.

"제 노래는요," 대답을 시작하며 스튜디오를 둘러보니 조명들 너머 객석에서 열두 살쯤 된 소녀 하나가 제인을 유심히 바라보고 있었다. 어렸을 때 제인 자신이 언니처럼 되려고 매기를 바라보던 바로 그 눈빛이었다. 제인의 속에서 보호본능이 올라왔다. 젊은 여자가 선을 넘는 질문을 어떻게 감내해야 하는지 따위를 보여주고 싶지 않았다. 그녀가 목을 가다듬었다.

"선생님이 보기엔 제 노래들이 어떻든가요?" 그녀가 닉에게 물었다.

닉은 놀란 표정이었다. "저요? 아, 저야 전문가가 아니라서요."

"누구나 자신의 취향에 관한 한 전문가잖아요. 제 앨범에서 어떤 곡이 가장 맘에 드세요?"

"아, 다 좋더라고요." 그가 말했다. 한 곡도 들어보지 않았다는 뜻이었다.

제인이 눈을 가늘게 떴다. 무대 반대편에는 전속 재즈밴드가 다음 순서를 기다리고 있었다. 기타를 든 단원이 보였다.

"제가 한 곡 들려드린 다음 이야기를 계속하면 어떨까요?" 제인이 말했다.

예정된 진행으로 알고 관객들이 박수를 치는 가운데 밴드 쪽으로 걸어가는 제인을 카메라가 뒤따라갔다.

"그러죠, 그럼." 닉이 매력적인 미소를 지으며 말했다.

제인은 윌리와 아치가 어떻게 반응하고 있는지 돌아보지 않았다. 기타를 건네받은 제인은 곧장 〈새 카세트〉를 치기 시작했다. 특별한 이유가 있어서라기보다 전통적인 튜닝이어서 별다른 조정이 필요 없는 곡이기 때문이었다.

'서늘한 밤공기 속에 윙윙거리는, 노란 네온의 휴게소 간판; 프렌치프라이와 커피 파는 식당 음식들; 이제 나는 알아, 당신이 내 것이 아닐 거라는 것을; 이제 나는 알아, 내게 중요했다는 것을.'

그녀는 카메라맨과 사운드 엔지니어, 시카고에서 온 애 엄마와 그 소녀를 향해 노래를 불렀다. 2절이 시작되자 베이스와 드럼 주자도 동참했다. 카메라가 제인을 비추는 동안, 방송국 직원이 닉 트리메인에게 노래 제목을 알려주었다. 노래가 끝나자 그가 일어섰다.

"여러분, 제인 퀸의 〈새 카세트〉였습니다." 관객이 열렬히 호응했다.

광고가 돌아가자 닉 트리메인이 곧장 아치에게 다가갔다. "아이들 단속 제대로 못 합니까?" 그가 쏘아붙이고 씩씩거리며 분장실로 향했다.

"참 골고루 한다, 골고루 해." 아치가 제인에게 말하고 닉과 프로듀서를 뒤따라갔다.

아직 관객의 뜨거운 반응에 취해있던 제인이 윌리를 바라보았다. 그가 조심하라는 얼굴을 했다. "지금 이거 불장난이야." 그가 말했다.

처음의 부정적 반응에도 불구하고, 그 출연이 상당한 화제를 불러일으킨 덕에 〈투나잇 쇼〉, 〈마이크 더글라스 쇼〉, 〈필 도나휴 쇼〉, 〈투나잇〉, 〈데스 오코너 쇼〉를 비롯한 여러 프로그램에서 출연 요청이 쇄도했다. 제인은 출연하여 노래를 부른다는 조건만 맞으면 요청을 수락했다. 이 유명 진행자들이 자신을 아이처럼 대하는 걸 막을 수는 없었지만, 일단 그녀가 노래를 시작하면 팬들의 호응은 누구도 방해하지 못했다.

"이 노래들이 다 《큰곰자리 노래들》 앨범에 수록된 것들이죠?" 방금 〈라스트 콜〉을 부르고 자리에 앉은 제인에게 〈버라이어티 나이틀리〉의 진행자 돈 드리스콜이 물었다. "맞아요." 제인이 대답했다.

"앨범을 녹음할 때의 경험을 좀 말씀해주실래요?" 돈이 말했다. "그렇게 많은 버튼은 처음 봤을 것 같은데요." 본인이 한 농담에 그가 킥킥 웃었다.

"사실은 전에 밴드 앨범 녹음할 때 이미 봤어요." 그녀가 가볍게 말했다. 《봄날의 연애》는 '첫 앨범'이 아닌 '밴드 앨범'이라고 부를 것을 아치에게서 이미 지도받은 바 있었다. 시청자들이 그녀를 처음 발견하는 것처럼 생각하게 해야 한다는 것이었다.

"프로듀서 없이 작업했다던데, 사실인가요?" 돈이 물었다.

"사이먼 스펙터와 함께 작업한다면 프로듀서가 필요 없어요." 제인이 말했다. 사이먼을 칭찬하는 말이었지만 카메라 밖 윌리의 얼굴이 하얗게 질리는 걸 보니 자칫 빈센트 레이를 향한 일격으로 들릴 수도 있겠다 싶었다.

"악기 주자들은요?"

"카일 라이트풋이 베이스, 리치 홀트가 기타를 맡았어요, 둘 다 제 밴드 브레이커스의 멤버였고요." 브레이커스를 응원하는 박수 소리가 약간 들렸다. "그리고 친구 허크 리바이가 퍼커션을 담당했어요."

"허크는 '페인티드 레이디' 투어에서 만난 것이 맞나요?" 돈이 물었다.

"네." 제인이 대답했다.

"거기서 제시 리드도 만난 거죠? 이번 앨범에도 제시가 몇 곡 도와줬고요."

"제시는 제가 자란 곳인 베일린 아일랜드에서 만났어요." 제인이 말했다. "친절하게도 기타 트랙 몇 개를 빌려줬고요."

"페가수스 스튜디오가 아주 엄청났겠는걸요…. 제인뿐 아니라 제시와 로레타 메이스까지 동시에 녹음을 했다는데, 투어 일동의 친목회 같았겠어요."

"버스만 빠진 거죠." 제인이 말했다.

"제인과 모건 비달의 열애에 대해서는 어떻게 생각하세요?"

돈이 물었다.

"아주 낭만적인 것 같아요." 제인이 대답했다.

"누구 말로는 《큰곰자리》의 슬픈 노래들은 제시에 관한 거라던데," 돈이 말했다. 결정타를 한 방 먹이러 좁혀 들어오는 그의 눈 흰자위가 마스카라 너머로 번득이고 있었다. "둘이 사귀었던 거, 맞죠?"

제인이 마치 고백을 하려는 듯 허리를 굽혔다. "돈 씨," 제인이 입을 열었다.

"네?" 그녀를 따라 거의 쪼그려 앉다시피 허리를 굽히고서 돈이 말했다.

제인이 그를 응시했다. "제가 사랑하는 사람은 돈 씨인데 제시와 사귀다니 그게 무슨 말씀이세요?"

관객이 발을 구르며 웃어댔다.

무대에서 내려갈 때 윌리와 눈이 마주쳤다.

"판매고 소식은 있나요?" 그녀가 물었다.

"이렇게만 해, 그럼 투어도 할 수 있어." 물을 건네주며 윌리가 말했다.

"이렇게만?" 물을 받아 마시며 제인이 말했다. "이게 마지막 아니었어요?"

"서해안 걸로 마지막이지." 윌리가 말했다. "아치가 잡아놓은 뉴욕 출연 건들이 줄줄이 기다리고 있어…. 3주 쉰 다음 시작이야."

"그러면 투어 하는 거죠?"

"차트에 올라갈지 그런 건 궁금하지도 않아?" 윌리가 물었다.

제인은 어깨를 으쓱하고 눈을 가늘게 뜬 채 조명 뒤의 객석을 바라보았다. 제인과 눈이 마주치자 10대 소녀 한 무리가 '제인이라면 어떻게 할까?'라고 적힌 푯말을 펄럭거렸다. 제인이 씩 웃으며 손을 흔들어주자 소녀들은 서로 쳐다보며 꺅꺅 비명을 질러댔다.

차트는 제시에게나 주자…. 그녀에게는 팬들만 있으면 되었다.

37

제인이 베일린 아일랜드로 돌아온 주에, 싱글 〈라스트 콜〉이 로레타를 10위로, 모건을 10위권 밖으로 밀어내며 차트 9위에 올라섰다. 제시는 1위 자리를 굳게 지켰다.

그 주 일요일에는 그레이 게이블스로 은색 봉투 하나가 배달되었다. 발신인 주소 대신 헛간 그림이 새겨진 날개를 젖혀보니 안에 은박 스탬프가 찍힌 두꺼운 검은색 카드가 들어있었다. 모건과 제시의 나이트클럽 '사일로'의 오프닝 행사 초청장이었다. 자기 이름이 실수로 명단에 포함된 게 아닐까 했는데, 윌리 말을 들어보니 그렇지가 않았다. "총동원령이 내려진 거지." 그가 말했다. "레이블이 전적으로 지원하는 행사거든. 사진도 많이 찍을 거고. 자기도 참석해야 해."

"난 못가요." 제인의 말에 윌리가 앓는 소리를 냈다.

"이것 봐, 불편하기야 하겠지만 그래도 얼굴은 비쳐야 해. 내가 태워다 주고 계속 같이 있어 줄게. 2주 후에 보자고." 그는 그녀가 반박하기도 전에 전화를 끊어버렸다.

제인은 페리스 랜딩에서 산 아른아른한 파란색 드레스를 입었다. 그녀의 머리결에 은빛 광채를 더해주는 색이었다. 현관에서 윌리를 기다리는 그녀에게 그레이스와 엘시가 칭찬을 해주었다.

"정말 멋지구나!" 엘시가 말하고 눈을 찡긋해 보이더니 주방으로 들어갔다. 그레이스는 촉촉해진 눈으로 그녀 뒤에 서 있었다.

"네가 무척 자랑스럽다." 그레이스가 말했다. "제시와의 일을 정말 너무나 훌륭하게 처리해냈어…. 이제 고개 당당히 들고 가서 즐기렴."

밖에서 경적이 울려왔다. 윌리가 도착했다는 뜻이었다. 그레이스가 망사문을 열고 제인이 나갈 때까지 잡아주었다. 윌리도 차에서 내려 제인이 조수석에 앉는 것을 도왔다.

“보기 좋네.” 진입로에서 차를 빼며 윌리가 말했다. 그레이스가 포치에 서서 손을 흔들었다.

“귀찮은 일이라는 거 알아. 그런데도 이렇게 가줘서 정말 고맙고.”

“페가수스를 위해서라면 못할 일이 어디 있나요?”

윌리가 반짝이는 눈으로 고개를 끄덕였다. “바로 그거야. 매체 일을 끝내주게 해내니까 판매고도 부쩍 오르잖아. 이사회에서도 인정하고 있어, 자기가… 협조적이란 걸.”

“무슨 말이에요?”

“무슨 말이냐면, 경비 전액 지원 조건으로 뉴잉글랜드 5개 도시 투어 계획에 승인이 떨어졌어.”

“그게 뉴욕이에요?” 제인이 물었다.

“벌링턴, 내슈아, 포틀랜드… 다른 두 곳은 생각이 잘 안 나네. 원래는 100퍼센트 확정될 때까지 말 안 하고 기다릴 생각이었는데 자기가 오늘 저녁 이렇게 너그럽게 나와 주니까 좋은 소식을 아낄 필요 없겠다 싶어서. 신나지 않아?”

“신날 일인가요?”

“그럴 것 같은데? 내 앞에서 석 달째 투어 타령을 했잖아, 이제 소원 성취한 거고.”

“그 조그만 도시들을 투어라고 할 수나 있냐고요?” 제인이 말했다.

윌리가 눈동자를 굴렸다. "그렇게 시작하는 거지."

자갈을 깐 어두운 진입로로 접어들자 사일로의 실루엣이 보이기 시작했다. 거창한 원형 진입로는 커다란 헛간 문 두 개 앞에 승객들을 내려놓는 차들로 가득했다. 화려한 복장의 사람들이 부순 조개껍질들을 밟으며 등나무와 꼬마전구들 아래 입구로 들어가고 있었다.

윌리의 차 주위로 주차요원들이 벌떼처럼 몰려들었다. 그 중 하나가 제인 쪽 문을 열어주었고, 다른 하나는 윌리에게서 차 키를 받아들고 주차권을 끊어주었다.

제인은 막연한 불안감을 느끼며 입구로 향했다. 그걸 눈치 챈 윌리가 기대라는 듯 팔을 내주었다. 그녀는 살짝 웃어 보였다. 둘은 나란히 안으로 들어갔다.

사일로는 안락하면서도 화려한, 이를테면 록스타가 디자인한 거실 같았다. 안쪽에 있는 목조 무대는 수수한 품이 페기 리지와 비슷했지만 첨단 음향과 조명을 생각하면 그렇지도 않았다. 이층의 널찍한 발코니에서는 무대와 댄스 플로어와 커다란 왜건 휠 샹들리에가 내려다보였다. 사방 벽에는 제대로 격식을 갖춘 바가 설치되어 있었다.

제시가 바로 눈에 띄었다. 무대 끝에서 엄청나게 큰 모자를 쓴 남자랑 한창 이야기를 나누는 그의 모습에서 짜릿한 반가움과 함께 익숙한 매혹이 느껴졌다. 윌리에게 이끌려 댄스 플로어 뒤로 가보니 예약 푯말이 붙은 카바레 테이블들이 즐비했다. 웨이터가 다가와 주문들을 받아갔다. 주변을 둘러보며 인사를 나누어야 할 사람들을 챙기던 윌리는 주문한 음료가 나오자마자 서둘러 들이켰다.

"좀 돌아야 해." 그가 말했다. "혼자 있을 수 있지?" 제인이 고개를 끄덕이자 그는 사람들 속으로 들어갔다.

제인은 떨리는 가슴으로 실내를 돌아보았다. 그녀가 가본 엘에이 파티들도 이렇게 스타들로 차고 넘치지는 않았다. 페가수스의 전폭 지원이라는 위력이 이런 거구나, 싶었다.

"제인 Q." 강한 켄트 주 억양으로 뒤에서 누군가 말을 걸어왔다. 고개를 돌려보니 해니벌 팽이 특유의 으스대는 태도로 다가오고 있었다. 온몸에서 안도감이 느껴졌다.

"내 삶의 빛, 내 몸의 빛이여." 윌리 자리에 앉으며 그가 말했다. "그렇잖아도 오늘 밤 만나기를 고대했어요. 《큰곰자리》를 열심히 들었거든. 뭐랄까… 느끼게 해주더라고요."

"좋은 걸 느끼게 해주었기를 바랄게요."

"당연하죠. 내가 장담하는데, 그래미 상이 확실해요."

"설마요." 제인이 말했다.

"최우수 신인상은 떼놓은 당상이고." 이를 드러내고 웃으며 그가 말했다. "그러니까 오늘 밤은 우리의 밤인 거죠?"

"그럴지도 모르겠네요." 제인이 말했다. 해니벌이 악당 같은 눈썹을 치켜 올리고 웨이터를 손짓으로 불렀다. 그 순간, 사방에서 카메라 셔터가 터졌다.

누가 보고 있는 것 같아 고개를 들자 방 저편에서 푸른 화염처럼 타오르는 제시의 눈과 마주쳤다. 가슴이 죄어드는 느낌이었다. 요란한 박수 소리와 함께 모건이 무대에 올라섰다. 파랑과 주황 줄무늬의 점프 슈트를 입었고 깃털 같은 머리는 조명 아래에서 적갈색으로 빛나고 있었다. 제시가 이어서 무대에 오르자 해니벌이 눈동자를 굴렸다.

"이렇게 와주셔서 정말 감사합니다." 제시가 마이크에 대고 말했다. 모건은 활력과 관능을 발산하며 그 옆에 자신 있는 자세로 서 있었다. 움직일 때마다 모든 손가락에 낀 반지들이 조명을 받아 반짝거렸다.

"여기가 저희 집이에요." 그녀가 들뜬 목소리로 마이크에 대고 말했다. "그러니까 여러분의 집도 되죠. 환영합니다!" 그녀가 발을 차 신발을 벗는 모습을 제시가 사랑 담긴 눈으로 내려다보았다. 제인의 몸이 뻣뻣하게 굳었다.

"리드 부인, 어때요?" 그가 말했다. "이분들에게 노래 한 곡 선사해야겠죠?"

제시가 〈부서진 문〉의 서주를 튕겨보자 사람들이 자지러졌다. 제인은 생각했다. 좋은 연주자는 듣는 사람에게 바로 그 옆에 있는 느낌을 주는 반면, 훌륭한 연주자는 듣는 사람에게 자신이 거기 있다는 사실조차 잊게 만든다고. 모건과 제시 둘 다 훌륭했다. 강력한 존재감을 뽐냈다. 프로 테니스 선수의 경기를 보는 느낌이었다. 〈실비의 미소〉가 〈감미롭고 부드러운〉과 〈페인티드 레이디〉와 〈별들 아래에서〉와 〈정말로 이상한 일〉로 이어졌다. 〈나의 여인〉이 끝나자 해니벌이 제인에게 허리를 굽혀 속삭였다. "무대 위에서가 저렇다면 무대 밖에선 과연 어떨지 궁금하네요…."

제인이 웨이터를 손짓으로 불러 음료를 하나 더 주문했다. 이번에는 더블이었다. 해니벌이 무슨 말을 하는 건지 알았다. 마치 스트립 포커를 구경하는 기분이었다. 노래 한 곡 한 곡마다 그들 사생활이 한 꺼풀 한 꺼풀씩 벗겨지고 있었다. 〈여름밤〉을 듀엣으로 부를 때는 당장 무대 위에서 서로를 부둥켜안을 분위기였다.

제인은 실내를 둘러보며 이건 다 가짜라는 생각을 했다. 사랑도 없었고, 진정한 교감 또한 없었다. 그저 성공만을 노리는 업계 종사자들이 먹이사슬에서의 자기 위치를 공고히 하려고 기를 쓰는 자리일 따름이었다. 혐오감이 훅 올라왔다. 그녀와 그녀의 팬들은 이런 세계 밖에 있었다.

로레타까지 가세하자 신이 난 사람들이 자리에서 일어섰다. 그녀가 피아노 앞에 앉자 제시가 〈안전한 항로〉의 카운트를 시작했다. 모건이 후렴의 화음을 넣었다.

'그대에게 어둠이 내리고 살을 에는 추위가 닥치면; 자, 내 손을 잡아요; 함께 빛 속으로 돌아가게요.'

로레타가 〈정말로 이상한 일〉의 답가 삼아 쓴 곡이었다. 2절 가사를 보면 더 확실했다. 노래가 너무 좋아 제인은 질투 따위는 잠시 잊고 그냥 바라만 보았다. 함께 인사를 한 뒤 제시가 마이크를 향해 허리를 굽혔다.

"네, 로레타는 정말 특별한 가족입니다." 그가 말했다. "'별들 아래에서' 투어에도 동참해줄 거예요. 50개 주를 다 돌 예정이니, 그야말로 뭐 '성조기여 영원하라'네요."

사람들이 웃음을 터뜨리는 가운데 로레타가 무대에서 내려왔다. 제인은 잔을 들어 얼음조각 하나를 입안에 넣었다. 혀가 아렸지만 얼음이 다 녹을 때까지 그러고 있었다.

그녀는 언제나 정해진 테두리를 벗어나지 않는 로레타를 조금 낮춰봤었다. 그런데 둘 중 하나는 전국 투어의 주역이 될 것이고 다른 하나는 찌꺼기라도 받아먹으려고 악을 써야 할 판이었다. 다시 방안을 둘러보다 무서운 생각을 해보았다. 여기 온 사람들이 나를 좋아하지 않는 한 바깥세상의 사람들이 아무리 좋아한들 소용없는 거 아닌가?

누구나 남의 덕을 보면서 살아.

음악으로 승부를 볼 수 있다고 제인은 늘 생각했었다. 그런데 제시 말대로 그런 건 현실이 아니라면? 특정인들의 의향이 중요할 뿐 음악 따위는 상관없다면?

주변의 얼굴들이 선명하게 보였다. 저마다 이해타산에 맞춰 주판알을 튕기고 있었다. 제인의 눈이 윌리에게서 멈췄다. 심성이 착한 사람이지만 회사와의 관계에 부담을 감수하면서까지 과연 얼마나 더 그녀를 지원할 수 있을지 모를 일이었다.

할 수 있는 한 언제나 그녀 편이 되어주었고 그녀 자신마저 확신을 잃었을 때도 변함없이 그녀의 재능을 믿어주었으며 항상 그녀를 보살펴준, 이곳에서 그녀를 그녀 자신의 평가대로 인정해준 유일한 사람이었다.

그런 사람을 5개 도시 투어가 시원찮다고 내친 거였다.

"자, 한 곡 더 남아 있어요." 튜닝을 점검하는 제시 옆에서 모건이 숨을 헐떡이며 말했다. 그가 음표 몇 개를 더 치자 실내는 쥐죽은 듯 조용해졌다. 이 순간을 기다렸던 듯, 아니 어쩌면 기대했던 것처럼, 그는 사람들을 기다리게 만들고 있었다. 이윽고 그가 제인에게는 마치 자신의 노래처럼 익숙한 곡의 전주를 치기 시작했다.

'빛이여 사라져라; 바다 속으로 물러나라; 태양은 수평선의 것이고; 당신은 나의 것.'

한때 제인의 파트였던 부분을 제시가 계속 불렀고 모건은 후렴을 도왔다. 모건의 목소리는 엷은 안개 같았고 제시의 것은 빛 같았다. 그녀의 음색이 그의 것을 한없이 매혹적으로 둘러쐈다. 제인은 숨이 턱 막혔다.

제시가 모건에게 몸을 돌렸다. 제인은 몸이 뻣뻣해졌다. 눈물 때문에 눈이 쓰렸다. 제시가 아직 자기를 사랑한다는 사실에 얼마나 의지하고 있었는지 비로소 실감했다.

'당신을 지켜줄게요; 내가 여기 있는 한; 이렇게 가까이 있는 한; 당신은 그렇게 계속 꿈을 꿔요.'

노래가 끝나기도 전에 청중이 일어났다. 제인도 일어났다. 해니벌도 그랬다.

"담배 한 대 피워줘야지." 그가 말했다. "같이 갈래요?" 제인이 고개를 끄덕이고 그를 따라 나갔다.

바깥의 밤공기는 습하고 향기로웠다. 제인은 에어컨 탓에 차가워져 있었던 살갗이 녹는 것을 느끼며 해니벌이 건네준 뉴포트를 한 모금 빨아들였다.

"자기, 나하고 말이에요," 입에 문 담배를 엄지와 검지로 비틀며 그가 말했다. "롤스로이스 타고 저 밤 속으로 달려나갈래요?"

생각하고 자시고 할 것도 없었다. "그래요." 그녀가 말했다.

해니벌은 반가워했지만 놀라지는 않았다. "좋아요." 그가 주차권을 찾아 주머니를 뒤지며 말했다. "이걸 누구에게 줘야 하지?" 주차요원들이 하나도 보이지 않았다. 제아무리 세련된 클럽이라고는 하나 이제 겨우 첫날이었다. "꼼짝 말고 있어요." 해니벌이 말하고 주차장 쪽으로 걷기 시작했다.

담배를 입에 무는 그녀 뒤에서 클럽 정문이 열렸다. 왁자지껄한 웃음소리 속에서 낮은 목소리가 들렸다. "뭘 좀 확인해야 해, 오래 안 걸려." 고개를 돌려보니 제시가 서 있었다. 그는 아무 말 없이 그녀의 팔을 잡고 건물 옆으로 데리고 갔다.

사람들의 시야에서 벗어나자 제시가 걸음을 늦추었다. 공연 직후라 그의 몸에서 열이 발산되고 있었다. 아직도 손은 그녀의 팔을 잡고 있었다. 놓을 수가 없는 것 같았다. 그녀도 놓기를 바라지 않았다. 그가 천천히 그녀를 자기 앞으로 돌려세웠다. 한 발짝 물러서자 등이 나무 몸통에 닿았다. 그가 그녀를 바라보며 키스를 하려는 듯 몸을 굽혔다.

"여긴 왜 온 거야?" 그가 다그쳤다.

제인은 눈을 깜박거렸다. 목소리가 잘 안 나왔다.

"오늘은 즐거운 날이어야 했어." 그가 말했다. "당신은 올 권리가 없었어."

"초대해놓고 무슨 소리야." 제인의 말에 그가 입을 벌리더니 다물었다.

"나는…" 그의 목소리가 끊겼다. "레이블이 그랬나 보군."

"개 대단하네." 저도 모르게 말이 나와 버렸다.

"조심해." 그가 말했다.

"우리 노래를 퍽 잘도 부르던데." 제인이 말했다.

"내 노래야." 그가 말했다.

제인이 고개를 저었다. "영원히 나를 위한 노래가 될 거라고 말한 건 자기였어." 제인이 말했다. "거짓말이었던 거로군."

제시가 한발 다가서며 그녀를 나무에 밀어붙인 다음 얼굴을 바짝 들이댔다.

"당신은 나를 거짓말쟁이라고 부를 자격이 없어." 그가 속삭였다.

제인은 조금 당황했다. "진정해." 그녀가 말했다.

그의 손가락들이 그녀 어깨의 옷자락을 스쳤다. 제인은 숨이 막혔다.

그의 표정이 누그러졌다. "당신이 오두막에 처음 왔던 날이 기억나네." 그가 말했다. "그레이스가 매기랑 함께 있어 줘야 해서 그랬던 거였지. 순금 같은 여자라고 생각했어." 그의 얼굴에 그림자가 드리워졌다. "나는 그걸 믿었어. 당신처럼 거짓말을 하는 사람은 없어, 제이니 Q."

그가 말하고 팔을 내렸다. 따뜻한 밤이었는데도 온몸이 오싹했다.

제시에게는 말도 조심해서 하고.

"지금 무슨 말을 하는 거야?" 그녀가 말했다. 그냥 자기 실수였다고 말하고 싶었는데 대화는 감당할 수 없는 방향으로 달려가고 있었다.

'초승달Crescent에 숨어있을 때는 그저 생존을 위해 몸부림치

는 *것이라고.'* 그가 입을 열었다. "어쩐지 그 부분이 항상 조금 이상했어. 초승달에 왜 대문자 C를 썼지? 그런데 이제 알겠더라고. 안 그래?"

"제시, 도대체…" 그녀가 말했다. 제시는 비난하는 눈으로 그녀를 바라보았다.

"그러지 마." 그가 말했다.

그와 눈이 마주치는 순간 그 색과 모양 안에 깃든 마음이 이해되며 숨이 턱 막혀왔다. 그녀를 바라보는 그는 정말 다 알고 있는 것 같을 때가, 용케도 직관으로 알고 있어서 말해줄 필요가 없는 것 같을 때가 있었다. 하지만 분노로 굳은 그의 얼굴 앞에서 그것이 그녀의 착각이었음을 시인하지 않을 수 없었다.

'그래 네 말이 맞아, 나는 거짓말쟁이야.'

"제시, 말해주고 싶었어." 그녀가 말했다.

제시의 시선이 얼음처럼 찼다. "하지만 말해주지 않았지. 사라졌다고, 어디 있는지 아니 살았는지 죽었는지조차 모른다고 했어. 완전히 허튼소리였어. 지금껏 줄곧 센터에 입원해 있던 거고, 당신은 매주 면회를 갔어. 난 알아, 제인. 아버지에게 확인을 부탁했어."

수치심이 전류처럼 제인의 몸을 가르고 지나갔다.

"정말 중요한 단 하나의 사실에 대해 내게 거짓말을 한 거야." 그가 말했다.

"그런 거 아니야." 제인이 말했다. "그저 내가 그럴 입장이…."

"왜 아니지? 너는 우리가 뭔가 신성한 것을 공유하고 있다고 착각하게 만든 거지. 난 그걸 절대로 용서 못 해."

"정말 무슨 말인지 못 알아듣겠다니까."

"이거 말이야." 그가 그녀의 얼굴을 양손으로 쥐며 말했다. 입에 문 담배가 그녀의 왼쪽 귀에 거의 닿을 지경이었다.

"고마워." 그가 말했다. "난 줄곧 우리가 헤어진 게 내 잘못이라고 생각했어. 내 중독, 내 나약함, 내 거짓말이 모든 걸 망가뜨렸다고. 그런데 알고 보니 너는 나보다 더 엉망인 거야. 그러니 고마워해야겠지. 이제 어쩌면 정말 내 삶을 즐길 수 있을지 모르니까."

그가 그녀를 놓아주고 불빛 속으로 물러섰다. 제인은 무릎이 후들거렸다.

'다시는 사랑하지 않으리.'

"이만 아내에게 돌아가 봐야지." 제시가 말했다.

왔던 길을 돌아가는 그를 바라보면서 제인은 구토가 날 것 같은 한기에 사로잡히는 느낌이었다.

제시에게도 말도 조심해서 하고.

제인은 그레이 게이블스로 돌아갈 수 없었다. 차마 그레이스를 마주볼 수 없었다.

자신을 옥죄어오는 밤의 거대함을 절감했다. 윌리를 기다리고 싶지 않았다. 해니벌과 드라이브를 가고 싶지도 않았다. 신발을 벗어 던지고 발밑에서 살아 움직이는 아일랜드를 느껴보았다.

그녀는 달리기 시작했다.

38

제인은 동이 터올 즈음에 미들 로드에 다다랐다. 거기서부터 남쪽 케이버스웰을 향해 걷기 시작했다. 빈틈없이 정돈된 또 하나의 기다란 진입로 기슭에 도착했을 때는 아침 안개가 일렁이고 있었다. 경비초소 앞에서 걸음을 멈추었다.

"광란의 밤?" 루이스가 제인의 드레스를 고갯짓으로 가리키며 묻고는 게이트를 열어주었다. 통금 시간을 넘겨 집에 돌아와 가족을 깨우지 않고 방에 들어가려는 청소년처럼 제인은 손에 신발을 들고 진입로를 걸어 올라갔다.

본관 건물을 돌아 직원 출입구로 향했다. 방문객들에게 주차장, 휴식용 잔디밭, 장기 투숙 동, 경호 병동 따위의 위치를 알려주는 표지판이 나왔다. 맨 위의 '시더 크레센트 병원 재활센터'라는 돋을새김 글자들에는 금박이 입혀져 있었다.

"뭐야, 신데렐라야?" 데스크 뒤의 모니카가 말했다. 센터는 모든 것이 깨끗하고 밝았다. 복도도 병실도 직원 출입 구역도 그랬다.

"일찍 왔네요?" 제인이 말했다.

"시간외 수당에 장사 있어?" 모니카가 말했다.

출입기록부에 서명한 후 탈의실로 들어간 제인은 그레이스의 사물함에서 유니폼을 꺼내 드레스 위에 입고 하이힐을 여벌 테니스화로 바꿔 신고는 머리를 묶어 올렸다. 그리고 사무실로 돌아가 모니카의 데스크에 놓인 전화의 수화기를 들었다.

"오늘 예약 없는 것 같은데." 수화기를 내려놓는 제인에게 모니카가 말했다.

"맞아요." 제인이 말했다. "그냥 와봤어요."

"그럼 뭐." 모니카가 말했다. 주먹만 한 열쇠 꾸러미가 엉덩이에 부딪혀 짤랑거렸다.

제인은 모니카를 따라 똑같은 푸른 유니폼을 입은 직원들 틈을 빠져나가며 뒤쪽 계단을 올라갔다. 중환자실이 있는 2층, 청소년과 노인용 병실이 있는 3층을 지나 성인 병실이 있는 4층에 다다랐다.

영화 속 정신병원들의 복도는 환자들의 비명이 끊이지 않는 것으로 묘사되곤 하지만 센터 복도는 막 내린 눈처럼 희고 조용했다. 모니카는 딸에게 자전거를 사주러 돈을 모으고 있다고 재잘대다 431호실 앞에서 걸음을 멈추었다. 문에 난 작은 창으로 안을 들여다보며 그녀가 고개를 저었다.

"벌써 일어났네." 그녀가 말했다. "오늘은 바쁜 날이 될 거야." 모니카가 문을 톡톡 두드렸다.

"찰리, 안녕하세요." 그녀가 말했다. "손님이 오셨어요."

"들어와, 들어와." 관능적인 목소리가 문밖으로 흘러나왔다. 색소폰 리프처럼 매끄러운 음색이었다.

"제인." 그녀가 말했다. "우리 아가."

찰리가 화장대 앞에서 일어나 제인을 맞았다. 그레이스보다 두 살 아래였는데 기나긴 약물치료로 인해 누르스름해진 살결이며 지저분한 머리 때문에도 열 살은 더 들어보였다. 풀 먹인 흰색 내리닫이를 입고 있었지만 값비싼 옷을 입은 듯 몸가짐이 우아했다.

"필요한 거 있으면 전화해." 방안의 빨간 전화기를 고갯짓으로 가리키며 모니카가 말했다.

"칵테일 좀 안될까?" 찰리의 말이었다. 센터는 술을 금지했지만 상관없었다. 찰리는 자기가 사는 곳이 센터인 줄도 몰랐기 때문이었다.

"한번 알아보지요." 모니카가 말하고 문을 닫고 나갔다.

"사랑하는 우리 딸." 찰리가 제인의 양쪽 볼에 입을 맞추며 말했다. "오늘 밤 파티 전갈은 받은 거지?"

제인은 찰리의 침대에 앉았다.

찰리는 화장대로 돌아가 얼굴을 점검한 뒤 상상 속의 콤팩트를 집어 들고 파우더를 발랐다. "오늘은 바쁜 날이 될 거야." 그녀가 말했다. "준비를 마쳐야 해. 한 시간쯤 후에 도리스가 와서 우리를 픽업하기로 했거든."

"좋아요." 제인이 말했다. "도리스는 잘 지낸대요?"

"늘 그렇듯 허겁스럽지." 찰리가 눈동자를 굴리며 말했다. "밥이 자기보다 나를 먼저 이 파티에 초대했다고 난리를 떠는 거야. 주소록에 내 이름이 먼저 보여서 그런 거라고 말해줬건만 어디 내 말을 듣니? 물론 안 듣지. 그뿐이면 괜찮게?" 찰리는 말을 하면서 붓질을 하는 동작으로 얼굴에 '파우더를 발랐다.' 제인은 베개에 몸을 묻고 그 손짓을 바라보았다. 둥글게, 둥글게, 둥글게.

"그래서 내가 그랬어." 찰리가 말을 이었다. "그렇게 기분이 상했으면 밥에게 직접 이야기해보라고. 내가 뭘 어쩌면 좋겠니?" 그녀가 제인에게 몸을 돌리고 어이없다는 눈으로 그녀의 얼굴을 들여다보았다.

제인이 고개를 저으며 말했다. "나도 모르겠어요." 찰리는 가끔 동전만 넣어주면 밤새도록 돌아가는 주크박스 같았다.

"도리스가 어쨌을 것 같니?" 찰리가 거울 속 자신의 얼굴로 돌아가며 물었다. "루시한테 전부 다 일러바쳤지 뭐야."

찰리는 주로 도리스 데이, 밥 호프, 루실 볼 같은, 자신의 어린 시절 은막의 스타들로 구성된 세계에서 살았다. 그녀의 정신과 주치의 체이스 박사는 제인에게 이렇게 설명해줬다. "거기가 자신이 속한 곳이라고 믿는 거예요. 증상 발현 이후로 자신이 스타가 아닌 세상은 견딜 수 없게 된 거고, 그 세계가 위협받으면 극단적인 반응이 일어날 수 있어요."

처음에는 이렇게 찰리와 단둘이 방 안에 있을 수도 없었다. 그때는 누구의 사소한 눈길에 대해서조차 격렬한 감정폭발을 일으키곤 했다. 여러 해에 걸친 꾸준한 치료 덕에 그나마 이만큼 유순해진 거였다. 육체적인 격발은 2년 전이 마지막이었지만, 흉기로 쓰일 만한 것은 플라스틱 화장품 케이스건 쇠붙이 스푼이건 여전히 허용되지 않았다.

"누군지 좀 봐줄래?" 찰리가 문 쪽으로 고갯짓을 하며 말했다. 노크한 사람이 없었다. 제인은 잠시 머뭇거렸다.

"아, 괜찮아." 당황한 찰리가 말했다. "도리스야. 지금은 너무 바빠 상대해줄 수 없는데."

"알겠어요." 제인이 말했다.

찰리가 경험하는 것을 임상용어로는 망상과 환각이라 불렀다. 지금까지는 어떤 약물도 그것을 오랫동안 물리치지 못했다. 도리스와 밥은 찰리와 실시간으로 대화하는 상상의 인물들이었다. 루시는 사실 루실 볼과 놀랄 만큼 닮은 얼굴의, 찰리가 가장 좋아하는 간호사 메리였다.

찰리의 세계는 그 나름의 일관성이 있었다. 텔레비전 드라마처럼 회마다 주로 가상의 파티들을 무대로 한 일련의 사건들이 꾸준히 발생하는 가운데 그녀가 존재했다. 규칙만 준수하면 나쁘지 않은 공간이었다. 규칙은 간단했다. 찰리가 말을 하게 내버려 두고 절대로 그게 현실이 아니라고 지적하지만 않으면 되는 거였다.

누군가 문을 두드렸다.

"도리스를 내치라고 그랬잖니." 찰리가 말했다. 문이 살짝 열리며 메리가 플라스틱 컵 두 개가 담긴 쟁반을 갖고 들어왔다. 하나에는 물이, 하나에는 알약들이 들어있었다.

"제인, 안녕." 메리가 말했다. "찰리, 안녕하세요."

"루실." 찰리가 일어서서 메리의 양쪽 볼에 입을 맞추며 말했다. "호랑이도 제 말 하면 온다더니."

"멋지세요." 건성으로 메리가 말했다. "오늘 밤은 시나트라의 파티인가요?"

"그건 지난주였지." 찰리가 답답하다는 듯 말했다. 제인은 침대 위에 말없이 앉아 있었다. 자극이 많을수록 찰리는 사람들을 자신의 세계에 통합시키는 데 곤란을 겪었다. 동시에 둘 이상과 대면하는 일이 생기면 불안 증세를 보이면서 누가 누군지 분간하기 힘들어했다.

"지금 이러면 안 돼, 루실." 찰리가 말하고서 상상 속의 립스틱을 집어 입술에 가져다 댔다가 마치 데기나 한 듯 황급히 손을 뗐다. 그리고 립스틱의 길이를 조정하는 시늉을 한 뒤 다시 입술에 갖다 댔다. 알약들은 화장대 위에 그대로 놓여 있었다.

"최소한 드레스는 입었어야지." 찰리가 메리를 꾸짖었다. "오늘 밤이 얼마나 중요한 행사인지 그렇게 말해줬건만. 그런 꼴로는 남자 구경도 못 해."

"지당하신 말씀이세요." 메리가 말했다.

찰리가 다시 메리를 꾸짖었다. "아첨 떨지 마." 그녀가 푸른 눈으로 메리를 노려보며 말했다. "다 알 수 있으니까. 이제 그만 가봐." 찰리가 말했다.

메리가 고개를 끄덕였다. "이것부터 드세요, 그럼 갈게요."

찰리가 눈동자를 굴리며 시키는 대로 했다. 메리는 컵을 받아들고 제인에게 몸을 돌렸다. "차가 와 있어." 그녀가 낮은 목소리로 말했다.

제인이 고개를 끄덕였고 메리가 방에서 나갔다. 제인은 향수를 뿌리는 시늉을 하는 찰리를 바라보다 침대에서 일어나 섰다.

"이만 가볼게요." 그녀가 말했다. 찰리 뒤에 서보니 목 뒤의 문장 문신이 보였다. 조금 번지기는 했지만 해와 달과 물이 그대로 있었다.

"제인, 파티에서 볼 수 있는 거지?"

찰리에게서 이런 질문들을 받으면 제인은 머릿속에서 '또 곧 볼 수 있겠지?' 같은 좀 더 정상적인 질문으로 옮겨보곤 했다.

"그렇게 안 될 것 같아요." 제인이 대답했다. "엄마, 사실은… 한동안 떠나 있게 돼서 오늘 온 거예요." 찰리가 거북하게 웃었다.

"어머, 그렇게 부르지 마. 나 그거 싫어해." 그녀가 허깨비 립스틱을 다시 비틀기 시작했다.

느리고 꼼꼼한 그 동작을 보면 거의 진짜로 여길 만했다.

"다른 할 말 있어?" 찰리가 말했다. "도리스가 곧 들이닥칠 거야."

제인이 고개를 젓고 별다른 인사 없이 방을 나갔다.

아래층으로 내려가면서 주간근무 간호사들 몇몇과 마주쳤다. 모두 이름을 불러주며 제인에게 인사를 했다. 테니스화만 빼고 유니폼 등 나머지는 그레이스의 사물함에 다시 집어넣었다. 데스크에서 출입기록부에 서명하고 주차장으로 갔다. 그레그의 폭스바겐 버그가 장애인 주차 구역에서 공회전을 하고 있었다. 다가오는 그녀를 보고 매기가 문을 열어주었다.

"부두로 데려가 줘." 제인이 말하고 엄지손톱으로 입술을 톡톡 두 번 쳤다.

매기가 그녀를 위아래로 살펴보았다. 드레스, 올린 머리, 그리고 신발까지. 그러더니 후진 신호를 넣었다.

"돈이 필요할 거야." 매기가 말했다.

아군은 묻지 않아도 안다.

39

제인은 루프트한자 창구 직원에게 항공권을 제시하기 위해 줄을 서 기다렸다. 푸른 드레스 위에 그레그의 플란넬 셔츠를 입고 매기의 옷이 가득 든 여행용 카펫 가방을 든 그녀는 커다란 플라스틱 선글라스로 눈을 가리고 있었다. 창구 직원이 그녀의 이름을 한 번 더 검토했다.

"좌석번호는 16F입니다." 강한 독일어 억양으로 그가 말했다.

비행기가 서서히 활주로로 진입하고 있는데 성난 말벌떼처럼 자책감이 밀려왔다. 이 비행기가 어서 이륙하기만 하면 물리칠 수 있을지 몰랐다.

***

제시에게 말한 그대로, 그녀가 아홉 살 때 일어난 일이었다.

제시에게 말한 그대로, 어느 날 밤 그녀의 어머니가 집을 나가 돌아오지 않았다. 제시에게 말한 그대로, 모두 다 〈라일락 왈츠〉 때문이었다.

제시에게 말하지 않은 것은 이것이었다. 라디오에서 그 노래 〈라일락 왈츠〉를 처음 들은 후, 찰리는 지독한 기분 변화에 시달렸다. 순간순간, 기분이 급격하게 변했다. 우편물이 배달됐다고 깡충깡충 뛰다가 그게 다 광고물이라고 악을 쓰며 울었다. 집에서건 식료품점 계산대에서건 누구든 자기 말을 들어주는 사람이 있으면 〈라일락 왈츠〉를 자기가 썼다고 말했다.

토미 패튼의 음반사 엘렉트라로부터 '정지 명령' 통지를 받고 나서야 식구들은 그녀가 토미 패튼에게 협박 편지를 보내왔다는 사실을 알았다. 엄마와 이모가 서로 악을 쓰고 싸울 때 자신이 매기 방에 숨어있었던 것도 기억난다.

"이렇게 해서 뭘 얻겠다는 건데?" 그레이스가 고함을 쳤다.

"여자랑 진주가 운율이 맞아!" 찰리가 맞받아 비명을 질렀다. "여.자.랑.진.주.가.운.율.이.맞.아!"

그렇게 한바탕 싸운 다음 몇 달은 조용했고 찰리가 정신을 차린 것 같았다. 급격한 기분 변화가 완화되며 집중력이 회복되고 정신도 맑아졌다.

그때 미국레코드예술과학아카데미가 토미 패튼을 주역으로 포크 페스트를 후원할 것이라는 발표가 났다. 그레이스와 엘시는 또 한판의 전쟁에 대비했으나 뜻밖에도 찰리가 의연히 받아들이는 모습이었다.

"그냥 그날은 안 가면 되지." 그녀가 태연하게 말했다.

그렇게 말한 대로, 페스티벌이 열리는 그날 밤 찰리는 데이트 약속을 잡았다. 연한 라일락빛 드레스 차림에 머리는 말아 올리고 문가에 서 있던 엄마 모습을 제인은 아직도 또렷이 기억한다.

그녀에게 구애해오던 텍사스 남자 빌이 이쑤시개를 입에 물고 베이지색 캐딜락을 집 앞까지 몰고 와서 세 번 경적을 울려 찰리에게 도착 사실을 알렸다.

"꼴불견이다, 참." 엘시가 말했다.

"기다리지들 마." 찰리가 말했다. 현관문을 나가기 전에 복도 거울 앞에서 립스틱을 살피던 찰리, 그것이 제인이 그레이게이블스에서 본 엄마의 마지막 모습이었다.

***

제인이 탄 비행기는 일곱 시간 후 프랑크푸르트에 착륙했다. 그녀는 출발 안내 전광판을 훑어본 다음 올림픽 항공 창구로 갔다.

"그리스 행 티켓 하나나요." 그녀가 말했다.

"알겠습니다. 11시 14분발 아테네편이 있군요." 발권 직원이 물었다. "편도로 드릴까요?"

"네." 제인이 대답했다.

***

그레이스의 표현으로는 저녁 여덟 시쯤 속에서 경보음이 울렸다. 토미 패튼의 공연 예정 한 시간 전이었다. 동생을 믿고 싶었지만 제인과 매기랑 〈신혼여행자들〉이라는 TV 프로를 보는데 가슴이 자꾸 울렁거렸다. 마음을 달래려고 찰리의 방에 들어가 보니 침대 위에 두 번째 '정지 명령' 통지가 놓여 있었고, 그 밑에 찰리가 손으로 쓴 같은 내용의 편지가 수백 장 쌓여 있었다.

"토미 패튼, 너의 죄를 물어 죽여 버릴 거야."

엘시는 손녀들과 집에 남고, 그레이스 혼자서 페스티벌 장소로 차를 몰았다. 그녀는 메인 무대 위쪽 들판에 스테이션 왜건을 세우고 언덕 위에서 객석을 내려다보았다. 토미 패튼이 등장하고 있었다. 황혼 속에서 객석이 출렁였다. 누가 누군지 분간할 수 없었다. 찰리가 혹시 거기 있다고 해도 그레이스가 찾아낼 수는 없었을 것이었다.

하지만 찾아냈다. 무대 바로 앞에 서 있는 찰리의 말아 올린 금발이 조명 아래에서 반짝이고 있었다. 술에 곤죽이 된 가면 같은 얼굴로 토미 패튼을 향해 이빨을 드러내고 있는 그녀를 주변 사람들이 훔쳐보기 시작했다. 그레이스는 가슴이 철렁했다.

그녀는 사람들을 헤치고 나아갔다. 〈라일락 왈츠〉 전주가 시작되었다. 잔디밭이어야 할 발밑에서 담배꽁초들이 바스러졌다. 토미 패튼이 2절을 부르기 시작할 때 겨우 동생에게 다다랐다.

'내가 셋까지 세니, 별안간 진주처럼 새하얀 달이 낮게 드리우네요.'

찰리는 당장이라도 휘두르려는 듯 술병 목을 잡고 있었다. 옆으로 돌린 얼굴을 보니 새빨간 입술 사이로 담배를 질끈 물고 있었다. 손 안에서 무언가가 흔들거렸다. 병 안에 든 천 조각이었다.

찰리는 천 조각에 담뱃불을 갖다 붙이고 노래하는 토미 패튼에게 병을 던졌다.

'나는 당신 품 안의 남자요.'

"찰리, 안 돼!" 그레이스의 날카로운 비명이 객석 전체로 울려 퍼졌다.

찰리가 무대로 던진 병은 토미 패튼의 발 부근에서 불길을 일으키며 터졌다.

혼란을 틈타 찰리가 무대를 향해 돌진했다. 그레이스의 손이 동생의 손목을 수갑처럼 감싸 안았다.

"이거 놔!" 찰리가 그레이스에게 이를 갈며 씩씩거렸다.

셔츠에 불이 붙은 토미 패튼이 비명을 질러댔다. 그뿐이 아니었다. 주변의 다른 피해자들도 화산재가 떨어지듯 무대에서 뛰어내리고 있었다.

***

항공권을 산 지 다섯 시간 만에 아테네에 도착했다. 생소한 알파벳으로 적힌 안내판들을 보며 이렇게 멀리 와버렸구나, 제인은 실감했다.

"마탈라로 가고 싶어요." 나중에야 헬레닉 항공사 표시라는 걸 알게 된 커다란 로고 밑의 남자에게 말했다. 직원이 표를 출력해줬다.

"이걸로 헤라클리온까지 가실 거예요." 그가 말했다. 제인은 표를 받아들었다.

***

"더없이 아름다운 밤이지 않아?" 그레이스의 손에 주차장으로 끌려가면서 찰리가 쾌활하게 말했다. "저렇게 훌륭한 뮤지션들과 공연할 기회가 내게 와서 너무나 기뻐. 내년에도 나를 초청해주겠지?"

"무슨 소리야?" 그레이스가 고함을 쳤다. "데이트는 어떻게 된 거야?"

"데이트?" 찰리가 멍한 눈으로 되물었다.

"널 여기까지 데려다준 남자 말이야." 그레이스가 말했다.

"그거 데이트 아니야." 찰리가 역겹다는 듯 말했다. "시내에서 그냥 만난 내 팬인데 공연장까지 데려다주겠다고 제의해서 그러자고 했던 것뿐이야. 내 얼굴 좀 보자고 텍사스에서 왔다지 뭐야!"

"너 지금 네가 무슨 짓을 저질렀는지 알기나 하니?" 그레이스가 말했다.

"나는 우리 세대 최고의 작곡가야, 언니도 다른 누구도 내게서 그걸 빼앗아 갈 수 없어." 찰리가 분을 못 이겨 씩씩대며 말했다. 그레이스가 자기도 모르게 찰리의 뺨을 후려쳤다. 찰리가 이를 드러내며 으르렁댔다.

"너 무사하지 못할 거야." 그녀가 말했다. "내가 누군지 알아?"

"넌 아니?" 그레이스가 악을 썼다. 찰리가 그레이스의 멱살을 움켜쥐었다. 자매가 바닥을 구르며 상대를 짓누르겠다고 몸부림을 치던 끝에, 그레이스의 손이 빈 깡통을 하나 찾았다.

의식을 잃은 찰리를 차 뒷좌석에 실어놓고 그레이스는 길 위편 공중전화로 엘시에게 전화를 걸었다.

"무사해서 정말 다행이다." 그레이스의 목소리가 들리자 엘시가 말했다. "라디오에서 지금 난리던데… 어떻게 된 거라니?"

그레이스가 다가오는 차들을 흘긋 바라보았다.

"찰리 짓이에요." 그녀가 말했다. "완전히 돌았어요. 정말이지, 집으로… 집으로 데려가도 안전한 건지 모르겠어요." 엘시는 말이 없고 텔레비전의 가짜 웃음소리만 전화선을 타고 들려왔다.

회색 크라운 빅토리아 한 대가 시야에 들어왔다.

"사람들이 찰리를 봤니?" 엘시가 물었다.

차가 그레이스 옆에서 속도를 늦췄다. 경보음이 삑 울렸다.

그레이스가 침을 꿀꺽 삼켰다. "네." 그녀가 말했다.

***

제인은 헤라클리온 공항을 빠져나와 걷는 미국인 히피들을 따라간 끝에 버스 정류장을 찾았다.

"어디로 가는 버스인가요?" 치장벽토 헛간 안에 앉은 여자한테서 버스표를 사려고 줄을 선 사람들에게 그녀가 물었다.

"마탈라요." 장발 청년이 대답했다. 로럴 캐넌에서 우연히 들은 이야기가 하나의 소망처럼 제인의 머릿속에 떠올랐다.

'마탈라가 바로 그곳이라니까. 너하고, 바다하고 동굴들, 별들….'

제인이 줄의 끝 쪽으로 몸을 틀었다.

"어라, 제인 퀸이죠?" 그가 그녀를 쳐다보며 말했다.

"그게 누군데요?" 제인이 말했다.

***

찰리 퀸은 정신착란으로 인해 재판을 받기에 적합하지 않다는 체이스 박사의 예심 증언에 따라, 판사는 재판에 서도 된다는 판정이 날 때까지 찰리를 정신치료시설에 구금할 것을 명령했다.

"원한다면 사설 기관에 맡겨도 됩니다." 판사가 말했다. "그렇지 않으면 주의 감호 대상이 될 겁니다."

어차피 베일린 아일랜드에는 시설이 하나뿐이었다. 센터는 유수의 임상전문의들이 어마어마한 급료를 받고 부자들의 골칫거리들을 돌보는 장중한 사립병원이었다. 처음 갔을 때만도 그레이스는 이곳이 평생의 일상이 되리라고는 상상조차 못했다. 그저 동생이 아일랜드에 남을 수만 있다면 뭐든지 하겠다는 생각뿐이었다.

예심 후 아일랜드 주민 전체가 퀸 가를 중심으로 똘똘 뭉쳤다. 아일랜드 토착 가문으로 유서가 깊어 지역 결속에 중심적인 역할을 해왔기 때문이었다. 이 사건으로 페스티벌 후원사들이 지레 발을 빼는 일이 없도록 문제를 조용히 묻는 게 모두에게 이롭기 때문이기도 했다. 페스티벌이 폐지된다면 아일랜드 전체가 피해를 입을 것이었다. 〈아일랜드 가제트〉 또한 찰리의 이름을 밝히지 않고 경찰이 방화사건 조사를 종결지었고 아울러 '이런 사건의 재발을 방지하기 위하여' 페스티벌 측과 공동으로 특별대책위원회도 구성했다고 보도했다. 그렇게 머지않아 사람들은 이 사건을 잊었다.

퀸 가는 아니었다.

여러 달 동안의 검사 끝에 체이스 박사는 그레이스와 엘시를 앉혀놓고 찰리는 정신분열증을 앓고 있다고 설명했다. 주로 사춘기 전후 발병하지만 자극 요인이 없으면 오랫동안 잠재해 있을 수도 있는 병이라고 했다.

"망상 정도가 아주 심해요." 체이스 박사가 말했다. "솔직히 언제쯤에나 퇴원이 가능할지 확신이 서지 않습니다. 24시간 감시를 하지 않는다면 본인과 타인 모두에게 위험이 될 거예요. 하지만 방도가 전혀 없는 건 아닌데요."

〈불꽃〉을 처음 듣고 제시가 했던 말이 맞았다. 그것은 쇼크요법을 말하는 것이었다. 찰리는 입원 후 거의 바로 치료에 들어갔다. 치료를 받고 나면 축 처지고 멍하고 혼란한 상태가 되곤 했다. 몇 가지 항정신병 약물치료도 병행했는데, 매번 그전 것보다 부작용이 심했다.

그 첫해, 제인은 적어도 매주 한 번씩 버스를 타고 센터로 달려가서 엄마를 보게 해달라고 직원들을 졸랐다. 당시 찰리는 격리병동에 수감되어 있었다. 약 1년 후, 찰리에게도 일요일 면회가 허용되었다.

퀸 가는 또 하나의 문제와 씨름해야 했다. 돈이었다.

"물물교환 어때요?" 그레이스가 체이스 박사에게 말했다. "찰리의 치료비를 노동으로 갚을게요."

그레이스는 위도우스 피크에서의 일을 그만둔 다음 센터에서 세탁부로 시작하여 꾸준히 자리를 잡아나가 제인이 고등학교를 졸업할 무렵에는 정식 간호사 자격을 취득했다. 제인도 일할 수 있는 나이가 되자마자 거들기 시작했다. 그레이스의 장기간호 일자리에서만 보수가 발생했다. 그것 외에 퀸 가가 의지할 수 있는 것이라고는 엘시의 수입이 전부였다. 그레이스의, 그리고 이후 제인의, 센터 노동은 찰리의 치료비를 보전하는 데 다 들어갔다.

퀸 가 사람들은 집밖에서 찰리를 '샬럿'으로 부르기 시작했다. 과거와 현재 사이에 경계선이 필요해서였다. 누군가가 어찌된 것이냐고 물으면 사라졌다고 대답했다. 엘시와 그레이스는 그걸 놓고 한동안 부딪쳤다.

"거짓말할 거 없어." 엘시가 주장했다. "정신질환은 부끄러운 일이 아니니까. 실종됐다는 대답은 낙인을 영구화하는 행동이야."

"낙인은 지금도 존재해요." 그레이스가 맞받았다. "그건 우리가 바꿀 수 있는 게 아니에요. 최소한 이렇게 해두면 찰리가 퇴원해서 정상적인 생활을 할 가능성이 있어요."

이 논쟁은 잊을 만하면 한 번씩 재발하곤 했는데 매번 엘시가 양보했다. 찰리를 돕기 위해 그레이스가 얼마나 큰 희생을 치러왔는지 잘 알기 때문이었다.

하지만 찰리는 도우려고 해도 도울 수 없는 상태였다. 입원한 지 10년이 넘었음에도 의사들이 할 수 있는 것은 자해를 막는 정도, 그뿐이었다. 퀸 가 사람들은 여전히 그녀의 소재를 비밀에 붙였다. 언젠가 돌아올 거라는 희망이 그리 크지 않았다. 그런 일은 없을 거라고 시인하기가 어려웠다고 하는 편이 맞을 것이다. 타인들의 상상 속에서 상실감을 달랬다. 누군가가 찰리에 대해 궁금해하는 한 찰리는 가정으로나마 어딘가에 있는 셈이었다. 제인은 가끔 그레그가 진실을 알고 있다고 생각했다. 알아도 그녀에게 알은 체를 하진 않았겠지만. 그들의 비밀은 거짓말의 표면 아래 조용히 남아 있었다.

"어느 날 밤 나가서 돌아오지 않았어요. 이후 어떤 연락도 못 받았고요. 어딘가에 있을 수도 있고 죽었을 수도 있겠지요."

제인은 이 구절을 국기에 대한 맹세처럼 암송할 수 있었다. 그것은 어쩌면 가족에 대한 그녀의 맹세였다.

***

버스에서 내리는 순간, 기억이 하나 밀려들었다. 오후의 금빛 햇살, 도서관의 열람실, 누덕누덕한 책 한 권. 찰리의 눈동자는 흐릿해져 있었다. 읽는 것이 아니라 암송하고 있었다.

"이건 무슨 이야기예요?" 제인이 불쑥 물었다.

찰리가 허리를 펴고 앉았다. "아, 모르겠어, 제이니." 그녀가 말했다. "나는 괴물이 좋아."

제인이 고개를 흔들었다. "아니잖아요."

찰리가 생각에 잠겼다. "좋아." 그녀가 말했다. "진실에 대한 이야기야. 진실은 일그러뜨려질 수도, 덮어질 수도, 반으로 줄여질 수도 있지만 그러나 결코 완전히 사라지지는 않는다는. 왠지 위안이 되는구나."

제인은 어리둥절했다. "하지만 왜요?" 그녀가 물었다. "테세우스, 다이달로스, 미노타우로스… 전부 사실이 아니잖아요."

찰리가 입술을 적셨고 제인은 꼬집어 말할 수 없는 불안감을 느꼈다. 그녀가 눈을 깜박이자 찰리가 좀 누그러졌다.

"사실이 반드시 사실인 건 아냐, 제이니." 상냥하게 그녀가 말했다. "때로 이야기가 삶보다 진실일 수도 있어."

푸른 저녁 속으로 걸어 들어가면서 제인은 엄마의 말이 옳았구나 싶었다.

진실은 결코 완전히 사라지지 않았다.

사람들이 그랬다.

마을에 들어서며 그녀는 그저 한동안 떠나 있어야겠다고 생각했다.

40

마탈라는 크레타의 남쪽 해안에 위치한 소읍이었다. 조개껍질 절벽과 지중해치고도 온화한 수온을 자랑하는 쪽빛 바다로 이름난 메사라 만 사이에 들어앉아 있었다. 물가 주변에 흩뿌려진 얼마 안 되는 건물, 그러니까 음식점 두 개, 식료품점 하나, 제과점 하나, 그리고 시원찮은 물건만 남은 관광객용 상점 몇 개가 마을의 전부였다. 대표적 관광지로는 일련의 고대 동굴들을 들 수 있었는데 현재는 한 무리의 이주 미국인이 살고 있었다.

첫날밤에는 여행용 카펫 가방을 품에 안고 동굴에서 잤다.

잠에서 깨어보니 조그만 흰 게들로 온몸이 덮여 있어 흔들어 털어냈는데, 지나가던 나체의 캘리포니아인들은 약에 너무 취해있어서 그 모습을 보고도 우스워하지 않았다. 그날 제인은 델피니 식당 옆의 하숙집에 간소한 방을 하나 얻었다. 며칠이라면 동굴도 괜찮을 터였지만 그보다 훨씬 오래 마탈라에 체류할 작정이었다.

그렇게 제인은 지난 삶의 허물을 벗어내기 시작했다. 텔레비전, 라디오, 심지어 시계조차 피했다. 그녀가 지침으로 삼는 유일한 지표는 델피니 식당이었다. 식당의 낚싯배가 안 돌아왔으면 아직 일어날 때가 아니었고, 오징어 수십 마리가 건조대에 걸려 있으면 제인도 똑같이 따라할 시간이었다.

그녀는 매일 해변가로 걸어내려가 옷을 벗고 햇볕에 몸을 태웠다. 타월이 땀에 젖으면 물에 들어가 타는 살갗을 달래주고는 다시 그 자리로 돌아와 줄에 걸린 오징어처럼 늘어진 채 일광욕을 했다. 아무 하는 일 없이 누워만 있는데도 탈진할 수 있다는 것이 놀라웠다. 해가 지면 델피니에서 간단히 요기한 뒤 창밖에서 들려오는 유쾌한 소리들에 몸을 맡기고 바라던 대로 꿈 없는 잠을 잤다.

마탈라의 기술 중심지는 텔레비전과 전화는 물론 마을에서 유일하게 냉장고까지 갖춘 식료품점이었다. 거기서 처음으로 그레이 게이블스에 전화를 걸어봤다. 엘시가 받았다.

“저 그리스에 있어요.” 제인이 말했다.

엘시가 한숨을 쉬었다. “무슨 일이 있었던 거야?”

“그냥 확 돌아버렸던 거죠.”

“아, 저런.”

“거긴 어때요?”

“바빠. 이모가 걱정 많이 했어. 아주 성가실 만큼.”

“죄송해요.”

“있는지 한번 볼까?” 엘시가 말했다.

“아니에요.” 제인이 말했다. 또 한 차례의 가출 시도 후 길가에 서 있는 열 살 난 자신을 태우러 온 이모가 떠오르며, 스스로가 비겁하게 느껴졌다.

“그래도 최소한 통화는 해야지.” 엘시가 말했다.

“못 하겠어요.” 제인이 말했다. 제시가 비밀을 알아버렸다고 말하면, 이모는 다시는 자기를 같은 눈으로 보지 않을 터였다. 제시에게 그따위 실마리를 흘린 것을, 평생의 희생과 친절과 아량을 누리는 대신 지켜야 했던 ‘누구에게도 찰리에 관해 이야기하지 말 것’이라는 규칙을 어긴 것을 용서하지 않을 것이었다. 그 사실을 직시하려면 제시 생각을 안 할 수가 없었다. 어서 다시 일광욕을 나가고 싶어졌다.

엘시가 한숨을 쉬며 말했다. “무사하다니 다행이다.”

엘시는 식료품점의 주소와 전화번호를 받아 적었다. 이후 몇 주간 할머니와 손녀는 연락을 주고받았다. 제인이 엽서를 써 보내면 엘시는 새 소식들을 묶어 보내주었다. 비가 이제는 '번개'와 '용'이란 말도 할 줄 안다는, 그레이스가 환자 밀리와 함께 다시 유럽에 가서 지내기로 했다는, 이번에는 이탈리아라는, 찰리가 더 높은 함량의 클로로포마진을 투약받을 예정이라는, 등등이었다.

어느 날, 할머니의 편지를 아껴 읽으며 저녁을 먹고 있는데 주방에서 요리사가 지글거리는 프라이팬을 쳐들고 달려 나왔다. 햇볕에 탄 넓은 어깨와 희고 가는 흉터로 덮인 커다란 손을 가진 야성적인 인상의 남자였다. 빛바랜 머리칼은 정수리께로 넘겨 올렸고 짧은 적갈색 수염이 강인한 턱 라인에 박혀 있었다. 눈동자에는 쾌활한 빛이 담겨 단숨에 호감을 느끼게 했다. 손님 접시에 살짝 튀긴 생선을 내려놓는 모습이 재미있어 눈을 뗄 수 없었다.

프라이팬을 테니스 라켓처럼 휘두르며 주방으로 돌아가던 그가 그녀 옆에 멈추어 섰다.

"메뉴에 대해 질문 있어요?" 대서양 건너편의 말투로 그가 물었다.

제인이 고개를 저었다. "칭찬 말고는 없는데요."

그가 그녀를 곁눈으로 보았다. "마탈라 뱀장어는 먹어봤어요?" 그의 말에 제인은 왠지 모르게 웃음이 났다. 웃어본 게 얼마 만인지 몰랐다.

"아니요."

"제인 퀸 씨가 뱀장어를 좋아하는지 먼저 보고, 우리가 친구가 될 수 있는지도 봅시다."

미노스 와인을 한잔 하며 그는 새스커툰 출신으로 런던을 거쳐 온 로저 캐번디시라고 자신을 소개했다. 코르동 블루에서 1년을 버틴 다음 세상에서 가장 아름다운 곳들을 옮겨 다니며 자신만의 요리를 하겠다는 생각으로 때려치웠다 했다.

"그러니까 당신은 '그 모든 것'에서 벗어나려고 여기 온 거예요." 그가 그녀 대신 말했다. 질문이 아니었으므로 제인도 반박하지 않았다. 별빛 아래에서 그와 함께 와인을 마셨다. 제인은 로저 말을 듣는 게, 이제 텅 빈 이 식당보다 나은 곳은 세상에 없다는 듯한 그의 편안함이 좋았다.

"뱀장어를 좋아하는군요." 그가 말했다.

지금은 누구와도 같이 있고 싶지 않지만 이 사람만은 괜찮았다. "뱀장어를 좋아하네요."

그녀의 말에 그의 눈이 반짝거렸다. 제인의 배꼽이 기분 좋게 근질거렸다.

"흠, 흠." 그가 말했다.

로저는 뭐든지 조금씩 아는 잡학박사로 물어보지 않아도 많은 걸 알려줬다. 마탈라의 동굴들과 해변을 함께 찾아다니며 제인은 그 지방의 동식물 이름들은 물론 지금까지는 모르고도 용케 버텨온 기초 그리스어까지 배웠다.

"화장실이 어디냐고 물어보지도 못하는 상태로 외출을 한다는 건 아무리 당신이라 쳐도 지나친 배짱이에요." 이두박근으로 쿡 찌르며 로저가 말했다. 제인은 손으로 그걸 쓸어 보고픈 충동을 억눌렀다.

로저의 쾌활함 뒤에는 날카로운 직관이 숨어있었다. 그래서 그와 함께 있는 게 편안했다. 대화 솜씨가 능란하여 언제든지 화제를 바꿀 준비가 되어있었고, 사생활은 절대 캐묻지 않았다.

요리 솜씨도 당연히 좋아, 이후 몇 주간 제인은 여왕 같은 식사를 했다. 어제 가리비를 먹었으면 오늘은 오징어, 내일은 막 잡아 올린 농어, 모레는 야생 참치, 이런 식이었다. 요리사답게 타이밍 감각 또한 뛰어나 보였는데, 제인에게는 적절한 기회를 기다리고 있는 것처럼 느껴졌다. 혹시 그는 생각이 없는데 자신이 혼자 김칫국을 마신 건가 하던 어느 날 밤, 로저가 헤엄을 치러 가자고 제안했다.

어둠을 의지하여, 그가 평소의 명랑함을 내려놓고 물속의 제인 손을 잡아 끌어당겼다. 그의 입술이 그녀의 입술과 뜨겁게 부딪쳤고, 그녀는 그의 어깨를 잡고 두 다리로 그의 허리를 감아 그를 받아들였다. 허리까지 물에 잠겨있었음에도 그는 제시보다 강했다. 밀어붙이는 그의 머리카락을 그녀의 손가락이 훑고 지나갔으며, 두 사람의 숨결이 따뜻하고 가벼운 물 위로 파문을 일으켰다. 잠시 후 둘은 한 쌍의 수달처럼 손을 맞잡고 잔잔한 물결 위에 몸을 맡기고 누웠다.

그날 밤 잠자리에 누운 제인은 아직도 물 위를 둥둥 떠도는 것 같았다.

로저는 자신만의 공간이 많이 필요하여 누군가하고 한 침대에서 잔다는 것이, 아니 그보다 침대에서 잔다는 것 자체가 자기에게 맞지 않는다고 생각하는 사람이었다. 로저와 함께하는 시간은 예측이 불가능했다. 이제 어느 정도 길이 들었다고 생각하면 별안간 동굴로 돌아갔다. 제인은 따라가기도 했고 따라가지 않기도 했다. 판에 박힌 일상에 대한 로저의 반감에도 불구하고, 천체 궤도 같은 나름의 습성이 둘 사이에 자리 잡았다. 제인은 이제 로저가 눈에 보이지 않아도 거기 있다는 걸 알았다. 그곳에 온 지 몇 달째가 되면서 제인의 머리는 햇볕에 시달려 하얗게 셌고 살갗은 갈색으로 탔으며 발은 해변의 타르에 검게 찌들었다.

10월이 오자 관광객들이 하나둘 빠져나갔으나 물과 공기는 여전히 따뜻했고 제인은 돌아갈 생각이 조금도 없었다. 이곳에 온 후로 엘시와 로저 외에는 아무와도 대화를 나누지 않았고 노래를 하거나 악기를 연주하는 일도 없었다. 마탈라에는 기타도 피아노도 없었다. 《큰곰자리》는 이제 한낱 꿈처럼, 낯모를 누군가의 작품처럼 여겨졌다. 발매된 지 얼마나 됐는지, 반응은 어떤지 전혀 알지 못했다.

자신이 윌리를 얼마나 실망시켰을지도 영영 외면하고픈 화제의 하나였다. 그가 그녀의 전화를 받아줄지도 의문이었다. 아무리 소규모라고 하지만 동부 지역 매체 출연이며 투어를 파투낸 일이 페가수스와의 관계에 종지부를 찍었으리라고 쉽게 짐작할 수 있었다.

그러나, 여기서는, 그런 모든 일이 어찌 되든 상관없었다.

여기서는, 날씨와 입맛에만 신경이 쓰였다. 저녁으로 뭘 먹을지, 비가 올지 안 올지, 그런 것만 생각하면 되었다.

10월 중순 어느 날, 과일을 좀 사러 식료품점에 갔던 제인은 여러 개의 숫자가 적힌, 아마도 유럽 번호일 전화 메모를 받았다. 누굴까 궁금해하며 가게 주인의 전화로 번호를 돌려보았다.

"제인 퀸인데요." 그녀가 말했다. 수화기에서 그레이스의 목소리가 튀어나왔다.

"전화해줘서 정말 반갑다."

"어디예요?" 철렁하는 가슴을 안고 제인이 물었다.

"바로 그거야." 그레이스가 말했다. "시실리에서 보트 여행을 하기로 했거든. 지금 크레타로 가고 있어. 열흘이면 도착하는데, 거기서 좀 볼 수 있을까?"

"이모가 그러고 싶다면요." 제인이 대답했다.

"그러고 싶어." 그레이스가 말했다.

필요한 정보들을 나눈 뒤 제인은 아찔한 기분으로 수화기를 내려놓았다. 가게 주인이 동네 집배원에게 거스름돈을 세어 내주는 모습을 바라보고, 귀한 냉장고 돌아가는 소리와 지방방송 라디오 소리에 귀를 기울이다가, 불현듯 이 모든 게 위태롭다는 생각이 들었다. 거센 돌풍에 모두 휩쓸려 사라져버릴 것만 같았다.

41

제인은 그레이스를 태우고 마탈라로 들어오는 버스를 안절부절못하며 지켜보았다. 그녀가 지닌 가장 괜찮은 옷으로 차려입고 나왔다. 관광객용 상점에서 산 베이지색 튜닉에, 머리는 길게 땋아 늘어뜨렸고 발은 맨발이었다. 심호흡을 해봤다. 어떻게 될지 감이 잡히지 않았다. 그때 40대 초반으로 보이는 학자 같은 남자와 손을 잡고 그레이스가 버스에서 내렸다.

제인이 씩 웃었다. "네이트 씨, 안녕하세요?" 이모의 남자친구라고는 본 적 없는 제인이 인사를 했다.

"제인이죠?" 네이트가 그녀의 손을 잡고 답례를 했다. 그레이스가 활짝 웃었다.

제인은 두 사람을 델피니 식당으로 데리고 갔다. 그들은 신선한 농어 요리에 델피니에서 직접 담근 백포도주를 곁들여 마시며 서로 안면을 텄다.

"콘월만한 곳도 없을걸요." 로저가 네이트에게 말했다. "스포티드 구스에서 일을 하며 거기서 여름을 보낸 적이 있어요."

"저도 대학시절에 거기서 서빙을 했었어요." 네이트가 반색하며 말했다. "스타게이지 파이를 물리도록 먹었죠."

로저가 생각만 해도 끔찍하다는 듯 진저리를 쳤다.

"어디 코니시 야그만 하겠어요." 네이트가 말했다.

"여왕에게 바쳐야 옳을 치즈죠." 로저가 동의했다.

점심 후에는 로저가 네이트를 데리고 동굴 구경을 하러 갔다. 그레이스와 제인은 카페에 남아 회포를 풀었다.

"성격이 정말 사근사근하구나." 그레이스가 말했다.

제인이 고개를 끄덕였다. 다시 긴장의 시간이 되었다. 둘은 모래밭에서 함께 조개껍질을 벗기려 애를 쓰는 갈매기 두 마리를 바라보았다.

"넌… 편안해 보인다." 그레이스가 말했다.

제인은 잔잔한 바다로 시선을 돌렸다. "여기가 좋아요." 그녀가 말했다. "모든 게 무척… 단순해요."

그녀가 담배에 불을 붙인 다음 한 소리 들을 준비를 하고 그레이스의 눈을 바라보았다. 하지만 이모의 눈은 다정하기만 했다. 제인은 왈칵 눈물이 쏟아질 것 같았다. "죄송해요." 제인이 말했다. "그렇게 떠나는 건 아니었는데…. 사고를 크게 쳐 버렸어요."

그레이스는 그냥 가만히 앉아 있었다. 눈물이 흘러내려 제인은 볼이 따가워졌다. 그리고 몇 달 동안 피해왔던 말들을 꺼냈다.

"제시가 엄마 일을 알아요." 그녀가 말했다. "내 잘못이었어요. 이모, 정말, 정말 죄송해요."

그레이스가 무표정한 얼굴로 제인을 바라보았다. "그런 일이 일어날까봐 두려웠어."

제인의 몸이 부들부들 떨렸다. 이것이었다. 자신은 친절을 베풀어줄 자격이 없는 아이라는 걸 이모가 비로소 깨닫고 있었다.

"너 어렸을 때가 떠오르는구나." 그레이스가 말했다. "달아났다 잡히면 넌 항상 무척 죄스러워했지. 며칠씩 내 눈길을 피하곤 했어. 아마 그래서 너를 되찾아 우리가 얼마나 기쁜지를 네가 못 본 건지도 몰라."

제인이 부끄러운 마음에 고개를 들지 못했다. "실망시켜드려 죄송해요." 그녀가 말했다.

"그런 말이 아니야." 그레이스가 말했다. "어쨌든 다 괜찮다, 그런 말이야. 네가 행복하다면 다른 건 상관없어."

"이모, 정말…."

"괜찮아, 제이니."

"절대로 아니에요." 목에서 뭔가 울컥 올라오는 걸 느끼며 제인이 말했다. "그렇잖아요. 제시를 믿지 말라고 제게 당부하셨잖아요."

그레이스가 움찔했다. "그건 부당한 짓이었어." 그녀가 말했다.

제인이 깜짝 놀랐다. "아니에요." 그녀가 말했다. "이모는 엄마를 보호하고 계셨을 뿐이에요. 내가 입만 다물었으면 되는데, 다 망쳐버렸어요."

그레이스가 조카딸을 애달픈 눈으로 바라봤다. "제이니, 망칠 건 아무것도 없어."

제인은 어안이 벙벙하여 이모를 바라봤다. 못 알아들은 것이 틀림없었다. 제시가 알고 있었다. 제인 자신이 가족 전체의 살아가는 방식을 지워 없애버렸다. 여러 해 지켜온 비밀이 허사로 돌아갔다. 뛰는 가슴을 달래가며 제인이 간신히 말했다.

"제시가 엄마 일을 알아차렸다고요. 엄마 일을요!"

"듣고 있어. 괜찮다고 말하고 있고."

"하지만 그렇지 않잖아요. 괜찮을 수가 없잖아요. 그게 괜찮은 거라면….”

그게 괜찮은 거라면, 난 쓸데없이 제시에게 거짓말을 한 거고요.

제인의 뺨에 눈물이 흘러내리기 시작했다. 그레이스가 제인의 손에 자기 손을 올려놓았다.

“미안한 건 이모야, 제인. 네 엄마 일이 터졌을 때 우리는 다들 아무것도 모르고 허겁지겁 눈앞의 상황에만 대응했어. 초기에는 정말 악몽 같았지. 끝없이 이어지는 치료 경과에 웃고 울다 거의 부서질 지경이었어. 모든 걸 비밀에 부쳐두면 어쩐지 좀 감당할 만하게 느껴지더라. 그것만큼은 우리가 통제할 수 있었으니까.”

그레이스가 손을 거두어 이마에 갖다 댔다.

“이렇게 오래 계속하게 될 줄은 몰랐어…. 돌아오지 않아도 괜찮아질 때까지 기다리고 또 기다렸을 뿐이야. 하지만 결코 그리 되지 않았지. 그러다 어느 날 일어나보니 10년이 지나가 버린 거야. 아, 제인… 내가 나 자신의 슬픔을 지연시키려다 너의 슬픔을 잔혹하게 연장시켜버린 것 같구나. 정말로 미안하다.” 그레이스의 눈에 눈물이 차올랐다.

한꺼번에 받아들이기에 너무 벅찼다. 제인은 이모의 솔직함 앞에서 현기증을 느꼈다. 담배를 비벼 끄고 이모의 팔을 향해 손을 뻗었다. “그런 건 아니에요.” 그녀가 말했다. “센터는 그냥 내 삶의 한 실제였어요. 그리고 이모 덕에 감당할 만했어요. 사실 우리가 그걸 숨기고 있다는 것도 의식하지 않고 지내다가….”

“제시가 나타나면서 달라졌지.”

제인이 고개를 끄덕였다. “나도 모르겠어요.” 제인이 말했다. “처음 만났을 때부터 뭔가가 달랐어요. 엄마에 관해 물어보기에 다른 사람들에게 하던 대로 대답하긴 했는데, ‘이 사람은 어쩌면 이해할 거야’ 하는 생각이 들더라고요.” 그레이스가 제인을 응시했다.

“그랬을 거야. 같은 센터 환자라는데 그런 생각이 들 만했겠지.”

그런 생각은 해본 적이 없었다. 제인이 새 담배를 꺼내 불을 붙였다.

“그 사람과 함께 지내며 그게 짐처럼 의식되기 시작한 건 맞는데, 그래서라고 생각하지는… 그냥 이 음악이 들렸어요.”

“〈큰곰자리〉 말이지?” 그레이스가 말했다.

제인이 모래밭에 담뱃재를 뿌리며 고개를 끄덕였다. “그 사람한테 하는 말은 아니었어요.” 그녀가 말했다. “아일랜드 사람들도 대부분은 센터 이름을 전체로는 모르잖아요. 그곳과 무슨 연관이 있어야 짐작할 수 있고, 그뿐 아니라….”

“너하고도 연관이 있어야 알 수 있다는 거지?” 그레이스가 말했다.

제인이 담배를 빨았다. 두 뺨 위로 눈물이 계속 흘러내렸다.

"대차게 조져놓은 거예요." 제인이 허공으로 연기를 내뿜으며 말했다.

"제인." 그레이스가 말했다.

제인은 고개를 저었다. "사실이에요." 그녀가 말했다. "사실이라고요. 그것이 밝혀질 경우 우리 사이에 일어날 일을 깨닫지 못했어요. 그 사람은 내게 말해주려고 했는데, 내가 들으려고 하질 않았어요. 내가 어느 정도 성공을 거두면 내 삶의 다른 부분들도 그림이 맞춰질 거라고 고집을 부렸어요. 그런 생각을 포기할 수 없어서 제시를 사랑하지 않는다고 도리질을 하며 보내버린 거죠."

그녀가 떨리는 손을 가까스로 입술에 갖다 대고 담배 한 모금을 더 빨았다.

"우리가 슬픔을 공유하고 있다고 제시가 생각하게 했던 거예요" 제인이 말했다. "그리고 이제 그는 그것 때문에 나를 용서하지 못하는 거고요."

"시간을 조금 줘봐. 조금 안정이 되면 이해할 거야." 그레이스가 말했다. "아, 제시 그 아이도 흠이 많잖아."

제인은 목 안에서 둔통을 느꼈다. "아무래도 상관없어요. 이제 다른 사람과 결혼한 사이니까." 제인이 담배 한 모금을 빨며 말을 계속했다. "눈이 멀었었어요. 오로지 성공만을 생각하고 있었죠."

그레이스가 곰곰이 생각하다 말했다. "목표를 향해 진군하고 있었지. 거기 제시 자리는 없었던 거고."

"무슨 뜻이에요?"

고개를 갸웃하는 그레이스에게서 매기 모습이 보였다.

"레이블과 계약한 후로 음악은 네게 일종의 탐사가 됐던 거야. 일종의 구원으로, 찰리에게 일어난 일을 교정할 방법으로 간주했던 건지도 몰라…. 네 성공으로 네 엄마에게 일어난 나쁜 일들도 다 고칠 수 있을 거라고."

제인이 손가락 사이에 담배를 끼운 채 등받이에 등을 기댔다. "목적의식 같은 게 생겼던 거죠." 그녀가 나지막이 말했다.

사일로의 모습이, 로레타와 제시와 모건이 그들을 선택한 업계 거물들에 둘러싸여 무대 위에서 찬란하게 빛나던 모습이 머릿속에 흘러들어왔다. "아니, 적어도 그땐 그랬죠. 사일로에서의 그밤 이후… 그런 종류의 성공은 아마도 내게 찾아오지 않을 거라는 걸 깨달았어요. 그렇게 의심을 하기 시작하자 모든 게 또한 명백해졌고요."

그들은 물 위를 떠도는 갈매기들을 잠시 바라보았다.

"그래서, 이제 어떤 거니?" 그레이스가 물었다.

제인이 얼굴의 눈물을 닦았다. "이제는 뭐 아무것도 아니에요. 이제는 그냥 여기 살아요."

그레이스가 팔짱을 끼었다. "음악은 어쩌고?"

제인이 담배를 모래밭에 던졌다. "마음이 떠났어요."

그레이스가 얼굴을 찌푸렸다. "그러니까, 제시가 될 수 없다면, 아예 해보지도 않겠다는 거야?"

"해보려고 한 것부터가 주제를 몰랐던 거예요. 운이 좋아 잘 풀릴 때마다 무슨 위대한 예술가의 숙명을 타고난 것처럼 착각했던 거죠. 이제 다 요행이었다는 걸 알게 됐어요…. 내게 일어나서는 안 될 일들이 일어났다는 것을요."

"제인, 어떻게 그런 말을 해?"

제인이 어깨를 으쓱했다. "괜찮아요. 인정했더니 자유로워졌어요."

그레이스가 그녀를 뜯어봤다. "모르는 일이야." 그녀가 말한 다음 잠시 쉬었다가 말을 이었다. "너의 느닷없는 실종이 홍보 차원에서는 나쁘지만은 않았던 모양이야."

제인이 웃음을 터뜨렸다.

"농담 아니야." 그레이스가 말했다.

그녀는 신문과 잡지에서 오린 기사들이 묶인 폴더를 제인에게 보여줬다. 하나같이 《큰곰자리》의 작품성을 칭찬하고 제인이 과연 어디로 갔을까를 추측하고 있었다. 대부분 여름에 난 기사들이었으나 추측 게임은 생각보다 오래 계속된 듯 보였다. 모건과 제시와의 삼각관계에서 벗어나기 위한 것이라는 주장에서부터 여러 유명인과의 사랑의 도피 가능성, 심지어 티베트불교 사원에서의 침묵의 서약까지 다양한 이론이 제기됐다.

"왜 이 생각을 못 했나, 억울하기까지 한데요." 제인이 말했다.

두 사람은 맑은 물에서 수영도 하고 그레이스의 여행담도 나누며 오후를 보냈다. 저녁 여섯 시쯤 로저가 네이트를 제인과 그레이스가 있는 해변에 내려주고 자기는 델피니 식당으로 일하러 갔다. 네이트는 동굴들로부터 약간 충격을 받은 모습이었다.

"사람들이 그냥… 거기서 살더라고." 그가 말했다. "홀딱 벗고 말이야!"

"엄청나죠." 제인이 말했다. 동굴 오염도가 자꾸만 높아짐에 따라 지역민들과 관광객들 사이의 적대감도 악화하고 있었다.

"위로의 의미로 이곳의 와인을 대접하고 싶어요." 제인이 말했다.

"그거라면 수용해야죠." 네이트가 말했다.

그들은 델피니 식당에서 호화로운 저녁을 먹었다. 로저는 불붙은 프라이팬이며 무지개처럼 다채로운 색으로 휘어져 요리된 야채 꼬치를 들고 주방과 홀을 넘나들며 정성을 다했다. 깨끗이 비운 접시들을 치우자 동네 악사들 몇이 연주를 시작했고 모두 일어나 춤을 추었다. 밤이 깊어 식당 주인이 불을 끌 때까지 그들은 별빛 아래에서 폴짝 뛰고 뱅뱅 돌았다. 네이트와 그레이스는 제인의 하숙방에서, 제인은 로저와 함께 노천에서 잤다.

아침이 되어 그레이스와 네이트를 버스 정류장까지 배웅하며 제인은 쓸쓸했다.

"알지, 제이니?" 그레이스가 말했다. "우리와 떠나고 싶으면 그래도 된다는 거. 아무 문제 없이 대륙까지 데려갈 수 있어."

제인이 미소를 지었다. "찾아와주셔서 고마워요."

"오게 허락해줘서 고맙다." 그레이스가 말했다. "너 돌아오면 그때 보자."

"그래요." 제인은 검은 매연 속으로 사라지는 버스를 지켜보았다.

돌아갈 생각은 조금도 없었다.

42

11월에 들어서며 델피니의 바텐더가 내륙으로 떠났다. 로저가 식당 주인에게 말을 잘해준 덕에 제인이 그 자리를 꿰찼다. 어차피 밥은 델피니에서 거의 공짜로 얻어먹어 왔고 이제 급료로 방세까지 댈 수 있었다. 생각 같아서는 영영 이렇게 살아도 될 것 같았다.

어느 날 밤, 간이침대 위에서 함께 뒤엉켜 자던 로저가 그녀의 어깨를 잡는 게 느껴졌다.

"무슨 일인데?" 그녀가 말했다. 밖에서 여러 사람의 목소리가 뒤섞여 들려왔다.

"결국 일이 벌어진 것 같아." 그가 말했다.

제인이 눈을 떴다. 색색의 불빛들이 유리창에서 춤을 추었다. 로저 말이 옳았다. 주민들이 넣은 탄원을 경찰이 받아들여서 이렇게 오밤중에 들이닥쳐 동굴에 머무는 히피들을 끌어내고 있었다.

"맙소사." 제인이 말했다.

창밖을 내다보니 햇볕에 그을린 수백의 몸뚱어리들이 실오라기 하나 걸치지 않은 채 읍내로 쫓겨나고 있었다. 그들은 깡충깡충 뛰고 실실 웃으며 양쪽으로 늘어서 재미있다는 듯 지켜보는 경찰관들을 향해 플래시나 횃불을 흔들어댔다. 제인과 로저는 서로의 얼굴을 바라본 뒤 좀 더 잘 보이는 아래층으로 내려갔다.

델피니 식당 앞에 지방방송 보도진이 와 있었다. 자꾸 나체 행렬 쪽으로 초점을 맞추는 카메라를 자기에게 돌려놓느라 애를 먹던 기자가 눈동자를 돌리며 카메라맨에게 호통을 치더니 문가에 서 있는 제인과 로저를 보고 다가왔다.

"미친 짓이에요, 네?" 그녀가 어설픈 영어로 말했다.

"이렇게 많은 마탈라 뱀장어를 보기는 처음인걸요." 로저가 말했다.

제인이 나체 행렬을 다시 쳐다보았다. 카메라 렌즈가 폴짝폴짝 뛰는 알몸의 남자들에게로 돌아갈 때, 제인은 살짝 한기가 느껴졌다.

동굴에서 살던 사람들이 소개되고 나자 델피니의 주문량이 눈에 띄게 줄었다. 그 일이 있고 얼마 안 된 어느 밤, 로저와 제인은 식당 안뜰 위로 떠올라있는 달을 바라보며 앉아 있었다. 로저가 그녀에게 술잔을 들어 보였다.

"뭐에 하는 건배야?" 제인이 물었다.

"라바트." 로저가 'R'을 제법 그럴싸하게 굴리며 대답했다.

제인이 고개를 끄덕였다. "거기가 어딘데?"

"모로코." 이번에도 'r'을 요란하게 굴리며 그가 대답했다.

"언제?" 제인이 물었다.

"일주일 후, 또는 이주일 후. 나는 한 곳에 6개월 이상 머물기가 싫어. 나하고 같이 가자, 제인. 따뜻한 겨울이 될 거야."

사실 제인도 집에 가고 싶었지만 그럴 돈이 없었다. 《큰곰자리》 수익금으로 비행기표를 샀고, 이후 여러 달 동안 보태는 돈 없이 가져온 돈을 야금야금 파먹으며 살았다. 아직 다 바닥

난 건 아니었지만 대서양 횡단 항공권을 사기엔 부족했다.

"다음 성수기까지 그냥 여기 있어야겠어요." 엘시와 통화하며 그녀가 말했다. "관광객들이 돌아오면 수입이 세 배로 뛸 거예요."

"로저 없이 외롭지 않겠어?" 엘시가 말했다.

제인은 담배를 깊이 들이마셨다. 로저를 따라갈 수도 있었지만 그것도 그렇게 내키지는 않았다. 모로코가 어떤 곳인지 잘 모르기도 했고 거기 간다는 것에 확신이 서지도 않았다. 로저와 함께 있을 수 있다는 것, 대서양과 조금 더 가까워진다는 것이 솔깃하기는 했다. 여행 경비를 대려면 남은 현금이 소진될 것이었고, 그러면 돌아가는 비행기표값 모으기를 처음부터 다시 시작해야 했다.

"괜찮아요." 그녀가 말했다.

이튿날 아침 로저는 고기를 잡으러 배를 타고 나가고 제인은 식당을 지켰다. 관광객들이 떠나자 해변도 작아 보였다. 바 뒤에서 내다본 바다는 겨울 구름 아래에서 특유의 옥색이 점차 흐려지고 있었다.

바 뒤에 서 있는데 남자 둘이 읍내에서 식당 쪽으로 걸어오고 있는 게 보였다. 그들을 보자 다양한 돈벌이 수단들이 절로 머릿속에 그려졌다. 술, *세탁, 이발, 주사, 기저귀 갈아주기.*

창백한 피부, 값비싼 옷. 한눈에 봐도 대륙 출신이었다. 옷

수선, 편지 타자, 테이블 서빙, 굴 까주기.

가까이 다가올수록 낯익어 보였다. 햇볕을 너무 쬐서 이상해진 건가 싶었다. 둘 다 그녀가 너무 잘 아는 걸음걸이, 머리 모양, 으스대는 폼을 갖고 있었다. *매니큐어, 시트 갈이, 머핀 굽기, 곡 쓰기.*

그녀는 곡을 쓰던 사람이었다.

그녀는 스르르 환각에 빠졌다. 이 환각 속에서, 교통 반사경 같은 붉은 잠자리 선글라스를 걸치고 입이 귀에 걸리게 웃으며 윌리가 델피니 식당으로 걸어오고 있었다. 그리고 그가 둘이었다.

"그 하고 많은 진 술집에서 하필 고른 데가 여기야?" 윌리의 형체를 한 신기루가 말했다.

제인이 눈을 몇 번 깜박거렸다. "윌리?" 그녀가 말했다.

윌리가 선글라스를 벗었다. 제인이 그와 함께 선 남자를 바라보았다.

"제인, 여긴 우리 형 프레디." 윌리가 말했다. "이어 울 레코드에서 일해."

"만나서 반가워요." 한 발 나서서 제인과 악수하며 프레디가 말했다. 기억을 더듬어보니, 프레디는 런던에 살며 펑크 앨범들을 제작하는 윌리의 작은형이었다. 마치 칵테일 파티에서 우연히 마주친 것처럼 윌리가 형을 소개하는 게 좀 이상했다.

"마탈라에는 웬일로요?" 제인이 말했다.

"여기 있다고 해서 한번 들르자 했지." 걸상에 앉으며 윌리가 말했다.

"그건 어떻게 알았어요?" 제인이 물었다.

그때 꿈틀거리는 그물을 안고 로저가 나타났다.

"제인, 이 오징어가 정말로 살고 싶어 하는데, 눈 딱 감고 잡아 온 거야." 그물을 모래밭에 떨어뜨리며 그가 말한 뒤 오징어를 줄에 꿰기 시작했다.

"로저." 제인이 손짓으로 그를 불렀다.

로저가 윌리와 프레디를 번갈아 쳐다봤다. "안녕, 안녕하세요." 그가 말했다. "제인을 다시 문명 세계로 데려가려고 오셨겠군요."

윌리와 프레디가 서로를 쳐다봤다. "네, 그런 거죠." 윌리가 제인을 흘긋 바라보며 말했다.

"나는 안 가요." 제인이 말했다. 사실이었다. 돈이 없었다. 하지만 윌리에게 그런 말을 하지는 않을 거였다.

"제인, 멀리서 오신 분들이잖아." 로저가 눈을 반짝이며 말했다. "우리 함께 점심부터 먹자."

로저를 수상쩍게 보던 윌리와 프레디는 막 잡아 프라이팬에 지진 가리비 요리를 맛본 다음에는 제인 대신 그를 데려갈 태세였다.

"굉장하네요." 프레디가 말했다. "런던에 식당을 낼 생각은 안 해봤나요?"

"한두 번 해보기는 했죠." 제인에게 눈을 찡긋하며 로저가 대답했다.

"정말로," 프레디가 말을 이었다. "이런 가리비 맛은 난생처음이에요."

로저가 씩 웃었다. "어려운 요리 아니에요." 그가 말했다. "자, 보여드릴게요."

로저와 프레디는 먹은 접시를 쌓아놓고서 요리 실습을 위해 주방으로 들어갔다. 윌리가 제인을 바라보았다.

"구경 좀 시켜줄래?" 그가 말했다.

그들은 백사장을 걸었다. 동전 장식이 있는 윌리의 로퍼에 모래알이 박히는 것이 보였다. 저런 신발을 신어본 게 언제였던가, 제인은 생각해보았다.

"무슨 일인지 이해가 안 되네요." 그녀가 말했다. "'별들 아래에서' 투어로 전국 50개 주를 누비고 있어야 맞잖아요?"

윌리가 주머니에 손을 찔러 넣으며 하하 웃었다. "자기 할머니가 전화를 해왔어."

제인이 놀라 고개를 쳐들었다.

"돌아오려면 도움이 필요한데 절대 청하지 않을 거라고 하시더라고."

제인이 담배를 꺼내 불을 붙였다.

“런던 사는 프레디 형에게 여기 한번 들를 생각이라고 했더니 함께 가자고 해서.” 윌리가 말했다. “혼자서 이런 델 다 오다니 아직도 믿기지 않네.”

그가 그녀의 대꾸를 기다렸다. 제인은 앞발을 모래밭에 눌러 박았다.

“할머니가 괜한 짓을 하셨네요. 나는 여기서 아주 잘 지내고 있어요. 로저와도 잘되고 있고, 바로 이게 나한테 꼭 필요한 거였어요. 돌아가고 싶으면 언제든 돌아갈 수도 있고요.” 자기 귀에도 허황하게 들렸다.

윌리가 선글라스를 벗었다. “정말 그래?” 그가 다그쳐 물었다.

그의 눈길이 얼마나 예리한지 제인은 새삼 실감했다. “그럼요.” 제인이 대답했다.

윌리의 눈썹이 올라갔다. “지난 앨범 대가로 자기가 얼마를 받았는지 내가 다 아는데. 비행기표값이 얼마인지도 알고…. 만약 돌아갈 돈이 있다 치면, 그럼 로저는 어떡할 건데?”

“그거야 모르는 일이죠.” 제인이 말했다.

윌리가 항복한다는 듯 두 팔을 들어 올렸다. 둘은 백사장을 따라 계속 걸었다.

그날 밤에는 로저와 프레디가 만든 농어 구이와 미노스 와인으로 넷이 포식을 했다. 동굴 거주자들이 사라진 것에 신이 난 토박이 고객들로 저녁 내내 식당이 왁자지껄 붐볐다. 거의 성수기 때 같은 분위기였다.

집배원이 덜시머로 낯익은 곡을 켜자 사람들이 짝을 지어 춤을 추었다. 저 악기에 과연 상업적 매력이 있을까 궁리하는 램버트 형제를 보며 제인은 살짝 즐거웠다.

갑자기 숨이 찼다. 그녀는 검은 바다를 바라보며 안뜰 너머로 걸어갔다.

별도 없는 밤, 나는 나그네.

저벅저벅 모래 밟히는 소리에 고개를 들어보니 윌리가 옆에 와 서 있었다.

"나하고 같이 가자." 그가 말했다.

제인이 바다를 응시했다. "거기에는 나한테 아무것도 없어요." 제인이 말했다. "여기 나를 찾아오는 데 페가수스가 경비를 대줬다는 것부터가 사실 충격이네요."

윌리가 쭈뼛거렸다. "경비 대준 거 아냐." 그가 입을 열었다. 제인의 뺨이 달아올랐다.

"제기랄, 잘못 짚었네요. 그럼, 그걸로 끝 아닌가요? 페가수스도 나를 잘라낸 거죠?"

윌리가 한숨을 내쉬었다.

"그렇게 간단치가 않아. 하지만 상황이 좋은 건 아니야."

그러자 그림이 그려졌다.

"본인 경비로 왔다고요?" 제인이 말했다. "돌아가는 비행기 표값도 내줄 거라고요? 그건 과해요. 난 그렇게까지 신세 질 수 없어요."

"그렇게 해야 해." 윌리가 헛기침을 하며 말했다. "정말이야. 나는 자기가 여기까지 온 것에 내 책임도 좀 있다고 봐."

제인이 항변하려 들자 그가 손을 들어 제지했다.

"지난여름 자기가 사일로에 가고 싶지 않다고 그랬는데 나는 들으려고도 안 했어." 그가 말했다. "그렇게… 거기 끌려가지만 않았어도 자기가 여기서 이러고 있을 리 없잖아. 내 잘못이야. 처음 만났을 때 나는 내 가수들을 위해 이 일을 한다고 말했었고, 정말 그러고 싶어. 항상 회사 편만 드는 또 하나의 램버트는 절대 되고 싶지 않아."

제인이 발밑에서 말라 갈라진 모래를 내려다보았다.

"나는 이런 대접을 받을 자격이 없어요." 그녀가 말했다. "그거야 나 자신을 홍보하라고 등을 떠밀어준 거였지…. 내가 유명해질 수 있게 말이에요. 그런데도 난… 도대체 왜 여기 찾아와서 이러는 건지 솔직히 이해가 안 되네요."

윌리가 초조하게 그녀를 바라보았다. "제인 퀸을 동굴 속에 놔둘 수는 없었어." 그가 말했다.

제인이 고개를 흔들었다. "제인 퀸은 기피인물이에요." 제인의 말에 윌리가 한숨을 내쉬었다.

"맞아, 그래. 그리고 나는 그런 그녀의 매니저지."

식당에 돌아와서 로저와 눈이 마주쳤다. 이미 그녀가 뭐라고 할지 아는 얼굴이었다. 그가 그녀를 댄스 플로어로 데리고 가 그녀의 셔츠 뒤를 꽉 그러쥐고 끌어안았다. 제인이 그의 반짝이는 눈을 들여다보며 미소지었다.

"괜찮아." 그가 말했다. "혹시 일이 잘 안 풀리면 언제든 라바트로 와."

43

저녁 다섯 시, 펠트 포럼 앞에는 대부분의 취재진이 모여들었다. 〈스니치 매거진〉의 메리베스 켄트는 사진기자 트레버와 함께 일찌감치 네 시에 와서 대기하고 있었다.

"〈에스콰이어〉를 눌러야 해." 경비요원에게 통행증을 보여준 다음 레드카펫에 올라서면서 그녀가 트레버에게 툴툴댔다.

메리베스와 트레버가 가장 좋은 자리인 입구 10피트 거리 단상을 차지하고 서자 다른 언론사들이 도착하기 시작했다.

8번 애비뉴에 설치한 철제 방책 뒤에서 팬들이 이따금 환호성을 지르다 리무진이 와서 서자 일제히 탄성을 터뜨렸다. 은발의 음반회사 중역이 레드카펫 앞에서 번지르르한 수행원들과 함께 내렸다.

“나 어때 보여?” 메리베스가 트레버에게 물었다. 세퀸 드레스, 어깨 위로 풀어 내린 빨강머리, 귀갑안경 뒤에서 쏘아보는 청록색의 고양이 눈매. 붉은 멜빵과 붉은 나비넥타이 차림의 트레버가 엄지를 치켜세웠다.

튀지 않으려면 적당히 화려해야 했다.

레드카펫 위의 단상에 서보니, 사교계의 명사보다는 사냥꾼 같은 느낌이었다. 이런 저녁들에는 동물들의 이동을 연상시키는 리듬이 있었다. 새들의 동태를 지켜보면 큰 사냥감의 등장을 예측할 수 있었다.

무지갯빛 분홍 드레스를 입은 레이시 도먼이 층계 위에서 번쩍이고 있었다.

“레이시, 오늘 밤 어떻게 될 것 같으세요?” 메리베스가 물었다.

“저는 뭐 그냥 친구들 응원하러 왔어요.” 레이시가 말하고 극장 안으로 미끄러지듯 들어갔다. 스타들이 예상보다 많이 나타나 메리베스도 놀랄 지경이었다. 작년만 해도 수상자의 절반이 참석하지 않았다. 이 시상식을 아카데미처럼 대대적인 행사로 키우고 싶은 스튜디오들이 소속 가수들에게 참석을 종용했음이 분명했다.

이어서 또 다른 리무진이 들어오더니 로레타 메이스가 내렸다. 차가 떠나고 그녀의 모습이 보이자 길 건너 팬들이 환호성을 질렀다.

로레타는 그날 밤 그래미 상 일곱 개 부문에 후보로 올랐다. 특히 올해의 레코드 상에 〈안전한 항로〉로, 올해의 앨범 상에 《모래시계》로, 올해의 노래 상에 〈안전한 항로〉로, 그리고 최우수 신인 상, 이렇게 네 개 주요 부문에 이름을 올렸고, 추가로 최우수 앨범 표지, 최우수 앨범 노트, 최우수 녹음 기술 부문에도 지명됐다. 카펫을 걸어가는 그녀의 모습에서 광채가 났다. 오늘 밤은 그녀의 밤이라는 것을 모두가 알았다.

메리베스는 그녀 뒤로 함께 걸어오는 카일 라이트풋과 리치 홀트에 더 관심이 갔다. 그들의 현재 작업보다는 전 브레이커스 멤버이기 때문이었다. 옆에서 같이 걷는 안경을 낀 체구가 작은 남자는 아마도 스튜디오 뮤지션인 듯했다. 오늘 밤 제인 퀸이 참석한다는 소문을 확인해줄 수 있는 사람이 있다면 바로 이들일 것이었다. 계단 위로 올라오는 그들을 메리베스가 활짝 웃으며 맞았다.

"굉장한 밤이네요." 그녀가 말했다. "기분이 무척 좋으실 것 같아요."

"이렇게 참석하게 되어 기쁩니다." 카일이 말했다.

"비공식으로 질문 하나 할게요." 허리를 굽혀 다가오며 메리베스가 말했다. "제인 퀸도 오늘 오나요?"

"제인은 원체 예측할 수가 없어놔서요." 카일이 대답했다.

〈공복통Hunger Pains〉으로 최우수 레코드 상 후보에 오른 해니벌 팽이 층계참에 올라서자 카일과 리치는 그 자리를 빠져나갔다.

워낙 소상하게 보도되어 〈스니치〉도 몇 달이나 우려먹을 수 있었던 지난해 여름 사일로 오프닝 행사 후로, 제인 퀸은 공적인 자리에 모습을 드러내지 않았다.《큰곰자리 노래들》의 초반 기세가 좋았고, 첫 싱글 〈라스트 콜〉도 여름 내내 라디오를 많이 타다 요사이 주춤하고 있었다. 제인의 실종에 관한 추측성 기사들은 페가수스가 앨범 판촉을 중단한 이후에도 끊임없이 쏟아져 나왔다.

비평가들은《큰곰자리 노래들》의 예술성을 인정했지만, 그래미 상은 철저히 외면했다. 기자로서의 메리베스는 이런 구경거리란 늘 정치적이라는 것을 알았지만, 팬의 눈으로 보면 제인이 도둑맞은 거였다.

그녀만 그런 게 아니었다.《큰곰자리 노래들》에 개인적인 애착을 느낀 수많은 젊은 여성들이 화가 나 들고 일어났다. 그들 일부는 8번 애비뉴 건너편에서 '제인에게 정의를!' 또는 '제인이라면 어떻게 할까?' 같은 팻말들을 들고 모였다. 메리베스만 해도 오래 사귄 남자 친구에게 '감당이 안 된다'는 이유로 차이고 나서 〈천 줄의 일기〉를 수없이 반복하여 들었고, '고통 없이는 제인도 없다'라는 글자가 새겨진 티셔츠를 사기도 했다.

그래미 상 시상식을 일주일 남겨놓고 페가수스 내 익명의 소식통이 제인 퀸이 시상식 공연을 위해 스튜디오에서 리허설 중이라는 소문을 퍼뜨렸다. 홍보전략의 일환일 것이었다. 바로 이런 작전에 넘어가 일반 시청자들이 채널을 맞추는 것이었다. 오늘 밤에는 약효가 더욱 확실했다. 모두가 제인 퀸의 복귀 여부에 촉각을 곤두세우고 있었다.

길 건너편에서 비명에 가까운 열광적인 환호성이 들려왔다. 제시 리드와 모건 비달이 도착한 것이다. 메리베스도 그녀의 업계 경쟁자들도 제시와 모건만큼 열심히 취재한 대상은 없었다. 두 사람의 결혼은 마치 음반업계의 신들이 손수 맺어준 건 아닐까 싶을 만큼 가공할 스타파워를 뿜어냈다. 음반 판매량이며 매체 노출도 양면에서 누구도 이 커플을 따라잡지 못했다.

적어도 지금까지는 그랬다. 천천히 레드카펫에 올라오는 그들을 보자 뭔가 캐내고 싶은 본능이 슬슬 올라왔다. 그렇게 말할 수 있는 건지 모르겠지만, 메리베스의 진짜 재능이라면 유명인들에 반하지 않는다는 거였다. 그녀는 그들을 그냥 사람으로 볼 수 있었다. 그리고 보통사람들 같은 그들의 사소한 행동에서 많은 정보를 얻어낼 수 있었다. 대부분의 구경꾼들은 그들 뒤의 광휘에 눈이 멀어 그런 정보를 보고도 알아채지 못할 뿐이었다.

부부간에 문제가 있는 커플은 식당 옆자리에 앉아 있을 때만큼이나 레드카펫에서도 표시가 난다는 걸 메리베스는 경험으로 알았다. 오늘 밤의 느낌에 따르면 제시와 모건 사이의 밀월도 저물고 있었다.

제시가 주변을 둘러보며 극장을 향해 걸어왔다. 미소 띤 얼굴선에 심술이 배어 있었다. 줄에 묶인 동물처럼 모건 옆에 서 있지만 그녀와 함께 걷는다는 느낌이 없었다. 제시는 〈안전한 항로〉 리메이크로 최우수 레코드 부문에 후보로 올랐다.

긴 팔다리를 강조하는 누드 슬립 드레스 차림의 모건은 행복해 보였지만 메리베스는 미소 뒤에 숨은 그녀의 공포를 간파할 수 있었다. 아직 작동 중인지 확인하는 것처럼 제시를 자꾸 쳐다보고 있었다. 그녀도 최우수 신인 부문에 후보로 올랐다.

"어느 디자이너의 드레스인가요?" 앞을 지나가는 그들에게 메리베스가 활달하게 물었다. 트레버가 연신 카메라 셔터를 눌러댔다. '소중한 친구 조르지오'가 만들어주었다고 나직하게 답하는 모건 옆에서 들은 체도 안 하는 제시를 보자 메리베스는 2년 전 제인 퀸을 바라보던 제시 얼굴이 떠오르며 모건이 불쌍해졌다.

그때 제시의 놀랍도록 파란 눈동자가 메리베스를 향했다. 알아보는구나 싶었다. 바로 이것이 그를 메가 스타로 만들어주었다는 생각이 들었다. 불과 2초도 안 되는 순간인데도 세상에서 자기 혼자만 그의 시선을 받는 기분이 들었다.

제시와 모건은 행사 시작 반 시간 전에 극장 안으로 들어갔다.

"다 됐어?" 트레버가 물었다.

"물론이지." 메리베스가 말했다.

세 대의 리무진이 레드카펫 끝머리에 줄지어 섰다. 첫 번째 차에서는 백업 가수들이 단체로 내렸고, 두 번째에서는 컨트리 듀오가 내렸다.

"그만 갈까?" 트레버가 묻자 메리베스는 고개를 흔들었다. 마지막 리무진이 더 다가와 서더니 문이 열렸다.

틀림없이 무슨 일인가 일어날 것 같았다. 왜인지 깨닫는 데 약간의 시간이 걸렸다. 길 건너 군중도 숨을 죽였다. 차에서 누가 내리기는 했는데 모르는 얼굴이라 어쩔 줄 모르는 것이다.

마치 구름에서 강림한 듯 위엄 있는 자태의 여자가 레드카펫 끝에 서 있었다. 검은 시프트 드레스에 은빛 목걸이가 달의 한 조각처럼 목에 걸려 있었고, 노랑머리가 어깨를 타고 등에 늘어뜨려 있었다. 차가 떠나자 그녀는 잠시 멈춰 서서 레드카펫과 층계와 극장 입구를 둘러보더니 이제야 여기가 어딘지 깨달은 것처럼 돌아서서 자신을 보고 있는 인파를 바라보았다.

"제인이다!" '제인이라면 어떻게 할까?' 푯말을 든 소녀가 외쳤다. 군중의 함성이 방책을 흔들고 퍼졌다.

"이거 찍고 있어?" 메리베스의 말에 트레버가 셔터를 눌러

댔다.

윌리 램버트가 제인 옆에 다가서더니 극장 쪽으로 함께 걸어왔다. 제인은 그의 팔을 잡고 번쩍이는 카메라 플래시에 눈을 깜박거렸다. 메리베스는 얼이 나간 채 계단을 올라갔다. 생긴 모습은 제인 퀸이 맞는데 자신감은 사라지고 겁에 질려 보였다. 층계참에 올라서면서 제인의 회색 눈이 메리베스에 멎으며 얼굴에 미소가 번졌다. 난생처음으로 메리베스는 스타에게 빠지는 것이 어떤 느낌인지를 경험했다.

"누군지 알아요." 제인이 말했다. "〈스니치〉 기자시죠?" 자기를 알아봐 주는 유명인도 메리베스로서는 처음이었다.

"포틀랜드 주립대에서 학생기자인 척했잖아요." 제인이 말했다.

"맞아요, 그땐 죄송했어요." 메리베스의 말에 제인이 어깨를 으쓱했다.

"직업 때문에 우리 자신으로 살지 못할 때가 있게 마련이죠." 제인이 말했다.

이래서 당신이 좋아요, 메리베스는 말해주고 싶었다.

하지만 입을 열기도 전에 윌리가 제인의 허리에 손을 갖다 대고 앞으로 이끌었다. 제인은 성례를 집전하는 여사제처럼 머리를 수그리고 입구로 몸을 돌렸다. 문이 열리고 제인은 백열등 불빛 속으로 들어갔다.

44

페가수스와 다음 앨범 논의를 시도하자마자 제인과 윌리는 완강한 벽에 부딪혔다. 그들은 제인의 계약 만료일까지 시간을 벌려는 태세였다.

입장 변화의 가망이 전혀 없지는 않다고 윌리는 판단했다. 레이블은 두 번째 싱글을 내지 않았지만 〈라스트 콜〉은 아직도 라디오 전파를 타고 있었다. 기다리는 동안 제인은 여행 경험을 바탕으로 부지런히 몇 곡을 썼을 뿐만 아니라 캐러셀에 고정으로 나가 노래도 계속했다. 큰돈은 아니었지만 생활비 정도에는 충당할 수 있었다.

2월 말, 기다리던 전화가 드디어 왔다.

"제인." 수화기를 타고 윌리의 목소리가 흘러나왔다. "전혀… 예기치 않은 일이 터졌어."

"뭔데요?" 마음을 단단히 먹으며 제인이 물었다.

"그래미 상 시상식 공연 요청이 들어왔어." 제인은 자신의 귀를 의심했다. "공연이요? 하지만… 아무 후보에도 못 올랐는데요."

"나도 자기만큼이나 안 믿어져." 윌리가 말했다. "홍보 효과를 노리는 걸까?"

"시상식 공연들이 조금 후지잖아요." 제인이 말했다. 그래미 상이 제정된 지 10년쯤 되었지만 제인이 보기에는 답답하고 따분한 축제로만 보였다.

윌리가 헛기침을 했다. "*후지지만 물론 해야죠, 그거지?*" 윌리가 말했다.

"그럼요." 제인이 말했다. "당연하죠."

제인은 조심스러운 낙관의 심정으로 시상식 전 주에 뉴욕에 도착했다. 페가수스가 예약해준 플라자 호텔에 체크인을 하고 들뜬 기분으로 벨보이를 따라 올라갔다. 하지만 그가 비켜서자 드러난 방의 꼴에 실망하지 않을 수 없었다.

"이렇게 작은 방도 있는 줄은 몰랐네." 윌리가 당황한 얼굴로 말했다. 그의 반응에서 제인은 모건과 제시의 널찍한 펜트하우스 스위트를 그려보았다.

"이렇게 여기 있을 수 있는 것만도 감사하죠." 그녀가 말했다.

이튿날 아침 윌리가 리허설을 하자고 페가수스 사무실로 그녀를 데려갔다. 전날 밤 눈보라가 몰아친 탓에 거리에는 동물들의 오줌과 검댕으로 누렇고 검게 굳은 눈 천지였다. 더러운 눈을 피해가며 그들은 센트럴파크를 따라 서쪽으로 걸었다. 마차 몇 대가 길가에 서 있었다. 말들에게는 달리다가 차들을 보고 겁을 먹지 않도록 곁눈가리개가 씌워져 있었다. 그들의 피곤해 보이는 핏발 선 눈을 보자 제인은 속이 울렁거렸다.

"정말 구역질 나는 도시야." 윌리가 말했다.

그들은 유리와 대리석으로 이루어진 페가수스 사무실의 접객대에 들어섰다. 쌀쌀한 비서 둘이 전에 왔을 때 봤던 그들인지 분간이 되지 않았다. 잘 뜯어보니 그들과 닮은 얼굴이 아니었고 나이도 그녀 정도일 것 같았다.

"퀸 씨, 램버트 씨." 왼쪽 비서가 말했다. "기다리고 있었습니다. 저와 함께 가시죠. 물을 좀 드릴까요?"

"그냥 예전 스튜디오에 가려는 건데요." 윌리의 말에 비서가 미간을 찌푸렸다.

"죄송하지만 일정이 그렇지 않은데요." 그녀가 말했다. "도착 즉시 메트로폴리스 A로 모시게 되어있습니다."

"알았어요." 윌리가 말했다. "10분 후에 리허설이니까, 빨리 좀 부탁해요."

"물론입니다." 비서가 말했다. "이쪽으로 오세요." 윌리와 제인이 눈길을 주고받았다.

그녀를 따라 도시가 내려다보이는 대형 사무실들이 즐비하게 늘어선 볕 잘 드는 대리석 복도를 걸어간 끝에 양쪽 벽의 천장부터 바닥까지가 온통 유리로 된 커다란 회의실에 당도했다. 다른 두 벽은 멤피스의 본사 사무실과 마찬가지로 골든 레코드들로 장식되어 있었다. 제인은 눈을 깜박였다.

이사회가 진행 중인 것 같았다. 레니 데이비스가 광택이 나는 회의실 탁자 상석에 앉고 그 뒤로 근육질의 경호원이 버티고 서 있었다. 다른 자리들에는 제인이 모르는 남자들이 앉아 있었다. 비서가 실수한 건가 싶었다. 윌리를 쳐다보는 순간, 레니 데이비스가 입을 열었다.

"어서들 와요, 제인, 윌리." 자신의 왼쪽 자리를 가리키며 그가 말했다. 앉고 보니 바로 맞은편에 빈센트 레이가 있었다. 그가 그녀를 쏘아보았다.

이것은 이사회가 아니라 기습이었다.

돌아서서 나가버릴까, 충동이 일었다. 비서가 문을 닫고 나가는 소리가 들렸다.

"이렇게 참석해줘서 고마워요." 데이비스가 말했다. 경쾌한 말씨였지만 멤피스에서 봤던 빈틈없는 눈빛은 그대로였다. 밍글우드 홀 무대 뒤에서 자기를 '귀여운 계집'이라 했던 일이 떠오르면서 소름이 끼쳤다.

"무슨 일인가요?" 윌리가 물었다. 그의 시선은 레니의 왼쪽에 앉은 남자에게 박혀 있었다. 맞춤 린넨 정장을 입었고 윌리의 형 대니가 늙어버린 얼굴이었다.

"아버지." 윌리가 말했다.

"윌." 잭 램버트가 말했다. 그는 제인을 슬쩍 보기만 하고 인사는 하지 않았다. "앉아라."

제인은 아무 말도 없이 주변의 무표정한 얼굴들을 둘러보았다. 다들 자신을 바라보며 저 여자가 늙기 전에 벌어들일 수 있는 돈이 얼마나 될지 셈하느라 정신이 없어 보였다.

"제인, 이분들은 페가수스의 이사진이에요." 데이비스가 말했다. "빈센트 레이는 잘 알 테고." 빈센트 레이가 제인을 보았고 제인은 고개를 끄덕였다.

"그냥 편안하게 이야기를 좀 나눠보죠." 데이비스가 말했다. "그래미 공연 계획을 제인한테서 직접 듣고 싶었거든요."

"이분들 전부가요?" 윌리가 선글라스를 셔츠 주머니에 넣으며 말했다. 제인이 고개를 들었다. 2년 전에는 생각도 못 했던 말투였다. 그간 쌓아온 성공으로 대담해진 데다 아버지 앞이어서 한결 도전적인 태도였다.

"모두가 내용을 알고 동의하면 좋잖아." 레니 데이비스가 말했다.

"알겠어요." 제인이 말했다. "먼저, 기회 주셔서 감사합니다."

레니 데이비스가 미소를 지었지만 눈빛은 여전히 싸늘했다.

"시상식 프로듀서는 〈라스트 콜〉을 이야기했는데요, 왜냐하면 그게 제 앨범의 싱글이었으니까…. 하지만 다른 제안 주시면 고려해보겠습니다."

레니 데이비스가 고개를 끄덕인 뒤 빈센트 레이를 향했다.

"우리 생각은 〈봄날의 연애〉인데." 빈센트 레이가 말했다.

제인의 눈썹이 올라갔다. "브레이커스 곡인데요?" 제인이 말했다.

"그것보다 더 많이 팔린 싱글이 없지 않나?" 빈센트가 말했다. "이번 공연은 앞으로 제인 퀸이 녹음할 종류의 음악으로 대중의 관심을 돌려놓는 계기가 돼야 해요."

"잠깐만요." 윌리가 끼어들었다. "제인의 미래에 대해 의논 좀 해보려고 진땀을 뺀 게 여러 달인데 번번이 벽에 부딪혔어요. 그런데 이제 와 이게 무슨 소리죠?"

"《큰곰자리 노래들》이 보인 실망스러운 성과에 제인과의 계약을 해지할 계획이었어." 레니 데이비스가 말했다. "그런데 빈센트 레이가 브레이커스 앨범을 끼워 파는 기회로 삼아보자고 제안을 한 거지."

웃기는 소리였다. 빈센트 레이가《봄날의 연애》를 옹호했다는 발상부터 터무니없었다. 윌리를 바라보니 그 뒤로 낯익은 사무실 풍경이 눈에 들어왔다.

이곳은《봄날의 연애》앨범 표지를 찍었던 바로 그 회의실이었다. 제인은 가슴이 철렁했다. 아직도 그게 문제였던 거였다. 그리고 거기에 더해 이제 빈센트 레이는 그것을 자신이 가진 권력의 상징으로 탈환하려 하고 있었다. 그래미 상 시상식에서 제인이 〈봄날의 연애〉를 부르게 만듦으로써 음반 업계에 최종 승자는 바로 자신이라는 것을 과시하려는 속셈이었다.

"《봄날의 연애》의 상대적인 성공과 지금《큰곰자리 노래들》을 비교해보면 제인이 본령에서 벗어나 방황했음이 분명해지는 거지." 빈센트 레이가 말했다. 윌리는 따귀를 한 대 얻어맞은 얼굴이었다.

"자, 잠깐만요." 윌리가 말했다. "출발만 보면 〈라스트 콜〉이 〈봄날의 연애〉보다 훌륭했어요. 레이블이 판촉을 중단했기 때문에 최종결과가 덜 좋았을 뿐이죠."

"제인을 적절한 이미지와 잘 연결해주면 기회가 있다는 게 이사회의 소견이야." 빈센트 레이가 말했다.

모건, 로레타, 제시 앞에서 〈봄날의 연애〉를 어쿠스틱으로 부른다는 생각만 해도 살갗이 스멀거렸지만 제인은 아무 말도 하지 않았다.

"이건 말도 안 돼요…. 제인의 골수팬들은 《큰곰자리》를 무척 사랑했어요. WWJD('제인이라면 어떻게 할까'의 영문 약자—옮긴이) 셔츠는 다들 보셨잖아요." 윌리가 다른 이사진들을 향해 호소했다.

"10대 소녀들은 양떼 같은 존재야." 레니 데이비스가 말했다. "우리가 좋아하라고 시키는 건 뭐든 좋아하거든. 남성 팬들을 확보하려면 다시 팝을 해야 해."

제인은 더 듣고 있을 수 없었다.

"됐어요." 그녀가 말했다.

"됐다고?" 레니 데이비스가 물었다.

"네, 저 그 공연 안 할래요." 제인이 말했다.

빈센트 레이가 비웃었다. "당신에게는 선택권이 없는데," 그가 말했다. "계약의 홍보 관련 조항에 따라, 우리가 필요하다고 결정하는 모든 판촉 의무를 수행해야 하니까. 지난여름 회사가 보여준 아량에 감사하는 기회로 삼는 게 좋을 거야."

윌리는 폭발 일보직전이었다. "제인이 그래미 공연을 한다고 쳐보죠, 그래서 '이미지'와 '연결'을 시켜준다고요." 그가 말했다. "그다음엔 뭔가요?"

"고맙게도 빈센트 레이가 다음 앨범을 프로듀싱해주기로 했어, 《봄날의 연애》의 진정한 후속타로." 레니 데이비스가 말했다.

제인은 차라리 레이블이 자기를 방출해주었으면 싶었다. "저는 프로듀서를 원하지 않는데요." 제인이 말했다.

"배은망덕도 유분수지." 잭 램버트의 말에 윌리의 얼굴이 하얗게 질렸다.

"제인이 뭘 원하고 원하지 않고 할 문제가 아니에요." 레니 데이비스가 말했다. "계약이 발효 중인 동안은 우리 지시에 따라야 할 의무가 있으니까."

"저는 〈봄날의 연애〉 같은 곡은 쓰지 않아요." 제인이 말했다.

"그러면 그런 곡을 써줄 사람을 고용해주지. 아, 이거 내 말이 안 통하네." 레니 데이비스가 빈센트 레이의 도움을 청하며 말했다. "대신 좀 해볼래요?"

빈센트 레이가 제인을 보면서 천천히 말했다. "우리가 부르라는 노래를 부르는 거야." 그가 말했다.

"뭐라고요?" 제인이 말했다.

"아직도 이해가 안 되나? 그럼 이건 어떤가, 당신은 우리 소유물이야. 아니면 뭐 당신의 일부라고 해두지." 빈센트 레이가 말했다. "당신의 기존 발매 음반, 당신의 신규 발매 음반, 당신의 이미지, 당신의 시간. 당신이 만든 모든 것, 당신 자체가 다 우리 소유다, 이 말이야."

《큰곰자리》도 그들의 소유였다.

꽉 그러쥔 윌리의 주먹이 허예졌다. "제인에게 그런 식으로 말하지 마세요." 그가 말했다.

잭 램버트가 무서운 눈길로 아들을 노려보았다. "네가 일을 제대로 했으면 이런 일이 생겼겠냐?"

"자, 공연히 이렇게 불쾌하게 가지 맙시다." 레니 데이비스가 말했다. "우리는 제인에게 투자했고 자산을 낭비할 의도는 손톱만큼도 없는 거예요. 제인이 착하게 지시를 따르기만 하면 같이 일을 못 할 이유도 없어요."

"그렇게 못하겠다면요?" 윌리가 말했다.

레니 데이비스와 빈센트 레이가 눈길을 주고받았다. "그러면 이후 앨범 넉 장을 만들어서 《큰곰자리》와 함께 창고에 처박아두는 거지." 빈센트 레이가 말했다.

제인이 심호흡을 했다.

제시가 이렇게 될 거라고 경고했었다. 그때는 너무나 화가 나서 그가 틀렸음을 입증해 보이고 싶었다. 세상에 제인 퀸의 이름을 남기겠노라고 마음먹었었다. 오두막 불빛이 떠올랐다. 의자에 기대앉은 제시가 불러주는 음표들을 옮겨 적고 있었다. 자기 이름이 찍힌 음반을 한시라도 빨리 갖고 싶었다. 그러면 모든 문제가 해결될 줄 알았다. 몰라도 너무 몰랐었다. 그 순간에 느꼈던 희망을 되찾을 수만 있다면 지금까지 판 음반들은 모두 포기할 수 있을 것 같았다.

"오케이." 제인이 말했다.

윌리의 고개가 그녀 쪽으로 홱 돌아갔다.

"그래야 착한 아가씨지." 레니 데이비스가 말했다.

"오케이?" 윌리가 말했다. "오케이가 아니지. 《큰곰자리》는 비평가들의 찬사를 받았다고."

"윌." 잭 램버트가 말했다.

"아니야." 윌리가 말했다. "이건 말도 안 돼. 난 결단코…."

"윌리." 제인이 말했다. "괜찮아요."

회의실이 잠시 정적에 잠겼다. 빈센트 레이가 입을 열었다.

"이거 참 놀랄 일이군, 그래." 그가 말했다. "제인은 오히려 합리적으로 나오는데 자네가 주둥이를 나불댈 줄을 누가 알았겠나, 램버트."

제인과 윌리는 자리를 박차고 일어나 뒤도 돌아보지 않고 그곳을 빠져나갔다. 복도에 나오자마자 윌리가 허리를 굽히고서 한숨을 내쉬었다.

"아버지 저러는 거, 정말로 신물이 나." 자기 얼굴을 쓰다듬으며 그가 말했다. "당최 이해가 안 돼. 이사진 전원의 동의를 받아냈다는 건…." 그가 고개를 흔들고는 제인을 바라보았다. "그리고 자기는 언제부터 '착한 여자'가 된 거야?"

"지쳤을 때부터요."

"지쳤어?" 윌리의 말에 제인이 어깨를 으쓱했다.

"이길 수 없는 싸움에 지쳤어요. 말 들었잖아요. 자기들이 《큰곰자리》의 소유자라잖아. 제인이 고개를 저었다. "아마 이게 최선인지도 모르죠."

"그렇지 않아, 제인." 윌리가 말했다. "포기하지 말아줬으면 좋겠어. 다른 곳으로, 자기를 인정하는 곳으로 옮겨."

제인이 웃음을 터뜨렸다. "《봄날의 연애》 같은 앨범을 서너 개 더 낸 다음에요? 그게 무슨 소용인데요? 음반사들마다 위에는 다 저런 이사회가 있을 테고, 그 사람들은 다 나를 제시 리드의 동격이 아닌 행사 대동용 애인으로만 바라보겠죠. 그러니까 어쩌면 그냥 받아들이는 게 나을지도 몰라요."

"제인, 나 이런 소리 듣고 싶지가 않네… 특히나 자기한테서는." 윌리가 말했다.

제인이 그의 팔을 가볍게 쳤다. "윌리, 당신은 좋은 사람이에요. 뭐 그냥 시시한 시상식이에요, 아무도 안 볼지도 모르고. 말했잖아요, 후지다고."

윌리는 뭐라고 더 말을 할지 가만히 있을지 갈등하는 모습이었다. 잠시 후, 그가 고개를 끄덕였다. "자, 가서 연습이나 하자." 그가 주머니에서 잠자리 선글라스를 꺼내며 말했다.

프로덕션이 엘에이로 이전한 후로 페가수스는 예전 녹음실들을 연습실로 세를 주기 시작했다. 양탄자 등 섬유 소재를 다 뜯어내 버려서 삭막한 콘크리트 벽만 남아 있었다. 형광등 윙윙거리는 소리 아래에서 제인은 〈봄날의 연애〉를 피아노 반주로 편곡했다. 브레이커스 없는 무대가 너무 초라해 보일까 염려되어서였다.

'아! 우리는 영화 같아; 드라마 같아.'

그 한 주 동안, 제인은 바로 이 스튜디오에서 리치, 카일, 그레그와 녹음하던 기억을 이따금 떠올렸는데 놀라운 것은 주로 《큰곰자리》 생각을 하고 있다는 사실이었다. 그렇게 고통스러운 시절에 향수를 느낀다는 게 이상할 따름이었지만, 그 고통 뒤에 뭔가 다른 게 있었다는 걸 깨닫지 못해서였을 수도 있었다.

지금 그녀를 사로잡은 멍한 느낌은 《큰곰자리》를 만들 때의 고통보다 더 나쁜 것이었다. 적어도 그때는 살아있다는 느낌이라도 있었으니까.

'아! 기분이 너무 좋아; 어서 불을 붙여줘.'

그래미 상 시상식장 입구에 리무진이 정차했을 때 그녀는 〈봄날의 연애〉 노랫말만큼이나 공허하고 무의미한 기분이었다. 그래서 어쩌면 자기에게 맞는 노래가 이건가 싶기도 했다.

45

제인의 자리는 극장의 맨 뒷줄에 있었다. 윌리는 그녀를 카일과 리치, 사이먼 옆의 빈 좌석에 앉힌 다음 앞자리로 가 후보자들과 함께 앉았다.

"멋진데, 제이니 Q." 카일이 말했다.

"준비 됐어?" 리치가 물었다.

제인이 어깨를 으쓱했고, 그때 불이 꺼졌다. 예상보다 청중의 규모가 컸다. 벨벳 케이스 안의 보석들처럼 저마다 빛을 발하며 자리에 앉아 있었다. 리본 모양의 불빛들 아래 중앙 무대에 올라선 앤디 윌리엄스가 잔잔하게 퍼지는 박수 소리와 새떼처럼 돌아가는 카메라들 속에서 모놀로그를 시작했다.

이후 한 시간 동안 제인은 로레타 메이스의 《모래시계》가 최우수 앨범 표지, 최우수 앨범 노트, 최우수 녹음 기술(비고전 음악) 부문을 휩쓰는 것을 구경했다. 허크가 〈안전한 항로〉로 최우수 팝 기악연주 상을 받자 함께 환호성을 올리기도 했다. 같은 곡으로 최우수 레코드 상 수상자가 된 제시가 큰 키로 느릿느릿 무대로 올라오자 실내에 흥분이 감돌았다.

시상식이 반쯤 진행되었을 때 제작팀 직원 하나가 제인의 옆에 다가와서 그녀를 안내해 갔다. 길게 이어진 복도를 따라 가다 보니 오른쪽 무대 뒤에 닿았다. 윌리가 이미 와서 기다리고 있었다.

"좀 어때?" 그가 말했다.

그의 잠자리 선글라스에 제인의 모습이 조그맣게 비쳤다.

"뭐, 3분밖에 안 되는데요." 그녀가 말했다.

두 사람이 화려한 객석을 내다보았다.

"나갈 시간입니다." 제작팀 직원이 알려왔다. 제인이 그를 따라 무대 옆으로 갔다. 객석과 CBS 카메라 사이에서 앤디 윌리엄스가 활짝 웃는 모습이 보였다.

무대 담당이 앤디를 향해 손을 들어 보이며 다섯부터 카운트다운을 셌다. 앤디가 무대 옆을 가리켰다.

"제인 퀸에게 환영의 박수 보내주세요, 〈봄날의 연애〉를 들려드립니다."

제인이 카메라 앞에 다가서자 극장 안이 술렁거렸다.

리치와 카일이 허리를 세우고 앉았다. 맨 뒷자리였지만 조명 덕인지 제인이 다른 가수들보다 또렷하게 보였다. 제인에게서 빛이 났다.

무대 위에서 제인은 시간이 변화하는 것 같은 느낌이 들었다. 바삐 나아가는 것 같다가 반대로 늦춰지는 것 같기도 했다. 눈을 가늘게 뜨면 카일과 리치까지 볼 수 있었다. 가물가물한 분홍 드레스 차림의 레이시와 그 옆의 허크도 보였다. 미국레코드예술과학아카데미 회원들 전용으로 지정된 앞의 몇 줄에서는 레니 데이비스의 번쩍거리는 사슬목걸이, 번들거리는 빈센트 레이의 머리가 눈에 들어왔다. 맨 앞, 한가운데는 주요 후보자들이 앉아 있었다. 로레타와 그녀의 남편, 해니벌 팽과 크로아티아인 슈퍼모델, 모건, 그리고 제시.

제인은 숨이 턱 막혔다. 이렇게 한자리에 있기는 거의 일 년 만이었다. 그는 세 번째 줄에 구부정하게 앉아 앞사람의 뒤통수만 노려보고 있었다. 센트럴파크 바깥 도로의 곁눈가리개를 한 지친 말들과 똑같아 보였다.

그녀는 조명을 받아 반짝이는 피아노를 바라보았다. 건반 위에 손가락을 내려놓았다. 단 3분, 단 한 곡이었다. 언젠가 제시가 이랬었지. *〈봄날의 연애〉는 충분히 훌륭한 곡이에요.*

고개를 들어보니 무대 옆에 선 윌리가 보였다. 1969년 아일랜드 포크 페스트 때 처음 본 이후 참 많은 걸 함께 겪었다. 뉴욕, 그리스, 엘에이. 로럴 캐년에서 그날 밤 뭐라고 했더라?

자기 손에 악기가 들려 있는 한 골치 아픈 존재인 거야.

맨 뒷줄에 앉은 리치와 카일이 눈길을 주고받았다.

"왜 그래?" 사이먼이 물었다.

"이걸 안 하네…." 제인이 공연 전에 늘 하는 한쪽 무릎을 꿇는 동작을 카일이 해 보였다.

제인의 눈에 빈센트 레이가 들어왔다. 그녀가 어서 건반을 눌러 자신의 승리를 확정지어 주기를 기다리고 있었다. 이것은 그에게 일종의 대관식이었고, 여기 있는 누구나 알아볼 것이었다.

생각만 해도 속이 뒤집혔지만, 어쩌겠는가. 레이블이 모든 패를 독점하고 있었다. 앞으로 낼 앨범들, 《큰곰자리》. 다시 한번 제시를 바라보았다. 그들이 가장 내세우는 최고의 종마조차 피폐해지고 있었다. 그녀의 눈앞에서 그가, 이 아름다운 청년이 깜박깜박 꺼져갔다.

그 순간, 제시와 눈이 마주쳤다.

'내 안으로 물감처럼 번져오는 너…

비추어주는 길잡이별들…

네가 지금 어딜 거닐든…'

제인이 건반 위에 몸을 굽히고 눈을 감았다. 피아노 안에서 돌풍이 일기 시작했다.

"〈봄날의 연애〉가 아닌데?" 리치가 말했다.

사이먼의 눈썹이 올라갔다. 《큰곰자리 노래들》의 세 번째 곡이었던 것이다.

"〈벽의 꽃〉이야."

전주를 치는 제인의 몸속에서 어떤 힘이 솟구치면서 가슴이 두근거렸다. 레이블이 패를 쥐고 있을지는 몰라도 이 3분만은 제인의 것이었다. 제인의 손에 악기가 들려 있었다. 변변찮은 반항의 몸짓이었다. 겨울 서리 앞의 성냥개비 한 줌이었다. 하지만 제인은 알았다. 그것마저 내주면 너무 많이 잃게 된다는 것을.

당신과 나는, 제인은 생각하며 손가락 끝에 음표를 불러냈다. 노래를 시작했다.

'벽에 그려진 꽃들; 너덜너덜해진 종이꽃들이 떨어지고; 복도 끝에서 당신의 웃음소리가 들려오네.'

카메라가 빙빙 돌았다. 제인은 심호흡을 하고 노래를 계속했다. 음절 하나하나가 아플 만큼 가만가만 부르는 노래였다. 앞줄 해니벌 팽이 씽긋 웃었다.

오늘 밤 제인이 '연결'시킬 '이미지'는 그녀 자신의 것이었다.

'당신 같은 여자는 본 적 없어; 이리 빛바랜 드레스에 이리 푸른 눈; 하늘의 주님이여 나를 굽어보소서.'

후렴을 부를 때는 수천의 청중이 모인 페스티벌 풀밭에 돌아온 기분이었다. 그때 느꼈던, 도전에서 나온 용기를 다시 느꼈다. 실력을 보여주지. 그녀는 파도 위의 바람처럼 옥타브를 건너뛰며 절정을 향해 피아노를 몰고 나갔다.

"피아노 조련사잖아." 카일이 속삭였다.

반주를 치며 제인은 턱을 들고 피아노 너머 먼 곳을 바라보았다. 보컬 시작 지점을 흘려보내고 오른손으로 〈벽의 꽃〉의 주선율을 쳤다. 그리고 전혀 다른 노래를 부르기 시작했다.

왜냐하면 제인과 똑같이 이 노래에도 비밀이 있기 때문이었다.

'내가 셋까지 세니; 별안간 진주처럼 새하얀 달이 낮게 드리우네요.'

제인은 〈벽의 꽃〉을 〈라일락 왈츠〉에 대치시켜 썼었다. 함께 들으면 격자 울타리에 감긴 덩굴처럼 멜로디들이 서로 뒤엉켜 흘러갔다. 〈벽의 꽃〉은 결코 말해선 안 되었던 이야기를 제인 자신의 시점에서 말하는 노래였다. 노래하는 그녀의 뺨 위로 눈물이 흘러내렸다.

'나는 당신의 품에 안긴 여자예요; 공기는 음악으로 가득하고요; 아직도 당신은 나를 그리 사랑해주죠.'

아주 오랫동안 제인은 엄마의 복수를 하고 싶었지만, 그건 사실 그녀가 질 짐이 아니었고, 이제는 정말 그만 내려놓아야 했다. 제인은 손가락 아래 건반들의 단단한 감촉을 느끼며 찰리의 마지막 가사를 불렀다.

'라일락 왈츠 후에 그럴 순 없었어요.'

그녀 목소리의 은빛 톤이 피아노의 풍부한 배음에 맞부딪치며 잊히지 않을 음향을 빚어냈다. 노래도 피아노도 더없이 정밀했다. 그녀는 심호흡을 한 뒤 피아노를 타고 〈벽의 꽃〉의 후렴으로 돌아갔다.

'당신 같은 여자는 본 적 없어.'

라일락빛 드레스를 입고 그레이 게이블스를 나서던 찰리의 모습은 아직도 꿈에 나타나며 그녀의 삶을 옭아맸다. 지금 그녀는 냉혹한 사업가들과 도박꾼들, 선수들, 그리고 제시 앞에서 그것을 모두 다 드러냈다.

'차가 다가와 서고 망사문이 쾅 닫힌다; 구두 발자국을 옮기는 소리; 베이지색 세단 안에는 다른 남자가.'

불과 20피트 거리에, 그러나 상처와 동경과 혼란과 후회의 바다에 가로막힌 채로, 그가 앉아 있었다. 하지만 이 순간 제인의 손에는 마지막 성냥개비가 들려 있었다. 그녀는 그의 눈을 바라보면서 먼 벼랑에서 신호를 보내는 등불처럼 둘 사이의 공간 속으로 마지막 절을 내보냈다.

'나는 비켜서서 네가 떠나는 모습을 지켜보네; 나는 울음을 터뜨리고 집엔 아무도 없어; 너를 너무나 사랑하지만 너는 결코 모를 거야.'

그녀는 할 수 있는 만큼 그의 얼굴을 응시하다 피아노로 돌아와 마지막 후렴을 연주했다. 노래가 결말부에 이르자 그녀는 숨을 들이쉬며 건반의 고음역으로 손가락들을 움직여 〈라일락 왈츠〉의 선율을 높은음으로 엮어냈다.

'흘러만 가네, 시간은 쏜살같이.'

노래가 끝났다. 제인은 눈을 감고 피아노를 향해 고개를 숙였다.

잠시, 한없이 고요했다.

이어서 우레 같은 박수갈채가 터졌다. 제인이 눈을 떴다. 아주 잠깐, 그녀는 객석 위로 무지개 빛깔이 소용돌이치는 걸 보았다.

올해 최고의 다관왕인 로레타 메이스가 바로 눈앞에서 일어섰다. 제인을 향해 박수를 치는 그녀의 얼굴이 환하게 빛났다.

"브라보!" 그녀가 외쳤다.

뒷줄에 앉은 사람들도 뒤따랐다. 분홍빛을 출렁거리며 레이시 도먼도 일어났다. 카일과 리치가 끝줄에서 환호성을 올렸다. 해니벌 팽이 와아, 하고 함성을 질렀고 모건도 마지못해 박수를 쳤다. 제시도 다른 사람들을 따라 일어나긴 했지만 차마 눈을 들어 무대를 바라보진 못했다.

피아노 의자에서 일어난 제인의 눈에 음반사 중역들이 보였다. 레니 데이비스는 완강한 표정이었고 빈센트 레이는 또 한 번 혼을 내줘야겠다, 벼르는 듯 보였다. 맘대로 해보라지.

제인은 알고 싶지 않았던 것을 배우게 될 터였다.

앤디 윌리엄스가 바삐 무대로 돌아왔고 카메라들도 그에게로 향했다. 제인은 잠깐 어둠 속에 서 있었다. 그때 앤디가 그녀를 다시 조명 아래로 불러냈다.

"자, 예상치 못한 일이었죠?" 그가 말했다. "바로 그래서 로큰롤 아니겠습니까!"

제인이 가볍게 목례하고 계속되는 갈채 속에서 무대 옆으로 사라졌다.

무대 아래로 내려오니 온몸이 고동쳤다. 고개를 돌려 제시 쪽을 보았다. 앤디의 농담에 소리 내어 웃고 있었다.

윌리가 고개를 흔들며 다가왔다. "줄곧 그럴 생각이었어?" 제인에게 물병을 건네며 그가 말했다.

제인이 고개를 저었다. 그가 환한 미소를 지었다.

"그게 내가 아는 제인이지!" 그가 말했다.

"우리 신세를 조져놓는?" 제인이 말했다.

"그럼, 그것도 아주 오지게!" 윌리가 맞장구를 쳤다.

46

이튿날 연락선에서 내린 제인은 마중 나온 매기, 엘시, 그레이스와 단체 포옹을 했다. 서로 팔짱을 끼고 스테이션 왜건으로 향하는데, 동네 여고생들이 '제인이라면 어떻게 할까' 푯말을 들고 서 있었다.

"제인, 사랑해요!"

"내 우상이에요!"

"제인, 우리 오빠 프롬에 같이 가줄래요?"

"늦게나마 드디어 프롬에 초대받았네?" 매기가 말했다.

그날 밤 퀸 가의 여인들은 여러 개의 촛불과 양모 담요로 무장하고 그레이 게이블스 포치에 나와 앉았다. 그녀들 넷은 층계에 다리를 뻗고 앉아서 엘시가 따준 라일락 와인을 마시며 하늘의 별을 올려다보았다.

"할머니는 알았어." 매기가 말했다. "네가 피아노 앞에 앉자 '〈봄날의 연애〉 아닌 것 같다' 이러셨어."

"아기 때 으깬 야채를 먹이려면 짓던 표정을 하고 있더라고." 엘시가 말했다.

"으깬 야채 그거 생각하면 아직도 넘어오려고 해요." 제인이 말했다.

"어떻게 된 거야?" 그레이스가 말했다.

"도저히 못 하겠더라고요." 제시의 모습이 머릿속을 훑고 지나가는 가운데 제인이 말했다.

"재미있구나." 엘시가 말하고 눈을 찡긋했다. "권력에는 한

번쯤 맞서줘야 하는 법이지."

제인이 웃음을 터뜨렸다. "그 사람들이 제 다음 앨범을 빛 한번 못 보게 묵혀놓고 있을 때 한번 다시 말씀해주세요." 제인이 말했다.

"정말 굉장한 무대였어." 그레이스가 말했다.

엘시가 고개를 끄덕였다. "그건 나한테는 없는 건데." 그녀가 말했다.

"어디서 물려받은 건지 알 것 같은데요." 매기가 말했다.

이튿날 제인과 그레이스는 함께 센터에 들러 일광욕실에 앉아 휴식용 잔디밭에서 미용체조 수업을 받는 찰리를 바라보았다.

"누구한테 윙크하는 거죠?" 제인이 물었다.

"파파라치." 그레이스가 대답했다.

수업이 끝나자 제인과 그레이스는 패티오로 건너가 찰리와 면회했다.

"제인!" 찰리가 들뜬 목소리로 말했다. "돌아왔구나! 여행은 어땠어? 어디 간다고 그랬더라?"

제인은 엄마가 지난번 대화를 얼마나 기억하고 있는지 항상 종잡을 수 없었다. 그런데 지금 엄마는 거의 정상으로 보였다.

"뉴욕이요." 제인이 말했다.

"어머, 근사해라!" 찰리가 말했다. "뉴욕에서 뭘 했어? 미안해서 어쩌지, 내가 요즘 너무 바빠서 경황이 좀 없어."

제인이 그레이스를 바라보았다. "저 그래미 상 공연에 다녀왔어요." 제인이 말했다. 그게 뭔지 엄마는 모를 수도 있었다. 생긴 지 몇 년 안 될 때 입원을 했으니까.

"그랬어?" 찰리가 눈을 동그랗게 뜨면서 말했다. "정말 이상하네. 나도 그랬는데! 길이 엇갈렸었나 보다."

"희한하네요." 제인이 반사적으로 말했다.

"널 못 봤어." 찰리가 말했다. "넌 날 봤니? 검정 드레스에 은빛 사슬목걸이를 하고 있었는데! 무대에 올라 피아노를 무척 아름답게 쳤지. 다른 사람 노래를 부르기로 되어있었는데 대신 〈라일락 왈츠〉를 치자 다들 몹시 놀라더구나." 그녀가 자신의 속임수에 킬킬대고 웃었다.

제인과 그레이스가 눈길을 주고받았다.

"하여간" 찰리가 말했다. "넌 날 봤니?"

"네." 제인이 말했다. "봤어요."

"그래?" 찰리가 말했다. "잘하지 않았어?"

"최고였어요." 제인이 말했다.

"너 그거 아니, 제인? 그 곡을 내가 썼어." 찰리가 말했다.

"네, 알아요." 제인이 말했다.

미소 짓는 찰리는 아주 잠깐이지만 예전 모습이었다. 그때 다른 입원 환자가 찰리에게 손을 흔들며 패티오를 지나쳐 갔다. 그의 간호사가 배드민턴 채 두 개를 들고 뒤따라갔다.

"저게 토니 트래버트야." 덩달아 손을 흔들며 찰리가 말했다. "유에스 오픈에서 벌써 우승을 차지했어, 그것도 두 번이나!"

반 시간 후 메리가 약을 갖고 들어왔고, 그레이스와 제인은 찰리에게 작별인사를 했다. 찰리와의 면회 직후에는 언제나 침묵이었다. 그레이스가 제인의 어깨에 손을 얹고, 둘은 본관으로 돌아갔다. 오락실을 지나쳐 가다가 제인이 문득 걸음을 멈추었다. 대형 제니스 텔레비전이 옆에 놓여 있었다.

"방송을 봤던 모양이네요." 그녀가 말했다.

"그래도 나름대로 네가 잘했다고 생각했었나봐." 그레이스가 말했다.

주차장에 나오니 땅거미가 지고 있었다. 제인이 그레이스에게 담배를 건넸다. 둘은 나무들 위를 스치듯 날아가는 갈매기들을 보며 서서 담배를 피웠다.

"정말로 엄마가 〈라일락 왈츠〉를 썼다고 생각하세요?" 잠시 후 제인이 말했다.

그레이스가 어깨를 으쓱했다. "그게 뭐 중요할까?" 그녀가 말했다.

제인이 놀란 눈으로 이모를 쳐다봤다. "그 노래만 아니었어도 여기 이러고 있지 않았을 거잖아요."

그레이스가 묘한 눈길로 조카를 바라보았다. "난 잘 모르겠어. 워낙 오래 저런 모습의 찰리를 봐와서 그런지 아무래도 결국 이렇게 되고 말았을 거라는 생각이 드는구나."

"무슨 뜻이에요?" 제인이 말했다.

그레이스가 담배 연기를 내뿜었다. "언제든 무엇 때문이든 증상이 나타나게 되어있었어." 그레이스 말했다. "결국 언젠가는 센터에 들어가게 되어있었고, 나는 네 엄마가 여기 머물 수 있게 하려고 싸우게 되어있었어. 노래가 사실이건 아니건, 이런 운명을 피할 수는 없었다는 말이야."

제인은 담배를 길게 한 모금 빨아들이고 어두워지는 하늘 위로 솟아오르는 새들을 바라보았다.

그래미 상 공연 후 아무 일 없이 지나가리라고는 생각하지 않았다. 윌리의 소식을 기다리며 아일랜드 생활에 다시 익숙해져 갔다. 여러 주가 지났고, 《큰곰자리》 앨범의 두 번째 싱글 발매를 요구하는 월간지 기사들이 몇 개 나왔다.

전화벨이 울린 건 5월이었다.

"제인, 마침 아일랜드에 와 있어." 윌리가 말했다.

"'마침' 아일랜드에 와 있는 사람은 아무도 없어요." 제인이 말했다.

"뭐, 나는 그래. 한 시간 후 리전츠 코브에서 점심 먹자."

"좋아요. 단 페가수스가 사야 해요."

윌리가 키득거리며 전화를 끊었다.

공기가 따스했고 꽃향기로 달콤했다. 제인은 민소매 드레스를 입고 시내로 나갔다.

아마도 제시와 모건의 집에 먼저 들렀다 올 것 같았지만 그런 생각은 떨쳐냈다. 그래미 상 시상식 이후 제시로부터 아무 연락을 받지 못했고 물론 예상하지도 않았다. 다만 그 일로 좀 더 완전한 종결이 가능하길 바랐다. 엘시와 그레이스는 계속 시간이 지나가면 될 거라 했지만, 제시를 갈망하지 않는 순간은 도무지 올 것 같지 않았다.

웨이트리스가 윌리가 앉은 테이블로 안내했다. 그가 그녀를 보고 활짝 웃었다. 청색 잠자리 선글라스에 항구가 비쳤다. 주문을 받은 웨이트리스가 먼저 샴페인을 갖고 왔다.

"웬 거예요?" 제인이 말했다.

"축하주야." 윌리가 말했다.

"아빠가 되나요?" 제인이 말했다.

"어떤 점에서는." 윌리가 말하고, 잔을 들어 올렸다. 제인도 따라 했다.

"자유를 위하여." 그가 말했다.

"자유를… 위하여." 제인이 말했다. 그들은 술을 홀짝였다.

윌리가 테이블 위로 상체를 구부렸다. "페가수스가 파산신청에 들어갈 거야." 그가 말했다. 미소가 얼굴 전체로 번져갔다.

"설마요." 제인이 말했다.

윌리가 고개를 저었다. "우리를 다그치던 그날, 뭔가 낌새가 이상하다 싶었어. 심각한 재정난이 아니고서는 창작 문제에 온 이사진이 그렇게 나설 리 없지. 알고 보니 브레이커스 앨범이 지난 몇 년간 실제로 순익을 가져다준 몇 안 되는 음반 중 하나더라고, 뭐 워낙 제작예산이며 선주문이 낮았으니까. 소란 일으키지 않고 주주들을 달래보려고 그런 히트작을 몇 개 더 만들려던 거였어."

윌리가 긴 샴페인 잔을 들고 꿀꺽꿀꺽 삼켰다.

"그런 게 어디 통해?" 그가 말했다. "〈스니치〉가 이걸 다 까발리는 폭로기사를 낼 예정이야. 그래미 상 후에 거기 기자가, 뭐 자기 광팬인 모양이던데, 어쨌든 애당초 왜 〈봄날의 연애〉를 부를 예정이었는지 파헤치기 시작했는데, 짜잔, 회사가 지급불능 상태인 거야. 이번 분기 말까지 모든 자산을 매각할 예정이지."

"그럼, 어떻게 되는 거예요?" 제인이 물었다.

윌리가 씩 웃었다. "자기 계약이 끝나는 거야. 이제 어디든 원하는 데로 옮길 수 있어. 기왕 말이 났으니, 두 번째 발표로 들어가지. 블랙 십 레코드사!"

"아!" 제인이 말했다.

"자긴 어때?" 윌리가 말했다. "너무 솔직한가?"

"좋은데요." 제인이 말했다. "그러니까 레이블을 출범하는 거예요? 어느 스튜디오에서요?"

"내 스튜디오." 월리가 말했다. "모아둔 돈이 꽤 되거든. 자기하고, 가능하다면, 제시랑 몇 사람 더 모으면 두어 해면 흑자를 낼 수 있을 거야."

"멋지네요." 제인이 말했다. 제시와 계속 같은 레이블에 있을 거라는 생각만으로도 위안이 되었다.

"이게 얼마나 멋진 일인지 아직 잘 모르는 것 같은데." 월리가 말했다. "제인, 자기의 기존 음반들까지 매각하는 거야. 그러면 《큰곰자리》 판권도 되찾을 수 있어."

"월리, 내가 무슨 돈이 있어서요." 제인이 말했다.

"앞으로 있을 거야." 월리가 말했다. "그전까지는 내가 있고."

제인이 의자 등받이에 등을 기대앉았다.

"자유네요." 그녀가 말했다.

47

말린다 킹이 무대 위에서 가물거리며 자신의 밴드 로스트 코즈 연주에 맞춰 열정적인 스캣을 하는 가운데 남색 불빛 아래 댄스 플로어가 출렁이고 있었다. 발코니의 모건은 자신이 주시하던 남자가 마침내 여자를 구석으로 끌고 가는 모습을 지켜보았다.

제시도 그녀도 이곳 주민들이 사일로에서 편히 즐길 수 있기를 바랐는데, 이 두 남녀도 틀림없이 토박이였다. 여자는 페전트 블라우스와 청바지를, 남자는 깃에 풀을 먹인 셔츠를 입고 있었다. 소박한 사람들의 화려한 밤 외출에 지나지 않았다.

그런데도 눈을 뗄 수가 없었다.

노래 몇 곡이 흐르는 중에 여자는 남자의 눈길 아래 차츰 꽃처럼 피어났다. 남자의 의중이 심오하다거나 시적일 리는 없겠으나 상관없었다. 오늘밤의 영화 속에서 이 둘은 주역이었으며 남자의 눈길에 여자는 스스로 아름답다고 자신하고 있었다. 애무가 점점 길어지더니 마침내 남자가 여자를 끌어당겨 입을 맞췄다.

그림자 속으로 사라지는 둘을 바라보던 모건이 담배에 불을 붙였다.

그녀와 제시는 사람들이 거기서 본 공연을, 또는 거기 화장실에서 한 짓을 자랑하는 그런 공간을 만들고 싶었다. 바로 그래서 사일로는 어두운 구석과 틈과 모퉁이들로 가득한 미로처럼 만들어져 있었다.

모건은 안주인의 각종 의무로 분주한 자신을 제시가 그런 곳으로 끌고 가 정열적으로 애무하는 상상을 즐겨 하곤 했었다. 자신을 훔쳐보는 제시와 눈이 마주치면 살짝 웃어주고는 가장 가까운 벽장으로 함께 사라지는 환상이었다.

모건은 코로 담배연기를 길게 내뿜었다. 그런 종류의 정열은 이제 그녀 인생에 없을 거라는 걸 깨달아가는 중이었다. 겨우 스물넷이니 아직 젊었다지만 방금 사랑을 나누던 청춘들과 비교해보면 노파가 된 기분이었다.

그녀와 제시에게도 처음에는 그런 것이 조금은 있었다. 하지만 시간이 감에 따라 제시에게는 이미 연인이 있고 자신은 영원히 '또 다른 여자'일 것이라는 게 분명해졌다.

겉으로 보면 모건에게는 부족한 것이라곤 없었다. 외모, 일, 결혼, 무엇 하나 빠지지 않았다. 그러나 실제로는 제시가 던져주는 관심의 조각들을 허겁지겁 받아먹으며 사는 삶이었다. 여러 해 동안 멀리서 그를 사랑해온 모건은 그에게 문제가 있다는 게 명백해지자 자기야말로 그를 책임질 적임자라 여겼다.

그녀의 아버지는 유능했지만 다정하지는 않았다. 애정을 요구할 적기를 기다리며 어린 시절을 보내느라 훌륭한 남자와 사는 데 필요한 기술을 스스로 연마했기에, 모건은 시간을 잘못 잡아 사랑을 호소하면 냉담과 조소라는 벌을 받게 된다는 것 또한 잘 알았다.

정신과 상담의는 '조력'이니 '상호의존' 등의 용어를 종종 썼지만, 모건이 보기에는 자신이 연마한 특수한 기술들이 비로소 제집을 찾았을 뿐이었다. 제시의 약물의존 성향을 알았을 때도 그녀는 의연하게 받아들였다. 세상에 문제없이 사는 사람은 없는 법인데, 고작 그런 이유로 그것만 빼면 훌륭한 남편감을 거절할 일은 아니었다. 그녀는 영원히 이렇게 살고 싶지 않다는 제시의 말을 믿었다.

이제 모건에게 시간은 '혹시'와 '그럴지도'로 점철되어 있었다. 앨범 작업이 끝나면 혹시 끊어야만 한다는 걸 깨달을지도. 결혼을 하면 혹시 더는 원하지 않게 될지도. 클럽이 개업하면 혹시, 그래미 상을 받으면 혹시….

이런 이정표들 앞에서 그녀는 희망에 부풀었다. 하지만 아무 변화 없이 그 희망들이 지나가 버릴 때마다 자신의 신뢰를 합리화하기가 점점 힘들어졌다. 어디 간다고 말도 안 하고 내가 일주일쯤 사라져버리면 혹시… 내가 영영 떠나버리면 혹시….

로스트 코즈가 9분짜리 빠른 곡 〈시 러너Sea Runner〉의 전주를 연주하기 시작했다. 새벽 한 시가 가까웠다. 손님들 대부분은 이미 다른 파티로 옮겨갔을 것이었다. 모건이 뉴욕이 아닌 아일랜드에 클럽을 열고 싶었던 이유는 이곳은 새벽 두 시가 영업종료 시간이기 때문이었다. 그러면 공연을 마친 가수들과 어울릴 시간이 있었다. 그녀는 음향 확인에서 무대 철거까지 음악 클럽을 운영하는 모든 일이 좋았다.

매사에 그랬듯이 제시는 실제 클럽을 운영하는 일보다는

클럽을 운영한다는 생각 자체를 좋아했다. 두 사람은 보통 밤 열한 시까지 머물렀다. 그들을 볼 수 있을지 모른다는 것 자체가 사람들에게 큰 흥밋거리였고, 그것이 투자 조건의 일환임을 본인들도 알았다. 하지만 그것도 차차 의무사항 이상도 이하도 아닌 것이 되어가면서 두 사람 모두 열의를 잃어갔다. 특히 제시는 틈만 나면 빠져나가 약을 맞았다.

지금도 무대 뒤 사무실의 초록색 가죽 소파 위에서 고무 지혈대를 팔에 두르고 드러누워 있을 모습이 선명히 그려졌다. 처음 몇 번인가 이런 모습을 보았을 때는 너무 구역질이 나 계속 함께 갈 수 있을지 자신이 없었다.

하지만 정신을 차린 그가 그 눈으로 그녀를 바라보면 그를 향한 사랑이 더 깊어졌다. 그가 이것을 이겨내도록 도와주는 게, 몹시 부끄러우며 정말 그만두고 싶다는 그의 말을 믿어주는 게 자신에게 부여된 신성한 책무라고 여겼다. 좀 전의 그 커플이 한창 빠져있을 거라고 짐작되는 화장실에서의 정열적인 섹스와는 거리가 먼 이야기였다.

모건은 담배를 마지막으로 한 모금 길게 빨아들였다. 실내의 푸른 불빛 속에서 담배 끝이 붉은 열대어처럼 파닥거렸다. 그리고 〈시 러너〉를 능란하게 몰고 가는 말린다 킹의 목소리에 한껏 취했다.

담배연기를 내뿜다가 기침이 터졌다. 폐가 연기의 양에 놀란 모양이었다. 눈물도 났다. 그녀는 발코니 난간에 담배를 비벼 껐다.

주변에서도 기침 소리가 들리기 시작했다. 모건은 침침한 불빛 너머 아래층을 살펴보았다. 사일로에는 사람들이 빠져나가도 실내가 북적여 보이게 하려고 가끔 쓰는 스모크 머신이 있었다. 인터폰을 통해 아래층 바를 호출하자 플로어 매니저인 데니스가 받았다.

"저기," 그녀가 말했다. "지금 스모크 머신 작동시킨 거예요?"

그때 말린다 킹마저 기침을 터뜨리면서 마이크가 삑 소리를 냈다. 그녀가 노래로 돌아오기를 기다리며 연주를 계속하던 밴드의 드러머가 벌떡 일어서더니 오른쪽 무대를 쳐다봤다.

"불이야!" 그가 소리쳤다.

모건은 온몸이 마비되는 느낌이었다.

"불을 켜요!" 그녀가 말했다. "소방서에 전화하고요!" 그녀가 수화기를 내려놓고 아래층으로 달려갔다.

사람들은 다들 술에 취해 무슨 일인가, 하는 정도였다. 제 그림자에 놀란 쥐처럼 사방에서 머리가 이쪽저쪽으로 돌아가고 있을 뿐이었다.

모건이 댄스 플로어를 가로질러 가고 있을 때 불이 들어왔다. 서까래와 발코니에 검은 연기가 그득했다. 커다란 연기 기둥들이 촉수처럼 밀려들었다.

그 광경에 모두 정신이 들었다. 밴드가 모건 앞을 지나 정문을 향해 달려갔다.

음악이 사라지자 타다닥 타는 소리가 비로소 들리더니 뭔가 터지는 소리도 났다. 무대배경 커튼에 불길이 옮겨붙었다. 주름들 사이로 진홍빛 구멍들이 입을 벌렸다.

"나가야 해요." 데니스가 모건의 팔을 잡으며 말했다.

"제시가 저기 있을 텐데." 그녀가 그를 뿌리치며 말했다. 사람들의 비명 속에서 모건이 무대 뒤를 향해 달렸다. 데니스도 뒤를 따랐다.

사무실 문은 잠겨 있었다. 맞는 열쇠를 찾느라 꾸러미를 돌리는 모건의 손이 떨렸다.

"이거예요." 데니스가 말하고 열쇠를 꽂은 다음 셔츠 자락으로 손잡이를 잡고 돌렸다.

검은 연기가 뿜어 나왔다. 서둘러 들어가던 모건이 두 개의 커다란 발에 걸려 비틀거렸다.

제시는 정신을 잃고 바닥에 뻗어있었다. 뭔가 잘못 됐다 싶었다. 약에 취했을 때도 소리나 작은 움직임들에는 반응했었다. 모건과 데니스가 그를 일으켜 앉히자 입에서 거품 같은 물질이 흘러나왔고 목이 헝겊인형처럼 뒤로 넘어갔다.

"설마…."

데니스가 고개를 흔들었다…. 살아있었다.

사무실 안은 거의 완전히 연기로 차 있었다. 바닥에 널브러진 덕에 목숨을 건진 것인지도 몰랐다.

그들은 최대한 몸을 낮추고서 제시를 밖으로 끌어냈다. 모건의 가슴속에 공포가 치솟았다. 그의 살갗은 고무 같았고 뼈는 납덩이 같았다.

"병원에 가야 해요." 데니스가 말했다. 그러나 병원은 안 될 말이었다. 이런 꼴의 제시 리드를 사람들에게 보일 수는 없었다. 약물 소지 혐의로 기소될 것이었고, 그러면 언론이 아주 무참히 짓밟을 것이었다.

이런 일이 생기면 어떻게 해야 하는지 의논해둔 바가 있었다. 모건의 머릿속에 이름 하나가 떠올랐다.

"뒷문으로 데리고 나가죠." 그녀가 말했다.

48

그레이스와 제인은 〈왈가닥 루시〉 연속방송을 보다 초콜릿 껍질들에 싸여 잠이 들었다. 전화벨 소리에 잠이 깼을 때는 텔레비전의 방영시간도 이미 끝나 있었다. 그레이스가 일어나 흔들리는 화면을 가로지르며 전화를 받으러 갔다.

"여보세요." 그녀가 말했다. 시계가 새벽 2시 5분을 가리키고 있었다. "제가 그레이스인데요."

제인이 일어나 앉아 텔레비전을 껐다. 이모가 헉, 소리를 냈다.

"물론이죠, 제시 기억하죠." 그녀가 말했다. 제인은 아찔했다. 상대편의 말을 듣는 이모의 얼굴에는 잠이 사라지고 없었다.

"병원에 데려가야죠." 그레이스가 말했다.

그리고 기다렸다.

"알겠어요." 그녀가 말했다.

그리고 다시 기다렸다.

"네. 주소는요?" 그녀가 전화기 옆 깡통에서 연필을 꺼내 받아 적었다.

"25분 걸릴 거예요. 옆으로 눕혀놓으세요."

그녀가 전화를 끊었다. 잠시 말이 없더니 제인을 바라보았다.

"모건 비달. 제시가 약물 과다복용이란다." 그녀가 말했다.

제인의 가슴이 뛰기 시작했다. 그새 그레이스는 구급가방을 들고 현관으로 향하고 있었다.

"자, 제인, 너도 같이 가자." 그레이스가 스위치 옆 걸쇠에 걸린 열쇠를 집어 들었다. 제인은 금세 이모의 곁에 섰다.

"내가 운전할게요." 제인이 말했다.

전속력으로 달리는 차 안에서 그레이스가 상황을 알려줬다.

"사일로에 화재가 났대. 주요도로가 다 봉쇄됐어."

그레이 게이블스는 베일린 아일랜드 응급실보다 오두막에서 10분 더 가까운 거리에 있었다. 하지만 교통 상황을 가늠하면 구급차보다 20분을 앞당길 수도 있었다.

"일분일초가 급해." 그레이스가 말했다.

제인은 빨간불을 무시하고 달렸고 그레이스는 가방을 열어 준비에 들어갔다.

"어떻게 되는 거예요?" 주사기에 약을 넣고 끝을 흔드는 이모를 보며 제인이 물었다.

"날록손이 과다복용의 진행을 일시적으로나마 멈추게 할 수도 있어." 그레이스가 말했다. "헤로인만큼 지속력이 없어서 혹시 효과가 있더라도 계속 투약해야 해. 위세척도 해야 하고."

제인이 침을 삼켰다. 센터에서 몇 차례 이모를 도와 해본 적이 있지만 역할이 미미했을 뿐만 아니라, 환자가 제시였다. 그에게 이런 조치를 해야 한다는 생각만으로도 몸서리가 쳐졌다.

"괜찮겠죠?" 그녀가 말했다.

"나도 몰라, 제인. 언제 뭘 얼마나 맞은 건지 모르니까. 화상의 여부도 그렇고."

제인은 앞만 바라보았다. 제시와 모건의 저택이 사일로 부근이라는 건 알았지만 입구를 숨겨놓은 것은 몰랐다. 클럽 근처에 다다르자 경적을 울려대며 그곳에서 벗어나려는 차들로 몹시 혼잡했다. 파스텔 얼룩처럼 굵은 붉고 푸른 안개가 눈에 들어왔다.

"홈스 팜에서 왼쪽으로 들어가." 그레이스가 지시했다.

붐비는 주요 도로에서 벗어나 흙길로 들어서자 아드레날린이 치솟았다. 전조등이 어둠을 가르고, 차 타이어가 거친 노면을 헤치며 나아갔다. 제시가 원했을 만큼 한적하게 떨어진 곳에 건물이 서 있었다.

나무들 사이에서 정령 같은 불빛이 이리로 오라는 듯 깜박거렸다. 차가 공터로 접어들자 크고 음험한 건물 아래에서 랜턴이 모습을 드러냈다.

문이 열리며 모건 비달이 나타났다.

"가자." 그레이스가 말했다.

제인이 속력을 늦추자, 그레이스가 차에서 내려 모건을 쫓아갔다.

제인은 차를 세우고 트렁크에서 구급장비로 꽉 찬 냉각기를 꺼냈다.

어둠에 차차 익숙해진 눈으로 제인은 기괴한 몰골의 집을 바라보았다. 커다란 정문에서 중세풍의 뾰족탑까지, 상반되는 건축 유형이 제멋대로 뒤섞여 옛날이야기 속의 악몽 세계에 들어와 있는 느낌을 더해주었다.

주방은 토스카나 별장과 시골 찬장이 반씩 섞인 모습이었다. 실내에 들어서자 뒤편 방에서 모건의 목소리가 들렸다. 제인은 세련된 구리 냄비들이 놓인 선반 아래를 통해 침침한 복도로 들어가서 뛰는 가슴을 안고 복도 불빛을 따라 궁전 같은 거실로 들어갔다.

제시는 홑이불이 깔린 바닥에 뻗어있었다. 앙상한 몸에 창백한 얼굴, 미동도 없는 그를 보자 숨이 막혔다. 속이 온통 음악으로 가득한 이 남자가 부서져서 말없이 그녀 앞에 누워 있었다. 제인은 마음을 단단히 먹었다. 그들의 작업이 끝날 때까지 그녀는 그를 수리가 필요한 장비로만 간주해야 했다.

"제인." 모건이 말했다. "여긴 웬일이에요?"

"제인은 위 흡입술 훈련을 받았어요…. 내가 보조로 데려왔어요." 그레이스가 말하고 고무장갑을 끼며 제시 옆에 무릎을 꿇고 앉았다.

모건이 뭐라 반박을 하려는 것 같을 때, 그레이스가 날록손 주사기를 들고 끝을 흔들었다.

그녀는 제시의 팔을 들고 쓸 만한 정맥을 찾았다.

"제인, 가위." 그녀가 말했다. 제인이 가방에서 가위를 꺼냈다.

"뭐 하는 거예요?" 모건이 물었다.

그레이스가 제시의 청바지를 잘라냈다. 허벅지에 주삿바늘을 꽂을 때 제인은 고개를 돌렸다.

잠시 후 제시의 눈꺼풀이 파득거리기 시작했다. 제인이 냉각기를 그의 발 옆에 놓고 고무장갑을 꼈다.

"일으켜 앉히죠." 그레이스의 말에 모건 옆에 서 있던 남자가 허리를 굽혀 제시를 앉히는 걸 도왔고, 모건은 사라사 오토만을 가져와 등 뒤에 받쳤다.

"제시, 자, 정신 좀 차려 봐요." 그레이스가 말했다. 이모의 손짓에 제인이 마취제 병을 건네줬다. 그레이스가 강제로 그의 입을 벌리자 제시가 어린아이 울음소리 같은 소리를 냈다. 제인이 흡입관에 기름을 쳤다.

"이름이…."

"데니스요."

"단단히 붙들어요." 그레이스가 말했다.

그녀가 마취제를 뿌린 뒤 제인에게 돌려주고 흡입관을 받았다.

"제시, 자, 침을 삼켜 봐요."

모건은 오토만 뒤에 서서 고통스러워하며 말없이 지켜보았다. 제인과 모건의 눈이 마주쳤다.

"양동이 있어요?" 그녀가 말했다. "아니면 항아리?"

모건이 고개를 끄덕이고 방을 나갔다.

"입을 벌려요, 제시." 그레이스가 말했다. "그렇지, 잘했어. 알아요, 알아요."

제인이 고개를 돌리고 100밀리리터들이 플라스틱 주사기에 염수를 채우기 시작했다. 서서히 목구멍으로 들어오는 삽입관의 고통을 못 이겨 제시의 다리가 바닥을 차대는 소리가 뒤에서 들렸다. 제인은 몸서리를 쳤다. 그는 어쨌든 움직이고 있었다.

"알아요, 그럼." 그레이스가 말했다. "알아요."

모건이 결혼선물이 틀림없을 구리로 된 바닷가재용 냄비를 가져와 제인 옆에 내려놓은 뒤 못 움직이게 붙들려 있는 제시를 지켜보았다. 제인은 엄마가 처음으로 진정제를 맞던 때가 떠오르며 그녀가 가엾어졌다. 지금 제인은 제시보다 모건을 신경 쓰는 게 덜 힘들었다.

"거의 다 됐어요." 그레이스가 말했다. "제인."

제인이 그레이스에게 청진기와 빈 주사기를 건네는 걸 보고 모건이 한발 물러섰다. 그레이스가 주사기를 흡입관에 연결하고 청진기로 소리를 들으며 약간의 공기를 제시의 위에 투입했다.

"들어갔어." 그녀가 말하고 빈 주사기를 빼내자, 제인이 염수가 든 주사기를 건넸다. 그레이스는 천천히 제시의 위에 액체를 주사했다. 그녀가 플런저를 빼내자 역겨운 노란 액체가 통을 채웠다.

그레이스가 주사기를 떼어내자 제인이 또 하나를 건네주고는 구리 냄비에 위액을 철썩 쏟아낸 다음 다시 주사기에 염수를 채웠다.

그들은 제시의 위에서 뽑아낸 통속의 액체가 맑아질 때까지 이 절차를 반복했다.

"제인." 그레이스가 말했다. 제인이 그레이스에게 염수 팩을 건네주었다. 제시가 울먹이는 소리를 냈다.

"자, 조심, 조심." 그레이스가 말했다.

그레이스가 데니스의 도움을 받아 제시를 소파로 끌어 올리고 허벅지에 수액주사 바늘을 꽂은 뒤 제인과 함께 거치대에 팩을 고정했다.

제인과 그레이스가 한발 물러나자, 모건이 제시 옆에 쪼그려 앉아 귀에 대고 속삭이기 시작했다.

그레이스가 제인의 어깨에 손을 얹었다. 제인은 제시의 얼굴에서 눈을 뗄 수 없었다. 아직 위험에서 벗어난 것은 아니었다. 날록손이 효과를 발휘하는지 확실하지 않았고 제시는 완전한 탈수상태여서 그 자체가 새로운 문제를 유발할 수 있었다. 제인은 그가 눈을 뜨는 걸 보고 싶었다. 그러나 안타깝게도 눈꺼풀의 움직임이 둔해지고 있었다.

"그레이스." 모건이 불안하게 말했다.

"보고 있어요." 그레이스가 말했다. "제인, 고맙다. 이것들을 좀 치워주겠니?"

제인이 쓰레기를 유기성 폐기물 봉투에 집어넣는 동안 그레이스는 장비 가방에서 날록손 주사기를 하나 더 꺼냈다. 쓰레기봉투를 들고 방에서 나가는 제인의 귀에 이모가 새 고무장갑을 꺼내 끼는 소리가 들렸다.

제인은 차창 너머로 귀뚜라미 소리를 들으면서 차에 앉아 있었다.

그녀는 눈을 감고 언젠가 자신에게 사랑한다고 말했던 슬프고 아름다운 청년에 대해 생각했다. 그녀가 이곳의 안주인이 될 수 있었을 순간도 짧게나마 있었다. 그렇게 안 된 것에 대한 회한으로 긴 시간을 보냈다.

그렇게 됐더라면 그들은 얼마나 달라 보였을지, 지금보다 얼마나 더 행복하고 얼마나 더 단란했을지 상상할 수 있었다.

어둠이 있어서 빛도 있는 것이니 그 둘을 서로 뜯어내기란 불가능한 일이야.

제인은 떨리는 손으로 담배에 불을 붙였다.

상상할 수 없는 한 가지는 제시가 약을 끊은 시나리오였다. 아무리 머릿속에서 세부 사실들을 바꿔 봐도 그는 변함없이 중독자였다.

제인이 한숨을 내쉬었다.

누군가 창문을 두드렸다. 고개를 들어보니 모건이었다.

"들어가도 돼요?" 그녀가 말했다.

"그러세요." 제인이 말했다. 모건이 몸을 낮춰 조수석에 들어와 앉았다. 부스스한 머리에 눈은 충혈되어 있었다. 그럼에도 모건은 여전히 매혹적이었다. 제인이 담배를 건네자 그녀가 받았다.

"감사드리고 싶어서요." 그녀가 말했다.

제인이 라이터도 건네주었다. "그럴 거 없어요." 그녀가 말했다.

모건이 담배에 불을 붙였다. "이모분이 훌륭하세요." 그녀가 잠시 후 말했다. 간소하여 오히려 화제가 됐던 결혼반지를 우아한 손가락으로 관절까지 끌어내렸다 올리기를 반복하고 있었다.

"제시하고 처음 사귈 때 그분에 관한 이야기를 듣곤 했어요." 그녀가 말했다. "리전츠 코브의 퀸 가 이야기를 입에 달고 살았죠. 이 집을 지을 때도 '퀸 가의 집 같은 느낌이 나면 좋겠어'라고 말했어요. 그러다 어느 날 리전츠 코브의 퀸 가가 바로 제인 퀸과 같다는 걸 내가 알아차렸고, 그 이야기는 멈췄죠. 우리 처음 만났을 때 기억해요?" 제인이 고개를 끄덕였다. 모건도 기억하고 있는 게 뜻밖이었다.

"'맙소사, 정말 아름답네, 제시가 이 여자를 사랑하게 되겠군' 하고 생각했어요. 그는 당신을 사랑하기를… 완전히 멈춘 때가 없는 것 같아요." 제인의 몸이 굳어졌다. 모건이 말을 계속했다.

"사일로 오프닝 공연 후에 비로소 알았어요, 얼마나 심각한지." 그녀가 말했다. "그런 공연은 그 전에도 후에도 더는 없었어요. 당신이 거기 있기 때문이었을 거예요. 신경 쓸 것 없다고 제 자신을 달랬어요…. 당신에게도 기회가 있었지만 포기한 거니까."

모건이 고개를 저었다. "자만했던 거예요. 상황이 몹시 안 좋아져도, 적어도 나는 제인 퀸은 아니라고, '제시 리드'를 그렇게 허망하게 놓치지는 않았다고 생각하곤 했어요. 이렇게 곁에 붙어 있는 게 무슨 영예라도 되는 것처럼 말이에요."

말하는 그녀의 눈에 눈물이 글썽글썽했다. "나는 너무 피곤해요, 제인. 결혼생활 2년 만에 벌써 중년이 된 것 같아요. 이런 일이 일어날까봐 늘 발을 동동 굴렀죠. 그리고 결국 이렇게 일어나고 나니까 그냥… 안도감이 드네요. 그가 괜찮지 않은데도 내 첫 반응이 안도감이니 어쩌죠?"

"제시는 괜찮을 거예요." 제인이 말했다. *제발 괜찮기를.*

"언제까지?" 모건이 말했다. "다음번 과다복용 때까지? 내가 기대한 건 이런 게 아니었어요. 난 이런 삶을 원치 않는다고요."

제인은 흐느끼는 모건 옆에 함께 있어 주었다. 뭐라고 말해줘야 할지 몰랐다. 오랜만에 처음으로, 자신도 이런 삶을 원치 않는다는 생각을 했다.

49

그레이스가 차창 두드리는 소리에 제인은 잠에서 깼다. 모건은 가고 없었고, 나무들 사이로 흰 새벽빛이 내려오고 있었다. 셔츠는 얼룩덜룩하고 눈도 부었지만 조수석에 들어와 앉는 그레이스의 표정은 침착했다.

"이제 안정이 됐어." 그레이스가 말했다. "베티와 교체하고 나왔어."

그러고 보니 진입로에 다른 차 한 대가 서 있었다. 제인은 시동을 걸지 않았다. 들어가서 눈으로 확인하고 싶었다.

"그만 가자, 제인." 그레이스가 말했다. "괜찮을 거야."

리전츠 코브로 돌아가는 길에서, 그레이스는 불이 막 붙었을 때 제시가 약을 한 것 같다고 설명했다. 그가 살아난 것은 아무도 예측하거나 조정할 수 없었을 요소들 덕분이었다.

"운이 정말 좋았어." 그레이스가 말했다. "저보다 운이 좋은 사람도 없을 거야."

사일로는 그러지 못했다. 집에 도착하여 주방에 들어가니 엘시가 〈아일랜드 가제트〉 1면 사진을 바라보고 있었다. 폐허가 되어 연기만 피워내는 클럽의 모습이었다.

소방국의 추정에 따르면 제대로 끄지 않은 담뱃불이 화재의 원인이었다. 신고를 받고 10분도 안 돼 화재현장에 도착했으나 이미 지붕에 불이 붙었고, 간신히 불길을 잡았을 때는 건물 전체가 내려앉고 말았다는 것이었다.

이제 모건도 제시를 더는 두고 볼 수 없었다. 후속 치료를 위해 제시의 집을 찾아갔을 때 그레이스는 고통스러운 장면을 목격했다. 모건이 제시에게 입원 치료를 간청하자 제시는 단칼에 거부했다.

"당신에게는 관리의료가 필요하다고요." 모건이 필사적인 목소리로 말했다. "난… 난 도저히 감당 못 하겠어요. 아니, 안 해요."

그녀는 시아버지에게 전화를 걸었다. 리드 박사가 차를 몰고 달려와 아들을 데려갔다. 마을축제에서 금붕어를 탄 아이처럼 수액 팩을 들고서 아버지의 BMW 조수석에 오르는 제시를 그레이스가 부축했다.

"같이… 가주겠어요?" 리드 박사가 차창 틈으로 그레이스에게 물었다. 그레이스가 고개를 끄덕이고 자신의 차에 올라 오두막까지 따라갔다. 그리고 몇 시간 후, 모건은 뉴욕으로 떠났다.

제인은 그날 밤 아래층에 내려갔다가 엘시와 그레이스가 현관 포치에 앉아 소리죽여 나누는 대화 소리를 들었다. 무성한 라일락 나무 위에 반딧불이들이 잔뜩 앉아 있었다. 제인은 현관 앞에 서서 귀를 기울였다.

"리드 박사가 금단 증상을 완화하는 메타돈을 투약하고 있긴 한데, 제시는 정말 입원치료를 받아야 해요." 그레이스가 말했다. "우울증이 시작되면 어떤 방법으로도 재발을 못 막아요. 더 끔찍한 일도 일어날 수 있고."

"제시가 겁이 난 거구나." 엘시가 말했다. "너무 겁이 나서 문제의 심각성을 받아들이지 못하는 거 아니야? 누구 신뢰할 만한 사람이 잘 말해주면 들을까?"

"아버지가 신경을 많이 쓰긴 하는데 너무 강압적이야." 그레이스가 말했다.

"친구는 어때?" 엘시의 말에 그레이스가 쯧 혀를 찼다.

"연예계 사람들이 뭐 오죽하겠어요. 게다가 정신질환자라면 다 피하잖아, 보고 싶지 않은 거겠지."

엘시가 곰곰이 생각했다. "두어 해 전 여름은 어떻게 이겨냈었지? 그때는 더 나쁘지 않았어?"

"제인이었을 거예요." 그레이스가 말했다. "아직도 그 아이에게는 제인인 것 같고. 어제 아침에도 정신이 돌아와 나를 보더니 제인 이름을 부르면서 울더라고요."

제인이 숨을 죽였다.

"가엾기는 하다만," 엘시가 말했다. "제인은 이제 겨우 극복하고 있잖니. 그런 책임을 지울 순 없지."

"알아요." 그레이스가 말했다. "알지. 다만 그냥… 엄마, 제시는 살아남지 못할지도 몰라요." 그레이스가 울고 있었다.

엘시가 팔을 둘러 안아주었다. "그레이스." 그녀가 말했다. "네 책임도 아니야."

제인은 이모가 우는 것도, 할머니가 이모를 자상히 달래는 것도 처음 보았다. 포치에서 물러선 그녀는 복도 거울에 비친 자기 모습을 바라보았다. 제시는 정말로 위험한 상태에 있었다.

그날 밤 제인은 잠자리에 누워 자신이 불쑥 오두막에 나타나면 어떻게 될까 상상해봤다. 제시와 헤어진 지 두 해가 지났고 많은 것이 변해 있었다. 하지만 그 순간만큼은 아무것도 달라진 게 없는 느낌이었다. 크리스마스이브에 제시가 한 말이 기억났다.

생각을 자꾸 하다 보니 그냥 차를 몰아 건너가면 될 것 같더라. 그래서 그렇게 해버렸어.

이튿날 제인은 아침을 먹은 뒤 매기를 찾아가려다가 대신 오두막으로 차를 몰았다. 무슨 계획이 있는 건 아니었고 그냥 그래야 한다는 확신 때문이었다. 자연스럽고 친숙한 길이었다. 마음속으로 얼마나 자주 이 길을 달렸던가.

경비초소의 확인을 받고 들어갔더니 리드 박사가 맞이하러 나왔다.

"제인." 예상치 않은 따뜻한 목소리로 그가 말했다. 몇 해 전의 그 위압적인 인물은 아들 걱정에 겁에 질린 아버지로 바뀌어 있었다. 어쩌면 늘 이런 사람이었는데 그녀가 못 본 건지도 몰랐다.

리드 박사는 거실을 가로질러 잔디가 내려다보이는 뒤편 포치로 그녀를 데려갔다. 프렌치도어 너머 고리버들 의자에 앉은 제시의 모습이 보였다.

"제시." 리드 박사가 말했다. "손님이 왔구나."

제인이 포치로 나가자 제시가 몸을 좀 일으켰다. 그의 눈이 그녀와 마주쳤다가 이내 다른 곳을 향했다.

"그럼 이야기들 나누지." 리드 박사가 말하고 집안으로 사라졌다.

제시는 앙상하게 마른 모습이었다. 눈가에는 커다란 보라색 그림자가 드리웠고 양팔에도 멍투성이였다. 이제 수액은 맞지 않는 듯했고, 손에 담배를 들고 있었다.

"나도 한 개비 줄래?" 제인이 물었으나 제시는 움직이지 않았다. 오지 말았어야 했다는 생각이 들기 시작할 때, 그가 담뱃갑과 성냥을 그녀 쪽으로 밀었다.

"이 정도는 해줘야겠지?" 그가 말하고 그녀를 흘긋 올려보았다. "고마워." 그가 말했다.

"이렇게 보니 정말 좋다." 잠시 후 제인이 말했다.

제시가 시선을 돌렸다.

제인이 담배에 불을 붙인 다음 한 모금을 빨아들였다. 흐린 날이었는데 공기가 답답했다. 이 포치는 화덕처럼 열기를 품는 모양이었다. 제시의 이마가 땀이 맺혀 번들거렸다.

"걸을 수 있어?" 그녀가 묻자 그가 그녀를 보더니 마당을 둘러보았다. 그리고 고개를 끄덕였다.

"미안하지만 조금…." 의자 팔걸이를 잡고 일어서려는 그를 제인이 잡아주었다. 계단을 내려갈 때도 잔디밭을 가로질러 걸을 때도 그는 그녀에게 의지했다. 에탄올 냄새 속에서도 그의 본래 냄새가 났다. 두 사람은 말없이 제인도 기억하는 조그만 숲을 향해 걸었다.

하늘이 나무들로 가려서인지 제시는 숨쉬기가 조금 수월한 듯했다. 그들은 숲 소리를 들으며 졸졸 흐르는 시냇가를 따라 인도교가 나올 때까지 함께 걸었다. 제시가 난간에 기대 쉴 수 있게 거기서 멈추었다. 그가 제인의 팔을 놓고 담배에 불을 붙였다. 두 사람은 말없이 서서 담배를 돌려가며 피웠다. 이윽고 제시가 말을 했다.

"여긴 왜 왔어?" 그가 물었다.

제인이 침을 꾹 삼켰다. "괜찮은지 보고 싶어서." 그녀가 말했다.

제시가 의심스러운 눈으로 그녀를 바라봤다. "입원시키려고 온 거구나." 그가 말했다. "누가 시켰어? 아버지야?"

제인은 아무 말도 하지 않았다.

제시가 답답한지 불만의 신음을 냈다. "기억할 텐데, 내가 시설에서 안 좋은 경험을 했다는 걸.” 그렇게 말하는 그의 얼굴이 싸늘하게 굳고 있었다.

제인이 본능적으로 반응했다. “기억할 텐데, 내가 보통사람들보다 시설을 잘 안다는 걸.” 그녀가 말했다.

제시의 눈썹이 올라갔다. 그리고 그녀가 말을 잇기를 기다렸다.

“저, 고의가 아니었다는 걸 알아주었으면 해.” 제인이 말했다. “속이려고 작정한 게 아니었어.”

제시가 자기 팔의 멍 자국들을 내려다봤다. “이렇게 된 게 자업자득이라고 생각했겠지.” 그가 말했다.

“절대 그런 생각 안 했어.” 제인이 말했다. “난, 난 말해주고 싶었어.”

“그랬겠지.”

“정말이야.”

제인이 말했다. “투어를 같이 가자고 했던 날 밤, 말할 생각이었어.”

제시가 그녀를 노려봤다.

“그런데?” 그가 말했다.

제인이 그를 노려봤다. “네가 키스를 해버렸어.” 그녀가 말했다.

제시가 반사적으로 그녀의 입술을 바라보고, 곧바로 눈길을 돌렸다.

"다른 기회도 많이 있었어." 그가 말했다.

"다른 시도도 여러 번 했어." 제인이 말했다.

그가 뚫어질 듯 그녀를 보았다. "이를테면?" 그가 말했다.

제인이 한숨을 쉬었다. 하도 오래전이라 그가 기억할지조차 자신이 없었다.

"시카고." 그녀가 말했다. "와이너리, 그 여자."

"무대 위로 술병을 던진?" 제시가 말했다.

제인이 고개를 끄덕였다. "우리 엄마도 입원했던 날 밤에 포크 페스트 무대 위로 병을 던졌어, 토미 패튼한테." 제인이 말했다.

말을 알아들은 제시의 눈이 깜박거렸다. "골목에서 내게 뭐라고 말을 하려고 했지." 그가 말했다.

"찰리에 대해 말해주고 싶었어." 제인이 말했다. "말을 해주고 싶었던 게 여러 주째였는데… 자신이 없어져서…."

제시가 읽을 수 없는 표정으로 그녀를 지켜보았다.

"그다음에는 크리스마스." 그녀가 말했다. 무슨 말인지 알아들은 그의 눈이 본의 아니게 빛났다.

"토미 패튼이 자기를 알아보지 못한 게 그래서 그렇게 충격이었구나." 제시가 말했다. "〈라일락 왈츠〉가 전부 다 망상이었을까봐 두려웠던 거야."

제인이 고개를 끄덕였다. "그날 밤은 그 어느 때보다 말할 준비가 되어있었어." 제인이 말했다. "그런데 오랫동안 비밀을 갖고 살다 보면… 말이 생각만큼 쉽게 나오지 않는가 봐."

"〈큰곰자리〉에서는 잘 나왔잖아." 그가 말했다.

제인이 머리카락 한 올을 귀 뒤로 넘겼다. "응." 그녀가 말했다.

"'*스푼을 집어 드는 저녁*', 나를 가리키는 가사란 걸 확신하고 있었어." 제시가 말했다.

"맞아." 제인이 말했다. "쓸 때는 몰랐지만."

제시의 눈이 휘둥그레졌다.

"나 자신에게조차 감추었던 게 아주 많았어." 제인이 말했다. "차마 정면으로 마주할 자신이 없던 많은 것들이 그렇게… 음악을 통해 옆으로 빠져나온 것 같아. 나는… 〈큰곰자리〉가 찰리에 대해서라고 생각하며 썼는데 나중에 깨달아지더라, 사실 누구에 대한 노래였는지." 그녀가 말했다.

제시가 그녀를 열중하여 바라보았다.

"'*비추어주는 길잡이별들*'… 그건 나와 찰리 이야기가 아니지." 그녀가 말했다. "너와 찰리였어. 내가 네게 이렇게 유대감을 느끼는 이유 중에는 아마도… 아마도 찰리 같다는 점도 있었을 거야. 그러니까, 두 사람 다 독창적이고, 재능이 많고…."

제시의 표정이 어두워졌다. "불안정하고."

제인이 얼굴을 찌푸렸다. "나는 자기에게서 영감을 받아." 제인이 말했다.

제시가 밭은 숨을 쉬었다.

"내게 여유가 없었던 것뿐이지." 제인이 말했다. "긴 시간과 먼 거리를 거쳐 오고 나서야 찰리와 그 정신 나간 세계에 내가 얼마나 연결되어 있는지 비로소 깨달았어. 슬펐지만 안전한 느낌도 있었어. 무슨 말이냐 하면, 아무리 고쳐보려고 해도 결과가 뻔하다는 걸 알게 되었으니까."

너는 달랐어." 제인이 말했다. "너는 위험했어."

제시가 웃음을 터뜨렸다. "내가 어떻게 위험했는데?" 그가 물었다.

제인이 깊은숨을 쉬었다. "너와 함께 있으면 정말로 희망을 품을 수 있었으니까." 그녀가 말했다. "그런데 네가 그런 짓을 하는 걸 보자, 그 희망에 매달려 하염없이 기다리는 나 자신의 모습이 그려지더라…. 그래서 빠져나와야 했던 거야."

잠시, 제시가 화가 난 줄 알았다. 그런데 그가 눈길을 떨구었다.

"잘한 일이야." 그가 말했다. "기다리고 있었을 거야."

갑작스러운 바람에 나뭇잎들이 바스락거렸다.

"엄마가 돌아가신 후로, 나는 여기 있는데 엄마는 없다는 사실을 받아들이지 못해 힘들었어." 그가 말했다. "제인 너도 우리 엄마를 만나봤으면 좋았을 텐데. 그 빛, 그 선함…. 엄마는 죽고 나는 살아있다는 것이 도무지 이해되지 않았어." 그가 턱을 어루만졌다. "너를 만났을 때, 너는 그냥 빛이 났었어." 그가 말했다. "나는 너를 보살펴주고 싶었어…. 엄마를 보살펴주지 못한 대신."

그가 희미하게 미소를 지었다. "그런데 너는 받아들이려 하질 않았지." 그가 말했다 "바로 그거야. 너는 내게서 아무것도 원하지 않는 유일한 사람 같아."

그가 눈살을 찌푸렸다. "나는 자랑스럽지 않은 일들을 했어. 모건과 결혼한 것도 그래. 한번 해볼 만하다는 생각도 있었지만 깊이 들여다보면 아니라는 걸 알고 있었지. 레이블이 하라니까, 그리고 넌 내게 틈을 안 주니까 그냥 해버린 거야."

제인의 얼굴이 붉어졌다.

"그날 밤 사일로 일도 그래." 그가 말했다. "정말 화가 났어. 네가 나에게 거짓말을 해서도 그랬지만 그보다 근본적으로는 네가 날 거절했기 때문에 화가 난 거야. 네가 후회하게 만들고 싶었어. 모건과 그 노래를 한 건 잔인한 짓이었어. 그리고 그 후에 네게 했던 말은…." 그가 고개를 흔들었다. "그래놓고도 밤새도록 생각한 게 뭐였냐면, 네가 해니벌 팽과 드라이브를 갔나 하는 거였어."

그가 헛기침을 했다.

"네가 사라지고 나서야 내가 얼마나 못되게 굴었는지 깨달아지기 시작하더라." 그가 말했다. "아무도 충족시킬 수 없을 과한 기대를 네게 했었던 거야."

제인의 뺨이 뜨거워졌다. "내가 보통사람이란 걸 알게 된 거네." 제인이 말했다.

제시가 이마를 찡그렸다. "아니야." 그가 말했다. "너는 무슨 일이 있어도 나에게 보통사람일 수 없어."

잠시 바람이 그쳤다.

"한동안 극복한 줄 알았어." 그가 말했다. "그러다 〈벽의 꽃〉을 듣고 난… 난 네게 얼간이일 뿐이야. 그래서 생각했지. 이렇게 떨어져 있어야 한다고, 잘못했다간 그나마 반쪽짜리 남편 노릇도 가망 없다고."

제인의 입이 말라왔다. "그 노래 불렀을 때, 나 정말로 힘든 시간을 보내고 있었어." 그녀가 말했다. "네가 레이블에 관해서 해줬던 말들이 전부 다 실제로 일어났거든. 끔찍한 패배감에 찌들어 도무지 출구가 보이지 않았어."

그 빛나는 푸른 눈으로 바라보는 제시를 보며 제인은 자신이 그를 얼마나 아름답게 느꼈는지가 선명히 떠올랐다. 경이적이면서도 친근한 데가 있었다.

"사실 〈봄날의 연애〉를 부를 예정이었어, 그날 밤. 그런데 너를 보니까 그냥…." 그녀가 배에 손을 얹었다.

"뭐?" 그가 말했다.

제인이 침을 삼켰다. "좋더라." 그녀가 말했다. "너를 보면 언제나 좋았어."

제시가 한걸음 다가왔다.

제인이 숨을 들이마셨다. "네가 나를 바라보는데, 에라 모르겠다… 싶어졌어."

제인이 그의 얼굴을 들여다보았다. 햇살의 각도가 바뀌면서 한순간 그가 회복된 듯 보였다. 강하고, 젊은 모습으로.

"네가 너무 보고 싶었어." 그녀가 말했다.

"아, 제인." 그가 말했다. 그가 그녀의 손을 잡았다.

그가 상체를 굽히면서 둘의 이마가 맞닿았다. 그렇게 함께 서서 제인은 눈을 감고 이것이 전부인 세계로 들어가도록 몸을 맡겼다. 거기서 두 사람은 함께일 것이었고, 그러면 다른 건 아무것도 문제가 되지 않을 것이었다.

그렇게 서 있는데, 산들바람이 불었다. 제인이 눈을 떴다. 햇빛의 각도가 다시 바뀌어 있었다. 제시가 땀을 흘리기 시작했다. 제인의 가슴속에 두려움이 솟았다.

제시는 건강하지 않았다.

차가운 공포의 쇠사슬이 그녀를 죄어들어왔다.

'제발 나만 남겨놓고 떠나지 마.'

제인이 흐느끼기 시작했다.

제시가 그녀를 껴안았다. 그녀의 눈물로 그의 셔츠가 흠뻑 젖었다.

"제발 죽지 마." 제인이 말했다. 귀에 피가 몰리며 형체 없는 소리로 가득 차고 있었다.

눈물이 잦아들며 나무들 속삭이는 소리가 다시 들렸다. 그녀가 한발 물러섰다. 제시가 그녀의 눈물자국을 바라보다 손을 들어 닦아주었다. 그가 그녀의 손을 잡았다.

"약을 끊는 건 두렵지 않아." 그가 말했다. "두려운 건 그 후야. 나 혼자서, 내 머릿속에 갇힌 채, 매일같이, 평생을…."

제인의 가슴이 뛰기 시작했다. 제시의 방어막이 내려가고 있었다.

"어떻게 될지 모르잖아." 제인이 말했다. "안 그래? 지나온 삶을 놀라워하며 돌아보는 노인이 되어있을 줄 누가 아느냐고."

그가 고개를 흔들었다.

"그렇게 오래 살지 못할 것 같아." 제시가 말했다.

제인이 움찔했다.

"그냥 솔직한 느낌이 그래." 그가 말했다. "매일 아침 눈을 뜨면 이 느낌을 직면해야 해. 몸부림이 아닌 날이 없을 거야. 왜 쓸데없는 노력을 해야 하지?"

제인은 자신과 대면하기가 두려워서 별들 아래 누워있기만 했던 밤을 떠올렸다. 그녀가 제시의 손을 꼭 쥐었다. "왜냐하면," 그녀가 말했다. "할 수 있으니까. 몸부림이라도 칠 수 있다는 게 선물이니까."

아일랜드의 에너지가 그들 주위에서 고동치고 있었다. 짭짤한 공기, 대지의 빛. 바람결에 음악이 실려 있었다. 소박한 코드가 화음으로 엮이길 기다리고 있었다. 제시의 눈을 들여다보니, 그도 듣고 있었다.

그들은 나무들의 노래를 함께 들으며 긴 순간을 보냈다. 그리고 조심스럽게 인도교를 떠나 집으로 돌아갔다.

그날 저녁 그레이스가 센터에 도착하니 직원 휴게실이 와글와글했다. 오후에 제시 리드가 자진 입원을 했다는 것이었다.

50

〈아일랜드 가제트〉

2022년 8월 1일

젠 에디슨

사일로 공원 겸 야생동물 쉼터의 개관식이 지난 일요일에 열렸다. 참석자들 중에는 기부자인 트렌트 메이휴, 케이버스윌 주민의회 회원들, 그리고 사일로의 전설에 개인적으로 관련이 있는 아일랜드 인사들이 포함되어 있었다.

본래 구조는 자주 지연되며 길게 끈 공사 과정에서 대부분 철거되었지만, 몇 가지 유품만은 보존할 수 있었다.

예리한 눈이라면 본래 왜건 휠 샹들리에였던 것이 색색의 다년초가 가득한 화분으로 탈바꿈해 있는 것을 발견했을 것이다. 허브 정원으로 이어지는 등나무 산책로도 본래는 클럽 정문 진입로였다. 무대가 있던 자리에는 어린이용 모래상자가 놓여 있었다.

개관식은 이 지역의 미술가 루 스탱거가 사 음자리표에 착안하여 제작한 주물 조각 '노래의 영' 앞에서 열렸다. 대좌에는 짧지만 강렬했던 14개월의 영업기간 동안 클럽을 방문했던 모든 스타들의 이름이 적혀 있었고, 그들 중 몇은 식에 참석하기도 했다.

클럽 소유주였던 모건 비달은 불참했다. "감정을 주체하기 어려울 것 같네요." 현재 74세로 뉴욕에 거주하는 그녀는 이렇게 소회를 밝혔다. "사람들이 그곳에서 즐겁게 시간을 보낼 수 있게 되어 기쁘긴 한데, 나는 과거를 들춰내고 싶지 않습니다."

비달은 커다란 화제를 모은 제시 리드와의 결혼 이후 페어플레이의 리더 해니벌 팽과 더욱 파란만장한 관계를 맺었다. 이후 10여 년 동안 플래티넘 히트를 계속해낸 후 은퇴하여 가족과 시간을 보내면서 어린이용 도서《로커 빌리Rocker Billie》시

리즈로 제2의 성공을 거두기도 했다.

참석한 스타로는 지난해 에미, 그래미, 오스카, 토니 등 4대 상을 휩쓴 전기 영화 〈안전한 항로〉의 주역 로레타 메이스가 있었다. 그녀는 또 다른 참석자 제시 리드와 '안전한 항로' 투어에 오를 예정인데, 주로 소극장 무대 중심이 될 이번 투어에 대한 자세한 내용은 IslandGazette.org에서 찾을 수 있다.

비치 트랙스 주인인 리치 홀트와 사이먼 스펙터도 컬트 팬들의 사랑을 받는 브레이커스의 전 멤버들인 카일 라이트풋, 그레그 라이트풋, 그리고 제인 퀸과 나란히 참석했다. "재회의 기회는 절대 놓치지 않거든요"라는 74세의 그레그 라이트풋은 파트너 매기 퀸, 그리고 세 딸과 함께 비영리법인 포크 프렌즈 창설에 공헌한 바 있으며, 이 법인은 2009년 재개된 아일랜드 포크 페스트의 제작을 관리해왔다.

"이 클럽은 우리 문화사에 무척 중요한 존재입니다." 남편 카일 라이트풋과 함께 참석한 62세의 앨리슨 크레이머 감독의 말이다. 크레이머의 1987년 작 디스토피언 블록버스터 영화 〈블랙 샌드Black Sand〉의 음악에 라이트풋이 참여하면서 만난 이 두 사람은 특별히 이 행사를 위해 비행기를 타고 날아왔다.

지역 주민인 제인 퀸과 제시 리드가 헌사를 했다.

퀸의 활동기간은 70년대에서 80년대까지 이어졌다. 그녀의 네 번째 스튜디오 앨범 《반짝이와 검댕Glitter and Grime》은 1974년 그래미 상 최우수 앨범과 최우수 레코드 부문을 석권한 바 있다. 당시의 성공으로 보면《반짝이와 검댕》이 우세했지만, 퀸의 걸작으로 널리 인정받는 앨범은《큰곰자리 노래들》이다. 2000년에 〈뉴욕 타임스〉는 '20세기 대중음악의 전환점과 정점들'을 상징하는 25대 앨범 중의 하나로 이 작품을 선정했으며, 이후 판매량 면에서도《반짝이와 검댕》을 앞지르며 트리플 플래티넘 앨범으로 공인되었다.

앨범 녹음을 중단한 이후에도 퀸은 소울의 전설 레이시 도먼과 의기투합하여 1990년대 후반 걸 파워 혁명의 진원지가 된 여성 중심 제작사 '비트 앤 빔Vit & Vim'을 차리기도 했다. 2006년 도먼 사망 후 퀸은 은퇴하여 아일랜드로 돌아와 할머니 라일라 샬럿(엘시)과 이모 그레이스 퀸이 70년대 창립한 정신건강 압력단체 '마인드 매터스'에서 일해 왔다.

"이곳은 특별한 장소예요." 73세의 퀸은 헌사에서 이렇게 말했다. "이곳은 내게 나를 키워준 여인들을 떠올려줄 것인데, 그걸 내 딸들과 나눌 수 있게 되어 너무나 기쁩니다." 비혼으로 유명한 이 여가수는 딸 라일라와 수지, 그리고 손녀 카로와 함께 행사에 참석했다.

제시 리드가 마지막으로 헌사를 한 뒤 공원의 전 주인 자격으로 리본 커팅을 했다.

'마인드 매터스'의 동료 활동가로서 리드는 아일랜드의 시

더 크레센트 병원 재활 센터에 대한 감사의 말도 잊지 않았다. 10여 년간이나 지속되며 비달과의 결혼(1971~1972)과 연예 전문 변호사 비타 스프루스와의 재혼(1979~1981)도 실패하게 만든 중독과 싸우는 동안 센터는 자신에게 '폭풍우 중의 항구'였다고 그는 말했다.

마침내 중독을 이겨낸 리드는 1987년 아일랜드 북쪽에 있는 요가 수련원에서 아일랜드 토박이이자 명상 코치인 셸비 그린을 만나 행복한 결혼생활을 일궈냈다. 둘은 자녀 넷을 얻었으며 그중 앨리슨과 케이트가 개관식에 참석했다. 그린은 루게릭병과의 긴 투병 끝에 2010년 사망했는데, 그녀가 투병하는 동안 리드는 절대 그녀 곁을 떠나지 않았다고 한다.

리드는 사생활 면에서는 부침이 많았지만 그가 발표한 앨범은 모두 100만 장 이상이 판매되었다. 최근작 《외톨박이 소나무: 제시 리드의 크리스마스Lone Pine: A Jesse Reid Christmas》가 올해 말 블랙 십 옴니미디어에서 발매될 예정이다.

리드는 헌사에서 친구들의 도움을 언급하기도 했다. 퀸과 메이스를 거명했고, 뛰어난 취향과 선견지명으로 CD와 스트리밍 혁명을 다 이겨내며 블랙 십의 번성을 이끌다 2012년 사망한 매니저 윌리 램버트에게도 감사의 말을 전했다.

"시작은 참으로 힘들었죠." 76세의 리드가 말했다. "이제 온통 기쁨뿐입니다. 이런 건 중요해요…. 그 시절을 기억하는 사람들이 이제 너무 적으니까요."

신화의 시절, 아름다움의 시절, 로큰롤의 시절.

식이 끝난 후 그늘에서 담소를 나누는 리드와 퀸을 보니 수십 년이 지난 지금까지 두 사람이 서로를 얼마나 아끼는지 알 수 있었다. 지팡이를 든 그녀, 야구 모자를 눌러쓴 그의 지금 모습을 보면 그들이 한때 우리의 신이었음을 그 누가 짐작이나 할 수 있을까.

감사의 말

이 책은 육상경기장을 채우고도 남을 만한 대가족을 갖고 있다. 그중에서 특출한 스타들만을 몇몇 골라 심심한 감사 인사를 드리려 한다.

이 과정을 무척 재미있게 해주고 제이니 Q를 여러 면에서 메인 스테이지에 올려놔준 나의 비길 데 없는 에이전트이자 친구 수전 골럼에게 감사드린다. 머라이어 스토벌, 새라 폰셀, 제시카 버거, 그리고 라이터스 하우스의 굉장한 팀 모두에 감사드린다. 여러분이 내 편에 든든히 계셔준 것이 내겐 행운이었다.

나의 최고 편집자이자 친구인 제니 잭슨에게 감사드린다. 절묘한 피드백과 조언 덕택에 할 줄 몰랐던 것들을 할 수 있게 되었고 이 이야기에 찬란한 옷을 입힐 수 있었다. 이 책을 함께 만든 일 분 일 분이 소중히 느껴진다.

리건 아서, 마야 매브지, 마리스 다이어, 에린 하트먼, 디미트리스 파파디미트로풀로스, 에밀리 머피, 모건 펜턴, 페기 사메디, 리디아 뷰클러, 앤 자로프 에반스, 마리아 카렐라, 캐시 우리건, 켈리 블레어, 댄 노바크를 비롯한 크노프 팀에 감사드린다. 여러분 모두 대단하다.

나의 영국 편집자인 사랑스런 샬럿 브래빈, 그녀의 하퍼 U.K. 팀, 그리고 각국의 출판사에 깊이 감사드린다.

《큰곰자리 노래들》을 그토록 근사하고 멋지게 출정시켜준 실비아 라비노, 애나스테이지아 앨런, 그리고 WME 팀에 감사드린다.

독려와 통찰을 제공해준 애나 피토니아크, 조해나 구스타프슨, 에마 패트리에게 감사드린다.

글쓰기, 매체에서 여성으로 살아가기, 창작의 진정성, 그리고 인간본성에 관한 지혜와 유머를 나누어준 카리타 가디너, 마지 프리드먼, 린들리 베지홀드, 셰리 무어 등 스승들에게 감사드린다.

오랜 세월 내게 영웅이 되어주었으며 2004년 앨범 《커버리지Coverage》로 내게 조니 미첼을 처음으로 알려준 맨디 무어에게 감사드린다.

여러 연습 세션에 따라갈 수 있게 해준 피아노 조련사 캐럴

라인 힐에게 감사드린다.

밴드 멤버가 된다는 게 어떤 것인지 내게 알려준 멘털 노츠, 그중에서도 특히 피비 퀸, 톰 머피, 케빈 우이에게 박수를 보낸다. 나의 리치에게 제인이 되어주고 '페인티드 레이디' 투어 장소 대부분에 데려가준 에릭 브로디에게 감사드린다.

사랑과 성원을 보내준 브로디 가, 케이시 가, 가르시아 가 일족들에게 감사드린다.

엄마, 아빠, 클라라, 그리고 벤에게 감사드린다. 새들은 별을 향해 날아가는 걸 텐데, 이분들은 나의 등대가 되어주었다. 아빠, 〈스윗 베이비 제임스Sweet Baby James〉를 내게 알려주시고 나를 진지하게 생각해주셔서 감사합니다. 클라라, 믿음 가는 첫 독자이자 무법자가 되어줘서 고마워. 엄마, 엄마의 가르침과 목소리가 이 이야기에 근본적인 영향을 미쳤어요. 그 마술을 저와 공유해주셔서 감사합니다. 전설적인 실력의 소유자인 벤, 이 책의 노래들에 음악의 옷을 입혀 살아나게 해줘서 고마워.

무엇보다도 나의 다정하고 부드러우며 뛰어난 남편 케빈, 나를 행복하게 해주고 굉장한 아이디어들을 무료로 아주 많이 전해줘서 정말 고마워. 두어 해 전 9월에 말한 걸로 아는데, 당신은 내게 왕관을 씌워주고 나를 붙들어주는 닻이야.

큰곰자리 노래들

첫판 1쇄 펴낸날 2022년 4월 7일

지은이 | 에마 브로디
옮긴이 | 김재성
펴낸이 | 박남주

종이 | 화인페이퍼
인쇄·제본 | 한영문화사

펴낸곳 | (주)뮤진트리
출판등록 | 2007년 11월 28일 제2015-000059호
주소 | 서울시 마포구 토정로 135 (상수동) M빌딩
전화 | (02)2676-7117 팩스 | (02)2676-5261
전자우편 | geist6@hanmail.net
홈페이지 | www.mujintree.com

ISBN 979-11-6111-082-0 03840

* 책값은 뒤표지에 있습니다.